PIERO SORIA

Solo für eine Tote

Buch

Der Sommer hat Turin fest im Griff. Nur die Cafés unter den alten Arkaden bieten ein schattiges Plätzchen zum Ausruhen. In ein paar Tagen plant Commissario Lupo Lupo, endlich seiner Frau und seinen beiden Söhnen nach Afrika zu folgen, die dort schon seit zwei Wochen Ferien bei Freunden machen. Und jetzt dieser furchtbare Mordfall, der selbst den eigensinnigen Commissario erschüttert. »Sie war eine ehrlose Frau.« Fünf Wörter, neben der durchtrennten Kehle, aus der noch gestern die erotischste Stimme des Radios erklang: die der Schauspielerin und Radiosprecherin Cecilia Guidi, beliebt wegen ihrer einzigartigen Stimme und beneidet um die amourösen Eskapaden, die sie sich in aller Öffentlichkeit erlaubte. Neben ihr eine zweite Leiche: Andrea Vilfredi. Der junge Mann, anscheinend Cecilias Liebhaber, wurde mit einem einzigen Stich ins Herz getötet. Lüstern macht sich die Presse über den Fall her. Die Öffentlichkeit fordert sofortige Aufklärung dieses Falls, und Commissario Lupo sieht seinen Urlaub in weite Ferne gerückt. Missmutig folgt er einer ersten Spur. Sie führt ihn zu Marco Loewenthal, in ganz Turin nur »der Alte« genannt. Loewenthal hält in der Stadt viele Fäden in der Hand, und seine Macht und sein Einfluss reichen bis nach Rom. Da Commissario Lupo davon überzeugt ist, dass Loewenthal mit dem Mord an Cecilia zu tun hat, scheut er nicht davor zurück, sich mit dem Patriarchen anzulegen...

Autor

Piero Soria wurde 1944 in Turin geboren und arbeitet seit mehr als dreißig Jahren als Journalist bei der Tageszeitung »La Stampa«. Seit 1990 erscheinen bei Mondadori seine Kriminalromane. Mit »Tod in Turin« startete der erste Band der Serie mit Commissario Lupo bei Goldmann.

Von Piero Soria ist außerdem im Goldmann Verlag erschienen

Tod in Turin. Roman (45332)

Piero Soria
Solo für eine Tote

Ein Fall für
Commissario Lupo

Roman

Aus dem Italienischen
von Birgitta Höpken

GOLDMANN

Die italienische Originalausgabe erschien 2001 unter dem Titel
»La donna cattiva«
bei Arnoldo Mondadori Editore S.P.A., Milano

Umwelthinweis:
Alle bedruckten Materialien dieses Taschenbuches
sind chlorfrei und umweltschonend.

Deutsche Erstveröffentlichung Juli 2003
Copyright © 2001 der Originalausgabe by Piero Soria
und Arnoldo Mondadori Editore S.P.A., Milano
Copyright © 2003 der deutschsprachigen Ausgabe
by Wilhelm Goldmann Verlag, München,
in der Verlagsgruppe Random House GmbH
Umschlaggestaltung: Design Team München
Umschlagfoto: Wolf Huber
Redaktion: Doris Bampi-Hautmann
Satz: Uhl + Massopust, Aalen
Druck: Elsnerdruck, Berlin
Verlagsnummer: 45331
KvD · Herstellung: Heidrun Nawrot
Made in Germany
ISBN 3-442-45331-3
www.goldmann-verlag.de

1 3 5 7 9 10 8 6 4 2

Kleine Kinder werden groß.
Für Carolina, Federica, Massimo,
Costante und Daniele.

Einen Dank an Cicci und Lodovico.
Und Bruno, Luciano und Nico.

Dieses Buch ist ein Werk der Phantasie. Personen, Orte und Ereignisse sind vom Autor erdacht. Jede Ähnlichkeit mit tatsächlichen Ereignissen, lebenden oder toten Personen ist rein zufällig.

Personen:

Lupo Lupo:	Commissario
Cecilia Guidi:	Rundfunksprecherin, das Opfer
Marco Loewenthal:	Bankier
Leone Tortona:	sein Sekretär
Gustavo Vilfredi:	Klavierstimmer
Valeria, Sergio, Giorgio, Andrea:	Tochter und Söhne Gustavo Vilfredis
Giacomo Bertino:	Synchronsprecher
Maria und Pinin:	Betreiber eines Bocciaclubs
Rosa:	Oben-ohne-Kellnerin
Roberto Marano:	Hörspielregisseur
Mario Marcato:	der Mann vom Echoraum
Paola Malgioglio:	Sprecherin
Polo Chieli:	Reporter, Freund Lupos
Marina Salomone:	Violinistin
Ferro:	Questore
Modica:	Commissario
De Mattia:	Ispettore

1

Sie war eine ehrlose Frau.
Fünf Wörter.
Daneben die durchtrennte Kehle.
Und die wütenden Messerschnitte, die ihr Gesicht entstellten.
Ein Grauen.
Die Erklärung für ein grausames Verbrechen.
Der Mörder hatte sie auf die weiße Wand geschrieben. Mit der Spitze des Messers, an der noch das Blut klebte. Um in die Welt zu schreien, dass für sie der Tod keine ausreichende Strafe sei. Nicht nur ihr Leben, sondern auch jegliche Erinnerung an ihre sündige irdische Schönheit hatte für immer ausgelöscht werden müssen.
Aber das war noch nicht alles.
Bevor er verschwunden war, hatte dieser sadistische Rächer ein düsteres Gemälde aus dem 15. Jahrhundert, das die Enthauptung Johannes des Täufers darstellte, aus seinem goldverzierten Rahmen getrennt. Diesen hatte er verwendet, um vor dem Hintergrund der weißen Wand die roten Spuren auf dem Märtyrergesicht seines Opfers einzurahmen.
Ein entsetzliches Mahnmal.
Das den zweiten Mord zur Nebensache machte.
Im Nebenzimmer.
Ein unbekannter Mann, der nackt auf dem Bett lag. Getötet durch einen Dolchstoß ins Herz. Eine Tat, beinahe gleichgültig und ohne Wüten vollbracht. Wie um ein bloßes Hin-

dernis zu beseitigen, das sich zwischen ihn und seine Beute gestellt hatte.

Lupo war erschüttert.

Er hatte schon viele Morde gesehen.

Doch dieser erschien ihm grauenvoller als alle anderen. Auch weil ihn dieser Fall eigentlich nichts anging. Er war allerdings vom Questore damit betraut worden, der wie immer geschickt Gewichtungen, Angemessenheiten, Zweckmäßigkeiten und Möglichkeiten gegeneinander abgewogen hatte.

Er hatte ihn zu sich beordert.

Wie immer ein wenig verlegen.

Doch er hatte nicht um den heißen Brei herum geredet.

»Sie werden wütend sein, Lupo, das weiß ich jetzt schon.«

»Allein die Tatsache, dass Sie mir nicht einmal einen Kaffee angeboten haben, verheißt nichts Gutes.«

Ferro hatte gelächelt.

Üblicherweise gingen sie eine unerfreuliche Aufgabe zunächst mit einer besänftigenden heißen Tasse Espresso an. Eine Art Besiegelung ihrer seltsamen Beziehung, die von gegenseitigem Respekt jenseits aller strengen Kompetenzaufteilung geprägt war.

Lupo war ein Einzelgänger, der seiner Intuition folgte. Der alles verabscheute, was nach Präsidium und Bürokratie roch. Der das Hackenzusammenschlagen, Befehlebrüllen und Herumkommandieren von Männern verabscheute. Ferro hatte sehr wohl verstanden, dass sich Lupos Fähigkeiten viel besser entfalten konnten, wenn sie nicht durch Routine und ihm unterstellte Polizeibeamte gebremst wurden.

Sie mussten einander ja nicht immer und um jeden Preis wohlgesonnen sein.

Im Gegenteil.

Die Zeit hatte jedoch jenen stillschweigenden gegenseitigen Respekt gefestigt, der dazu führte, dass sie sich häufig auf den rotsamtenen Sesseln gegenübersaßen, um die Last einer heiklen Ermittlung miteinander zu teilen. Weil diese schwerlich jemand anderem anvertraut werden konnte.

»Die Familie hat uns verständigt...«

Ein Bahrenträger mit dem Gesicht eines Kindes fragte entschuldigend: »Sind Sie hier zuständig?«

Lupo nickte.

»Ja. Sie können sie fortbringen.«

In diesem Menschengewirr war es schwierig, die Verantwortlichen der menschlichen Gerechtigkeit auszumachen. Er hatte das soeben entdeckt. Denn Guidi war offensichtlich ein Name, der verborgenen Eifer entzünden konnte. Der geheimnisvoll wispernd von den Gefühlen eines der Herren dieses am Hügel gelegenen hitzeglühenden Stadtteils kündete.

Marco Loewenthal.

Der Alte.

Bankier und Kirchenmann.

So waren denn alle Honoratioren der Stadt herbeigeeilt, um ihre Ergebenheit und ihr Mitgefühl zu demonstrieren.

Die drei Mächte.

Justiz, Kirche und Politik.

Der Staatsanwalt mit einer kleinen Schar Untergebener und Leibwachen. Der Rabbiner. Ein Monsignore mit seinem Sekretär. Der Bürovorsteher des Bürgermeisters, der diesen bis zu seiner überstürzten Rückkehr aus Rom vertreten musste.

Alle standen sie unbeweglich.

Alle waren sie hier, weil sie glaubten, anwesend sein zu müssen.

Doch alle waren sie von heftigem Unbehagen befallen, in dem die Gewissheit des Todes sich mit der Ungewissheit über eine späte Liebe paarte. Und wenn es gar nicht stimmte, dass der Alte diese kleine Frau verehrt hatte? Wenn das wieder einmal nur Klatsch und Tratsch einer scheinheiligen Provinzstadt gewesen war?

In ihrer Unsicherheit verhielten sie sich wie auf einer jener Beerdigungen, auf der man sein Beileid in ein großes schwarzes Kondolenzbuch schrieb. Auf der man es vermied, den Angehörigen Trost spendend die Hand zu geben, um sich noch einen Ausweg offen zu lassen.

Sie waren nacheinander gekommen.

Doch sie gingen gemeinsam.

Als sei die Ankunft des schwarzen Ambulanzwagens mit dem Amtsarzt ein Zeichen ihrer Befreiung.

Schließlich war Lupo allein.

Erschlagen von der Schwüle und der Traurigkeit.

Er zog die Jacke aus und betrat die schattige Terrasse. Vom Hügel herab betrachtete er die Hitzeschleier, die den dürstenden Fluss und die schwitzende Stadt wie Spiralen zu umfangen schienen.

Er seufzte.

Cecilia Guidi war ihm jeden Morgen eine treue Begleiterin gewesen, in diesem Juli der Einsamkeit, der kein Ende zu finden schien. Weit entfernt von Greta und den Jungen, die sich in Südafrika in scheinbar endlosen Ferien verloren hatten.

In ein paar Tagen würde er sie endlich wiedersehen.

Endlich.

Doch jetzt?

Angesichts dieses fürchterlichen Verbrechens?

Wenn er abreiste, käme das dem Verrat an einer Freundin gleich.

Auch wenn es sich nur um eine Stimme aus dem Radio handelte.

Eine Stimme, die ihn beeindruckt hatte.

Er ging wieder zurück ins Zimmer.

In diesem Moment klingelte das Telefon.

Er sah sich um, als warte er darauf, dass jemand dranging

und abnahm. Dann wurde ihm bewusst, dass in dieser Villa niemand mehr war. Nur diese grauenhaften weißen Kreidestriche, die den Tod einrahmten. Düsteres Sinnbild vom Ende eines jeglichen Wollens und Maßhaltens.

Er nahm den Hörer ab.

Fast erwartete er ein Geständnis. Den plötzlichen Widerwillen eines Menschen, der, nachdem er eine so furchtbare Tat vollbracht hatte, die Last einer unerträglichen Schuld abwerfen wollte.

Doch dem war nicht so.

Es war Polo.

Lupos Stimme verriet seine Enttäuschung.

»Ach, du bist es ...«

»Du sagst das in einem Ton, als würde ich dich anekeln.«

»Wie hast du mich gefunden?«

»Ein guter Journalist gibt nie seine Geheimnisse preis. Kann ich heraufkommen?«

»Wo bist du?«

»Hier unten am Tor. Allerdings steht da einer von deinen Wachhunden, der alles tun würde, um mich nur nicht hineinkommen zu lassen.«

»Wenn ich dich heraufkommen lasse ...«

»Aber ich habe sie gut gekannt.«

»Na gut.«

Polo Chieli war sein bester Freund.

Sie hatten eine Jugend voller gemeinsam erlebter Abenteuer hinter sich. Sie waren gereist, hatten Meere durchquert. Ohne Geld. Sie hatten Fotografien verkauft, Schiffe überführt. Sie hatten wohl auch gehungert, doch dabei die Welt in sich aufgesogen.

Unzertrennlich auf der Schule und während des Studiums.

Dann hatte das Leben von ihnen verlangt, sich zu entscheiden zwischen einem Leben als Weltenbummler, unstet und ohne Bindungen und der Wärme der Liebe, und dem damit verbundenen Bewusstsein für Verantwortung und Pflicht.

Also hatte Lupo Greta und ein Polizeipräsidium geheiratet, Polo hingegen Tara und eine Zeitungsredaktion.

Beide trugen sie jedoch den Stempel eines überbordenden Individualismus und behielten die schlechte Angewohnheit bei, in ihren Gedanken frei zu sein. In so extremer Weise, dass die Brühe aus Bürokraten und Karrieristen, in der sie schwammen, immer wieder von Neid und Konflikten angeheizt aufkochte.

»Ich habe gerade mit den Jungs telefoniert. Sie können es kaum erwarten, uns zu sehen. Mein Schwiegervater hat zwei Landrover für die drei Wochen Fahrt durch die Parks des Natal und die Kalahari-Wüste ausgerüstet. Sie erzählen, dass die Löwen in den Busch zurückkehren. Sie sind furchtbar aufgeregt.«

Lupo seufzte.

»Ja, ja...«

Tara war Südafrikanerin.

Sie und Polo hatten unlängst eine stürmische Ehekrise beendet, deren Ursachen eher in einer allzu leidenschaftlichen Liebe zu finden waren als in einem echten Zerwürfnis.

Sie beteten einander an.

Doch sie waren nicht in der Lage gewesen, sich gegenseitig Zugeständnisse zu machen. In dieser Ehe zweier Sturköpfe hatte es einer langen Zeit der Trennung und der Leiden bedurft, bevor sich die Kanten ein wenig abgeschliffen hatten und die Härte ihrer beider Charaktere etwas Nachgiebigkeit zeigte.

Die Entfernung hatte das ihre bewirkt.

Und die Erkenntnis, wie sehr sie einander brauchten, hatte über ihre Prinzipien gesiegt.

Um sich ewigen Frieden zu schwören, hatten sie sogar noch einmal kirchlich geheiratet. Unter den ironischen Blicken der beiden Söhne, die mittlerweile groß genug waren, um sich gemeinsam mit ihnen freuen und darüber lächeln zu können.

Polo nickte nachdenklich.

»Uns bleiben noch fünf Tage. Du wirst sehen: Das schaffen wir schon.«

Lupo lächelte.

Es war typisch für Polo, einfach beiseite zu schieben, was sich ihm in den Weg stellte und in nichts jemals ein Hindernis zwischen ihm und seinen Wünschen zu sehen.

Denn auch er verzehrte sich danach, endlich mit seiner Familie zusammen sein zu können. Die Flugtickets lagen schon seit langem bereit, seit Ferienbeginn. Seit Greta, Tara und die vier Räuber, vergnügt wie Gassenjungen, in ein Flugzeug gestiegen waren und dabei bunte Tücher geschwenkt und vermeintliche Tränen vergossen hatten, um die beiden Zurückbleibenden zu necken.

»Du sagst, wir schaffen es... Aber vielleicht...«

»Komm, fang nicht damit an!«

Lupo nickte.

Dann zeigte er auf die Umrisse aus Kreide.

»War sie wirklich eine ehrlose Frau?«

Polo zuckte mit den Schultern.

»Sie war Schauspielerin...«

»Wissen wir, wer der Mann ist?«

Lupo schüttelte den Kopf.

»Nein. Er hatte keine Papiere bei sich.«

»Aber doch wenigstens einen Kassenzettel, eine Restaurantrechnung, einen Papierfetzen mit einer Telefonnummer, von denen man ausgehen könnte...«

»Nein, gar nichts. Tut mir Leid.«

Der Questore seufzte und blickte zum Telefon. Als warte er darauf, dass es im nächsten Moment läutete. Dann würde er erneut seine Diplomatie unter Beweis stellen und sich in eine leere Entschuldigung flüchten müssen.

Er steckte wirklich in Schwierigkeiten.

Der Name dieser zweiten Leiche würde Licht in das Dunkel bringen, in dem sie tappten. Es waren bereits etliche Stunden vergangen, und noch immer nicht besaßen sie das geringste Indiz. Die Identität dieses Unbekannten schien sich selbst den hartnäckigsten Nachforschungen entziehen zu wollen.

»Was haben Sie bisher?«

»Das Übliche. Gerede...«

»Und welche Schlüsse lassen sich daraus ziehen?«

»Dass, wenn dieser Apparat läutet, Sie mich drangehen lassen. Ich muss mit ihm sprechen. Es aufzuschieben führt zu nichts.«

»Er wird nicht am Apparat sein. Sondern sein Faktotum.«

»Das ist dasselbe. Sie wissen selbst nur zu gut, dass der Alte unser Hauptverdächtiger ist.«

Lupo hasste es, warten zu müssen.

Nichts bereitete ihm mehr Unbehagen als das Warten.

Er fühlte sich wie ein Tiger im Käfig.

Eingesperrt hinter den Gittern dieses winzigen Büros mit der schlechten Luft, umgeben vom Krankenhausgrün der Wände, von denen die Farbe abblätterte. Und dazu diese Hitze, die immer unerträglicher wurde.

Er sah zum verschlossenen Fenster hinüber.

»Suchst du nach einem Fluchtweg?«

De Mattia lächelte.

Sein Gewissen.

Der Ispettore, mit dem er diese Höhle teilte.

Im Gegensatz zu Lupo fühlte sich dieser jedoch beschützt vom beruhigenden Grau der Unmengen staubigen Papiers, das sich auf der fleckigen Platte seines Schreibtischs stapelte.

Es bildete seine Schutzmauer gegen die Außenwelt: gegen Verhöre, Beschattungen, Verfolgungen. Gegen die Welt der Ermittler.

Seine Geduld jedoch, sein sicheres Gespür, wo er nachschauen musste, seine zutiefst bürokratische Seele hatten oftmals bessere Ergebnisse erzielt als alle Bemühungen draußen vor Ort. Lupo empfand De Mattia mittlerweile als jenen Teil seiner selbst, den er niemals besessen hatte und niemals besitzen würde.

Sie pflegten eine Art symbiotische Beziehung.

De Mattia war wie ein Einsiedlerkrebs, der seinen weichen und beweglichen Hinterleib in eine leere Muschel zwängte, um sich zwischen Seeanemonen und Schwämmen zu verbergen.

»Los, Lupo. Setz dich. Atme tief durch. Und lass uns darüber sprechen.«

Der Commissario nickte.

Es war schwer zu erklären, was er gerade empfand.

Wenn dies aber überhaupt jemand verstehen konnte, dann De Mattia. Der Mann, der mit einer unförmigen und unablässig klagenden Frau gestraft war, mit einem Leben, aus dem er nur in seinen Träumen fliehen konnte.

Vielleicht betrog er sie sogar in seinen bescheidenen Phantasien.

Aber im Grunde war er sehr mit ihr verbunden. Wenn er mit offenen Augen träumend auf den diversen Pfaden der Liebe wandelte, so glich dies dem Blick durch ein auf die Unendlichkeit des Meeres geöffnetes Fenster: Es diente dazu, ein bisschen frische und salzige Luft einzuatmen und der Gewohnheit ein wenig Würze zu verleihen.

»Ich hatte mich in sie verliebt...«

De Mattia zuckte zusammen.

»In wen?«

»In Cecilia Guidi.«

»Was redest du da?«
»Weißt du, ich habe sie jeden Morgen im Radio gehört.«
»O Gott!«

De Mattia konnte sich nicht beruhigen.
Er hatte zu schlucken begonnen.
Wie ein Ertrinkender.
Er bekam nicht genügend Luft, um auch nur ein Wort hervorzubringen.
Er hatte vom Schreibtisch aufstehen müssen. Hatte heftig gehustet, zusammengekrümmt. Dann, als der Anfall vorüber war, war er erstarrt. Fassungslos sah er Lupo in die Augen.
Diese Eröffnung hatte ihn in völlige Verwirrung gestürzt.
Er hatte ja gewusst, dass man bei einem so rebellischen Charakter wie dem Lupos alle möglichen Angriffe auf vorgegebene Ordnungen erwarten musste. Mit Sicherheit jedoch war er gänzlich unvorbereitet auf einen, wenngleich nur winzig kleinen, anarchistischen Akt gegen die heiligen Bande der Familie. Vor allem, wenn es sich dabei um Lupos eigene handelte.
Und schon gar nicht in Form eines banalen und gewöhnlichen Ehebruchs.
Greta und die Jungen waren fort, und was tat dieser Mann?
»Bist du verrückt geworden?«
Endlich gelang es seiner Entrüstung, sich in einem vollständigen Satz Luft zu machen.
Seine Augen funkelten vor Zorn und Ungläubigkeit.
Lupo sah ihn erstaunt an.
»Beruhige dich doch. Was zum Teufel hat dich denn gepackt?«
»Schon gut, schon gut, das ist deine Privatangelegenheit. Und ich habe kein Recht, mich da einzumischen. Aber das ändert nichts daran, dass du ein richtiges Arschloch bist. Und ich habe gedacht...«

»Sag mal, von was schwafelst du da eigentlich?«

Der Commissario wusste nicht, was er von De Mattias Ausbruch halten sollte.

In all den Jahren hatten sie noch nie gestritten. Diese Zeiten waren jetzt offensichtlich vorbei. Er hatte ihn noch nie so aggressiv gesehen, so voller Verachtung.

»Was ich hier schwafle? Schau dich doch an: Du wirkst wie immer. Du hast eben dein tägliches Duell mit dem Chef hinter dich gebracht. Fast grüßt du mich nicht, so verärgert bist du. Und dann, als ob nichts wäre, lässt du mit dem unschuldigsten Gesicht der Welt diese Bombe vor meinen Füßen explodieren. Weißt du, wie ich mich fühle? Beschissen. Genauso fühle ich mich.«

»Aber wovon sprichst du?«

»Von deiner Geschichte mit der da. Mit der Toten...«

Lupo seufzte, und ein kleines Lächeln huschte über sein Gesicht.

»Was hast du da nur missverstanden? Es ist wie in deinen Träumen. Ich habe mich in eine Stimme verliebt. Ich bin ihr nie zuvor begegnet.«

Sie wurden durch einen Anruf des Questore unterbrochen.

»Gehen Sie nur, Lupo. Der Alte will mit Ihnen sprechen.«

»Welche Ehre...«

»Was auch immer Sie glauben mögen, es ist wirklich so. Nehmen Sie aber bitte nicht die Straßenbahn, wie es Ihre so schreckliche Gepflogenheit ist. Das ist kein Mann, der gewohnt ist zu warten. Mein Fahrer steht an der Ausfahrt des Parkplatzes. Beeilen Sie sich.«

Der Commissario sah De Mattia an und nickte.

Er musste sich sputen.

Er musste sofort los, damit ihm diese Gelegenheit unter keinen Umständen entwischte.

Dieses Privileg, das nun wenige erhielten.

Der Alte war in der Tat unzugänglicher als die Felswände einer Schlucht. Wie ein wunderlicher König auf seinem Schloss gewährte er nur jenen eine Audienz, die in ihm, dem Mann, der schon alles gehört und gesehen hatte, Neugierde zu erregen und ihn zu amüsieren versprachen.

Er berauschte sich daran, in jenen ihm unbekannten Teil des Universums vorzudringen, der denjenigen gehörte, die die Salbung der öffentlichen Bekanntheit erhalten hatten, weil sie sich auf den Rücken der Träume gewöhnlicher Menschen geschwungen hatten.

Daher genossen eher Dichter, Fußballer, Journalisten, Sängerinnen, Models, Schauspielerinnen und Schwindler sein Vertrauen als Bankiers und Politiker. Wie ein kleiner Junge ließ er sich von den Zeitungsfotos und den Starmythen faszinieren.

Und er liebte es, sie zu berühren.

Sie zu betrachten.

Mit dem Ziel, die geheimnisvollen Mechanismen zu entdecken, die einem Unbekannten aus der Masse plötzlich den Weg zum Olymp wiesen. Aus jenem Wald heraus, in dem sie sich alle tummelten und in dem jeder dieselbe Chance hatte, die Spuren zu finden, die hinausführten.

Vielleicht hatte er so auch Cecilia Guidi kennen gelernt.

Lupo seufzte.

»Ich muss gehen.«

Doch er rührte sich nicht vom Fleck.

Das Missverständnis mit De Mattia bedrückte ihn. Er wollte keinen Schatten zwischen ihnen zurücklassen. Eine Erklärung, die in der Luft hängen blieb. Denn es war ihm bewusst, dass auch das Verliebtsein in eine Stimme eine Art Untreue bedeuten konnte.

Das war allerdings etwas, das er in erster Linie mit sich selbst klären musste.

De Mattia schien seine Gedanken zu lesen.

Wie immer.

»Geh schon. Du kannst ihn nicht warten lassen.«

»Vielleicht will er nur einen Commissario für seine Sammlung.«

»Wie auch immer. Wir werden noch Zeit zum Reden finden.«

»Ja.«

»Weißt du wenigstens alles über sie?«

»In welcher Hinsicht?«

Dieses Mal war es De Mattia, der seufzte.

Lupo war manchmal zum Aus-der-Haut-Fahren, oder vielmehr sein Desinteresse an allem, was ihn nicht unmittelbar betraf: Für ihn gab es nur Greta, seine Söhne, seine Freunde, den Fluss, das Boot und die Reisen.

Ein Pferd mit Scheuklappen konnte man wenigstens noch mit den Zügeln lenken.

Lupo nicht.

Er wählte immer den direkten Weg.

Und somit wusste er von seiner Arbeit, die er kaum ertrug, nur das Notwendige, nämlich nur das, was ihn selbst und seine Ermittlungen betraf. Die Geschichten anderer Leute, der Klatsch im Präsidium, die Vertraulichkeiten unter den Polizeibeamten, die Bürokumpanei, das waren Dinge, die er mied wie die Pest.

Es war also nicht verwunderlich, wenn er nichts über die Guidi wusste.

Obwohl der Skandal zwei Jahre zuvor hohe Wellen geschlagen hatte.

»In welcher Hinsicht, fragst du? Na, dann lies dir besser erst mal diesen Artikel durch.«

Lupo sah De Mattia zu, wie dieser eine Zeitung aus einem seiner magischen Stapel universellen Wissens hervorzog.

Er verstand sofort, warum Polo ihm gesagt hatte, er würde sie gut kennen.

Es stand auf der zweiten Seite.

In der Rubrik *Segretissimo*, in der Polo Chieli jeden Montag seine exzentrischen und ironischen Großstadtgeschichten erzählte.

Der Titel lautete:

Tödliche Waffe

Cecilia Guidi war eine Mörderin.

Dessen war ich mir sicher.

Sie hatte kaltblütig ihren alternden, leidenden Mann getötet.

Sie hatte ihn geduldig umsorgt, hatte seine bereits eingeschlummerte Leidenschaft geweckt. Mit der Zartheit ihrer hellen Haut. Mit dem Versprechen aufregender, längst vergessener Wonnen.

Sie hatte ihn kaum eine Stunde zuvor zu Grabe getragen.

Ich musste anerkennend zugeben: Sie hatte würdevoll und still geweint.

Zerfleischt von den hasserfüllten Blicken seiner vier Kinder, die fast in ihrem Alter waren. Denn sie hatten ein klägliches Leben geführt. Das sie damit verbrachten, sich in Erwartung des Todes eines reichen Vaters zu verzehren. Dieser jedoch hatte nur sechs Monate zuvor ihre ganze Hoffnung und ihre Zukunft zunichte gemacht, indem er eine Radiosprecherin geheiratet hatte. Ihre so sinnliche Stimme, die so viele Verheißungen in sich trug, hatte ihn in ihren Bann gezogen.

Gut, ich hatte nur so ein Gefühl und keinen einzigen Beweis.

Ich folgte ihr ohne Auftrag.

Ohne von meiner Absicht zu erzählen.

Ohne meinen Chefredakteur vorab zu informieren.

Ich folgte ihr nur, weil ich mich pünktlich jeden Morgen von dieser Viertelstundensendung bei *Radiodue* einfangen ließ, die jene Gattung Zuhörer mit dem Rasierapparat oder dem Lenkrad in Händen – zu der auch ich mich seit Jahren zählte – bei der Hand nahm und durch Geschichten voller Dramatik, Liebe, Feigheit und Luxus begleitete, die sich über Monate hinzogen und von Seufzern und Anteilnahme begleitet wurden.

Cecilia Guidi.

Oh, wie ich sie verehrte!

Ihre samtene Stimme in ›Erben‹ war mir noch gut in Erinnerung. Wie gekonnt sie in die Rolle der lasziven Krankenschwester in ihrem krankhaften Wahn geschlüpft war, der es gelang, einem steinalten gelähmten Notar die höchsten leiblichen Wonnen zu schenken. Die mit jeder dieser neuen, unerwarteten Gefälligkeiten vom Erbe, das für seine Kinder bestimmt war, lustvoll zwanzig Millionen Lire für sich selbst abzweigen konnte.

Da sie jedoch nicht habgierig war, hatte sie ihn, als sie bei hundertachtzig Millionen angelangt war, getötet.

Indem sie einfach bei ihrem letzten gemeinsamen Beischlaf dafür sorgte, dass er einen Herzschlag erlitt.

Das war mein einziges winziges Indiz.

Doch ich zweifelte nicht daran, dass in diesem Falle die Wirklichkeit nur der Phantasie gefolgt war.

Ich beobachtete sie.

Cecilia schlenderte gleichgültig dahin. Sie hatte noch kein genaues Ziel. Geleitet von ihren Schritten und ihren Gedanken, die ich nicht erraten konnte. Sie hatte den Friedhof allein verlassen, hatte ein Taxi genommen und sich auf der Piazza Carignano absetzen lassen.

Sie war ausgestiegen und schien sogleich in dieser so typisch piemontesischen Bewunderung für das erste italienische Parlament zu versinken. Sie hatte den Kopf in den Nacken gelegt und die Hand mit einer eleganten Bewegung zur Stirn geführt, um die Augen vor der Sonne zu schützen, gleichsam wie zu einem langsamen, unbeabsichtigten militärischen Salut.

Sie hatte einige Minuten in dieser Haltung verharrt.

Verzückt.

Dann hatte sie plötzlich den Blick gesenkt und sich umgedreht. Mit entschiedenen Schritten war sie eilig auf das Restaurant *Del Cambio* zugegangen, als hätte sie sich endlich entschieden, die Essenseinladung von Cavour persönlich anzunehmen. Dann, als sie den prächtigen goldenen Griff der Eingangstür bereits in der Hand hielt, besann sie sich eines anderen.

Sie war an den kleinen Theaterlokalen vorübergegangen, hatte angehalten, um an den Häusern daneben das schöne Messingschild der Tanzschule Debenedetti und das ebenso glänzende des Reitclubs zu studieren.

Und sie hatte die Schultern gezuckt.

Danach war sie weitergegangen, wie von einem spontanen Entschluss getrieben, in einer Art barocken Runde: zunächst zur Via Accademia delle Scienze und dem Ägyptischen Museum, dann weiter zur Piazza Carlo Alberto und der Nationalbibliothek. Dann war sie wieder auf die Piazza Carignano zurückgekehrt, um dort gedankenvoll das Fenster von Pepino, dem Eislieferanten seiner Majestät, zu betrachten.

An diesem Punkt beschloss ich, ihr unstetes Umherstreifen zu unterbrechen.

Ich hielt sie am Arm und lächelte sie an.

»Darf ich Ihnen ein Eis spendieren?«

»Ich habe mich schon gefragt, wann Sie sich endlich entscheiden würden. Immerhin habe ich Ihnen einige Gelegenheiten geboten.«

»Wussten Sie, dass ich Ihnen gefolgt bin?«

»Natürlich. Ich habe auch gewusst, dass Sie nicht der Typ sind, mich zu einem Frühstück im *Cambio* einzuladen.«

»Ich heiße Polo und bin einer Ihrer Bewunderer.«

»Richtig, Sie heißen Polo. Aber Sie sind Journalist. Ich habe Sie durch das Foto in Ihrer Rubrik erkannt.«

»Welch ein Zufall. Auch ich kenne Sie von einer Fotografie. Der Tag, an dem Sie Gustavo Vilfredi geheiratet haben, war sehr schön. Ich erinnere mich noch an die Überschriften: *Die Skandalhochzeit, Für eine Hand voll Dollar*...«

»›Erben 2‹ kommt der Wahrheit wohl am nächsten. Ich muss zugeben, dass das die bewegendste Rolle war, die ich bisher sprechen durfte. Denken Sie nur: Das Radio wird zur Wirklichkeit. Phantastisch…«

»Also haben Sie ihn getötet?«

»Oh nein. Das wollte ich damit nicht sagen. Übrigens, ich habe einen Brief für Sie.«

»Für mich? Von wem?«

»Von Gustavo natürlich. Hier bitte…«

Mir stockte der Atem.

Für einige Sekunden konnte ich den Blick nicht von ihrem Lächeln lösen, das mich mit seiner Intensität verhexte. Es war ein offenes, befriedigtes Lächeln.

Das Lächeln eines Menschen, der endlich mit sich selbst im Reinen ist.

»Das war meine allergrößte Rolle, verstehen Sie? Es ist nicht leicht, eine Waffe zu sein. Lesen Sie nur…«

Und ich begann zu lesen:

Werter Freund (wer auch immer Sie sein mögen), mein Leben ist sinnlos, und meine Kinder warten nur darauf, dass ich sterbe. Schon vor langer Zeit habe ich beschlossen, sie zufrieden zu stellen. Doch ich bin ein Feigling. Eine Schlinge ruft in mir Grauen hervor, eine Kugel bedarf einer ruhigen Hand, die ich nicht habe. Niemals wäre ich in der Lage, mich in einen Fluss oder vor ein fahrendes Auto zu werfen. Doch heute, als ich dem Radio lauschte, habe ich die Lösung für einen wirklich ›guten‹ Selbstmord gefunden. Mit einer guten Waffe: Cecilia Guidi. Wenn Sie diesen Brief in den Händen halten, so bedeutet das, dass sie diese Rolle nicht nur übernommen hat, sondern dass ihre Inszenierung auch äußerst zufrieden stellend war.

Ergebenst, Ihr
Gustavo Vilfredi

Cecilia lächelte.

»Kommen Sie, Polo. Ich habe Ihnen nicht nur bewiesen, dass ich unschuldig bin. Ich werde Ihnen auch zeigen, dass ich reich geworden bin: Ich werde Sie nämlich zum Eis einladen.«

Lupo war verwirrt.

Er verspürte eine dumpfe Leere.

Als habe er gerade eine schlimme Krankheit durchgestanden.

Ein hohes Fieber, das ihm jegliches Gefühl vernebelte. Das ihm verbot, klar zu denken. Der blaue Wagen des Polizeipräsidenten glitt durch die glühende Stadt. Er vermochte sie nicht wahrzunehmen, ließ sich auf den Wellen seines Befremdens treiben.

Er war also nicht der Einzige gewesen.

Das Geheimnis dieser seiner heftigen Schwärmerei, die nur einer Stimme und deren ungewöhnlichen Verheißungen galt, war keine einzigartige, völlig private Leidenschaft gewesen.

Andere hatten das vor ihm erlebt.

Und es waren nicht die einsamen, irrationalen und persönlichen Empfindungen anderer Unbekannter, die wie er in der Stille ihrer Phantasie einer Art Fata Morgana nachhingen, die nur zu hören und nicht zu sehen war.

Nein. Eine vulgäre, Aufsehen erregende Boulevardgeschichte war dem vorausgegangen.

Von der er bis vor einigen Augenblicken nichts gewusst hatte, aber die natürlich einen Skandal, Aufsehen und Empörung hervorgerufen hatte.

Er kam sich auf einmal dumm vor. Groll gegen die Guidi stieg in ihm auf. Und im Innersten hegte er ein Rachegefühl, das ihn den Wahnsinn des Mörders und dessen furchtbaren Schmerzensschrei besser verstehen ließ. *Sie war eine ehrlose Frau.*

Vielleicht hatte sich auch der Alte betrogen gefühlt.

Ein plötzliches Bremsmanöver brachte Lupo in die Wirklichkeit zurück.

Die Straße, die hinter der Villa Regina bergan führte, glich einem grünen Labyrinth.

Mit unvermuteten Kurven und unübersichtlichen Einmündungen.

Da und dort verengte sich das Sträßchen wegen einiger alter Bauernhäuser, die Asphalt und Zement widerstanden hatten.

Und über allem die grelle Sonne, die die Erde aufbrechen und Bäume und Wiesen vertrocknen ließ.

»Sie müssen entschuldigen, Commissario. Aber diese Radfahrer sind völlig verrückt. Die glauben immer, sie wären auf dem Galibier. Und je älter sie sind, desto wahnsinniger fahren sie.«

Lupo nickte und lächelte.

Plötzlich überkam ihn nämlich die Erinnerung an eine verrückte Aktion seiner Familie.

Irgendwann in Lourdes Anfang September waren sie auf ein seltsames Ankündigungsplakat gestoßen.

Sie waren zunächst ein wenig schockiert darüber gewesen, wie eigentümlich harmonisch sich die Sterne des Heiligenscheins der Jungfrau mit denen des Guide Michelin vermischt hatten.

Es hing an einer Straßenecke, wenige hundert Meter vom Platz mit den Quellen des Wunderwassers entfernt, von dem aus die große Masse Gläubiger nach dem reinigenden Bad den Glaubensweg zur Grotte hinaufstieg. Denn es verkündete pietätlos:

Das Wunder der Tour de France
Aubisque und Tourmalet:
Erleben Sie mit uns die etwas andere Bergetappe!
Wir stellen die Fahrräder und bringen Sie hinauf.
Sie brauchen nichts als Ihre Beine.

Sie hatten nicht widerstehen können.

Für zweihundert Francs pro Person waren sie in einen Kleinbus ohne Federung geklettert, der einen Anhänger, beladen mit einer unglaublichen Menge an Mountainbikes und Helmen, zog. Es waren viel mehr Räder, als es Mitfahrende gab.

Während der Fahrt wurde jedoch bei den ersten steilen Anstiegen der Pyrenäen deutlich, dass man alle brauchen würde. Eine große Zahl potenzieller Kunden tummelte sich an jeder Kurve auf den Wiesen entlang der Straße.

Es handelte sich vor allem um ältere Ehepaare, die es sich mit Campingtisch und Kühltasche im Schatten der Lärchen bequem gemacht hatten. Oder die an einem Bach saßen, in dem große Flaschen Cahors oder Médoc lagen, von Steinen am Wegschwimmen gehindert.

Beim herannahenden Tuckern des asthmatischen Motors sprangen grauhaarige Männer auf, ein Leuchten in den Augen. Fast alle trugen sie Trikots der Firma Festina, die seit dem Dopingskandal nur noch die Hälfte kosteten.

Sie winkten ihren Frauen zu und hoben die Hand.

Um mit einem Lächeln ihre unersättliche Lust auf Abenteuer zu signalisieren.

Auf der Passhöhe entlud der Laster Fahrräder und Menschen.

Die Fahrer beschwichtigten ihr Gewissen, indem sie zur Vorsicht mahnten. Dann fuhren sie schnell weiter, um nicht mit ansehen zu müssen, wie Dutzende von Verrückten sich in einem Anfall von Wahnsinn, an die Bremsen geklammert, zu Tale stürzten. Immer knapp am Abgrund der steilen und steinigen Abhänge entlang.

In jeder Kurve setzten sie wegen der entgegenkommenden Autos ihr Leben aufs Spiel.

Unten angekommen, wurde durchgezählt, und die Überlebenden stiegen wieder in den Bus, mit einer Befriedigung auf den Gesichtern, als hätten sie eine Heldentat vollbracht.

»Scheiße noch mal, Papa, das ist ja oberaffengeil.«

Die Begeisterung Micheles, seines Jüngsten, der noch keine zwölf war, hatte sie alle angesteckt.

Atemlos mit roten Wangen und leuchtenden Augen.

Sogar Greta hatte gelacht.

Für einen Moment hatte sie das ihre unerbittliche Strenge vergessen lassen, mit der sie sonst selbst auf die kleinste Andeutung eines Schimpfwortes mit einem Klaps reagierte. Die ihr sogar den liebevollen Spitznamen ›Du kriegst gleich eine‹ eingetragen hatte.

»Sind Sie sicher, dass es die hier ist?«

Der Fahrer hatte angehalten und zeigte auf eine Villa, die im Grün versteckt war.

Lupo sah nachdenklich hinüber.

Er hatte zumindest eine Kamera am Tor erwartet. Oder einen Bewacher. Einen jener Privatsheriffs mit breitem Gürtel, Pistole, langen Haaren und drohender Miene.

Nichts dergleichen.

Nur das Zwitschern der Spatzen in der Macchia.

Und in der Ferne Geigenspiel.

Mozart vielleicht.

»Ich glaube schon. Ich war noch nie hier.«

»Oh, wenn das so ist, der Chef auch nicht. Er war noch nie in diesem Palast. Trotz seiner Frau…«

Lupo überhörte das geflissentlich.

Das war genau die Art Klatsch, die er verabscheute.

Auch deswegen fuhr er lieber mit der Straßenbahn als mit den blauen Dienstwagen, die von jenen herrschsüchtigen Untergebenen gefahren wurden, die mit undurchdringlicher Miene jedes Telefongespräch und jeden Seufzer ihrer Fahrgäste unauslöschlich in ihrem Gedächtnis speicherten.

»Warten Sie hier auf mich!«

»Wie Sie meinen.«

Lupo nahm gerade noch den gekränkten Unterton wahr, als in der Einfahrt schon ein älterer Herr erschien, bekleidet mit Lacoste-Hemd, Jeans und einem Gürtel aus Krokodilleder.

»Guten Tag, Commissario. Ich bin Leone Tortona, der Sekretär von Dottor Loewenthal. Er erwartet Sie. Wenn Sie mir bitte folgen würden.«

Er war wie aus dem Nichts erschienen.

Zwischen seinen dünnen Lippen klebte eine halbe Zigarre.

Seine Schritte waren kurz und schnell, er ließ den Blick prüfend über Lupo gleiten.

»Er hat schon viel von Ihnen gehört. Er ist sehr neugierig auf Sie und freut sich, Ihre Bekanntschaft zu machen, Commissario. Das kommt nicht häufig vor, das können Sie mir glauben.«

»Ich habe eigentlich nicht die Absicht, zu einem Schmetterling in seiner Sammlung zu werden. Ich hoffe, er weiß, dass ihm keine angenehme Unterhaltung bevorsteht.«

»Oh, ich versichere Ihnen, dass ihn das nicht erschüttern wird.«

Diese letzten Worte waren von einem kleinen, befriedigten Lächeln begleitet. Als würde Tortona bereits einen Vorgeschmack dessen genießen, was folgen sollte.

Lupo nickte.

Ein wenig besorgt.

Reichtum an sich schreckte ihn nicht.

Ihn störte die Macht und die oft damit verbundene Anmaßung. Da er sich selbst gut kannte, wusste er, dass er dem automatisch die herbe Arroganz seiner eigenen Stellung entgegensetzen würde. Die zwar jener nicht an Größe vergleichbar war, sich aber dennoch für diejenigen, die es nicht gewohnt waren, irgendjemandem über ihr Tun Rechenschaft abzulegen, als überaus unangenehm herausstellte.

Er gab sich selbst ein Versprechen.

Das er im Stillen wie ein Mantra wiederholte, während er

dem flinken Schwanken Tortonas folgte: Er würde aufrecht bleiben, aber er würde sich auch dazu zwingen, seine Voreingenommenheit im Zaum zu halten.

»Lassen Sie sich von nackten Männern schrecken?«

Lupo war überrascht.

Tortona hatte sich ganz plötzlich umgedreht, um Lupos Reaktion zu sehen.

»Ist das ein Test?«

»Oh nein, Commissario. Ich wollte Ihnen nur zu verstehen geben, dass... Nun, Dottor Loewenthal ist ein wenig zwanglos. Er ist ein sehr nüchterner Mensch. Und... was sein Verhalten betrifft..., nun, er überspringt da einige Passagen...«

»Kleidung zum Beispiel?«

»Ja. Und Höflichkeiten...«

Marco Loewenthal steckte in einem Loch.

Ein zylindrischer Schacht von zwei Metern Tiefe, der in der Mitte des Gartens eingelassen war.

Zwischen Zitronenbäumen und blühenden Rosen.

Die Massagedüsen sprudelten unter den kritischen Augen eines jungen Physiotherapeuten mit professionellem Gesichtsausdruck und blütenweißem Kittel.

Keiner in Turin nannte ihn beim Namen.

Für alle war er einfach nur der Alte.

Immer schon.

Seit er vor Schmerz über den Tod der einzigen Frau, die er wirklich geliebt hatte, weiße Haare bekommen hatte. Das Leid hatte tausend Falten in sein Adlergesicht gegraben, wie ein Spinnennetz, das nur von der gequälten Energie seines Blickes durchdrungen werden konnte. Ein Blick, der zugleich lodernd und zärtlich sein konnte.

»Ich weiß, dass Sie Boote lieben.«

»Ist das ein passender Maßstab, um einen Menschen zu beurteilen?«

»Ja.«

Lupo stand direkt vor ihm.

Sein Kopf schien unmittelbar aus dem Boden zu wachsen.

Er wurde überragt.

War praktisch schutzlos.

Er musste den Kopf in den Nacken legen, um nach oben zu blicken.

Doch das schien ihn nicht zu stören.

Er gehörte nicht zu diesen kleinwüchsigen Menschen, die Schemel benutzen, um sich Autorität zu verleihen.

Der Commissario hockte sich nieder, um auf gleicher Höhe mit ihm zu sein.

Doch er erhielt die trockene Replik:

»Bleiben Sie ruhig stehen. Ich brauche nur noch einige Minuten. Sie dürfen nicht glauben, dass meine Unhöflichkeit, Sie auf diese Weise zu empfangen, auf Überheblichkeit beruht. Es ist nur das Alter. Schmerzende Knochen.«

Die Stimme klang leicht nasal.

Sie war in renommierten Lehrinstituten von jeglicher Unsauberkeit bereinigt worden.

Doch besaß sie nicht die salbungsvolle Affektiertheit jener neuen Schichten, die auf den Hügeln um Turin lebten. Wie bei den alten savoyischen Königen – und jenen der Gegenwart, den Agnellis – schien sie vielmehr die französischen Verschleifungen des höfischen Piemontesisch nicht zu verachten, bei dem sich zwei aufeinander treffende Konsonanten leicht und elegant aneinander reiben.

»Danke, Mario und danke, Tortona. Geht ruhig. Ich bin sicher, Lupo wird mir dabei behilflich sein, diesem Sarkophag zu entsteigen.«

Er wartete, bis sie weggegangen waren.

Dann senkte er die Lider.

»Ist es wahr, dass sie auf so schlimme Art gestorben ist?«

»Ja.«

»Und Sie verdächtigen mich.«

»Wir stehen erst am Anfang ...«

»Dennoch stehe ich ganz oben auf Ihrer Liste.«

»War sie wirklich eine derart ehrlose Frau?«

»Die Leute fürchten sich vor Menschen, die nichts auf Regeln und auf die allgemeine Moral geben. Um den eigenen Mangel an Mut zu überspielen, zeigen sie auf diejenigen, die aus der Reihe tanzen.«

»Das ist keine Antwort.«

»Cecilia war nicht habgierig. Sie war nicht kleinherzig. Sie war nicht angepasst. Sie setzte einen immer wieder in Erstaunen. Ich habe sie sehr geliebt.«

»Hat sie Sie verletzt?«

»Jeder hat seine Grenzen. Meine sind sehr weit gezogen.«

»Hat sie sie jemals überschritten?«

»Diese Frage macht keinen Sinn.«

»Warum nicht?«

»Die Grenzen verschieben sich immerzu.«

»Das ist Wortklauberei.«

»Nein. Es hängt von der Stimmung ab. In diesem Augenblick sind Sie sehr erzürnt über mich, weil ich Ihnen Rücksichten abverlange, die Sie nicht akzeptieren und gegen die Sie sich nicht auflehnen können.«

»Da haben Sie Recht.«

»In zehn Minuten wird sich die Gewichtung verschoben haben. Die Waage wird sich nach unten neigen, wenn ich Ihnen endgültig missfalle, nach oben, wenn es mir gelingt, Ihre Voreingenommenheit zu mildern. Das wird Ihr und mein Handeln beeinflussen. Dann haben wir unsere neue Grenze ...«

»Das klingt nach einer Drohung.«

»Hören Sie, Lupo, weshalb streichen Sie nicht ein wenig die Segel? Da zieht ein Unwetter herauf. Doch der Sturm, der da bläst, sind Sie. Kommen Sie her, helfen Sie mir heraus.«

Der Commissario reichte Loewenthal seine Hand.

Der Alte ergriff sie energisch und zog sich ohne besondere Anstrengung hoch.

Er war völlig nackt und nicht im Mindesten verlegen.

Tropfend ging er bis zum Schwimmbad.

Seinem Gast blieb nichts anderes übrig, als ihm zu folgen.

Der Körper des Alten mit der ledrigen Haut war hager, ohne eine Spur Fett.

»Sie sagten, Sie hätten sie sehr geliebt.«

»Das hätten Sie auch getan, wenn Sie sie gekannt hätten.«

»Ich habe sie im Radio gehört.«

»Dann wissen Sie ja, wovon ich spreche.«

Der Alte schlüpfte in einen Bademantel aus Leinen und setzte sich an ein Tischchen, das im Schatten einer Linde stand und für zwei gedeckt war.

Lupo trat langsam näher. Er spürte die Kühle, die ihn umgab und der er sich gerne überlassen hätte.

Loewenthal sah ihn interessiert an.

»Warum entspannen Sie sich nicht? Es ist für uns beide gedeckt. Niemand wird uns stören. Haben Sie etwas gegen ein Mittagessen einzuwenden?«

Lupo seufzte.

Er hatte jegliches Zeitgefühl verloren.

Er überraschte sich dabei, wie er unwillkürlich auf seine Armbanduhr sah. Sie zeigte einige Minuten nach zwölf. Zu viele Dinge waren an diesem bedrückenden Vormittag geschehen.

Der Alte ermunterte ihn.

»Seien Sie offen, brutal, ich bitte Sie darum. Ich bin sicher, dass das nicht Ihre Art ist, aber in diesem Augenblick ist es notwendig. Jeder hat seine Dämonen.«

»Haben Sie sie getötet?«

»Ich versichere Ihnen, dass ich es nicht gewesen bin.«

»Haben Sie jemanden damit beauftragt?«

»Nein. Es ist nicht meine Art, so persönliche Gefühle wie Rache zu delegieren.«

Lupo hatte nichts anderes erwartet.

Zwei eindeutige Verneinungen.

Wichtiger war ihm allerdings, einen klaren Kopf zu bekommen, die Antworten waren im Moment nicht so wichtig.

Da er jetzt seine Pflicht erfüllt hatte, ohne in gezwungene Unterwürfigkeit zu verfallen, konnte er durchatmen.

Er hatte sich seinen eigenen Mut bewiesen.

Er hatte bei seinen Fragen keine Selbstzensur walten lassen.

Das war ihm gelungen.

Mit Mühe, doch er hatte es geschafft.

Er wusste, dass diese Ermittlung nicht wie die anderen sein würde. Normale Menschen waren normal, weil ihre Empfindungen von Glück und Hass in psychologischen Gleisen verliefen, die nicht sehr weit auseinander lagen.

Sie blieben innerhalb festgesteckter Grenzen, ebenso wie ihre Schicksale, geleitet von elementaren Impulsen, die sich immer wiederholen.

Verkompliziert wurde das Ganze vielleicht von einer plötzlichen Anwandlung von Wahn. Dann verlief sich irgendeiner möglicherweise unerwartet auf irgendwelchen kleinen Pfaden, aber er konnte doch immer wieder auf den Hauptweg zurückgelenkt werden, auf dem entlang sich sein Leben eigentlich bewegte.

Doch was Cecilia Guidi, den Alten und die Welt betraf, in der sie lebten und die nicht mit der bestehenden Ordnung vereinbar war, würde jedes Feld beim Gänsespiel eine Überraschung bereithalten.

Der Alte unterbrach Lupos Gedanken.

»Gut. Da wir nun die Verhältnisse geklärt haben, können wir anfangen?«

Lupo nickte zunächst.
Dann fiel ihm etwas ein.
»Warum haben Sie von Rache gesprochen?«

Die Sonne war im Begriff unterzugehen.

Der Himmel war blank gefegt, von einem jener Winde, die auf den Gletschern geboren werden, dann wütend durch das Susatal heulen, um schließlich über die ausgedörrte Stadt herzufallen. In ihrem Gefolge kamen Blitz und Donner.

In der Ferne konnte man schon das heftige Grollen des Unwetters hören, das Turin bald erreichen würde.

Doch im Augenblick nahm man nur den scharfen Geruch des Ozons in den tiefhängenden Wolken wahr, die die immer wieder neuen Rottöne der untergehenden Sonne reflektierten.

Lupo ließ sich mit der Strömung treiben.

Er hatte den Fahrer gebeten, ihn an der Gran Madre aussteigen zu lassen.

Der hatte verärgert mit den Schultern gezuckt.

Für diese fünf Minuten Fahrt hatte er den ganzen Nachmittag im stickig-heißen Auto gewartet. Er hatte gequält in der Gleichförmigkeit gerührt, die seine Arbeit unablässig erzeugte wie einen üblen Bazillus.

Fahren, anhalten, warten.

In einer auf den Kopf gestellten Zeitdimension. Die langen erfüllten Stunden seiner Fahrgäste bedeuteten für ihn schier endlose Leere. Das stundenlange Warten war wesentlich frustrierender als das Fahren selbst.

Doch Lupo brauchte körperliche Betätigung.

Er würde bis zur Erschöpfung rudern, das würde seine Muskeln zum Schmerzen bringen und die Gedanken klären. Das war seine Art nachzudenken.

Seit langem schon. Seit der Po zu seiner Psychiatercouch geworden war.

Nachdem er am Landungssteg des Ruderclubs *Esperia* ausgestiegen war, hatte er zunächst De Mattia angerufen.

»Gibt's was Neues?«

»Nichts.«

Dann hatte er rasch das Boot zu Wasser gelassen und war mit kräftigen Schlägen losgerudert.

Er dachte an den Alten.

An das, worüber sie gesprochen und worüber sie geschwiegen hatten.

Lupos Augen nahmen die Umgebung wahr, ohne sie wirklich zu sehen: die krause Oberfläche des Wassers, die schon von den ersten Windstößen des Unwetters aufgepeitscht wurde, das Castello Valentino, das sich gegen den immer dunkler werdenden Himmel abzeichnete, die im Wind gebogenen Trauerweiden am abschüssigen Ufer.

Vor seinem inneren Auge jedoch kehrten immer wieder die Bilder zurück, wie einzelne Einstellungen eines soeben gesehenen Films in Wellen, bis sie fast ganz verblichen waren.

Heftige Gefühle.

Dialogfetzen.

Flash-backs, die aufzuckten wie jene drohenden Blitze.

»Warum haben Sie von Rache gesprochen?«

»Ich sehe kein anderes Motiv. Cecilia verstand es, einem wehzutun. Nicht aus Bösartigkeit, vielmehr aus Unaufmerksamkeit, aus Nachlässigkeit...«

»Ich glaube, ich verstehe Sie nicht.«

»Sie achtete nicht auf Menschen. Sie kam ins Haus, zog sich die Schuhe aus und ließ sie herumliegen. Wo immer sie sich gerade befand: in der Eingangshalle, hinter einer Tür, auf einem Schreibtisch. Dort blieben sie stunden-, tage- oder wochenlang liegen. Ein Meer von Schuhen, überall. Dann warf sie alles durcheinander, weil sie von einer plötzlichen Liebe erfasst worden war, von einer Leidenschaft, die sofort befriedigt werden musste: zu diesem Paar roter Sandalen oder jenen Stiefeln aus Schlangenleder... Sie war dann wie eine Verrückte. Bis endlich das Objekt dieser launischen Begierde aus irgendeinem Winkel wie durch Zauberei auftauchte. Den Schuhen macht so etwas nichts aus. Den Menschen schon...«

»Nein, Lupo. Sie dürfen die Menschen nicht danach beurteilen, ob sie reich oder arm sind. Ob sie Macht haben oder sich unterwerfen. Die Wahrheit ist, dass es im Grunde keinen Unterschied zwischen den Menschen gibt.«

»Auch nicht zwischen Ihnen und mir? Zwischen einem großen savoyischen König und einem kleinen Commissario? Sind Sie sich da wirklich sicher?«

»Natürlich. Ich habe die *Luna Rossa* von einem Begleitschiff im Golf von Hauraki gesehen. Sie von Ihrem Sofa aus.«

»Und das macht keinen Unterschied?«

»O ja, doch, aber ich hatte dabei den schlechteren Part.«

»Sie scherzen.«

»Nehmen Sie einmal die Wendeboje. Ich habe mich hinausgelehnt und die *Luna Rossa* ist in zwei-, dreihundert Metern Entfernung vorbeigesegelt. Ein schemenhafter Umriss, der vor lauter Segeln nicht wirklich zu erkennen war. Ich habe nichts gesehen, Sie alles. Ich habe mich gelangweilt. Sie haben teilgenommen. Um ein bisschen Vergnügen zu haben, musste ich zurückkehren. Sie sind geblieben. Sie haben nichts verloren. Ich dagegen viel.«

»Doch ich habe das Meer nicht riechen können und den Wind nicht pfeifen gehört.«

»Da haben Sie Recht, das gebe ich zu. Aber im Grunde riecht das Meer immer gleich, und der Wind hört sich immer gleich an. Dafür muss man nicht ans andere Ende der Welt reisen. Sie wissen gut, dass es nicht das war, was zählt...«

»Waren Sie ein Liebespaar?«

»Das, glaube ich, könnte man als eine direkte Frage bezeichnen.«

»Ich mag keinen Klatsch, keine schäbigen Vertraulichkeiten, kein Drumherumgerede.«

»Ja. Wer sagt Ihnen aber, dass meine Antwort ehrlich sein wird?«

»Ich glaube, Sie halten Lügen für sehr ordinär.«

»Und warum?«

»Es hieße zu betonen, dass Sie sich das leisten können. Ein Luxus, der unsere Ungleichheit herausstriche.«

»Sie gefallen mir immer besser, Lupo.«

»Sie mir auch, bei allem Respekt.«

»Nein, wir waren kein Liebespaar. Auch des Alters wegen.«

»Und was waren Sie?«

»Wir verstanden einander, waren voneinander fasziniert. Komplizen. Hatten denselben Sinn für Ironie, denselben Instinkt und dasselbe Staunen. Spieler. Neugierige. Aufsässige.«

»Aber keine Liebe.«

»O doch, im Gegenteil: sehr viel Liebe. Eine Liebe jenseits der Intimität.«

»Und auch jenseits der Eifersucht?«

»Natürlich nicht. Aber gerade die Eifersucht war für uns die selten verabreichte Droge, die uns mehr als alles andere verbunden hat. Sie hat für die nötige Spannung gesorgt, hat unsere Gedanken gewürzt. Sie glauben ja nicht, wie alleine ich mich fühlen werde. Wie sehr sie mir fehlen wird. Welch ein Verlust! Jetzt bin ich nur noch ein alter Mann...«

Lupo seufzte.

Er hörte noch den Schmerz in diesen letzten Worten.

Es begann zu regnen.

In Strömen.

Der Regen peitschte ihm heftig ins Gesicht. So heftig regnete es auf einmal, dass der Horizont zu Rauchglas wurde.

Ohne irgendwelche Umrisse, ohne Grenzen. Und in diesem Regen löste sich auch Lupos ganze Trübsal auf.

Plötzlich war es nicht mehr wichtig, Loewenthal zu verstehen.

Zu entscheiden, ob seine Worte nur ein großer Monolog gewesen waren oder die unwirkliche Macht der Wahrheit.

Er ruderte, bis ihn jeder Muskel schmerzte, um so schnell wie möglich den Landungssteg zu erreichen. Jetzt wusste er, was er brauchte: ein Gespräch mit Marina Salomone.

Die Weisheit einer alten Frau.

Er bedurfte einer Achtzigjährigen, um einen Achtzigjährigen zu entlarven.

Seit Greta mit den Jungen in die Ferien gefahren war, war die Wohnung Marinas für ihn zu einer Art rettendem Hafen geworden. Mindestens einmal am Tag schaute er bei ihr vorbei. Weil ihm das Lachen, die Streitereien, das hartnäckige Fragen seiner Söhne fehlte. Ihre Überschwänglichkeit, mit der sie ihm beim Reden immer die Hand auf den Arm legten, ihr so intensives Bedürfnis nach Körperlichkeit.

Doch vor allem fehlte ihm Greta.

Seine alte Spielgefährtin.

Er war es nicht gewöhnt, ohne sie zu sein.

Er ertrug die Stille nicht.

Die Einsamkeit.

Er nickte vor sich hin, während er die letzten Stufen emporstieg.

Es war das erste Mal, dass sie ihn alleine ließ.

Noch bevor er den Klingelknopf drückte, holte ihn jedoch ein quälender Gedanke ein. Er hatte Greta vielleicht nicht im eigentlichen Sinne betrogen, als er sich so tief von Cecilia Guidi, von einer Rundfunkstimme hatte beeindrucken lassen. Aber es war doch eine Art Verrat.

Eine Bestrafung, die er fast unbewusst vollzog, um sich für eine ihm gewissermaßen aufgezwungene Trennung zu rächen. Greta hatte es sehr geschickt angefangen: Sie hatte ihm nicht nur sein Einverständnis abgerungen. Schlimmer noch, sie hatte ihn umgarnt, wie es nur Frauen können: Sie hatte seinen Widerstand mit wahrer Finesse zermürbt und ihn schließlich dahin gebracht, ihr selbst vorzuschlagen, zusammen mit Tara wegzufahren.

Als er sich dessen bewusst geworden war, hatte er es vorgezogen, seinen Stolz hinunterzuschlucken, anstatt die plötzliche Freude zunichte zu machen, die die Gesichter seiner hübschen, hinterhältigen Familie zum Leuchten gebracht hatte.

Ja, Greta...

Wenn sie sich stritten und jeder für sich entschieden hatte, dass Worte Kapitulation bedeuteten, erreichten sie stets eine Art unerklärtes Friedensabkommen, indem sie sich im Bett geräuschvoll unter der Decke bewegten, nur um einander berühren zu können. Um die Worte, die keiner von ihnen aussprechen wollte, durch die Intensität ihrer Körper zu ersetzen.

Dieses Mal war nicht einmal das geschehen. Es war nur ein Unbehagen zurückgeblieben, weil in Wirklichkeit niemals ein Krieg erklärt worden war.

»Darf man fragen, warum du da wie angewachsen vor der Tür stehst? Komm schon herein. Doch diese Leichenbittermiene lass bitte draußen. Ich bin hier die Witwe.«

Marina Salomone stand in der Tür und blickte ihn mit einem ironischen Lächeln an. Wie immer hatte sie mit erstaunlichem Feingefühl in seinem Innern gelesen. Seit ein Verrückter ihren Lebensgefährten getötet hatte, indem er blind in die Menschenmenge auf der Piazza Vittorio geschossen hatte, war sie zu einem Teil ihrer Familie geworden.

Eine teure Freundin, die ihnen gewissermaßen unterwegs begegnet war.

Eine von den Jungen heiß geliebte, ein bisschen extravagante Familienangehörige, eine Großmutter, die sie nie gehabt hatten.

Mit ihrer Energie und ihrer aufsässigen Haltung war sie in der Lage, alle nach ihrer Pfeife tanzen zu lassen. Eine ältere Dame, die auch jetzt noch fast jeden Abend ein elegantes Kleid und Schuhe aus schwarzem Atlas anzog und ausging, um in den Restaurants an der Piazza Geige zu spielen.

So wie sie es ihr ganzes Leben lang gemeinsam mit ihrem Gefährten getan hatte.

Lupo sah sie irritiert an.

Bisher hatte er sie immer nur mit einem lockeren weißen Haarknoten gesehen. Diesmal allerdings trug sie ein grelles Tuch mit Blumenmuster so um den Kopf gewunden, dass darunter gerade noch ihre Augen hervorlugten.

Sie sah damit aus wie eine russische Bäuerin.

»Wolltest du gerade gehen? So herausgeputzt?«

»Ja. Aber das, was ich zu tun habe, kann warten. Traurige Kommissare haben immer Vorrang. Und außerdem ziehe ich mich an, wie ich will.«

»Ich bin nicht traurig.«

»Na gut: Du sprühst also geradezu vor Lebenslust.«

»Kann es sein, dass du immer das letzte Wort haben musst?«

»Das ist sehr gut möglich. Also, was ist los?«

Marina wartete sein Antwort nicht ab, sondern drehte ihm den Rücken zu. Sie ging eilig in die Küche zurück, und Lupo blieb nichts anderes übrig, als ihr zu folgen. Er wurde immer neugieriger auf das, was sich wohl unter diesem merkwürdigen Tuch verbergen mochte.

Um einer Auseinandersetzung zuvorzukommen, ging er zielstrebig auf den Sessel zu, der mittlerweile zu ›seinem‹ geworden war, und setzte sich. (»Er hat immer den Männern dieser Familie gehört. Darüber wird hier nicht jedes Mal diskutiert!«) Sie spürte, dass er sie musterte, während sie mit der Espressomaschine hantierte.

»Zu welchem Schluss also kommt deine unfehlbare Spürnase?«

»Keine Ahnung... bei dir kann man ja nie wissen...«

»Dann lass deiner Phantasie freien Lauf.«

»Du hast deine Haare blond gefärbt, und jetzt bereust du es.«

»Bin ich der Typ zu so etwas?«

»Ja. Also, was ist es?«

»Du hast es erraten.«

»Nimm dieses Laken ab, und lass mich sehen.«

»Im Leben nicht. Ich hab sehr wohl einen Sinn dafür, was lächerlich ist.«

»Ist es so schlimm?«

»Natürlich ist es schlimm. Eine wie ich... Ich weiß wirklich nicht, was mir da in den Sinn gekommen ist. Eine falsche Blondine. Platinblond noch dazu. Stell dir das vor. Hat man je etwas Dämlicheres gehört?«

»Na, das hast jetzt du gesagt... Warst du auf dem Weg zum Friseur?«

»Natürlich, und zwar im Laufschritt. Bei diesem Gelb muss ich an Leichen denken.«

»Musst du sie abschneiden lassen?«

»Man sieht, dass du ein Mann bist und von solchen Dingen nichts verstehst.«

»Werden sie wieder weiß?«

»Auf gar keinen Fall. Ich lasse sie grün färben. Was dachtest du denn?«

Lupo war sprachlos. Er hatte keine Ahnung, ob die alte Dame es ernst meinte oder sich nur über seine puritanische Gesinnung lustig machte.

Er blieb im Ungewissen, denn in diesem Moment klingelte das Telefon.

De Mattia war am Apparat.

In seiner Stimme lag Dringlichkeit.

»Ich habe mir gedacht, dass du dort bist. Komm sofort her.«

»Was ist passiert?«

»Die andere Leiche, die im Haus der Guidi gefunden worden ist, hat einen Namen bekommen.«

»Wer ist es?«

»Andrea Vilfredi.«

»Das sagt mir nichts.«

»Wirklich nicht? Er ist der jüngste Sohn jenes Gustavo Vilfredi, der deine attraktive Rundfunksprecherin als tödliche Waffe benutzt hat. Sagt dir der Name jetzt etwas?«

»Scheiße.«

»Ich habe es ja gewusst.«

Lupo kehrte eilig ins Präsidium zurück.

Im Taxi.

Es war schon spät. Und er wollte nicht, dass De Mattia warten und seinetwegen Überstunden machen musste. Denn wenigstens der wurde zu Hause von einer Frau erwartet, wenngleich diese ein Drachen war...

Er sah das düstere Turin vor seinen Augen vorbeigleiten und schämte sich sofort dieses kindischen Gedankens, der jenen dunklen Windungen seines Hirns entsprungen war, die seit einigen Wochen weit emsiger zu arbeiten schienen als die, in denen die Logik und der gesunde Menschenverstand zu Hause waren.

Es hatte ihn jedoch einiges gekostet, auf das therapeutische Geplauder mit der Salomone zu verzichten. Konnte ihre abgeklärte Ironie doch die Dinge wieder an ihren richtigen Platz rücken, indem sie sie von den klebrigen Spinnweben eines völlig ungerechtfertigten Unmuts befreite.

De Mattia empfing ihn mit einem zweideutigen Lächeln.

Er hatte nicht im Mindesten an ein Abendessen gedacht, das ihm warm gehalten werden könnte. Und nicht an die Vorwürfe, die er würde ertragen müssen, weil er muffige Fleischklöße und die Reste vom Vortag hatte kalt werden lassen.

»Sag bloß, du bist deiner heiß geliebten Straßenbahn untreu geworden?«

»Du hast mir Feuer unter dem Hintern gemacht.«

»Das glaube ich wohl. Modica kreist wie ein Geier über deinem Knochen. Er hat das Ganze nämlich herausgefunden.«

»Wie hat er das angestellt?«

»Du kennst ihn doch. Er hat schon die Schlagzeilen in den Zeitungen vor sich gesehen. Und hat versucht, ob er sich nicht ein schöne Scheibe vom gekochten Braten abschneiden kann.«

Lupo hob die Hände, als wolle er sich ergeben.

Der Geier, der über seinem Knochen kreiste...

Die Scheibe gekochten Bratens...

Wenn De Mattia aufgeregt war, dann hatte er eine hinreißende, völlig verdrehte Ausdrucksweise. Trockene Bemerkungen, umwerfend komische Sätze ohne jeglichen Sinn. Die jedoch in bildlicher und emotionaler Hinsicht sehr ergiebig waren. Ein großartiges Zusammenspiel von verdrehter Logik und unbeabsichtigter, schreiender Komik.

Lupo besaß schon seit einigen Jahren ein Heft, das er versteckt hielt und in dem er mit fast wissenschaftlicher Akribie jeden sprachlichen Fehlgriff seines Zimmergenossen vermerkte.

Zur großen Freude seiner Söhne.

Die ihn mittlerweile fast jeden Abend in fröhlicher Erwartung einer guten Stilblüte mit der Frage empfingen: »Und was hat unser Sprachgenie heute wieder verbrochen?«

Darunter befanden sich auch kleine literarische Kostbarkeiten, die man Stück für Stück genießen musste. Es begann bei Klassikern wie: *Pass auf, dass du nicht über deine eigenen Flossen stolperst*. Und endete bei einem unvergesslichen: *Der Verdächtige fuhr einen Lastwagen, der mit Metallprophylaxen beladen war*.

In diesem Meer gab es viel zum Fischen.
Der Richter verhängte eine Präservativstrafe.
Der Dollar schwankt immer so hin und her.
Er war so zappelig, dass er beim Antreten jede Reihe und jedes Glied zum Wackeln brachte.
Seine Zähne sind ganz schön karitativ.
Und tausend andere.
Darunter eine lange Reihe von Sprichwörtern in eigener Auslegung:
Die Katze lässt das Mausern nicht.
Der Krug geht so lange zum Brunnen, bis man bricht.
Toto, Lotto, Streichquartett.
Der Apfel fällt nicht weit von seinem Herrn.
Oder aber Latinismen: *Der päpstliche Segen turbo et orbi.*
Famose kinematografische Kritiken wie: *Wenn es ums Tanzen geht, dann gibt es keinen Besseren als Charleston Heston.* Existenzielle Ratschläge: *Pass auf, dass du nicht zu pastetisch wirst.* Früchte eisenbahnerischer Weisheiten wie: *Das Beste ist, einen Intersind nach Mailand zu nehmen.* Oder aber: *Dieses dauernde Tram-Tram geht mir ziemlich auf die Nerven.*
»Was gibt es da zu grinsen?«
Lupo schüttelte den Kopf.
Er hatte sich von seinen respektlosen Gedanken forttragen lassen, ohne es zu merken. Und jetzt sah De Mattia ihn mit grimmigem Blick an. Er argwöhnte zu Recht, Objekt dieser unerwarteten Heiterkeit zu sein.
»Nichts, nichts.«
»Freut es dich so, dass Modica dir eins draufgibt? Seit einer Stunde schon amüsiert er sich auf deine Kosten mit dem Chef.«
»Darf man wissen, wie er es herausbekommen hat, oder nicht?«
»Internet.«

»Internet wie?«

»Er wird wohl nach so etwas gesucht haben wie www Punkt wie_verarsche_ich_dich_am_besten_Lupo Punkt it. Und irgendwie ist er dann bei den Artikeln über den Skandal gelandet, mitsamt einer Reihe von Fotos von Cecilia Guidi, dem alten Vilfredi und seiner erlauchten Kinderschar im Trauergewand, die den Verlust dieser Bürde beklagen.«

»Und dabei hat er ihn erkannt?«

»Genau. Schade, dass wir nicht früher an so etwas gedacht haben, nicht?«

»Reaktionen von Ferro?«

»Er poliert seine Reißzähne.«

»Soll ich hinaufgehen?«

»Du fragst Sachen – glaubst du etwa, er kommt herunter?«

Der Questore saß kerzengerade auf seinem Stuhl.

Er war wütend.

Er hielt die Fernbedienung in der Hand, doch das Videobild auf dem Fernsehschirm stand still. Es war offensichtlich, dass Ferro gar nicht hinsah, dass er nur einen Vorwand brauchte, um nicht den Blick auf Modica richten zu müssen, der mit seinem ständigen Opfergesicht aussah wie eine flehende Madonna unter dem Kreuz Christi.

»Na endlich!«

»Was heißt das?«

Ferro seufzte.

Er hatte nicht die Absicht, sich in Modicas Gegenwart auf ein zermürbendes Wortgefecht mit Lupo einzulassen. Doch dessen doppelsinnig unschuldiger Unterton ließ Ärger in ihm aufwallen. Und den hielt er nicht zurück.

»Soll heißen, dass dies hier ein Polizeipräsidium ist und kein Ruderclub.«

»Hat Sie Modica zu dieser bahnbrechenden Erkenntnis gebracht?«

»Eigentlich habe ich nur...«
»Sie halten den Mund, Modica. Das heißt: Gehen Sie! Ich werde Sie rufen lassen, wenn ich Sie brauche.«
Der arme Commissario war wie gelähmt.
Unfähig zu widersprechen.
Er versuchte, sich würdevoll von der Kante des Sesselchens zu erheben, auf der er die ganze Zeit wie festgeschraubt und ohne sich zu rühren gesessen hatte.
Einen Fuß ein wenig vor den anderen gestellt.
Wie ein treuer Jagdhund.
Bereit, das zu apportieren, was von Lupo übrig bliebe, wenn sein Herrchen ihn abgeschossen haben würde. Um sich schließlich ein Lob zu verdienen.
Doch er verlor das Gleichgewicht, was einen komischen Effekt hatte.
Beim Versuch, nicht umzufallen, wurde alles nur noch schlimmer – wenn das überhaupt möglich war –, denn einige der Knöpfe seines aschgrauen zerknitterten Zweireihers, den er stets zugeknöpft trug, sprangen ab und kullerten über den Teppich.
Lupo sammelte sie wieder ein.
Und er übergab sie ihm zusammen mit einem kleinen Friedensangebot.
»Großartig, dass du diese Fotos gefunden hast. Wir können von Glück sagen, dass es dich gibt.«
Modica starrte ihn verunsichert an.
Er wusste nie, ob Lupo scherzte oder es ernst meinte.
Eigentlich fürchtete er dessen Ironie.
Er war zwar bereit, Lupo eine gewisse intellektuelle Überlegenheit zuzugestehen. Aber er war fest davon überzeugt, dass dieser nicht seine Willenskraft, Motivation und Leistungsfähigkeit besaß.
Er seufzte und ging langsam auf die Tür zu.
Schade, dass er ihn so sehr hasste.

Gemeinsam würden sie ein gutes Gespann ergeben.
»Ich bin in meinem Büro. Lassen Sie sich nur Zeit.«
Er ging hinaus.
Ferro schlug heftig mit der Faust auf den Schreibtisch und warf Lupo einen missgelaunten Blick zu.
»Wissen Sie, wie spät es ist?«
»Neun, Viertel nach neun. Ich habe gar nicht erwartet, dass Sie noch hier sind.«
»Nein, was? Sie befragen einen der mächtigsten Männer Turins und ich gehe ruhig nach Hause, ohne zu wissen, was passiert ist? Hat er Ihnen den Verstand verdreht? Konnte Ihr verfluchtes Boot nicht warten?«
»Ab und zu habe ich das Bedürfnis nachzudenken. Und ich finde, dass sich der Po wesentlich besser dafür eignet als das Büro eines Questores, der um seine Karriere bangt und einen mit Befürchtungen und Fragen zuschüttet. Im Übrigen: Ich bin überhaupt nicht sicher, dass er unser Mann ist. Aber er ist mit Sicherheit einer der interessantesten Menschen, die ich bisher kennen gelernt habe.«
»Wohl Ihnen. Er wird über diese Ihre Meinung glücklich sein. Ich glaube nicht, dass er anderes erwartet hat.«
»Sparen Sie sich Ihren Sarkasmus für bessere Gelegenheiten auf. Und fragen Sie Ihre Frau, die das sicher bestätigen kann. Ich vermute, dass sie den Alten wesentlich besser kennt als wir alle zusammen. Er lässt ihr immerhin Grüße übermitteln.«
»Was zum Teufel reden Sie da?«
»Dass Sie Ihre Ängste nicht so offen zeigen sollten. Sie haben genügend Deckung, um sich erlauben zu können, bei Ihren Untergebenen die Ruhe zu bewahren. Und sie in Frieden zum Rudern gehen zu lassen, wenn ihnen das, wie Sie sehr wohl wissen, dabei hilft, die Sache voranzutreiben.«
Ferro seufzte.
Mit einem Mal war sein ganzer Zorn verraucht.

Es war schwer, diesem so respektlosen Commissario die Stirn zu bieten, ohne von seiner spitzen Ironie getroffen zu werden.

Er versuchte, sich Modica mit Loewenthal vorzustellen.

Der würde um dessen Beine gestrichen sein.

Und derjenige, der ihn dorthin schickte, hätte dafür dieselbe Verachtung verdient wie dieser Mann selbst, mit seiner unterwürfigen Haltung und seiner zerknitterten Kleidung.

Mit Lupo hatte er so etwas nicht riskiert, eher im Gegenteil. Und nach Costanzas Erzählungen war es genau das, was der Alte am liebsten mochte: einen würdigen Gegner, mit dem er streiten konnte.

»In Ordnung. Ich gehe jetzt. Aber bedenken Sie bitte, dass ich mich nicht nur um meine eigene Haut gesorgt habe.«

»Danke für die Fürsorge. Und Modica? Wenn ich mich nicht irre, hat es eine Wende bei unseren Ermittlungen gegeben.«

»Das ist mir auch aufgefallen, wissen Sie.«

»Ich bitte um Entschuldigung. Auch für vorhin.«

»Akzeptiert.«

»Gut. Und von den Huldigungen einmal abgesehen?«

»Wie viele Vilfredi-Kinder gibt es denn?«

»Vier. Übrig geblieben sind zwei Söhne und eine Tochter: Valeria.«

»In Ordnung. Sie übernehmen Valeria und überlassen ihm die Männer.«

»Sie war eine ehrlose Frau.«

Valeria Vilfredis Stimme zitterte nervös bei diesem Satz voller Ressentiments.

Sie sah ihm direkt in die Augen.

Ihre Stimme klang düster.

Von unterdrückter Wut und Frustration.

Fast herausfordernd.

Lupo zuckte zusammen.

Dieselben Worte, die der Mörder auf die Wand geschrieben hatte.

Die Zeit schien plötzlich stehen zu bleiben.

Er sah sich um. Suchte nach einem Indiz, hoffte auf einen Seufzer oder nur eine Änderung ihres Gesichtsausdrucks, etwas, das ihm mentale Unterstützung hätte geben können. Er glaubte nicht an Zufälle. Und schon gar nicht bei diesem Fall.

Dieser Satz war mit voller Absicht ausgesprochen worden. Boshaft.

Lupo enthielt sich jeden Kommentars.

Er spielte das Schweigespiel weiter, um endlich die stoische Haltung dieser Frau mit dem fahlen Teint ins Wanken zu bringen.

Rachsucht sprach aus ihren Augen.

»Ja, sie war eine ehrlose Frau…«

Valeria nickte, um ihre Aussage zu unterstreichen.

Sie mochte um die vierzig sein, doch sie sah erheblich älter aus. Ihre Haut war durchscheinend, gelblich. Sie hatte Ringe unter den Augen. In einem hageren, spitzen Gesicht ohne Wangen, mit scharfen Falten um die Augen und einer angespannten Kinnpartie.

Die Lippen waren blutleer. Die leicht vorstehenden Zähne schienen ihren Willen zu betonen, die ganze Welt und alle Ungerechtigkeiten damit zu packen.

Lupo schwieg beharrlich.

Seine Gastgeberin, die keine Tränen zu haben schien, zeigte immer deutlichere Anzeichen von Zorn.

Seine Taktik funktionierte.

»Was sind Sie für ein Mensch? Sie sagen nicht einmal, dass es Ihnen für meinen Bruder Leid tut.«

»Mein Beileid.«

»Ich glaube nicht, dass Sie sich bei der Familie dieser Nutte auf so wenig beschränkt haben.«

»Die ›Nutte‹ hat keine lebenden Verwandten mehr.«
»Darf man wissen, warum Sie nichts sagen? Warum stellen Sie keine Fragen wie andere Polizisten?«
»Hatten Sie schon mit Polizisten zu tun?«
»Natürlich. Das wissen Sie genau. Und ich weiß auch ziemlich gut, aus welchem Holz die geschnitzt sind.«
»Schön für Sie. Ich dagegen habe sie noch nie verstanden.«
»Sie war eine schlechte Frau!«
»Sie wiederholen das jetzt zum dritten Mal. Gibt es dafür einen besonderen Grund?«
»Nein. Ich dachte nur, es sei Ihnen entgangen.«

Lupo beschränkte sich darauf, mit den Schultern zu zucken.
Valeria Vilfredi hielt ihre Arme eng über der Brust verschränkt.
Sie saß auf der Stuhlkante und wiegte sich unaufhörlich hin und her. Als fürchte sie, der Schmerz könne plötzlich aus ihrem Körper entweichen und ihr somit die moralische Überlegenheit nehmen und das Recht, über jeden Zweifel erhaben zu sein.
Schließlich explodierte sie.
»Na los! Fragen Sie mich doch endlich, woher ich weiß, dass auf der Wand genau dieser Satz geschrieben stand.«
»Einverstanden: Woher wissen Sie es?«
»Dort auf dem Tisch liegt eine Fotografie. Sehen Sie sie sich an.«

Lupo seufzte.
Und sein Blick glitt zum wiederholten Mal zu jenem beunruhigenden gelben Umschlag, der an eine Vase mit stinkendem, schwärzlichem Wasser gelehnt war, in der ein paar Chrysanthemen trauerten.
Er war der einzige auffallende und farbige Gegenstand in diesem tristen und dunklen Zimmer ohne Bilder, ohne Erinnerungsstücke, ohne Hoffnung. Ein erbärmlicher Ort, allein geeignet zum bloßen Überleben. Das Tag für Tag nur ertragen

wurde. In dem keinerlei glücklichere oder leidenschaftlichere Gefühle als Groll zu erwarten waren.

»Na los. Öffnen Sie ihn.«

Lupo gehorchte unwillig.

Er wusste, dass er sie danach nicht mehr länger als Schuldige ansehen konnte.

Er wusste auch, dass das nicht richtig war.

Doch insgeheim hatte er es gehofft.

Eine Tatsache, die ihn verwirrte. Denn es war ihm noch nie passiert, dass er sich im Lauf einer Ermittlung derart von Antipathie ergreifen ließ, dass er sich im Dschungel seiner Gefühle verlor.

Es war eine Polaroidaufnahme mit aufgedrucktem Datum und Uhrzeit.

Sieben Minuten nach Mitternacht.

Im Vordergrund die Schrift an der Wand.

Darunter in verzerrter Perspektive, vielleicht infolge zu geringer Entfernung oder weil die Aufnahme in steilem Winkel von unten nach oben angefertigt worden war, das zerstörte Gesicht Cecilia Guidis.

Lupo war bestürzt.

Nur der Mörder konnte dieses Foto gemacht haben.

Doch warum?

Lupo hasste Mobiltelefone.

Modica nicht.

Lupo rief ihn aus einer plötzlichen Eingebung heraus an.

Modica antwortete sofort, freudig. Als würde es ihm große Befriedigung bereiten, es ständig läuten zu hören. Doch als er realisierte, wer sein Gesprächspartner war, verschwand seine gute Laune schlagartig.

»Ach, du bist es.«

»Valeria Vilfredi hat ein…«

»…Foto bekommen. Das habe ich vermutet. Ihr Bruder

ebenfalls. Ich bin gerade auf dem Weg, den anderen zu überprüfen.«

»Was hältst du davon, wenn wir...«

»Willst du vorschlagen, dass wir uns später treffen sollen?«

»Ja.«

»Verflucht, Lupo. Das ist ja unglaublich. Ohne Frau und Kinder könntest du sogar ein richtig menschlicher Polizist werden.«

»Hör zu...«

»Einverstanden. Wer könnte sich eine solche Gelegenheit entgehen lassen. Dich bis spät in die Nacht arbeiten zu sehen wie irgendeinen von uns. Wo bist du jetzt?«

»Vor dem Haus der Vilfredi. In einer Telefonzelle. Ihr Telefon ist kaputt.«

»Ein schöner Haufen von armen Teufeln, was? Auch wenn meiner nicht gerade in einer miesen Absteige wohnt. Aber er hasst seine Schwester, weil sie ihn gezwungen hat, seinen letzten Heller in die Erbstreitigkeiten mit der Guidi zu stecken. Stell dir vor, dass...«

»Hör mal. Lass uns später darüber sprechen. Ich muss wieder hinaufgehen. Im Grunde habe ich sie noch gar nicht verhört. Ich wollte dir nur Bescheid geben.«

»In Ordnung, Kumpel. Wenn ich mit dem dritten Exemplar dieser feinen Sippe fertig bin, komme ich vorbei und hole dich ab. Hat sie wenigstens eine Gegensprechanlage?«

Lupo führte noch ein weiteres Telefonat.

Er wartete lange.

Er wollte schon aufhängen, als er eine Stimme hörte, die aus dem Jenseits zu kommen schien. Fast unverständlich. Doch auf gewisse Weise freundlich. Eine weibliche Stimme.

»Die Engel schlafen, das Paradies ist wegen Nachtruhe geschlossen.«

Langsam drang ihm ins Bewusstsein, dass es sich um ein Tonband handeln musste.

Er hängte verwirrt ein.

Er war sich sicher, dass er sich nicht verwählt hatte: Die Zahlen blinkten noch beruhigend auf dem Display. War eine derartige Spielerei tatsächlich Loewenthals Stil? Dann rührte sich etwas in ihm: Dieses leise, fast hingehauchte Murmeln hatte etwas Vertrautes. Ein kleines Flämmchen der Erinnerung züngelte auf.

Dann wusste er es.

Es war Cecilia.

Die schelmische Ansage einer Schauspielerin auf dem Anrufbeantworter ihres Beschützers. Einer ihrer Scherze. Eine Art, auch als Tote noch mit dem Leben ihre Possen zu treiben. Der Alte musste in seinem inneren Aufruhr vergessen haben, die Aufnahme zu löschen.

Lupo trat aus der Zelle heraus.

An diesem Abend würde er nicht mehr erfahren, ob auch Loewenthal diese grauenvolle Fotografie bekommen hatte.

Lupo musste nicht läuten.

Die Tür war offen geblieben. Ein schwacher Lichtstrahl erhellte die dunkle Treppe dieses heruntergekommenen Mietshauses in der Via delle Primule im Stadtteil Le Vallette. Wo keiner jemals vergessen würde, selbst am helllichten Tag die Wohnungstür von innen zu verriegeln.

Valeria Vilfredi saß unbeweglich da.

Sie erwartete ihn wie eine Ikone des Schmerzes und der Resignation.

»Was halten Sie von einem Kaffee?«

Kein Anzeichen, dass sie ihn gehört hatte.

Mit Freundlichkeit würde er hier nichts erreichen.

»Hören Sie gut zu. Ich mache große Anstrengungen, objektiv zu bleiben. Doch Sie sind mir zutiefst unsympathisch.

Gefühlsmäßig. Es mag ungerecht sein, aber ich versichere Ihnen, dass ich Sie mir hervorragend als Mörderin vorstellen kann. Hören Sie also endlich auf, mir diese Komödie vorzuspielen, und fangen Sie an, sich zu verteidigen.«

»Das heißt, Ihrer Meinung nach hätte ich auch meinen Bruder umgebracht?«

»Meines Wissens hätten Sie dazu gute Gründe gehabt.«

Lupo hatte diesen Schuss ins Blaue hinein abgegeben. Verblüfft über die Drohung, die in seiner Stimme lag.

Doch das Resultat war erstaunlich.

Die Vilfredi atmete tief ein, dann fing sie an zu weinen. Endlich besiegt.

»Ja, das stimmt. Ich habe ihn gehasst. Von ganzem Herzen.«

»Warum?«

»Man darf nicht der Sklave einer Nutte werden, die die ganze Familie zerstört hat.«

»Lassen Sie mich erklären.«

Lupo seufzte.

Er wusste genau, was kommen würde.

Die peinlich detaillierte Schilderung einer Niederlage.

Intime und klägliche Einzelheiten eines von niedrigen, erbärmlichen Gefühlen getrübten Lebens. In das kein Lichtstrahl drang, um die Düsternis aufzuhellen.

Er zog den Vorhang am Fenster auf.

Doch der Blick auf diese heruntergekommenen Mietskasernen, die wie riesenhafte Insekten in einem unendlichen Netz von Antennen verstrickt waren, verdarb ihm endgültig die Stimmung. Die Franzosen definierten die *banlieus* der Einwanderer mit folgendem verächtlichem Satz: ›Parabole sur le balcon, arabe dans le salon.‹ (Siehst du eine Schüssel auf dem Balkon, dann sitzt gewiss ein Araber im Salon.)

Und dieses Viertel, das innen wie außen kaputt und zerfallen war, war genau das: Ergebnis eines Booms, dann in Vergessenheit geraten, in dem jetzt nur noch die neuen Schiffbrüchigen überlebten. Und der eine oder andere Wanderer, der von der Straße abgekommen war.

Wie hatte eine gebildete Frau wie Valeria hier enden können?

Tochter eines Mannes mit gutem Namen und guter Herkunft. Vielleicht nicht eigentlich reich zu nennen. Aber auch nicht wirklich arm – wenn bereits die Erbschaft der Guidi einige Hundert Millionen Lire betrug.

Der Commissario seufzte.

Würde er es je erfahren?

Er trat vom Fenster weg und betrachtete sie, wobei er nachzudenken versuchte. Hatte sie die Schauspielerin umgebracht? Und ihren Bruder dazu?

Nein. Es war sinnlos. Auf eine so direkte Frage würde sie nie antworten.

Vielmehr: Sie würde es vielleicht tun, wenn er ihr zugestand, peinlich genau jede Minute ihrer Geschichte zu rekonstruieren. Wenn sie endlich die Erlaubnis bekäme, die Schleusen zu öffnen und das giftige Wasser abfließen zu lassen.

Lupo ergab sich.

Nur wenige waren sich bewusst, wie sehr die Menschen es nötig hatten, von sich und den eigenen Leiden zu erzählen. Das war nicht das erste Mal, dass ihm das passierte. Und es würde nicht das letzte Mal sein. Im Grunde war ein Commissario nichts anderes als ein Beichtvater ohne Beichtstuhl und ohne Priestergewand.

Er war ja hier, um zuzuhören.

Und es spielte keine Rolle, ob man dies nun für ein Gehalt oder des Glaubens wegen tat, im Großen und Ganzen war das Ergebnis dasselbe. Von hundert Menschen, die seine ungewöhnliche Kirche betraten, gingen neunundneunzig geläutert daraus hervor. Der Hundertste hatte eine so große Sünde auf sich geladen – durch einen Mord, eine Vergewaltigung, eine üble Gewalttat –, dass nicht einmal ein Priester ihm hätte Vergebung gewähren können.

Und somit fiel die irdische Gerechtigkeit mit der himmlischen zusammen.

Er machte ihr ein Zeichen, sich zu setzen.

Er wappnete sich mit Geduld und nickte ihr zu.

»Bitte, fangen Sie an.«

Es gab kein Entrinnen.

Valeria Vilfredi begann mit einem weit zurückliegenden Maitag.

»Ich erinnere mich, als wäre es heute. Meine Mutter öffnete versehentlich einen Brief an meinen Vater und entdeckte, dass er sie betrog. Es regnete, und ich hatte Zahnschmerzen. Ich hatte schon immer Probleme mit den Zähnen. Sobald es feucht wurde, entzündete sich der Trigeminusnerv. Oh, und auch der Ischias. Im Grunde bin ich jeden Morgen mit dem Horror vor den Schmerzen aufgewacht, die mich den Tag über plagen würden.«

»Sie erzählten von Ihrer Mutter...«

»Sie war eine wunderschöne Frau. Und wenn es auch zum Teil ihre Schuld war, so hatte sie doch eine solche Demütigung nicht verdient. Ich verstehe schon, dass sie nach der Geburt von Andrea...«

Es gab drei Dinge, die Lupo unerträglich fand.

Einen anklagenden Unterton, der mit Selbstmitleid vermischt war. Die manische Suche nach Einzelheiten, die für das Verständnis völlig nutzlos waren. Und die Eigenart, die Sätze immer nur halb zu sagen, um zum Weiterreden aufgefordert zu werden.

Die Vilfredi bot ein vorzügliches Beispiel für die Vermischung alles Negativen.

Er biss sich auf die Lippen.

Dann beugte er sich müde diesem Flehen.

»Warum, was ist geschehen?«
»Oh, wenn Sie wüssten...«

Fünfzig Jahre Psychodrama.

Völlig dominiert von der Persönlichkeit eines exzentrischen Vaters.

Den eine solche Familie, die sonst nur aus lauter Griesgramen bestand, nicht hatte akzeptieren können. Unfähig zum Umgang mit Ironie, mit der Leidenschaft des Nonkonformismus und der Phantasie. Eine Familie von dunklem, ernsthaftem Wesen, die fähig war, sich allein von Pflicht und Verantwortungsbewusstsein zu nähren.

Gustavo Vilfredi war Klavierstimmer gewesen.

Er hatte sein Handwerk im Laden seines Großvaters, eines königlichen Hoflieferanten, erlernt.

Zwischen den Stimmgabeln in einer kleinen Werkstatt in der Via della Rocca im savoyischen Turin. Im Hinterhof. Als Nachbar ein Hufschmied, der die Pferde der Königin beschlug.

Als die Eltern starben – sie kamen bei einem Eisenbahnunglück unweit von Vercelli um, auf der Rückreise vom Comer See, wo sie ihre Silberhochzeit gefeiert hatten –, war er erst sechzehn Jahre alt gewesen.

Er war ganz plötzlich auf sich selbst gestellt, dabei ging er noch zur Schule.

Doch er hatte ein Handwerk erlernt und besaß ein Haus, in dem er wohnen konnte.

Und nicht nur seine eigenen vier Wände, sondern auch die der fünf Söhne des Schmieds, die beschlossen hatten, das väterliche Geschäft auszubauen: Sie hatten einige Kutschpferde gekauft, eine kleine Kalesche, mit der sie Touristen umherfahren konnten, sowie einen robusten Pritschenwagen für Umzüge.

»Meine Mutter (sie hieß Eva und schien bereits vom Namen her vorbestimmt für eine der ältesten Sünden der Welt) wohnte auf der anderen Seite der Straße. Vom Fenster ihres Zimmers aus konnte sie ihn jeden Tag kommen sehen. Er war schön. Er war nicht auf den Mund gefallen. Jedes Mal warf er ihr einen Handkuss zu. Eines Sonntags, als sie zur Messe gingen, warf er auch ihrer Mutter einen zu. Woraufhin ihr Vater ihn mit einem Schirm verprügelte.«

Das war eine Wette mit den Brüdern Traschetti, den Fuhrleuten, gewesen.

Diese hatte schon früher auf eigene Gefahr die Strenge des Grundschullehrers auf die Probe gestellt, der eher geneigt war, seine Kinder und seine Schüler mit Hilfe des Rohrstocks denn mit Büchern zu erziehen. Sie waren es gewesen, die Gustavo zu diesem Scherz herausgefordert hatten.

In der Gewissheit, dass er niemals den Mut dazu aufbringen würde.

Doch Gustavo hatte sie enttäuscht.

»Oh, wie sie ihn bewunderte! Keiner, der ein wenig Grips im Kopf hatte, hätte sich je getraut, ihren Vater so zu provozieren. Mit Sicherheit keiner aus der Familie. Aber auch im Viertel begegneten ihm alle, vom Drogisten bis zum Fleischer, mit absoluter Ehrfurcht. Nicht, dass er böse gewesen wäre. Er verbreitete Angst. Er lächelte nie, sprach nur mit leiser Stimme. Deshalb waren wir alle immer völlig still, bereit, jedes Flüstern von ihm aufzufangen. Er ließ sich zu keinerlei Gefühlen hinreißen. Geburten, Todesfälle, Schmerzen, das Leben. Er war wie ein tausend Jahre alter Baum, dem kein Wind jemals etwas hatte anhaben können. Später hat ihn Valeria gewissermaßen samt den Wurzeln ausgerissen. Das muss eine Szene gewesen sein, wie er auf der Straße diesem unverschämten Jungen hinterherlief und ihm links und rechts Hiebe versetzte. An diesem Punkt hat sich Mama hoffnungslos in ihn verliebt...«

Es war die absolute Liebe einer Vierzehnjährigen.

Tief, ehrlich, schmerzhaft.

Schwankend zwischen den Höhenflügen der Hoffnung und den Tiefen der Depression.

Viele Jahre hatte er ihr diesen Kuss zugeworfen.

Und sie hatte ungeduldig darauf gewartet.

Sie waren gewissermaßen miteinander aufgewachsen und hatten doch noch nie ein Wort gewechselt.

Dann eines Abends hatte Eva gesehen, wie er eng umschlungen mit einer Frau nach Hause kam. Und dieser waren viele andere gefolgt.

»Meine Mutter wusste nicht, dass dies nur der erste von vielen Seitensprüngen sein würde. Sie rechtfertigte sein Tun vor sich selbst und gab sich ein Versprechen. Sie würde alles geduldig ertragen. Doch am Ende würde sie gewinnen: Sie würde ihn heiraten.«

Auf die eine oder andere Weise.

Und es geschah schließlich auf die andere – sündige – Weise.

»Als meine Mutter vor den Priester trat, war sie im dritten Monat schwanger. Eine wirkliche Wiedergutmachungshochzeit, in vielerlei Hinsicht. An der Hochzeitszeremonie habe ich auch schon teilgenommen...«

Der Plan war ausgeklügelt gewesen.

Wenn auch mit unvorhersehbarem Ausgang.

Eva war mit Maria de Ferrari, Tochter des Direktors des Regio-Theaters, gut befreundet und besuchte sie regelmäßig. Es gelang ihr, sie zu überzeugen, dass ihr Klavier verstimmt und daher ein guter Klavierstimmer vonnöten war.

Welch ein Zufall, dass sie sogar einen kannte...

Die Freundin hatte gelächelt und genickt.

»Endlich lernen wir uns kennen.«
»Weißt du was? Ich habe alle deine Küsse aufgehoben.«
»Und ich die Narben von deinem Vater. Schau her.«
»Was machst du da?«

»Ich ziehe mein Hemd aus. Willst du sie sehen oder nicht?«
»Das muss nicht sein. Ich glaube dir auch so.«
»O doch, das muss sein.«
»Bist du verrückt? Maria könnte plötzlich hereinkommen. Sie würde das falsch verstehen.«
»Maria ist sich sicher, dass das Klavier völlig in Ordnung ist. Ich habe es vor ein paar Wochen gestimmt.«
»Soll das heißen, dass ihr euch schon gekannt habt?«
»Auch ein bisschen mehr.«
»O nein!«
»Aber das ist doch vorbei. Keine Sorge.«
»Also...«
»Ja. Sie hat mir geholfen. Ich wollte mit dir allein sein.«
»Und ich habe gedacht, ich hätte es so schlau angestellt...«
»Und ich habe gedacht, dass du mich einmal wirklich küssen wolltest...«

Was dann kam, war vorhersehbar gewesen.
Der Vater hatte sie fortgejagt und enterbt.
Gustavo Vilfredi hatte sich gefreut, als er die Nachricht vernahm.
Er hätte nicht gewusst, was er mit einem solchen Schwiegervater anfangen sollte und noch weniger mit dessen Geld.
Denn mit seiner eigenen Arbeit lief es immer besser. Mittlerweile holten ihn die Theater von halb Italien, Orchesterleiter oder Sänger empfahlen ihn weiter.
Es schien, als bräuchte man ihn überall.
Und außerdem liebte er seine kleine Braut zärtlichst.
Voller Stolz beobachtete er, wie ihr Bauch sich rundete. Und er glaubte, dass die Gefühlswallungen angesichts der bevorstehenden Geburt für diese unverhoffte Traurigkeit und großen Stimmungsschwankungen verantwortlich seien – und nicht eine erlittene Schmach oder ein leises Schuldgefühl.
Mit der Geburt Valerias wurde es ein bisschen besser.

Und mit Sergio und Giorgio.

Das ging zehn Jahre lang so bis kurz vor ihrer Niederkunft mit Andrea.

Höhen und Tiefen.

Große, unabsehbare Leidenschaften, die sich abwechselten mit heftigen Depressionen.

»Ich weiß, ich weiß. Da war etwas falsch mit ihr. Vielleicht wollte sie nur verhindern, dass wir dieselben Fehler machten wie sie. Vor allem der Bruch mit ihrer Familie lastete schwer auf ihr. Als Reaktion darauf wurde sie mit der Zeit ihrem Vater immer ähnlicher. Streng, unbeugsam, bigott. Sie erstickte uns mit ihrer Härte, ihrer Moral. Sie war so ganz anders als diese oft so fröhliche und immer verliebte Frau, die uns in den ersten Jahren unserer Kindheit begleitet hatte. Ab einem bestimmten Zeitpunkt war uns jedoch nichts weiter erlaubt, als zu lernen und vor anderen untadelig dazustehen. Wir waren zu jung, um zu merken, dass sie uns fürs Leben brandmarkte...«

Dann der Brief...

Man fand ihn in der Tasche einer Jacke, die zum Färben gebracht werden sollte.

Mein geliebter und unermüdlicher Eroberer von Toscas, Violettas und Turandots.
Deine süße Sopranistin bebt immer noch beim bloßen Gedanken an deine Hände und deine Lippen. Ich schwöre dir: Noch nie wurde eine Viola d'Amore besser gestimmt. Ich liebe dich – wie sagt man – aus reiner Freude. Wie ist es nur möglich, dass dein armes Weib auf so viel Vergnügen verzichtet? Ich habe lange darüber nachgedacht. Es gibt nur eine Möglichkeit – vier Kinder schließen ja das furchtbare Schicksal der Frigidität aus: Sie will dem Herrn ein Opfer bringen. Was anderes könnte sonst dahinter stecken, dass sie sich nach der Geburt von Andrea den Zwang auferlegt hat,

dich zwar in ihrem Bett haben zu wollen, aber ohne Zärtlichkeiten? Halte durch bis Dienstag, mein Lieber, neben deiner traurigen Nonne. Am Mittwoch wird deine kleine Teufelin ein jedes deiner Leiden wieder gutzumachen wissen.

Deine liebesglühende Mimí

An diesem Punkt verlor Lupo die Geduld.

Doch er versuchte, seine Worte zu mäßigen.

»Den Rest kann ich mir vorstellen. Aber wenn es Ihnen nichts ausmacht, können wir zum Kern der Sache kommen?«

Valeria versteifte sich.

Für einen Augenblick hatte sie geglaubt, dass sich endlich jemand ihrer annehmen würde. Dass Lupo, obgleich Polizist, ihr zuhören würde, um die Komplexität ihres Dramas wirklich zu verstehen. Sie hatte sogar an einem gewissen Punkt geglaubt, dass sich zwischen ihnen so etwas wie eine stillschweigende Vertrautheit aufgebaut hätte.

Doch das war eine Täuschung.

»Was soll das heißen: ›Den Rest kann ich mir vorstellen‹?«

Ihre Stimme war eisig.

Lupo seufzte.

Er hatte sie nicht beleidigen wollen.

Er wusste, dass er nichts weiter von ihr erfahren würde, wenn er sie enttäuschte.

»Ich möchte Sie um einen großen Gefallen bitten. Sie sind so feinfühlig... Ich weiß, dass Sie ihn mir nicht abschlagen werden.«

Die Frau sah ihn aus den Augenwinkeln an.

Verunsichert.

Sie nickte nur. Mit einer heftigen Bewegung des Kopfes. In Erwartung seiner Antwort. Um dann entscheiden zu können.

Der Commissario nahm das als gutes Zeichen und sprach weiter.

»Darf ich Sie in ein paar Tagen einmal zum Essen einladen?«

Die Frau reagierte mit Verwirrung. Sie errötete und flüsterte die Antwort fast nur.

»Warum?«

»Sehen Sie, ich habe einen üblen Job, der mich dazu zwingt, Menschen nur sehr oberflächlich kennen zu lernen. Das Problem ist stets, dass ein Verbrechen einem keine Zeit lässt. Je mehr Zeit vergeht, desto eher hat der Mörder die Gelegenheit davonzukommen. Ich würde gerne bleiben und Sie besser kennen lernen. Aber ich kann nicht. Ich brauche die Antworten sofort. In diesem Augenblick. Aber dann, wenn Sie erlauben...«

Die Frau strahlte.

Mit einer instinktiven, weiblichen Geste fuhr sie sich mit der Hand durchs Haar, um eine der stumpfen Locken, die traurig ihr Gesicht umrahmten, zurechtzurücken.

Sie lächelte sogar ein wenig.

»Vielleicht nächste Woche?«

Lupo nickte.

Er fühlte sich im Innersten schuldig, denn er war mit seinen Gedanken nur bei Greta und den Jungen. Und dem Flug, der ihn, wie er hoffte, bald zu ihnen bringen würde.

So überhörte er fast die letzten Worte seiner Gastgeberin.

»Andrea hat diese Nutte in der Villa kennen gelernt...«

»In der Villa? Entschuldigen Sie, in welcher Villa?«

»In der von Loewenthal, das habe ich Ihnen doch gesagt. Ich weiß nicht, was er dort bei Hofe trieb. Seit sechs Monaten hat er jedenfalls für ihn gearbeitet, und er hatte die Taschen voller Geld. Während ich...«

»Du bist neu hier, stimmt's?«

Lupo war sehr verwirrt.

Er war an Frauen mit blauen Brustwarzen nicht gewöhnt.

Es war schon weit nach drei Uhr.

Und Turin schlief bereits seit Stunden.

Daher hatte ihn Modica in eine reichlich verqualmte Kneipe mitgenommen, die irgendwo hinter der Piazza Solferino lag. Er hatte einen ehrerbietigen Türsteher mit Namen begrüßt.

Dann waren sie von einem hinkenden Maître, an dessen haarigen Handgelenken viel Gold blitzte, zu einem Tisch geführt worden. Dessen Mund formte, während er mit den Fingern nach einer der halb nackten weiblichen Bedienungen schnippte, das magische Wort: Champagner.

»Ja, ich bin neu.«

»Dann sag mir bitte: Gefällt dir die Farbe dieses Abends?«

»Wie bitte?«

»Das Blau. Wenn ich ehrlich sein soll, mag ich Rot lieber. Blau erschlägt mich. Es macht mich fertig, verstehst du? Sag du's mir, der du offensichtlich nicht an so was gewöhnt bist. Weißt du, es ist der erste Eindruck, der zählt.«

Lupo wusste nicht, was er antworten sollte.

Das Mädchen war jung. Es war hübsch. Trotz allem in keiner Weise aufdringlich. Es sprach mit großer Ernsthaftigkeit, als beschäftige es ein elementares Problem.

»Nun, ich müsste auch das Rot sehen, um entscheiden zu können.«

Er hatte den Satz noch nicht zu Ende gesprochen, als er sich dessen schon schämte. Modica bemerkte es sofort. Er sah dem Mädchen nach, das sich die Hüften wiegend entfernte. Er fing sogleich an zu sticheln.

»So etwas findest du nicht auf deinem Fluss, was?«

»Nein.«

»Komm, hör auf, den Zurückhaltenden zu spielen, Lupo. Du brauchst dich nicht schlecht fühlen. Es ist gar nichts Schlimmes dabei, wenn man den Augen etwas Gutes tut, während die Frau in den Ferien ist. Denk daran: Du bist ein Ehemann, der in der Stadt zurückgelassen worden ist. Ihr seid ein Berufsheer, keine Söldnertruppen.«

»Kommst du oft hierher? Es scheint, als würden dich alle kennen.«

»Wenn es das ist – ja, dies hier ist mein richtiges Büro. Was glaubst du denn, woher meine netten kleinen Informationen kommen? Ich sage dir: Nach neun Uhr sollte das Präsidium hierher verlegt werden.«

»Aber alle wissen doch, dass du von der Polizei bist...«

»Na und? Ich loche ja niemanden ein. Du redest ein bisschen mit den Leuten. Einer vertraut dir etwas an. Du schreibst es dir auf und legst es in die Akten. Vielleicht tauschst du es gegen einen Gefallen ein. Turin ist eine provinzielle Schlafstadt. Die Nachteulen haben nur zwei oder drei Orte, wo sie ihren Spaß haben können. Das führt dazu, dass die Polizisten und die Diebe zu einer einzigen Familie werden. So einfach ist das.«

Lupo sah Modica mit neuen Augen an.

Er hatte noch nie ein richtiges Junggesellenleben geführt.

Das hatte er noch nicht gekannt: Tag für Tag an denselben Tischen in einer Trattoria oder einem Nachtlokal zu sitzen mit niemand anderem zur Gesellschaft als eine Kellnerin mit müden Füßen oder einen geschwätzigen Inhaber. Vor sich ein Glas Wein zu haben, während man sein Glück zu machen hofft, das von den Launen eines ausgefüllten Totozettels abhängt.

Ein Leben mit vielen verschiedenen, aber flüchtigen Leidenschaften. Die der Zufall beschert, die Laune eines Abends. Eine Vielzahl von Gesichtern, überwiegend bekannte Gesichter, aber dennoch nur Gesichter.

Fremde.

Fast schmerzte es ihn, dass er Modica immer ein wenig verachtet hatte.

Und in gewisser Weise fühlte er sich jetzt in seiner Schuld.

»Was ist los, Lupo? Sagst du gar nichts?«

Der Commissario hatte so sehr seinen Gedanken nachgehängt, dass er nicht bemerkt hatte, dass das Mädchen wieder neben ihm stand. Ihre blassen Brüste, auf einer Höhe mit seinen Augen, hatten jetzt rote Brustwarzen.

Er konnte nur noch stammeln.

»Es stimmt, das Blau macht dich... Besser, viel besser so...«

»O danke, ich war mir sicher. Es ist schön, dass ich dir gefalle. Du gefällst mir auch. Du bist so anders...«

»Ich... ich, ich weiß nicht...«

»Wenn du möchtest, kannst du mich nach Hause begleiten, wenn ich hier fertig bin.«

»Ich... ich bin verheiratet.«

»Das sind fast alle.«

»Vielleicht sind sie nicht glücklich.«

»Vor allem sind sie getrennt. Oder die Frau versteht sie nicht. So ein Geschwätz jedenfalls... Die wollen jedenfalls alle mit mir ins Bett. Dabei möchte ich nur jemanden, der mich begleitet. Es wäre schön, wenn das einmal geschehen würde. Was meinst du?«

»Ich weiß nicht...«

»Ich heiße Rosa.«

»Ich warte hier auf dich...«

Lupo bereute sofort, Mitleid mit Modica gehabt zu haben.

Denn kaum war Rosa fort, erschien auf dessen Lippen ein verschwörerisches Grinsen. Von Mann zu Mann. Mit jener vulgären Vertraulichkeit, die der Commissario so verabscheute, weil sie von all diesen typisch männlichen Gedanken über Frauen und ihre unerklärlichen Begierden zeugte.

Also wechselte er das Thema.

Er schnauzte ihn an.

»Also, was ist? Wenn ich mich nicht irre, sind wir wegen eines Verbrechens hier. Erzähl mir von den Brüdern Vilfredi und von diesen verfluchten Fotos.«

Modica schüttelte den Kopf.

»Du kannst einfach nicht anders, als dich wie ein Arschloch aufzuführen, was?«

»Genau. Fang an. Oder aber, falls dir das nicht passt, reden wir eben morgen mit Ferro darüber. Du kannst es dir aussuchen.«

»Warum entspannst du dich nicht ein bisschen? Das ist doch keinen Aufstand wert.«

»Hör zu, ich bin müde...«

»Dann solltest du nach Hause gehen, anstatt deine Zeit mit einer kleinen Nutte zu vertun...«

Lupos Blick wurde zu Eis.

Und Modica merkte, dass er zu weit gegangen war, gerade als es so schien, als würde sich ein einigermaßen freundschaftliches Verhältnis zwischen ihnen beiden entwickeln. Eine vertane Gelegenheit. Durch seine eigene Schuld.

Er versuchte sich zu entschuldigen.

Ein wenig ungeschickt.

»Nimm es mir nicht übel. Ich habe nur einen Scherz gemacht. Im Grunde sind es ja nur Frauen.«

Dann nahm er nervös einen Schluck Champagner.

Er wischte sich den Mund ab und seufzte.

»Der Erste: Sergio Vilfredi. In den Vierzigern. Universitätsabschluss in Philosophie. Ein Verrückter. Oder wie er sagt: ein Zeitarbeiter. Was nichts anderes bedeutet, als dass er überhaupt nichts tut. Er ist in der Kartei einer Firma, die ihn in den letzten Monaten nur ein einziges Mal angerufen hat. Arbeit für insgesamt zehn Tage. Nicht am Stück. Denk mal, was für ein arbeitsames Wesen.«

»Und weiter?«

»Er hasst die Schwester. Er hasst den Bruder, der noch am Leben ist. Er hasst den Bruder, der tot ist. Er hat das Foto ebenfalls bekommen. Doch er ist einer, der ununterbrochen im Internet surft. Er hat das Foto an den Computer gehängt.

Hat gedacht, es wäre ein Scherz eines seiner Bekannten aus dem Netz. Wenn ich es richtig verstanden habe, quatscht er die ganze Zeit in einem Chatroom mit lauter Verrückten: Wer sind wir, woher kommen wir, wohin gehen wir? Meines Erachtens sucht er jemanden, der ihn aushält. Mann oder Frau, ganz egal.«

»Woraus folgerst du das?«

»Woraus ich das folgere? Oh, entschuldige. Aber ich bin nicht daran gewöhnt, mich so gebildet auszudrücken. Ich beschränke mich darauf, die Dinge zu hören und zu beschnüffeln. Ich weiß nicht, ob ich sie auch ›folgere‹.«

Modica grinste und sah Lupo von der Seite an.

Er wollte Frieden schließen.

Doch Lupo ging nicht darauf ein.

»Und die Guidi? Hat er die auch gehasst?«

»Ich würde mich wundern, wenn er überhaupt in der Lage wäre, sich selbst zu ertragen.«

»Wie hat er es aufgenommen, dass sein Bruder in ihrer Villa ermordet wurde?«

»Das war seltsam. Schwer zu erklären. In seinem blinden Hass war auf einmal ein schiefer Ton. Fast eine Art Bewunderung. Als würde er ihm posthum das Verdienst zuerkennen, etwas erreicht zu haben. Eine Eroberung. Etwas, das er selbst vermasselt hat.«

»Bist du sicher?«

»Ziemlich.«

»Wurde zufällig auch der Name Loewenthal erwähnt?«

Modica sah ihn auf einmal argwöhnisch an. Er ließ sich Zeit. Er trank mit Kennermiene einen letzten Schluck Champagner. Dann machte er ein schnalzendes Geräusch und grinste.

»Nein. Gibt es da etwas, das ich nicht weiß, aber wissen sollte?«

Lupo ließ die Frage an sich abgleiten. Er wollte jetzt rasch fertig werden. Es war kurz vor vier. Der Großteil der Tische war leer. An den anderen wedelten zwei Mädchen mit grünen Brustwarzen mit einer Rechnung, kritisch beäugt vom lahmen Maître.

»Erzähl mir von dem anderen Bruder.«

»Giorgio? Nun, Giorgio habe ich nicht gefunden. Es sieht so aus, als sei er verschwunden. Die Nachbarn haben ihn schon seit einiger Zeit nicht gesehen.«

»Und der gelbe Umschlag mit dem Foto?«

»Da war nichts im Briefkasten und nichts unter der Tür.«

Plötzlich gab es nichts mehr zu sagen.

Sie sahen sich für einen Moment irritiert an.

Dann stand Modica auf.

»Ich gehe. Wenn ich richtig verstanden habe, kann ich dich nirgends absetzen.«

»Genau.«

Rosa näherte sich dem Tisch.

Sie sah aus wie eine Studentin.

Sie trug ein Paar Jeans und ein rosafarbenes T-Shirt. Die Haare hatte sie zu einem kleinen Pferdeschwanz zusammengebunden. Auf dem Rücken trug sie einen Rucksack.

Sie gab ihm einen flüchtigen Kuss auf die Wange.

»Da bin ich. Ich bin für heute fertig.«

Lupo nickte.

Verlegen.

Er begriff nicht, wie er in diese Situation hatte geraten können.

Er war sich sicher, dass Greta es auch nicht verstehen würde...

2

Lupo erwachte ganz plötzlich.

Mit steifen Gliedern.

Einen Moment lang begriff er nicht, was ihn geweckt hatte.

Vom Schlaf noch ganz benommen, nahm er ungewohnte Gerüche und Geräusche wahr. Es roch nicht nach dem Fluss, dieser Geruch war anders, viel intensiver. Vielleicht Kakao… Dazu das asthmatische Schnaufen eines Bügeleisens.

Dann hörte er auch den entfernten Klang eines Radios.

Und eine fröhliche Stimme, die sich ziemlich falsch an einem alten Song von Lucio Battisti versuchte.

Plötzlich fiel ihm alles wieder ein.

Rosa…

Er machte sich ans Aufstehen.

Ließ sich dabei aber einige Minuten Zeit, um das Schuldgefühl abflauen zu lassen, das daher kam, nicht in seinem eigenen Bett geschlafen zu haben. Auch wenn absolut nichts geschehen war, was er hätte bereuen müssen.

Rosa hatte ihm das Sofa gezeigt. Er hatte sich sofort darauf fallen lassen. Vollständig angezogen. War sofort eingeschlafen, während sie noch nach einem Kissen suchte. Es war ein tiefer und traumloser Schlaf gewesen. Lupo erinnerte sich nur, dass er irgendwann schweißgebadet aufgewacht war.

Aus der Tatsache, dass er jetzt nur noch seine Boxershorts trug, schloss er, dass die Hitze seine Schamhaftigkeit besiegt hatte.

Er sah sich um.

Hose und Hemd lagen in der Tat zusammengeknüllt auf dem Boden.

Ebenso die Jacke, obwohl er überzeugt war, dass er sie sorgfältig über eine Stuhllehne gehängt hatte.

Er zog sich an.

Er konnte noch immer nicht glauben, dass er sich hatte überreden lassen, bei ihr zu übernachten...

Der Mörder nickte.

Jetzt war er sicher.

Nichts würde mehr zu ihm führen.

Er war ein hohes Risiko eingegangen.

Doch er hatte richtig gesehen: Die Polizei hatte die Villa nur mit einem dieser läppischen Papiersiegel verziert und niemanden zur Bewachung am Tatort gelassen.

Er hatte alle Zeit der Welt gehabt.

Und er hatte keine Spuren hinterlassen.

Er betrachtete das Foto.

Es schüttelte ihn.

Wenn ein anderer es gefunden hätte, wäre sein so sorgsam ausgeklügelter Plan in sich zusammengefallen.

Er nahm einen Schluck von seinem Kamillentee.

Gleich würde sich das heftige Schlagen seines Herzens beruhigen.

Diese Nacht war ein Alptraum gewesen.

Er hatte sie damit verbracht, die vielen kleinen Fehler auszumerzen, die ihm, von Gefühlen und Schmerz gebeutelt, zuvor unterlaufen waren. Schließlich waren die falschen Fährten schon gelegt. Die Meute würde sie bald aufspüren, und dann würden sich die Jäger in einem Wald verlieren, weit fort von ihm selbst. Sie würden sich in Zweifeln und Ungewissheiten verfangen wie in einem Brombeergestrüpp.

Jetzt konnte er sich endlich entspannen und endlich mit seiner Trauer leben.

Er seufzte.

Dann nahm er einen weiteren beruhigenden Schluck. Mehrmals wiederholte er diese Geste mit geschlossenen Augen, als zelebriere er ein religiöses Ritual. Als würde er ein Mantra oder ein Gebet aufsagen.

Dann legte er sich aufs Bett.

Vollständig bekleidet.

Er wusste, dass der Schlaf nicht kommen würde. Er würde ihn auch nicht suchen. Zunächst musste er mit seinen Alpträumen abrechnen.

Er versuchte nachzudenken.

Es war ein furchtbarer Verrat gewesen.

Man konnte nicht zulassen, dass man mit all der Ergebenheit, deren ein Mensch fähig war, liebte, um plötzlich zu entdecken, dass man seine Gefühle vergeudet hatte. Dass man ein ganzes Vermögen an Leidenschaft und Hingabe verschleudert hatte.

Der Tod war nur ein erbärmlicher Akt der Gerechtigkeit.

Er vermochte nichts wieder gutzumachen.

Er bot jedoch die einzige Möglichkeit, um mit Anstand in eine Zukunft zu gehen, die sich vorzustellen man immer noch das Recht hatte. Eines war jedoch sehr bedauerlich: dass dabei ein unschuldiges Leben hatte geopfert werden müssen. Nicht immer bot Unschuld allerdings die Garantie auf Rettung.

Nicht er, sondern das Schicksal hatte bestimmt, dass sich ihre Wege kreuzten.

Er seufzte.

Er musste sich noch frisch machen.

Im Zimmer hing der Geruch von Angst.

Es war so dazu gekommen...

Die Leuchtschrift war erloschen.

Lupo hatte sich zu der kleinen Versammlung unbekannter

Männer gesellt, die auf der Straße darauf warteten, dass die Mädchen herauskamen.

Rosa hatte ihn sofort gesehen.

Er hatte ein wenig abseits gestanden.

Fast verschämt.

Sie war auf ihn zugekommen und hatte sich bei ihm untergehakt.

»Das ist nett, dass du auf mich gewartet hast. So brauche ich kein Taxi zu nehmen, und mein schöner kleiner Berg Trinkgeld bleibt unangetastet.«

Lupo war überrascht gewesen.

»Was, du...«

Und sie hatte genickt.

»Ja, sicher. Glaubst du denn, dass so einer wie dieser lahme Hund uns ein richtiges Gehalt bezahlt? Trinkgeld, nur Trinkgeld.«

Lupo war rot geworden.

Er war noch nie in einem derartigen Lokal gewesen. Und er kannte die Regeln nicht. Plötzlich hasste er Modica noch mehr. Weil dieser mit einer großartigen Geste die Rechnung an sich genommen hatte, wohl wissend, dass der *Maître* ihn niemals bezahlen lassen würde.

Aber über das Trinkgeld hatte er kein Wort verloren.

Mit Sicherheit war dies ein absichtliches Versäumnis gewesen.

»Entschuldige...«

Rosa hatte ihm leicht aufs Handgelenk geschlagen und hatte gelacht.

»Ich habe dir doch gesagt, dass du anders bist...«

Lupo hatte genickt.

Ein wenig pikiert, weil es so offensichtlich war, dass er dort nicht hingepasst hatte.

Aber er war ja noch nie fähig gewesen, den ›bösen Wolf‹ zu spielen. Nicht einmal, als es die heilige Pflicht seiner dreijährigen Söhne gewesen war, so zu tun, als würden sie sich vor der väterlichen Gestalt fürchten.

Er hatte zum Himmel hinaufgeschaut.

Dort waren noch die letzten tausend Sterne zu sehen gewesen.

Jene, die in den lauen Nächten erst kurz vor der Morgendämmerung aufflammen.

Nach diesem unglücklichen Beginn hatte er sich schweigend von ihr leiten lassen. Er war noch nie zu dieser Stunde durch die Stadt gegangen. Er hatte sie höchstens auf einem eiligen Nachhauseweg im Auto durchquert. Oder mit Sirenengeheul bei der Verfolgung irgendeines Wahnsinnigen.

Doch zu Fuß? Noch nie.

Schlendernd, als besäßen sie alle Zeit der Welt.

In diesem Moment war es ihm völlig gleichgültig, wohin er ging.

Ob es weit war oder ganz in der Nähe.

Es war alles so völlig neu...

Dann hatte Rosa ihn auf all die Dinge aufmerksam gemacht, an denen sie vorbeigingen.

»Die Kasbah ist so schön. Fühlst du es? Die Frauen sind schon wach. Sie bereiten den Couscous zu. Man kann bereits das Lammfleisch riechen und das Gemüse...«

Sie waren auf der Piazza Solferino an der Fontana Angelica vorbeispaziert. Durch die Grünanlagen, in denen es zu Beginn des Jahrhunderts einen Markt für Gewürze und Holz gegeben hatte. Dann hatten sie den Weg zu jenem Labyrinth von Gassen eingeschlagen, in denen sich früher, im alten Savoyen, die Geschäfte der Krämer befunden hatten.

Die Läden hatten auf die Straße hinausgeschaut oder aber auf die großen Innenhöfe mit Baum und Brunnen.

Via dei Mercanti.

Via Barbaroux.

Via delle Orfane.

Via San Domenico.

Sie waren kreuz und quer gegangen, hatten Halt gemacht und waren ein paar Schritte zurückgekehrt, um in eine Gasse hineinzuschauen, in eine Kirche, in ein erleuchtetes Fenster.

Die Kasbah...

Ein Stück Turin, das von einem zum anderen Moment wie verdorben war.

Ganz plötzlich.

Ohne dass man ausmachen konnte, warum dies so war.

Die prächtigen Häuser waren verlassen worden. Die Mauern hatten ihren kühlen Glanz verloren. Die neuen Bewohner stiegen immer schäbigere Treppen herab, und es roch zunehmend nach Gefahr.

Vielleicht verlief so die Entwicklung in allen Metropolen der Welt.

Die verschiedenen Nationalitäten, die sich überlagerten.

Die Einwanderung.

In Amerika hatten die Italiener die Juden abgelöst.

Die Schwarzen die Italiener.

Die Puertorikaner die Schwarzen.

Zu guter Letzt, wenn die Spirale des Elends ans Ende kam, machte man das Zentrum des Ghettos dem Erdboden gleich. Und ein Immobilienhai, der Geschäfte mit dem Bürgermeister trieb, brach mit den alten Regeln und stellte einer neuen Gattung neue Wohnungen zur Verfügung.

Und so begann alles wieder von vorn.

Doch hier war es anders gekommen.

Es waren die Italiener aus dem Süden gewesen, die sich hier eingenistet hatten und den Wegzug verursacht hatten. Allerdings nicht diejenigen, die sich im Fiatwerk kaputtarbeiteten. Sondern jene, die Hörige der Clans und des organisierten Verbrechens waren: Sie brachten Schmuggel, Drogenhandel und Prostitution. Catanier, Calabresen und Anhänger der apulischen Sacra Corona Unita.

So war die Kasbah entstanden.

Ein dichtes Gewebe aus Komplizentum und Omertà. Soldaten der Unterwelt, denen Wohnungen und Lagerräume zur Verfügung gestellt werden mussten. Ein Ort, an dem man alles kaufen und verkaufen konnte. Auch ein Leben.

Wenige hundert Meter vom Gerichtsgebäude, vom Rathaus und vom Leichentuch Christi entfernt, riskierte man mit einem Blick zu viel, in den Tod geschickt zu werden.

Dann waren auch diese nach und nach verschwunden.

Von der Polizei verjagt.

Von den neuen Geschäftsleuten vertrieben.

Von denen, die in der Sanierung eines Teils der Altstadt blendende Geschäfte gewittert hatten.

Und daher spürte man hier die eigenartige Stimmung, die herrscht, wenn es zwei Welten gibt, die nebeneinander bestehen, von denen aber keine die andere dominiert.

Die eine Welt der neuen bürgerlichen Schicht verschiedenster Berufszweige, die die Häuser der ersten Renovierungswelle bewohnten. Und die Welt derjenigen, die dem maghrebinischen Ozean entstiegen waren und in den Höhlen des Zerfalls Zuflucht gefunden hatten. Dort, wohin noch kein Geld für eine Instandsetzung gelangt war.

Sie lebten als Nachbarn, jeder in Angst vor dem anderen.

Doch auch in gegenseitiger Faszination und Neugierde.

Mit fremdländischen Restaurants, die *en vogue* waren. Koscheren Fleischereien und Bäckereien. Mit arabischer Musik und Wäscheleinen, die über die Straße gespannt waren. All dies half letztendlich nicht, den dunklen Schatten zu verscheuchen, der über diesen zwei so verschiedenen Kulturen lag.

Der Schatten der Männer, die ihre Frauen versteckt hielten.

Und die so oft die Freiheit der anderen Frauen mit Sünde gleichsetzten.

Unausdenklich, wenn so jemand einer wie Rosa begegnete, wenn sie im Morgengrauen nach Hause ging.

All das war Lupo durch den Kopf gegangen, während er dahinschritt, ohne zu wissen, wo dieser Spaziergang enden würde.

Er hatte nur die Wärme von Rosas Arm gespürt. Und das freudige Gefühl von Gemeinsamkeit, das diese harmlose Berührung herstellte.

Der Commissario hatte geseufzt.

»Danke.«

»Wofür?«

»Dass du mich das alles hier entdecken lässt.«

Sie waren auf der Piazza Emanuele Filiberto. Hinter der Porta Palazzo. Unter einer Straßenlaterne.

In deren flackerndem Licht hatte Rosa ihn erneut angelächelt.

Dann hatte sie sich mit einer entschiedenen Bewegung von seinem Arm befreit.

Sie hatte sich vor ihn gestellt.

Hatte ihm ihre Hand hingestreckt.

Hatte gewartet, dass er sie ergriff.

Und hatte sie lange festgehalten.

Mit festem Druck.

»Also dann: Freunde?«

Lupo hatte eine solch impulsive Geste nicht erwartet. Zum ersten Mal wurde ihm bewusst, wie jung Rosa war. Viel jünger, als er im Halbdunkel dieses verrauchten Lokals vermutet hatte.

»Aber klar doch. Freunde fürs Leben.«

Rosa hatte ihm das mit einem kräftigen Schlag auf die Schulter gedankt.

Eigentlich ein Zeichen der Anerkennung zwischen Männern.

Dann war sie zufrieden zu einem jener grünen, gusseisernen Brunnen gegangen, die seit Jahrhunderten von den Turinern *turet* genannt werden – weil aus den Mäulern ihrer eisernen Stierköpfe ein dünner Wasserstrahl sprudelt.

Sie hatte lange getrunken, sich den Mund mit dem Ärmel abgewischt und sich dann auf eine Bank gesetzt.

Mit einer Geste hatte sie ihm bedeutet, sich neben sie zu setzen.

»Hör gut zu, Lupo. Ich tue diese Dinge, weil ich gerne unterwegs bin. Ich bin eine Zigeunerin. Ich kann einfach nicht an einem einzigen Ort bleiben...«

Das hörte sich an wie ein Dogma, gegen das keine Einwände galten.

Lupo hatte den Kopf geschüttelt.

»Ich habe dich nichts gefragt.«

»Aber ich wollte es dir sagen.«

Danach hatte sie noch viel mehr gesagt.

Sie war zweiundzwanzig, studierte Sprachen. Im nächsten Jahr würde sie die Universität mit einer Abschlussarbeit über Kerouac beenden. Und es gab keine traurige Liebesgeschichte, die sie mit sich herumtrug.

Sie verstand sich gut mit ihrer Familie.

Mutter, Vater und die Geschwister lebten auf dem Land. Sie führten ein kleines Restaurant in den sonnigen Hügeln der Langhe.

Sie besaß keinen Führerschein.

Und an Weihnachten wollte sie eine kleine ›Tour‹ nach Feuerland machen.

Lupo hatte ihr schweigend zugehört.

Bezwang sein Bedürfnis, nach weiteren Einzelheiten zu bohren.

Doch Rosa kannte ihn schon ein bisschen und hatte ihn sofort damit geneckt.

»Du stirbst vor Verlangen, mich danach zu fragen.«

»Wonach?«

»Komm, spiel nicht den Unschuldigen. Oben ohne... Weißt du, Schamhaftigkeit ist ein eigenartiges Tier. Sie verbeißt sich dann, wenn du es am wenigsten erwartest. Du wirst es nicht glauben, aber ich schäme mich vor einem Zahnarzt mehr als vor einem Gynäkologen.«

»Das kommt mir aber ein wenig verschroben vor.«

»Du irrst. Die Lippen sind der Spiegel deiner selbst. Sie sind nicht so dunkel und geheimnisvoll wie dein Geschlecht. Beim Küssen wirst du verzaubert. Doch wenn du sie einem Fremden hinhältst, damit er an deinen Zähnen herumfuhrwerkt, dann denkst du an deinen Atem, an das Stückchen Hühnerfleisch, das der Zahnbürste widerstanden hat. An diesen schrecklichen Belag auf deiner Zunge. An seine Augen, die kritisch in deinen Mund schauen, an seine Nase, die dich riecht. Da, ja, da bist du wirklich nackt...«

»Nun gut. Aber ich bin nicht sicher, dass das alles wirklich mit Scham zu tun hat.«

»Für mich schon.«

Ein weiterer unanfechtbarer Satz.

Lupo hatte nichts erwidert. Er hoffte, dass das Schweigen sie dazu bringen würde weiterzuerzählen.

Er war neugierig.

Seine eigene ›Schamhaftigkeit‹ verbot ihm aber, weiter in sie zu dringen.

Auch wenn er jetzt geradezu vom Wunsch besessen war, zu erfahren, wie eine normale junge Frau wie sie dazu kam, sich so zur Schau zu stellen.

Rosa hatte seine Gedanken gelesen.

»Schau, mein Lieber, das ist kein Beruf. Zumindest nicht meiner.«

»Und wovon reden wir dann?«

Sie hatte mit den Schultern gezuckt.

»Ich denke, an dieser Stelle sollte ich dir eine Geschichte erzählen...«

Salt Lake City.
Zwei Jahre zuvor.

Rosa hatte so etwas wie einen Master-Kurs gewonnen.

Sie hatte bei einer intakten Mormonenfamilie ein Zimmer gefunden. Ihre Vermieter tranken und rauchten nicht und sangen jeden Sonntag in ihrer Kirche.

Er, Tom, war früher Testpilot am Großen Salzsee gewesen und jobbte mittlerweile als Stuntman in den Fernsehstudios von Robert Redford.

Bei einem Unfall war ihm ein Bein eingequetscht worden.

Doch für eine schöne Verfolgungsjagd reichte es noch.

Vorausgesetzt, dass das Drehbuch für sein Auto nur einen netten Überschlag vorsah und keinen Zünder, um es in Flammen aufgehen zu lassen. Denn mit seinem Handicap besaß er nicht mehr die Schnelligkeit, dem Feuer zu entkommen.

Sie, Nancy, war eine blühende und fröhliche Vierzigerin.

Mit prachtvollen sommersprossigen Brüsten. Rothaarig wie alle Iren. Sie ergänzte das unregelmäßige Einkommen ihres Mannes damit, indem sie ihre Nähmaschine rattern ließ und alle Arten von Patchworkarbeiten herstellte.

Sarah, die Tochter, war ihrer Mutter wie aus dem Gesicht geschnitten. Sie arbeitete an der Universität (dort hatte sie auch Rosa kennen gelernt und ihr das Zimmer angeboten) und besaß eine Internetseite, über die sie die Arbeiten ihrer Mutter anpries und vertrieb.

Alles in allem kamen die drei so leidlich über die Runden.

Immer am Rande des ehrbaren Überlebens. Und daher nützten sie jede sich bietende Gelegenheit – wie Eichhörnchen, die auf der ständigen Suche nach Eicheln sind, um sich für schlechte Zeiten einen Vorrat anzulegen.

Eines Abends hatte Nancy an Rosas Tür geklopft. Geheimnisvoll hatte sie ihr zugezwinkert.

»Was hältst du davon, dir ein paar extra Dollar zu verdienen?«

»Kein Widerstand, Ihre Majestät.«

»Gut. Mein Bruder hat einen Saloon in Park City. Weißt du,

eines von diesen glitzernden Dingern, die man mit den Subventionen für die Olympiade erbaut hat. Ein Abend mit Country-Musik und jüdischen Rechtsanwälten. Sarah und ich gehen hin und helfen ein bisschen aus. Wenn du mitkommen willst... Es wird einiges an Trinkgeld zusammenkommen.«

»Muss man an den Tischen bedienen?«

»Natürlich. Aber oben ohne...«

Rosa war eher verblüfft als entsetzt gewesen.

Und dann war ihr in den Sinn gekommen, dass Nancy sie vielleicht auf die Probe stellen wollte.

Denn Nancy war für ihre Scherze bekannt. Doch es schien nicht so, als sei sie in der entsprechenden Laune. Auch wenn hinter der Ernsthaftigkeit ihrer Frage eine gewisse Ironie zu hören war.

»Hör zu. Die Ausstattung haben wir, die richtige Planetenkonstellation auch. Wenn Mars in Ferien ist, bringt er Venus Geschenke. Und dann ist es ja auch ganz schön, einmal ein bisschen bewundert zu werden...«

Rosa hatte belustigt den Kopf geschüttelt.

Für Nancy und Sarah war es offensichtlich nicht das erste Mal.

»Und was sagt Tom dazu?«

»Was soll er schon sagen. Es handelt sich ja um meinen Bruder und nicht um einen Fremden.«

»Ja, aber, macht ihm das nichts aus?«

»Warum denn? Wie viele stellen sich denn mittlerweile am Strand zur Schau? Das wirklich Üble daran ist, dass die wenigsten sich das erlauben können. Wir, in aller Bescheidenheit, haben dieses Problem nicht. Und warum sollte der Mann im Hause darauf nicht stolz sein?«

Und so hatte Rosa zugestimmt.

Eher aus Neugierde als aus Notwendigkeit.

Und schließlich würde es ja in der Familie bleiben.

Lupo hatte genickt.

Nur halbwegs überzeugt.

»Und dann... einmal damit angefangen...«

»Komm schon, tu nicht wie eine alte Gouvernante! Das ist keine Droge, bei der du mit wenig anfängst und dann nicht mehr aufhören kannst.«

»Doch diese anzüglichen Blicke – stören die dich nicht?«

»Nancy war eine verständige Frau. Sie hat mich gelehrt, dass es die Männer sind, die sich unwohl fühlen.«

»Glaubst du das wirklich?«

»Erinnere dich daran, wie du rot geworden bist, als ich dir die Geschichte von den blauen Brustwarzen aufgetischt habe.«

Lupo spürte, wie ihm wieder das Blut ins Gesicht schoss.

»Was soll das heißen?«

»Na, komm schon. Die dumme Gans, die sich beim hohen Herrn ihre Ratschläge holt.«

»Heißt das, dass das alles nur geschauspielert war?«

Rosa hatte genickt.

Lupo fing an zu glauben, dass in dieser Nacht die Überraschungen nicht mehr aufhören würden. Er war gespannt, was ihn wohl noch alles erwartete.

»Du bist ein Familienvater. Das steht dir auf die Stirn geschrieben.«

»Danke...«

»Wenn du einer von diesen geilen Nachtschwärmern gewesen wärst, glaubst du, ich hätte an dich herankommen können?«

»Ich weiß nicht. Familienväter können nur die einfachsten Quizfragen beantworten. Und die nicht einmal alle.«

»Komm schon, jetzt sei nicht beleidigt. Im Grunde ist es doch amüsant.«

»Was ist amüsant? Sich vor einer jungen Frau zum Idioten zu machen?«

Rosa hatte ihn angesehen.

»Oh, dieser reizende männliche Stolz...«

Dann war ihr wohl ganz plötzlich eine Idee gekommen, und sie hatte angefangen, zwanzig Zentimeter von seinem Gesicht entfernt Gesichter zu schneiden. Mit der sonoren Stimme eines Zirkusdirektors hatte sie jede neue Mimik angekündigt.

Auf einmal schienen auf diesem alten Platz die Feuerschlucker, Kettensprenger und die unverwüstlichen *Alka Seltzer* – ihres Zeichens Messerschlucker – zurückgekehrt.

»*Et voilà*. Hier sehen Sie den Schmollenden. Ratatataaa!«

Und jetzt den Genervten.

Den Traurigen.

Den Verärgerten.

Am Ende streckte Lupo die Waffen.

Es war unmöglich, weiter zu schmollen.

Ihm wurde allmählich bewusst, dass Rosa ihn immer mehr faszinierte.

Ihr Verhalten war so direkt und unverblümt, dass jeder Groll im Keim erstickt wurde.

»In Ordnung. Ich ergebe mich. Und warum wäre es dir nicht gelungen, an mich heranzukommen?«

»Weil ich Trinkgeld nehme und sie Prozente.«

»Sie, wer?«

»Die *Entraîneuses*. Du weißt schon, diese Rumäninnen Marke ›oh, mein Herrrz, wie serrr ich dich liebe‹, die wie Geier an der Bar hocken, mit langen Fingernägeln und kurzem Kleid.«

»Und schwarzen Netzstrümpfen.«

»Und dazu ein großzügiges Dekolleté mit Blick auf den Silikonbusen. Den Nachttresor unter dem Rock...«

»Und knallharte Verhandlungen mit dem Lahmen, wenn die Nacht draußen weitergeht.«

»Genau. Das soll nicht heißen, dass ein schlichtes Mädchen wie ich nicht auch seine Angebote bekommt. Doch der Boss erlaubt keine Zweideutigkeiten. Entweder verdinge ich mich in seinem Rennstall oder ich lasse gleich die Finger davon.«

»Und ist das für dich so etwas wie eine Katastrophenversicherung?«

»Ja. Kein ›Böser‹ würde es wagen, mir zu nahe zu treten.«

»Abgesehen von Kommissaren.«

»Aber nur die guten.«

Plötzlich war Rosa von der Bank aufgestanden.

»Ich wohne dort drüben. Ich richte dir das Sofa. Es ist zu spät, um nach Hause zu fahren.«

Der Mörder stieg aus der Wanne.

Das Wasser tropfte von ihm herab.

Er griff sogleich zur Zahnseide.

Er war ein Sauberkeitsfanatiker.

Der sehr auf sein Äußeres achtete.

Das war keine Schwäche, sondern eine Tugend.

Wie viele Menschen kümmerten sich heute noch um Hygiene? Wie viele, stets in Hektik und Eile, vernachlässigten sogar ihr Inneres? Ihm würde das nicht passieren. Nicht einmal nach der aufwühlenden Mordtat, die sich so lange hingezogen hatte.

Endlos war das gewesen.

Die Hände, das Gesicht, das Hemd immer noch voller Blut.

Und sein Zeigefinger…

Der Stift, mit dem er seinen Aufschrei an die Wand geschrieben hatte…

Nach vollbrachter Exekution hatte er wohl zehn Minuten lang sein Werk bewundert. Er hatte alles noch einmal durchlebt. Das Wimmern, die Pein. Die Seelen, die darum rangen, mit dem Leben verbunden zu bleiben.

Der Mann. Die Frau.

Die Überraschung, weil er sie zusammen angetroffen hatte.

Das war nicht vorgesehen gewesen.

Das hätte nicht passieren dürfen.

Doch so war es nun mal geschehen. Ein kleines Sandkorn im perfekt funktionierenden Getriebe. Das Schicksal hatte auf einmal entschieden, seinen Plan zu beschmutzen.

Ein Schlüssel im Schloss.

Unerwartet.

Die Notwendigkeit, Ruhe zu bewahren.

Wut und Enttäuschung, die ihm den Blick vernebelten, nicht nach außen dringen zu lassen. Ein zweideutiges Lächeln, das noch in Sicherheit wiegen sollte. Ein Lächeln, das er allein mit der Kraft seines Willens auf seinem Gesicht geformt hatte.

Eine schmerzliche Willenskraft.

Dieselbe, die ihm erlaubt hatte, seine heimlichsten Triebe vor der Welt zu verbergen.

Seine Krisen.

Sein Bedürfnis nach einer totalen Liebe, nach der Verheißung von Leidenschaft, die sich – trotz einer reizvollen Unbeständigkeit in der Vergangenheit – schließlich durch die Reinheit des Geistes für ihn erfüllen würde.

Er war dumm gewesen, an die Ehrbarkeit einer Hure zu glauben.

Nein, er war nicht mit dem Geruch des Todes an den Kleidern geflohen.

Er hatte sich ausgezogen.

Zitternd.

Von Schauern geschüttelt.

Er war in das eiskalte Badezimmer getreten und hatte die Dusche lange mit einem Scheuermittel, das er in der Küche gefunden hatte, geschrubbt. Um die Unreinheiten anderer zu beseitigen. Die Launen eines Körpers, der nicht der seine war.

Und dann hatte er sich ausgiebig gewaschen.

Hatte sich kräftig abgebürstet, bis jeder Quadratmillimeter

Haut feuerrot war. Schließlich hatte er sich sorgfältig die Fingernägel gereinigt, um die Mikroben der Untreue zu entfernen und sie endgültig im Wasserstrudel des Abflusses verschwinden zu lassen.

Zusammen mit Beweisen, Indizien und der Wahrheit.

Schließlich hatte er sich in aller Ruhe wieder angezogen. Und hatte die Polaroidfotos geschossen.

Er hatte sie in die gelben Umschläge gesteckt.

Und war hinausgegangen, um sie auszutragen wie irgendein Briefträger.

Rosa war barfuß.

Sie hatte die Haare aufgesteckt.

Und trug nur ein knappes Top, das ihren Bauchnabel frei ließ. Die langen Beine steckten in einem Paar unförmiger Hosen mit ausgebeulten Knien.

Auf ihrem Gesicht glänzten Schweißperlen.

Sie bewegte das Bügeleisen mit der Kraft einer Hammerwerferin.

Lupo betrachtete sie einen Moment durch den Türspalt hindurch.

Und ohne zu wissen warum, fiel ihm plötzlich Marina Salomone ein.

Dies war der einzige Aspekt, den er wirklich an seinem Beruf liebte: die Begegnung mit Menschen.

Zwischen all dem Scheußlichen flackerte hin und wieder ein Licht auf.

Ein Unbekannter trat plötzlich in sein Leben. Jemand, von dessen Existenz er noch bis vor wenigen Minuten nichts gewusst hatte, der aber auf einmal wichtig wurde. Weil er nichts verlangte, sondern, im Gegenteil, viel zu geben hatte.

Würde Rosa ein solcher Jemand sein?

Er seufzte.

Sie hörte ihn und drehte sich um.

»Guten Morgen, liebe Gouvernante, das Frühstück ist fertig.«

Lupo nickte und trat in die Küche.

Er wusste nicht, was er sagen sollte.

Da waren eine Schachtel mit Zwieback, eine große Tasse mit starkem Kaffee und eine eigenartige weiße Serviette, auf der eine Passage aus der Genesis aufgedruckt war:

Und Gott der Herr pflanzte einen Garten Eden gegen Osten hin und setzte den Menschen, den er gemacht hatte, dort hinein.
(Genesis 2,8)

»Ein hübsches Tischkärtchen ...«

»Falls du es noch nicht bemerkt haben solltest, dies hier ist das Paradies. Doch morgens servieren wir Maisplätzchen anstelle von Äpfeln. Hast du das Lehrstück kapiert? Noch eine Kündigung könnte ich nicht ertragen.«

Im Präsidium wartete Polo auf ihn.

Er saß an seinem Schreibtisch.

Und sein Gesicht zeigte dieselbe abweisende Neugierde wie das De Mattias.

Lupo wartete den Angriff gar nicht erst ab.

»Was zum Teufel tust du denn hier?«

Polo schüttelte den Kopf. Er kannte diese Taktik zur Genüge.

»Jajaja, angreifen, um nicht angegriffen zu werden. Der Trick ist mir nicht unbekannt.«

»Was schwätzt du da?«

»Verschwunden. Nicht auffindbar. Das Telefon, das ins Leere läutet. Schau dir die Jacke an: ein Desaster. Und dann die Hose: widerlich. Das Hemd: ein einziger Putzlappen. Und vor allem, dieser schuldbewusste Gesichtsausdruck. Muss ich noch etwas hinzufügen?«

»Was ist los? Habt ihr euch gegen mich verschworen? Gesteht mir denn keiner eine Erklärung zu?«

»Wir haben uns nur Sorgen gemacht. Hast du auf Steinen geschlafen?«

»Nein, auf einem Sofa.«

»Wessen Sofa?«

»Ist das wichtig?«

»Wenn sie rote oder blaue Brustwarzen hatte, dann ja.«

Lupo seufzte.

Modica hatte keine Zeit verloren. Er hätte daran denken müssen. Dieser missgünstige Commissario war natürlich nicht der Typ, der sich eine solche Gelegenheit entgehen lassen würde. Zu dieser Stunde wusste vermutlich schon das ganze Präsidium Bescheid. Und Mutmaßungen und Gehässigkeiten würden bald die Runde machen.

»Ich habe sie nicht einmal angefasst.«

»Das entspricht nicht gerade der aktuellen Version.«

De Mattia hatte sich umgedreht, um seine Ablehnung zu demonstrieren.

Er knetete seine Hände.

Als habe er keinerlei Interesse, das Thema zu vertiefen. Vielmehr: Je weniger er in Zukunft von dieser Geschichte hören würde, desto besser.

Er sprach in seinem mürrischen Ton weiter.

»Um es klarzustellen: Ich habe Polo angerufen. In dieser Tasche sind Klamotten, damit du dich umziehen kannst. Nun mach schon, beweg dich. Der Chef ist gerade gekommen. Und Modica steht bereits in den Startlöchern, um ihm zu erzählen, dass du wohl heute Nacht nicht nach Hause gekommen bist, da du ja dieselben Kleider wie gestern trägst.«

»Na und?«

»Ich wüsste nicht, dass heute Nacht Bomben gefallen wären. Schau dich einmal an!«

Polo lächelte.

Und er fing an, das unschuldige Hüpfen eines Kindes zu imitieren, das einfältig durch den Wald geht, mit einem Korb in der Hand.

»Und Rotkäppchen traf den bösen Modica und fragte: Warum hast du so einen großen Mund? Und er: Damit ich besser schlecht über dich reden kann.«

Ferro sah ihn lange an.

Und Lupo gelang es, diesem Blick standzuhalten.

Wie ein Unbeteiligter.

Er trug einen untadeligen blauen Blazer, ein eher weites rosafarbenes Lacoste-Hemd und ein Paar rote Jeans, die reichlich bemessen waren. Das entsprach nicht ganz seinem eigenen Stil. Doch es waren wohl die am wenigsten ausgefallenen Kleidungsstücke gewesen, die Polos phantasievolle Garderobe zu bieten hatte.

Sein Kleiderschrank besaß aber einen unschätzbaren Wert.

Er wies nämlich außergewöhnlich viele Konfektionsgrößen auf.

So viele, wie es benutzte Löcher in Polos Gürtel gab. Der weiter oder enger geschnallt werden musste, je nachdem, ob Polo sich gerade in einer Phase mit sensationellem Appetit befand oder ob er eine seiner ebenso sensationellen Diäten machte.

Momentan trug er eher große Größen.

Er wog weit über zwei Zentner.

Es gab Zeitgenossen, die sich an einen zwar nicht gerade dünnen, aber doch wenigstens menschlichen Polo erinnerten. Doch ihn selbst kümmerte das nicht. Zwanzig Kilo mehr oder weniger bedeuteten für ihn nichts weiter als einen Monat zügelloser Gier oder reuevoller Zurückhaltung.

»Sind Sie gerade im Begriff, zu einer Tournee aufzubrechen, Lupo?«

Der Commissario nickte.

Offensichtlich recht gut gelaunt.

»Ich hatte überlegt, mir einmal einige Schauspielerinnen oder Regisseure vorzunehmen. Leute, die mit der Guidi zusammengearbeitet haben. Ich glaube nicht, dass das Leute sind, die Krawatten tragen. Oder Zweireiher wie gewisse doppelzüngige Kollegen.«

Ferro schürzte die Lippen zu einem arglistigen Lächeln.

»Das scheint mir eine gute Idee zu sein.«

Dann wandte er sich mit eisigem Ton an Modica.

»Ich werde Sie wissen lassen, wenn wir Sie brauchen.«

Modica senkte den Kopf. Nur mit Mühe gelang es ihm, seine Enttäuschung zu verbergen.

Dieses ›wir‹ hatte ihn mehr als alles andere getroffen. Er ging hinaus und schloss betroffen die Tür hinter sich. Wieder einmal war er sich bewusst, dass er seine Karten unüberlegt und ungeschickt ausgespielt hatte.

Der Questore seufzte.

Und Lupo wartete schweigend.

Nach all diesem Gerede war nun auch Ferro neugierig. Wie alle anderen übrigens auch. Doch zum wiederholten Male, und zu seinem großen Bedauern, konnte er nicht anders, als Lupos Souveränität zu akzeptieren.

Also enthielt sich der Questore jeglichen Kommentars.

Und mit besonderer Liebenswürdigkeit übermittelte er Lupo die Einladung seiner Frau.

»Costanza muss wohl eine Schwäche für Sie haben. Sie erwartet Sie. Wenn Sie möchten, auch sofort. Sie hatten Recht, sie weiß alles über Loewenthal.«

Lupo war erfreut, dass Ferro sich an seine Bitte erinnert hatte.

Und so beschloss er, ihm diesen Gefallen auf seine Weise zu danken.

»Ich muss Ihnen gestehen, dass es De Mattia war, der diese

merkwürdige Kleidung aus seinem Zylinder gezaubert hat. Er wollte mir unnötige Verlegenheit ersparen. Ich hatte allerdings tatsächlich vor, bei der RAI vorbeizuschauen.«

»Ich versichere Ihnen, Lupo, dass ich das nie bezweifelt habe.«

»Ich muss jedoch hinzufügen, dass es wirklich sehr nett, aber auch sehr seltsam war, mit einer Unbekannten zu frühstücken. Sie heißt Rosa. Dies für die Annalen. Und jetzt zurück zu den Ermittlungen...«

Ferro lächelte.

Zufrieden über diese Beichte.

»Noch etwas, was ich noch nicht weiß?«

Auch Lupo lächelte und nickte.

»Halten Sie sich fest: Andrea Vilfredi hat für den Alten gearbeitet.«

»Gott bewahre, nein! Und sagen Sie jetzt bloß nicht, dass er auch der Geliebte der Guidi war.«

»Darin besteht genau das Problem. War es die übliche Dreiecksgeschichte? Oder war es völlig anders, als es den Anschein hat?«

»Zu welcher Auffassung neigen Sie?«

»Ich kann Ihnen folgende Antwort geben: Heute Nacht habe ich auf einem Sofa übernachtet. Wenn ein Mörder in Rosas Wohnung eingedrungen wäre, dann wären wir beide ermordet worden. In zwei verschiedenen Zimmern. Doch wenn Modica die Untersuchung leiten würde, was wäre dann wohl seine logische Schlussfolgerung?«

Polo hatte sich nicht vom Fleck gerührt.

Lupo fand ihn immer noch an seinem Schreibtisch sitzend vor.

Ein wenig hatte er darauf gehofft.

»Begleitest du mich? Ich will noch einmal zur Villa.«

Wieder schien die Sonne.
Und die Schwüle war noch unerträglicher als zuvor.
Bis vor einigen Minuten hatte er es praktisch nicht bemerkt.
Alles war so schnell gegangen.
Und auf so unerwartete Weise ...
Erst jetzt, während Polo seinen Wagen schweigsam zwischen den wenigen übrig gebliebenen Autos dieser verlassenen Stadt hindurchfädelte, fühlte sich Lupo endlich frei von all diesen widersprüchlichen Gefühlen, die ihn in den letzten Stunden beinahe erdrückt hatten.
Auf einmal spürte er wieder die Hitze.
Und den Hunger.
Den Durst.
Er sah die Stadt wieder aufs Neue.
Die Melonenstände im August. Mit ihren Preisschildern, die aus zahlreichen bunten, an künstlichen Pflanzen befestigten Papierschmetterlingen bestanden. Die Lautsprecher krächzten alte Akkordeonstücke und *Bals musettes*.
Lupo gähnte.
Nun spürte er die Stunden, die er nicht geschlafen hatte.
»Jetzt nicht, Casanova. Jetzt nicht. Du musst deine Äuglein schön offen halten. Uns bleiben nur noch vier Tage. Oder hast du deine Pläne geändert?«
»Was ist mit dir, was plagt dich?«
»Absolut nichts. Ich werde in jedem Fall fliegen. Ob du mitkommst oder nicht.«
»Hör mal, ich habe mit Rosa wirklich nichts gehabt.«
»Ah, Rosa! Endlich. Ganz erfreut meinerseits, mein Name ist Polo. Jetzt sprechen wir also endlich von einer Frau aus Fleisch und Blut. Nicht mehr von einem Gespenst.«
»Weshalb hältst du nicht einfach den Mund?«
»Hör mal, Lupo. Ich kenne dich in- und auswendig. Du bist im Innersten rein. Du bist von Natur aus treu. Doch du bist auch der schwächste Mensch, den es gibt. Solche wie du ge-

ben sich nicht mit einer flüchtigen Begegnung zufrieden. Sie verlieben sich.«

»Ich bitte dich! Diese Art von Hobbypsychologie hat mir gerade noch gefehlt.«

»Hör zu: Greta ist kaum weg, und schon lässt du dich von der sinnlichen Stimme einer Rundfunksprecherin einfangen, einer Frau, die du noch nicht einmal kennst. Das mag ja noch angehen...«

»Hör auf!«

»Nein! Und dann lässt du dich bei der ersten Gelegenheit von zwei jungen und verführerischen Brüsten erobern. Wenn ich Unrecht habe, dann gib mir sofort die Hose zurück. Ja?«

Lupo hasste ihn.

Er hatte große Lust, auszusteigen und alleine zur Villa zu gehen.

Es war unerträglich, von allen nur Vorwürfe zu hören.

Insbesondere wenn sie noch dazu von einem Freund kamen.

Seine eigenen Schuldgefühle genügten ihm eigentlich völlig.

Doch Polo hatte nicht die geringste Absicht, lockerzulassen.

»Was ist los? Fühlst du dich hintergangen? Hätte Greta hier bleiben sollen, um dir jeden Abend dein Breichen zu kochen? Hat sie sich Freiheiten genommen, die ihr nicht zustehen?«

»Ich habe dir gesagt: Hör auf!«

»Der Pascha hat seine Rechte. Und diese dämliche Ehefrau entscheidet sich, nach Jahren absoluter Ergebenheit, mit den Kindern in Ferien zu fahren. Dabei bringt sie seine Gewohnheiten durcheinander. Das ist das Problem, stimmt's?«

Er bekam keine Antwort.

Denn im Eifer des Gefechts waren sie an der Villa vorbeigefahren.

Polo merkte es plötzlich.

Er fluchte und trat auf die Bremse.

Er hielt am Rand einer staubigen Seitenstraße, die die ordentliche Reihe vertrockneter Hecken unterbrach und zu einem jener kleinen Weinberge mitten in der Stadt führte, die dem Beton erfolgreich Widerstand geleistet hatten.

Daneben befand sich der Eingang zu dem ziemlich heruntergekommenen Clubhaus eines Bocciavereins.

Vier Tischchen unter einer Pergola.

Und zwei alte Männer, die versuchten, gleichzeitig in einer einzigen Zeitung zu lesen, die von einem schweren hölzernen Zeitungshalter zusammengehalten wurde.

Eine dicke, schnaufende Frau mit rotem Gesicht, gelben Gummihandschuhen, die bis zum Ellbogen reichten, und einer schmutzigen Schürze beugte sich sofort über das Tor und fing an, auf sie einzuschimpfen.

»Holla, das ist ja höchste Eisenbahn. Lasst ihr euch immer so viel Zeit?«

Polo lehnte sich aus dem Fenster.

Er wollte das Missverständnis aufklären.

»Also, wir...«

Die Frau musterte ihn aufmerksam. Dann verdrehte sie die Augen zum Himmel.

»Jesus am Kreuze! Wollt ihr etwa sagen, ihr seid gar nicht die vom Krankenhaus...«

»Nun, er ist von der Polizei, und ich...«

»Dem Herrn sei gedankt. Ihr müsst mir unbedingt diesen Verrückten wegbringen. Seit sie die beiden da unten abgemurkst haben, hat er nicht einen Augenblick aufgehört zu saufen. Und wenn wir ihm nichts mehr geben, dann schlägt er uns die ganze Bude zusammen. Mein Mann kann mir auch nicht helfen, wegen dem, was ihm in diesem Winter passiert ist. Kommen Sie schon, los, kommen Sie...«

Lupos Muskeln spannten sich an.

Er stieg aus dem Auto.

Er war plötzlich hellwach.

»Wer ist denn der ›Verrückte‹?«

Die Frau schnaubte und marschierte mit entschiedenem Schritt voran.

»Bertino. Giacomo Bertino. Das habe ich dem Fräulein am Telefon bestimmt zehn Mal gesagt.«

»Ist das einer Ihrer Kunden? Einen, den Sie kennen?«

»Ja, und wie ich ihn kenne, den Bertino. Und seien Sie beruhigt, Sie kennen ihn auch. Ganz sicher. Vielleicht erinnern Sie sich nicht an den Namen. Aber sicher an die Stimme… Er ist der, der den José Palermo in *Das Herz kennt kein Alter* spricht. Wissen Sie, das Hörspiel von Berlusconi.«

Lupo musste sich anstrengen, um mit der Frau Schritt zu halten.

Und um zu verstehen, was sie sagte.

Dabei sprach er praktisch mit einem Rücken und ein großer Teil der Antworten verlor sich im Wind.

»Heißt das, er ist Rundfunksprecher?«

»Ja, ganz genau: ein Rundfunksprecher. Hat auch eine ganze Menge andere schöne Sachen gemacht. Er redet immer davon. Er macht das gut. Oh, und auch Signora Cecilia war gut. Denken Sie nur, vor diesem Unglück kamen sie immer zusammen zum Essen her…«

Giacomo Bertino war klein von Statur.

Nicht größer als einen Meter sechzig.

Mit schmalen Schultern und einem mageren Körper, dessen Knochen sich Mitleid erregend abzeichneten. Hervorstehende Wangenknochen in einem Kindergesicht. Die Farbe seiner langen blonden und ungekämmten Haare war zu gelb, um echt zu sein.

Es bot sich ihnen ein höchst eigenartiges, in gewisser Weise interessantes Schauspiel.

Wie eine Schlange, die sich anschickt, einen riesigen verwundeten Hirsch mit den Windungen ihres Leibes zu ersticken, stand Bertino mit hektisch zuckenden Bewegungen drohend über einen verschreckten, kleinen Mann gebeugt.

Dieser saß erstarrt in einem kaputten Rollstuhl, an dessen Seiten Lederfetzen herabhingen und an dessen einem Rad der Reifen fehlte.

Bertino beschimpfte den kleinen Mann, drohte ihm den Tod an, dabei schüttelte er den Rollstuhl an den Armlehnen, an die der Unglückselige sich nur mit Mühe geklammert hielt, die Augen in stummem Flehen weit aufgerissen.

Doch Bertino war zu keinerlei Mitleid mehr fähig.

Er hatte im wahrsten Sinne des Wortes seinen Verstand verloren.

Sein vernebelter Blick vermochte weder die Angst seiner Beute wahrzunehmen, noch sah er deren stumme flehentliche Bitte.

Er hatte buchstäblich den Verstand verloren.

Lupo wollte sich gerade auf ihn stürzen, da nahmen die Ereignisse eine plötzliche Wendung.

Die Sirene eines Krankenwagens zerriss die Stille, die über den Hügeln lag. Jedoch noch in einiger Entfernung.

Das war wie ein Signal.

Bertino schwankte.

Nicht wie ein Betrunkener, dessen Synapsen infolge übermäßigen Weingenusses nicht mehr richtig ineinander griffen. Er verlor vielmehr ganz langsam das Bewusstsein. Ein paar schnelle, kurze Schritte auf das Dunkel zu.

Dann der Zusammenbruch.

Der Kollaps.

Dem Gehirn gelang es nicht mehr, ihn aufrecht zu halten.

Seine Beine rutschten auseinander, und der restliche Körper, der nun keinen Halt mehr hatte, sackte zu Boden. Im Zeitlupentempo. Nur der Kopf sauste mit zunehmender Geschwindigkeit herab und schlug heftig auf dem Boden auf.

Die Wirtin sprang herbei, um ihren armen Mann zu streicheln und zu trösten.

»Armer Pinin, armer Pinin... Sei ruhig... Es ist alles vorbei... es ist alles vorbei...«

»Sie bringen ihn ins Krankenhaus Le Molinette. Bewusstlosigkeit aufgrund einer Alkoholvergiftung. Lass ihn nicht aus den Augen. Sie sagen, dass er ganz plötzlich aufwachen kann. Das ist wohl immer so...«

»Ich werde da sein. Keine Sorge. Ich werde nicht von seinem Bett weichen.«

Der Krankenwagen war noch nicht wieder weggefahren, da sprach Lupo schon mit Modica.

Er hätte das gerne vermieden.

Doch er konnte nicht auf ihn verzichten. Er selbst war hier festgenagelt. Die Boshaftigkeit, mit der dieser neidische Kollege versucht hatte, ihn in ein schlechtes Licht zu rücken, damit ihm die Ermittlungen entzogen wurden, brannte immer noch in seinem Innern.

Zumindest stand Modica jetzt wie ein begossener Pudel da.

Das war aus seinem dienstfertigen, fast unterwürfigen Ton herauszuhören.

Er nahm die Befehle widerspruchslos entgegen. Und war sich seiner Lage durchaus bewusst: Nachdem er gerade durch die Hauptpforte hinausgejagt worden war, durfte er jetzt durch den Dienstboteneingang wieder eintreten. Da war es nicht angebracht, sich auf irgendeine Weise quer zu stellen.

»Glaubst du, *er* war es?«

Lupo seufzte.

Das Telefon befand sich in einer riesigen Küche.

Der alte Apparat aus schwarzem Bakelit stand auf einer Ablage, die von der verblichenen Abbildung einer ängstlich dreinblickenden Madonna beherrscht wurde. Daneben hing eine ganze Reihe von Fotografien, auf denen etwa ein Dutzend Mannschaften zu sehen waren, Pokale in den Händen und Bocciakugeln zu Füßen.

»Ich weiß es nicht. Das wäre zu schön.«

»In Ordnung. Sei unbesorgt. Ich mache das schon. Ich werde De Mattia anrufen, sobald ich etwas weiß. Und: Danke...«

Lupo legte auf.

Er wusste, wie viel dieses Unmaß an Bescheidenheit Modica abverlangt hatte.

Doch er würde sich die Geschichte gut merken.

Ein weiteres Mal würde er ihm nicht so leicht verzeihen.

Er wischte sich den Schweiß von der Stirn.

Durch die Öfen und Herde war die Hitze hier noch unerträglicher.

Der leichte Luftzug, der zusammen mit den Fliegen durch den ausgefransten Kordelvorhang an der Tür hereinkam, sorgte nicht für Kühlung.

Doch schien ihm, als würde außer ihm niemand darunter leiden.

Der arme Pinin jedenfalls nicht.

Der schien sich in den erstickenden Dünsten, die um ihn her wogten, wohl zu fühlen. Als bräuchte er die Hitze, damit sein Kreislauf in dem gelähmten Teil des Körpers wieder in Schwung kam.

Es mussten noch so viele offene Fragen geklärt werden.

Doch Pinin hatte sich noch nicht wieder vollständig erholt.

Lupo musste warten.

Sich in Geduld üben.

Die Frau hatte sich kategorisch geweigert, ihren Mann nach draußen zu bringen.

»Er hat seit dem Schlaganfall dickes Blut. Und die Aufregungen machen es sicher nicht dünner.«

Sie sprach mit ihm in einem zärtlich-besorgten Piemontesisch.

Vielleicht, weil ihn der Dialekt nicht so sehr ermüdete.

Mit ihnen unterhielt sie sich hingegen in einem fast geschliffenen Italienisch, jedoch mit starkem Akzent.

Lupo fing einen Blick aus Pinins erdfarbenen Augen auf.

»Mmmm... jedsss bess... ...nke.«

Seine Frau bemühte sich zu übersetzen.

»Jetzt ist es besser, danke. Sei ruhig, reg dich nicht auf. Es ist alles vorbei.«

Polo beugte sich zu ihr und nahm ihre Hand.

Er lächelte sie an.

»Hören Sie, Signora... Ich bleibe bei Ihrem Mann. Machen Sie sich keine Gedanken. Der Commissario muss mit Ihnen sprechen. Wissen Sie, er ermittelt wegen des Mordes da unten in der Villa an der Kurve. Und da Sie Cecilia gut kannten... Gehen Sie ruhig mit ihm. Ich mache das hier schon. Keine Sorge...«

Lupo war ihm dankbar.

Und in einem einzigen Augenblick legte sich sein ganzer Groll.

Er ging sogar so weit, vor sich selbst zuzugeben, dass sein bester Freund durchaus das Recht und auch die Pflicht hatte, ihn ein wenig zu beuteln, ohne dabei allzu zimperlich vorzugehen.

Er nickte.

Dann drückte er ihm den Arm.

»Verziehen!«

»Na, da habe ich aber noch mal Glück gehabt.«

Sie hieß Maria.

Und sie war praktisch in diesem Bocciaclubhaus geboren.

Es hatte immer schon ihrer Familie gehört, seit unendlich langer Zeit. Erst dem Großvater, der in einem Krieg des Grafen Cavour gefallen war. Dann dem Vater, der im jugoslawischen Kras im Schützengraben umgekommen war. Dann ihrem

Mann. Der war nicht tot, aber er vegetierte nur noch vor sich hin.

Und schließlich ihr selbst.

Immer schon hatte sie in der Küche gestanden.

Von Kind an war sie daran gewöhnt, diesen Frauen zur Seite zu stehen, denen das Schicksal immerzu auferlegt hatte, allein ihren Mann zu stehen.

Oben im Haus gab es zwei Zimmer.

Im ersten wohnten die Alten, die unter der Pergola gesessen hatten. Witwer seit undenklichen Zeiten.

Ein Richtkanonier und ein Schütze, die zwei kränkliche Schwestern geheiratet hatten. Seit der Kindheit waren sie zusammen gewesen. Und gut ging es ihnen nur, wenn sie die graue Erde rochen und das Geräusch der Bocciakugeln hörten, die gegen die Bande schlugen.

Im zweiten wohnte Bertino.

»Seit wann?«

»Oh, seit ungefähr einem halben Jahr. Länger noch nicht.«

»Wie ist er hierher gekommen?«

»Cecilia hat ihn mitgebracht. Sie haben zusammen gearbeitet. Oft sind sie nach einem belegten Brot und einem Glas Freisa dort hinaufgegangen, um ihre Rollen zu üben. Unter der Kastanie.«

»Erzählen Sie mir von gestern. Wann hat er zu trinken begonnen?«

»Früh. Sehr früh. Es muss so um... Aber wissen Sie, dass ich Ihnen das nicht genau sagen kann? Ich bin pünktlich wie ein Maurer. Jeden Morgen stehe ich um sechs auf. Doch als ich heruntergekommen bin, war er schon in der Küche. Er hat vor dem Telefon gesessen. Als würde er auf schlechte Nachrichten warten. Die Flasche stand neben dem Stuhl auf dem Boden. Er hat ausgeschaut, als hätte er die ganze Nacht Gespenster gesehen.«

Polo startete den Motor.

»Und?«

»Der anonyme Anrufer, der uns über das Verbrechen informiert hat, hat etwa zwanzig Minuten vor sechs angerufen.«

»Glaubst du, dass er es war?«

»Ich bin mir fast sicher.«

»Und somit gibt es zwei Möglichkeiten: Entweder ist er der Mörder...«

»Oder er ist es nicht.«

»Genau.«

»Hör zu. Du kennst Cecilia, triffst dich mit ihr. Vielleicht ist da auch etwas zwischen euch beiden. Du entdeckst dieses Gemetzel, stehst unter Schock. Du kannst nicht mehr richtig denken. Doch dein Selbsterhaltungstrieb sagt dir, dass du in jedem Fall in enormen Schwierigkeiten steckst. Würdest du dann der Polizei deinen Namen nennen?«

»Ich weiß es nicht.«

»Und dann ist da noch etwas: Er ist nicht geflohen. Er hat nur angefangen zu trinken.«

»Das heißt, du tippst auf unschuldig.«

»Keine Flucht. Andererseits sind wir gewissermaßen aus Versehen hierher gekommen. Hätten wir ihn sonst entdeckt?«

»Und was glaubst du nun wirklich?«

Der Commissario seufzte.

Sein Gespür war ihm abhanden gekommen.

Er war müde.

Nervös.

Hatte keine Idee.

Keine seiner plötzlichen Erleuchtungen, die sich in seinem Hirn den Weg bahnten, um ihm den Weg zur Lösung aufzuzeigen. Es befanden sich auch keine in der Warteschleife.

Er schüttelte den Kopf.

»Entweder ist er der Mörder oder er ist es nicht.«

Sie waren jetzt bei der Villa angelangt.

Doch Lupo zögerte auszusteigen.

Er versuchte nachzudenken, kam aber zu keinem Ergebnis.

Er seufzte noch einmal.

Konnte es nicht glauben.

Noch nie war es ihm passiert, dass er nicht wusste, was er tun sollte.

Zunächst hatte er überlegt, die Chefetagen der RAI in eine Art moralischen Belagerungszustand zu versetzen. So dass auch der wendigste der Geschäftsführer keine Lücke zum Durchschlüpfen finden würde.

Doch um dabei auch nur ein kleines bisschen Aussicht auf Erfolg zu haben, würde er schon mit Namen aufwarten müssen. Ansonsten würde ihn die Gummiwand der Bürokratie unvermeidlich von einem Büro zum nächsten schleudern. Bis er sich im Labyrinth der Zuständigkeiten verloren haben würde.

Welche Prioritäten sollte er also setzen?

Sollte er in diese mit Blut getränkten Zimmer zurückkehren und sich auf die Suche nach einer Postkarte, einem Notizbuch, irgendeinem Dokument machen, das ihm am Morgen zuvor im Durcheinander entgangen war?

Oder sollte er ins Krankenhaus fahren, um Bertino, der sicherlich angsterfüllt aufwachen würde, nicht Modica und seiner groben Art zu überlassen?

Oder war es nicht viel dringlicher, zur Villa des Alten zu eilen, um Licht in dessen Beziehung zu Cecilia zu bringen, jetzt, da ein zweiter toter Vilfredi sich unerwarteterweise in eine Angelegenheit drängte, die bereits unübersichtlich genug war?

Wenn es doch wenigstens nicht diesen Zeitdruck gäbe, der ihm so ungemein zu schaffen machte.

Ihm blieben nur vier Tage.

Wenige für einen Mord.

Und viele für seine Gefühle.

Und für eine Abwesenheit, auf die er in seinem tiefsten Innern nicht vorbereitet war. Und die ihm zu viel Raum für unerwartete Verwirrungen ließ. Cecilia, Rosa...

»Also steigst du jetzt aus oder nicht?«

Lupo ließ sich von Polo mitziehen.

Und das war gut so.

Im Briefkasten war die soeben ausgeteilte Post, dort fand er einen beunruhigenden Brief.

Sehr verehrte Nutte,
meine Geduld ist am Ende. Nun ist auch die letzte Ausrede nur noch Schall und Rauch. Jetzt kannst du dich nicht mehr verstecken. Nicht einmal hinter dem abgeschmackten, abgedroschenen moralischen Stereotyp, wonach einem Künstler keine Grenzen gesetzt werden dürfen. In der Verführung eines Unschuldigen liegt nichts Geniales, keinerlei Reiz der Ausschweifung. In Wahrheit bist du verdorben und besitzt nicht das mindeste Gefühl für Anstand. Homosexuelle, Frauen mit verstörter Sexualität, Junge, Alte, alle sind für dich eine Herausforderung. Wie Circe musst du durch ihre Körper ihre Seelen in Besitz nehmen. Ich werde dich bestrafen.

Lupo war sich sofort sicher: Da passte etwas nicht.

Er atmete tief ein und reichte Polo den Brief.

Da war ein schiefer Ton, den er jedoch nicht näher identifizieren konnte.

Dann sah er es plötzlich: gewissermaßen bildlich hervorgehoben durch die Schriftzüge. Zwei Begriffe, die ineinander übergingen, wenn man sie aussprach, die jedoch in geschriebener Form verschiedene Bedeutungen bekamen.

Auf einer weißen Wand.

Auf einem weißen Papier.

Ehrlose Frau...

Nutte...

Das war nicht dasselbe.

Die beiden Begriffe waren auf verschiedenen Ebenen angesiedelt. Der eine bezog sich eher auf die schwarzen Löcher der Seele.

Der andere auf die niedrigsten körperlichen Triebe.

Niederträchtig, grausam oder pervers war man im Innern. Doch in der Liebe war es der körperliche Akt, der Beischlaf, der Eifersucht und Betrug freisetzte. Das aber geschah ›außen‹.

»Weißt du, was ich glaube?«

Auch Polo hatte erkannt, dass die beiden Begriffe nur auf den ersten Blick das Gleiche bedeuteten.

Doch er war weiter gegangen und hatte den logischen Schluss daraus gezogen.

»Das stammt nicht von derselben Person.«

Der Commissario nickte schweigend.

Zwei Verfasser also.

Die nächste Frage war: Gab es einen Auftraggeber und einen, der die Aufträge ausführte? Wenn es sich so verhielt, dann war dieses Massaker keine Affekthandlung vor überbordender Wut gewesen. Dann handelte es sich um einen gezielten Plan, der eiskalt in allen Einzelheiten ausgearbeitet worden war.

Gab es auch noch die Möglichkeit, dass zwischen den beiden Personen keinerlei Beziehung bestand? Dass sie nur durch ähnliche Empfindungen miteinander verbunden waren, die dem einen die Hand, dem anderen die Gedanken geführt hatte?

Er versuchte nachzudenken.

Jedes Wort zu analysieren.

Und sich zu erinnern.

Das Wort ›Nutte‹ erinnerte ihn sofort an den Hass und die Verachtung Valeria Vilfredis. Während die Ironie, die in dem

›sehr verehrte‹ lag, den ketzerischen Geist des Alten widerspiegelte.

Lupo seufzte.

So würde er nicht weiterkommen.

Es gab jedoch eine dritte Möglichkeit: Dass es sich bei all dem nur um ein subtiles Spiel handelte, ein Bündel falscher Spuren.

Ein Spiegel, der die von einem intelligenten Geist kunstvoll erzeugten Bilder zu reflektieren vermochte. Von einem Geist, der jede seiner Bewegungen voraussehen konnte?

Wenn also alles mit dem Können und dem Gespür eines echten Regisseurs inszeniert worden wäre? Von einem, der von Berufs wegen gewohnt und in der Lage war, die Fäden in der Hand zu halten und die Figuren auf der Bühne meisterlich zu lenken?

Fragen über Fragen.

Lupo schnaubte.

Er hasste das Gefühl, durchschaubar zu sein.

Was seiner ursprünglichen Idee neuen Auftrieb gab.

Er musste so schnell wie möglich zur RAI.

Nur dort, in den Fluren des Gebäudes in der Via Verdi würde er die Menschen finden – Schauspieler, Sprecher, Scharlatane und willige Marionetten –, die möglicherweise den Schlüssel zu diesem Rätsel besaßen.

Das Verbrechen hatte irgendwie im Rundfunk begonnen.

Nur dort würde er verstehen, wie groß der Unterschied zwischen dem Leben und der Komödie wirklich war.

Ja, er würde seiner Inspiration folgen.

Bevor er sich in einem Netz von Zweifeln verhedderte.

Er öffnete die Tür zur Villa.

Und ließ Polo zuerst eintreten.

»Als los. Während ich hier herumkrame, erzählst du mir von Cecilia.«

Wenn dies wirklich nur ein Theaterstück war, dann musste

er das geheime Drehbuch finden, das ihn zu seiner eigenen Rolle führen würde...

»Kühl hier!«

Nach dieser ganzen Hitze wenigstens eine kleine Annehmlichkeit.

Der Thermostat hatte die Klimaanlage wieder in Gang gesetzt.

Ihr leises Rumoren hörte sich an wie das weit entfernte Schnurren einer Katze.

Auch Lupo seufzte wohlig.

Dann sah er sich um.

»Was könnte ich vergessen haben?«

Polo zuckte mit den Schultern.

»Hast du schon das Telefonbuch durchgeschaut?«

»Nein, warum?«

»Cecilia hat sich immer kleine Notizen neben den Nummern gemacht, die sie gesucht hat.«

Der Mörder schloss die Augen.

So konnte er seinen Geist freier schweifen lassen.

Er durchlebte noch einmal jeden Augenblick.

Jede Einzelheit.

Er ging durch die Schlafzimmertür.

Sah sich um.

Der Dolch steckte noch in der Brust.

Er hatte für einen Moment den Griff loslassen müssen, um den Mann aufs Bett zu stoßen. Ein dünnes Blutrinnsal floss langsam aus der kleinen Öffnung, die sich unterhalb des Brustbeins befand. Die Ränder der Wunde waren glatt. Es hatte kein Kampf stattgefunden.

Er hatte nicht erwartet, angegriffen zu werden.

Gut.

Nun zog er ihn heraus.

Er war ganz ruhig.

Er hatte keine Spuren hinterlassen.

Ordnung und Sauberkeit. Nicht ein verlorener Knopf auf dem Teppich. Kein anderes verräterisches Indiz.

Nur diese leuchtend rote Pfütze, die immer größer wurde und langsam in das Blumenmuster des Betttuchs sickerte.

Er konnte unbesorgt sein.

Mit einem letzten Blick ging er hinaus.

Jetzt war endlich alles in Ordnung.

An diesem Punkt hatte er in seiner vorangegangenen geistigen Bestandsaufnahme des Tatortes die Fotografie gefunden. Und an diesem Punkt hatte er schnellstmöglich zurückkehren müssen, um eine Katastrophe zu verhindern.

Er lehnte die Tür zum zweiten Schlafzimmer an.

Jetzt hielt er den Dolch wieder in der Hand.

Er schlitzte das Fleisch der Frau auf.

Augen, Stirn, Schläfen, Brüste, Handknöchel, Schenkel.

Auf jedem Teil des Körpers brachte er ein Zeichen an.

Er war stolz auf sein Werk.

Auch der Schriftzug war gut geworden.

Und die Idee mit dem enthaupteten Johannes war ein wirklich genialer Streich.

Eine großartige Inszenierung.

Vielleicht ein bisschen zu theatralisch.

Doch nicht umsonst war *Salome* sein liebstes Stück.

Der Mörder nickte.

Perfekt. Wirklich perfekt. Das war die richtige, die bewegende Darstellung seines Wahnsinns. Denn er war der Erste, der wusste, dass er wahnsinnig war. Und dies hier war das exakte Fotogramm seiner inneren Verwirrung.

Irgendwie hatte seine Wut ihren Ausdruck finden müssen.

Er ging hinaus.

Arbeitszimmer, Wohnzimmer, die Badezimmer, die anderen Räume, alles war, wie es sein musste.

Er schickte sich an, durch die Haustür hinauszugehen.

Da war der große Spiegel im Eingangsbereich, der sein Bild zurückwarf.

Der schwere Regenmantel mit den Blutflecken zweier Toter darauf. Die Handschuhe. Der über die Ohren gezogene Filzhut. Um zu verhindern, dass er Haare, Fingerabdrücke, andere Zeugnisse seines Hierseins hinterließe.

Dann dieses murmelnde Geräusch, das ihm in dieser Verkleidung die erdrückende Schwüle dieser Nacht erleichtert hatte. Auch die Dusche war schön eiskalt gewesen.

Der Mörder schrak auf.

Er öffnete die Augen.

Er hatte einen weiteren Fehler begangen.

Er hatte schon wieder vergessen, die Klimaanlage auszuschalten...

Lupo suchte.

Und die Stimme Polos begleitete ihn im Hintergrund.

»Weißt du was? Cecilia war keine ehrlose Frau. Sie war nur eine andere Frau. Eine für Männer ungewöhnliche Frau.

Teufel noch mal. Man hatte vielleicht in einer Zeitschrift einen Bericht über den Dalai Lama gefunden, ja? Während du noch ganz ergriffen warst, fasziniert von seiner Aufsehen erregenden Flucht aus Tibet unter den Augen der Chinesen oder verzaubert von den Tempeln von Lhasa, den Standarten, die im tibetischen Himmel flatterten, vom leuchtenden Orange der bebrillten Mönche und dem hellen Läuten der tausend Glocken in deiner Phantasie, nun, da war sie schon am Telefon, um die Flugtickets zu buchen.

Sie war eine, die es nicht beim Träumen beließ. Sie wollte sich sofort die Rolle der Hauptperson in diesem Traum angeln. Und es war völlig unwichtig, ob irgendwelche Aufträge warten mussten oder Menschen dadurch verletzt wurden.

Sie reiste ab und basta...«

»Du hattest Recht. Dieses Telefonbuch ist voller Notizen.«

»Ich habe es dir ja gesagt.«

»Tja. Nur kann ich mich nicht hinsetzen und Seite um Seite überprüfen. Ich muss es De Mattia geben. Er findet mit Sicherheit etwas, sofern es etwas zu finden gibt. Hast du noch eine Idee?«

»Ich weiß nicht. Die Textbücher wirst du ja wohl schon durchgeblättert haben...«

»Nein. Ich kann mich nicht daran erinnern, dass welche hier waren.«

»Das ist unmöglich. Deine Leute werden sie mitgenommen haben. Sie hatte Stapel davon. Im Schlafzimmer. Wenn sie sich auszog, hat sie ihre Klamotten darauf geworfen. Sie waren gewissermaßen ihre Kleiderbügel...«

Lupo nickte nachdenklich.

Das Haus einer Schauspielerin ohne Textbücher...

Weshalb hatte er sich noch nicht früher darüber Gedanken gemacht?

Wo waren sie hingekommen?

Lupo trieb Polo an.

»Weiter.«

Und Polo fuhr mit seinen Bekenntnissen fort.

»Auch ich bin ihr ins Netz gegangen.

Offiziell hat mir Cecilia keinen Auftrag gegeben. Allerdings ist sie mit verdächtiger Beharrlichkeit um mich herum gestrichen. Sie sagte, sie hätte schon lange nichts mehr gelesen, was nur im Ansatz interessant sei.

Herrgott! Sie fühlte sich völlig überrollt von einer Lawine künstlicher Dialoge, in literarischen Situationen, die ebenso kopflastig wie gestellt waren. Nichts, was weiter entfernt läge von den kleinen und großen Dramen des Alltags, in denen sich die Hörer wiedererkennen können würden.

Warum ich, ein bekannter Journalist, der ein Ohr für die

wahren Gefühle besitzt, nicht Lust hätte, für sie etwas anderes zu schreiben?

Im Grunde sei genau die Art, wie ich ihre Story erzählt hätte, ein glänzender Beweis dafür, wie gut ich das Publikum mit Zutaten aus der Wirklichkeit emotional einfangen könne.

Ohne ihr etwas davon zu erzählen, habe ich deshalb angefangen, ein wenig Gehirnschmalz in die Sache zu investieren und eine Idee zu entwickeln. Und eines Abends bin ich dann vor ihrer Tür gestanden mit einer Komödie unter dem Arm.

Es ist kurz nach Mitternacht.

Ich sehe Licht in den Fenstern.

Also klingle ich.

Nach einer Weile öffnet mir ein Typ mit nacktem Oberkörper.

Es schneit.

Es ist Dezember und scheißkalt.

Und er steht unbeweglich und offensichtlich genervt da, dieser schmächtige Knabe, und behandelt mich, als wäre er ein Zirkusstar und ich ein Verkäufer von ausgemachter Scheiße.

Du hättest ihn sehen sollen...

Hochnäsig, angeekelt.

Mit einem Ziegenbart.

Also ein Arschloch, das zwischen mir und meinem Erfolg steht.

Kannst du das verstehen...?

Er will mich nicht hereinkommen lassen.

Also fange ich an, ihn ein bisschen zu schütteln. Cecilia hört uns. Und von ihrem Zimmer aus lässt sie einen Schrei los, damit er kuscht. Er zieht tatsächlich den Schwanz ein und wirft sich schmollend auf ein Sofa, nachdem er ein Hemd aufgeklaubt hat, das er offensichtlich unterwegs verloren hat.

Dann nichts mehr.

Keine Aufforderung, zu ihr zu kommen.

Nur ein langes, nicht enden wollendes Schweigen.

Und wir zwei zerfleischen uns mit unseren Blicken.

Nach einer Minute bin ich es leid.

Was ist das für eine Show?

Hab ich sie bei irgendwelchen reizenden erotischen Spielchen gestört?

Doch wenn dem so wäre, warum ist Mister Agonie nicht sofort wieder unter die Laken gekrochen? Und was bedeutete diese klägliche Zurschaustellung seines blassen und abgezehrten Fleisches? Und dazu weiße Hosen und Socken und perfekt gebundene englische Schuhe?

Ich beginne zu schwitzen.

Da drinnen ist es heiß wie in der Hölle.

Als würden die borsäurehaltigen Wasserdämpfe von Lardello ihre Hitze direkt durch die Ritzen im Fußboden pumpen. Ich bin gereizt, kurz vor dem Explodieren, unerklärlich eifersüchtig auf den Typ. Frustriert.

Ich habe genug und stürze in ihr Zimmer.

Und Cecilia empfängt mich mit einem ironischen Lächeln.

Sie sieht mich ein wenig von unten her an, wegen der Presbyterianer-Brille, die ihr auf der Nase hängt. Das ist das Einzige, was sie anhat. Doch sie ist nicht im Mindesten verlegen. Sie sitzt auf einem Sesselchen, vor der heruntergeklappten Platte eines Schreibsekretärs, die vollständig unter Papierstapeln verschwindet.

Dann sagt sie, als wäre nichts passiert: ›Habt ihr euch einander vorgestellt? Nein, was? Nun, er ist Roberto Marano. Er hat mir eine Geschichte zum Lesen vorbeigebracht. Er ist Regisseur, aber er schreibt auch. Und gar nicht schlecht. Vielleicht schwärmt er ein wenig für mich... Er tut alles, um mich zufrieden zu stellen. Im Gegenteil zu dir. Doch keine Sorge, am Ende werdet ihr noch Freunde, du wirst sehen...‹

Verstehst du?

Ich sehe nur ihre Brüste.

Ihre Taille.

Die Kleidungsstücke, die hier und da über die Berge von Textbüchern verteilt sind, die dem Raum eine besondere Wärme verleihen. Dieselbe Faszination, die von einer Bibliothek voller gelesener und verschlungener Bücher ausgeht.

Und sie stellt sich dumm.

Jedenfalls glaube ich, dass sie das tut.

Mit der Zeit entdecke ich aber, dass dem nicht so ist.

Cecilia ist eine tropische Pflanze, die in der Wärme aufblüht.

Sie liebt es, die Wärme auf der Haut zu spüren.

Und zu Hause tut sie, was sie will. Nie würde ihr einfallen, etwas an ihren Vorstellungen von Freiheit und Lust zu ändern, nur weil jemand unerwartet zu Besuch kommt.

Dieser Jemand ist der Eindringling.

Er wagt sich in ein Gebiet jenseits einer geschlossenen Tür.

Das, was er dort vorfindet, entspricht vielleicht nicht seinen Gewohnheiten und Gebräuchen.

Dumm für ihn, wenn er sich nicht anpassen kann.

Was heißt in diesem Zusammenhang gut oder schlecht?

Das ist keine Alternative.

Es ist nur der Reflex zweier Arten von Sensibilität.

Entweder liebst du sie.

Oder du hasst sie.«

Polo erzählte in der Gegenwart.

Als wäre Cecilia noch am Leben.

Und Lupo hörte zu.

Ohne bei seiner Suche innezuhalten.

Ohne diese beständige, hektische Bewegung zu unterbrechen.

Die Schritte und die Stimme seines Freundes folgten ihm unaufhörlich. Zimmer, Schubladen, Schränke. Nicht nur die Worte, sondern auch jeder Gegenstand, jeder Raum roch nach ihrer Gegenwart.

Dann fiel sein Blick zufällig auf einen Tausendlireschein. Auf diesen aufgetürmt lagen einige Fünfhundertlirestücke, so als sollten sie den Geldschein beschweren.

Er stutzte.

Sie befanden sich im Schlafzimmer.

Er hatte diese Geldstücke auch schon an anderen Stellen gesehen, hatte ihnen jedoch keine Beachtung geschenkt.

Nur etwas Kleingeld, das hier und dort herumlag. Ohne Bedeutung. Kleine anarchistische Akte einer unordentlichen Frau. Wie die umherliegenden Kleidungsstücke. Oder die unverschlossene Zahnpastatube.

Plötzlich aber entstand ein Bild in seinem Kopf.

So deutlich, als stünde er davor.

Stonehenge…

Die rätselhaften Megalithe aus Salisbury. 2800 Jahre vor Christi Geburt errichtet. Mit einer konkreten Bedeutung, die der Rationalität des modernen Menschen indes nicht zugänglich ist. Eine Rationalität, die am Ende alles Geheimnisvolle den Elementarreligionen zuschreibt.

Dem Sonnenkult zum Beispiel.

Der ersten Quelle des Lebens.

Cecilia ließ sich mit Begeisterung durch diese kultischen Sinnbilder verführen. Sie war davon völlig fasziniert. Sie konnte unvermittelt nach Tibet reisen, um sich der Magie hinzugeben und darüber hinaus gleich noch das warme Klima dort zu genießen.

Waren diese in diesem ganzen Durcheinander so ordentlich aufgetürmten Säulen aus Münzen nicht vielleicht eine verschlüsselte Mitteilung?

Ein für andere mit Sicherheit unverständliches, doch für sie selbst eindeutiges phonetisches und ideografisches Alphabet?

Lupo sah Polo an.

Dieser nickte.

Auch ihm war derselbe Gedanken gekommen.

Sie hatten gemeinsam Stonehenge besucht.

Vor noch nicht allzu langer Zeit, an Ostern. Mit Greta, Tara und den Jungen. Eine Reise als Wiedergutmachung. Denn es gab viel, das sie ihnen zu verzeihen hatten: allzu viele Stunden der Abwesenheit infolge der Arbeit und allzu viele im Stehen vor dem Kühlschrank eingenommene Mahlzeiten, während die Familie bereits seit Stunden schlief.

Lupo und Polo begannen damit, die Geldstücke langsam herunterzunehmen. Eines nach dem anderen.

Mit dem Staunen und der Hingabe zweier Archäologen bei der Freilegung alter Gräber, die man in jenem Augenblick fotografierte, in dem eine seit Jahrtausenden verschwundene Hieroglyphenschrift wieder auftauchte.

»Scheiße noch mal, aber das ist ja ein Roman!«

Polos deftige Sprache...

Lupo hatte noch nie jemanden getroffen, der in friedlichen Zeiten ein vergleichbares Übermaß an Schimpfwörtern und Beleidigungen verwendete und mit heiterer Unbekümmertheit ausmalte. Wenn er aber erst zornig war... Doch in diesem Fall hatte er völlig Recht.

»Ja, Scheiße noch mal.«

»Wenn wir alle Geldscheine hier zusammensuchen, dann haben wir ein Tagebuch...«

»Genau.«

Es waren Ausschnitte aus Dialogen.

Nicht mehr als sechs, sieben Sätze auf einem Schein.

Winzig kleine Aufschriften aus irgendwelchen Textbüchern.

Oben stand immer das Datum.

Und unten ein Name.

Oder ein Titel.

Irgendetwas also, das auf die Quelle verwies.

Auf einen Autor.

Auf ein Warum.

Die Vorstellung, dass eine Banknote so etwas wie eine Flaschenpost im Meer der Einsamkeit sein kann, ist ebenso gängig wie romantisch. Die Schiffbrüchigen einer Großstadt versuchen auf diese Weise, ihre Hilferufe zu verschicken...

Vielleicht mit den komplizierten Schnörkeln einer Psychoanalytikercouch, mit Ranken aus Tinte und Hoffnung, mit Telefonnummern, Heiratswünschen, Schmähreden.

›Ruf mich an: 0 11-23 14 57, ich muss dringend mit dir sprechen, wer auch immer du bist. Ich bin 53 Jahre alt, verwitwet und wohlhabend. Ich möchte mich wieder verheiraten.‹

Oder einfach nur: ›Luciana Traverso ist eine Nutte!‹

Aber nicht Cecilia.

Sie hatte anderen nichts mitzuteilen.

Sie hatte für sich geschrieben.

Um immer etwas zum Nachdenken, Erinnern, Grübeln zur Hand zu haben...

1. 3. 2000

Artus: *Ritter...*
Lanzelot: *Majestät... Ich habe den Heiligen Gral gefunden.*
Artus: *Dem Himmel sei Dank.*
Lanzelot: *Er ist eine Frau.*
Artus: *Wie ist das möglich?*
Lanzelot: *Wäre Ginevra ein Mann gewesen, so hätte sie, als sie sich ihrer Kleider entledigt hatte, nicht gesagt: ›Jetzt ist der König nackt‹...*
Der quadratische Tisch

Lupo seufzte.

Er fühlte sich sofort an das alte Spiel mit den Assoziationen erinnert: Sag mir ohne nachzudenken, was dir zu diesem oder jenem Wort einfällt. Er wusste gut genug, dass sein klares Denken in Gefahr war, wenn er sich dieser Sache überließ.

Doch sein Unterbewusstsein stellte umgehend eine Verbindung her.

Cecilia, der Alte und der andere ...

Die klassische Dreiecksbeziehung.

Er versuchte, das alles wegzuschieben.

Seine Gedanken gewissermaßen auf Null zu stellen.

Doch das Erstaunen, das nun in den Augen Polos aufblitzte, vereitelte dies.

»Schau her. Das ist verrückt ...«

26. 7. 2001

Marco:	*(schreiend) Genug, ich kann nicht mehr. Ja, es stimmt: Ich habe sie getötet. Und ich bereue es nicht. Sie war eine ehrlose Frau ...*
Angelo:	*(betrübt) Und das hat für dich ausgereicht?*
Marco:	*Verstehst du nicht? ... Kein Gefängnis kann schlimmer sein als das, worin sie uns gefangen gehalten hat.*
Angelo:	*Aber für dich gab es keine Gitterstäbe. Du hättest fortgehen können, wann immer du wolltest.*
Marco:	*Ja, wie die Nachtigall im Bergwerk. Sie ist frei, dorthin zu fliegen, wo das Grubengas ist ...*

Eine ehrlose Frau

»Hast du das verstanden?«

»Die ›*Ehrlose Frau*‹ ist eine Komödie.«

»In der Cecilia vielleicht sogar eine Rolle gesprochen hat.«

»Sieh mal, das Datum: der 26. Juli. Das ist nicht einmal einen Monat her.«

Dem Commissario blieb nicht einmal Zeit, sich über die

Bedeutung dieses Fundes klar zu werden, denn Polo fluchte schon wieder.

»O du meine Heiligkeit. Das ist ja mein Zeug. Das ist das, was ich für sie geschrieben habe...«

Er stotterte fast in seiner Verwirrung.

Also ging Lupo zu ihm hinüber.

Und nahm ihm den Geldschein aus der Hand.

14. 12. 2000

Richi: *Mama, es tut mir Leid, dass du es so erfahren musstest...*

Mutter: *(schluchzend) Und Carla? Glaubst du nicht, dass sie das umbringt?*

Richi: *Nein. Sie weiß alles. Sie hat es schon immer gewusst... Sie hat nur für dich meine Verlobte gespielt, damit du dich nicht sorgen solltest...*

Mutter: *(jetzt wütend) Die Tochter meiner teuersten Freundin... Welche Schande, mich so anzulügen. Mich, eine arme Witwe. Aber warum? Ist das Wesen, in das du dich verliebt hast, denn so wenig vorzeigbar?*

Richi: *Nein. Wenigstens für uns nicht. Es ist ihr Bruder...*

Mutter: *(schreiend, außer sich) Oh, mein Gott... Ich... ich bringe euch alle um...*

Carla

Die Zeit verstrich.

Und Lupo wurde immer deprimierter.

Jede neue Entdeckung verwischte die zuvor entdeckten Spuren.

Ein Tagebuch hätte Wesentliches aufdecken können.

Doch diese kleine Sammlung von Banknoten, die durch

tausend Hände gegangen war, bevor sie hier wie trockene Blätter zu liegen gekommen waren, was bedeuteten sie?

Dann fiel ihm plötzlich ein weiterer, beunruhigender Aspekt auf.

Vor einigen Minuten hatte er noch erleichtert aufgeatmet: endlich ein wenig Kühle nach der unerträglichen Hitze in Marias Küche.

Doch die Tatsache, dass er sich hier ein wenig erholen konnte, hatte ihn etwas anderes, ganz Offensichtliches übersehen lassen.

Am Tag des Verbrechens war es in der Villa brütend heiß gewesen.

Er hatte auf die Terrasse gehen müssen, um Luft zu bekommen.

Und in den vielen Stunden, die er hier drin gewesen war, hatte der Timer nicht ein einziges Mal getickt.

Abgesehen davon war dies das Haus einer Sonnenanbeterin.

Eine, die sich im Winter ihren ganz persönlichen heißen Sommer erschuf. Und die ihre Getreuen damit Torturen unterzog.

Die Klimaanlage also...

Jemand musste sie eingeschaltet haben.

Doch wer?

Er wandte sich Polo zu.

Doch dieser missverstand ihn.

Er dachte, Lupo wäre noch mit den Geldscheinen befasst.

»Diese Geschichte ergibt keinen Sinn.«

»Wovon sprichst du?«

»Von *Carla*, wovon sonst? Cecilia hatte nicht das Recht, mir so etwas anzutun. Ich schneidere ihr eine Geschichte auf den Leib und was tut sie? Sie zerstückelt sie, zerreißt sie, massakriert sie. Bis nur noch Flickwerk übrig bleibt.«

Lupo war über so viel Ressentiment erstaunt.

Polo reagierte wie ein betrogener Liebhaber.
»Wieso nimmst du dir das so zu Herzen?«
»Weil *Carla* eine ganz außergewöhnliche Frau ist. Sie ficht jeden Kampf. Sie gewinnt, verliert, liebt. Und Cecilia reduziert sie auf eine heilige Rita der Homosexuellen.«
»Wann hast du ihr das Manuskript gegeben?«
»In der Nacht des 13. Dezember.«
»Und am 14. hat sie diesen Auszug herausgeschrieben?«
»Es scheint so, wenn man das Datum in Betracht zieht...«
Lupo seufzte.
Er war nicht mehr fähig, Hypothesen aufzustellen.
Ganz plötzlich lenkte ihn eine surreale Szene ab.
Da waren zwei Männer mit Manuskripten: Polo und der so erschreckend magere Regisseur. Beide unbeweglich. Wie treue Hunde, die zitternd darauf warteten, dass ihr ungeniertes Frauchen ihnen den Knochen zuwarf.
Lupo sah Polo neugierig an.
»Dieser Marano... seid ihr dann Freunde geworden?«
»Überhaupt nicht. Warum?«
»Wäre es möglich, dass er schwul ist?«

Bei jeder Kurve ein heftiges Bremsen.
Der Magen revoltierte.
Alle wurden auf ihren Sitzen hin und her geworfen.
Lupo sah den Fahrer an.
Der saß über sein Lenkrad gebeugt wie der Rennfahrer Alberto Ascari.
Und schien nur ein Ziel zu haben: so oft wie möglich die Reifen seines Kleinbusses, der nach Öl und Diesel stank, zum Quietschen zu bringen.
Auf dieser Strecke den Hügel hinab fuhren nur philippinische Dienstmädchen mit, die in die Stadt zum Einkaufen wollten. Oder Rentner, die auf dem Weg in die Wälder der Maddalena waren, um Pilze zu suchen. Die aber unausweich-

lich mit leeren Körben zurückkehrten. Bestenfalls mit einem blassen Röhrling.

Trotzdem fühlte sich Lupo mit sich selbst in Frieden.

Er war endlich allein.

Und versuchte Ordnung in das Chaos seiner Gedanken zu bringen.

Bevor er Cecilias Haus verlassen hatte, hatte er zwei Telefonate geführt.

Leone Tortona hatte ihm in leicht überspanntem Tonfall mitgeteilt, dass der Alte mit dem Hubschrauber weggeflogen war. Und dass ein armer Sekretär, wie er nun einmal einer sei, nur vermuten könne, dass er im Laufe des Nachmittags zurückkehren würde. Vorausgesetzt, er vergaß seinen Termin mit dem verehrten Herrn Gartenarchitekten nicht.

Was Andrea Vilfredi betreffe, so sei es absolut erforderlich, dass Lupo direkt mit Loewenthal spreche, da dies ein Thema sei, bei dem zwischen ihm und seinem werten Arbeitgeber Meinungsverschiedenheiten herrschten. Jeder habe eben eine andere Auffassung...

Der zweite Anruf galt De Mattia.

Nein, es gebe keine Neuigkeiten.

Modica habe sich noch nicht gemeldet.

Lupo seufzte.

Es war nicht einfach gewesen, Polo loszuwerden.

Die Presse hatte die Rolle Loewenthals klar definiert.

Der Alte betrachtete die Zeitung als eine Art Spielfeld. Als Spiegel seiner selbst, der er zugleich Leser und Urheber vieler Geschehnisse war.

Die Auslegungen hatten es ihm angetan.

Die Veränderungen, die die Tatsachen erfuhren, wenn sie durch mehrere Münder gingen. Sie verwandelten sich, weil sie nicht mehr direkt im Licht standen, sondern nur indirekt beleuchtet wurden, womit sie ihre ursprünglichen Dimensionen verloren.

Loewenthal besaß nicht eine einzige Aktie der Tageszeitung. Er war auch nicht Mitglied des Aufsichtsrates. Dennoch wurde seine Meinung sehr geschätzt. Dies ging so weit, dass er bei der Suche nach einem neuen Chefredakteur konsultiert wurde.

Er nannte dann intuitiv einen Namen.

Meist auf Grund eines momentanen Gefühls der Wertschätzung, einer plötzlichen Sympathie.

Falls sein Vorschlag dann in Erwägung gezogen wurde, so folgte indes unweigerlich eine eigentümliche Prozedur, über die nicht diskutiert werden durfte.

Die Erwählten wurden in ihrem Wald aus Papier freigelassen, so dass er sie beobachten konnte.

Dies tat er mit der Leidenschaft eines Entomologen, der seine Schmetterlinge erforscht. Und der aus Prinzip jeglichen Eingriff ablehnt, um nur ja die Bedingungen nicht zu verändern, unter denen er sein Experiment in absoluter geistiger Reinheit durchführt.

Doch diese seine so vollständige und uninteressierte Distanz wurde oft für die tatsächlichen Aufsichtsräte zu einem echten Problem, denn sie mussten vor den Aktionären ihre Entscheidungen rechtfertigen.

Und damit begann plötzlich eine Vorsicht zu greifen, die gar nicht angebracht war.

Kleine instinktive Selbstzensuren, die es erlaubten, Zeit zu gewinnen.

Um abzuwarten, bis definitiv klar war, aus welcher Richtung der Wind blasen würde.

Da es sich in diesem Fall um ein Verbrechen handelte, das so sehr mit den Gefühlen des Alten in Zusammenhang stand, hatte man entschieden, den Mord nicht allzu sehr in den Vordergrund zu rücken.

Die Meldung über die Tat wurde also Seite an Seite mit Polos altem Artikel über Cecilia und ihre skandalösen Verwicklungen gedruckt.

So wurde zunächst auf diese Geschichte verwiesen, von der man wusste, wie sie wirken würde.

Ungeachtet der Tatsache, dass sie schon bekannt war.

Sie war groß aufgemacht mit bisher unveröffentlichten Fotos Cecilias und sprengte damit die Grenzen, die sonst jeder Rubrik gesetzt waren. Man hatte vermieden, Einzelheiten oder Beziehungen zu beleuchten, die vielleicht unerwünschte Nebeneffekte haben würden.

Das Ergebnis des Ganzen war aber, dass die Rolle, die Polo bei der Sache spielte, völlig im Unklaren blieb.

Ein Journalist, der diesen Fall bis zum Ende verfolgen musste, weil er sich dafür am besten eignete.

Weil er in der Vergangenheit bereits involviert gewesen war.

Weil er wegen seiner guten Erzählungen und seines Einfühlungsvermögens allseits geschätzt wurde.

Doch er durfte nicht schreiben.

Zumindest nicht, bis er den Auftrag dazu bekam.

Lupo hatte sich von Polos Gesellschaft befreien können, indem er ihm eine Aufgabe übertragen hatte.

Er sollte zu Marina Salomone fahren und das tun, wozu Lupo keine Gelegenheit gehabt hatte: Er sollte eine Achtzigjährige dazu bewegen, ihm das Leben und Verhalten eines Achtzigjährigen zu erklären.

Der Bus hielt mit einem letzten, endgültigen Ruckeln an der Endhaltestelle bei der Basilika Gran Madre. Die Philippininnen schwärmten aus wie eifrige Bienen auf der Suche nach Nektar für ihre Herrinnen. Vielmehr, für die Ehemänner dieser Herrinnen, die sie mütterlich umsorgten, seit die Schulen geschlossen und die Häuser am Meer wieder geöffnet waren.

Lupo verweilte einen Moment, um sie zu beobachten.

Er dachte an Rosa.

Die einzige Frau, die ihn in den letzten vier Wochen beachtet hatte.

Er überprüfte, ob er den Zettel mit ihrer Telefonnummer auch in seine neue rote Hose gesteckt hatte.

Er hatte versprochen, sie anzurufen.

An diesem Abend würde er nicht arbeiten.

Vielleicht würden sie zusammen essen können.

Zu einer zivilen Uhrzeit.

Er beschloss, zu Fuß zu gehen.

Die RAI befand sich gleich hinter der Piazza Vittorio.

Neben der Universität.

Er trat in die große Eingangshalle.

Und entschied, dem Mann am Empfang gegenüber zu bluffen.

»Ich muss zu Marano.«

»Erwartet er Sie?«

»Natürlich.«

»Dann ist es besser, wenn Sie auf den Hauptfriedhof gehen. Er ist vor drei Tagen begraben worden...«

3

Lupo verlor die Geduld.

Und reagierte mit Arroganz.

Als sei der Mann am Empfang an Roberto Maranos Tod schuld.

»Hören Sie, mein Freund. Ich habe keine Zeit zu verschenken. Ich bin Commissario Lupo.«

Der Zerberus warf ihm einen gelangweilten Blick zu. Es war der Blick eines Staubsaugervertreters, der jeglichen Widerstand ignorierte und bis zur Erschöpfung ausharrt, nur um bis ins Wohnzimmer vordringen zu können.

Dann antwortete er ihm ungerührt.

»Dann also, verehrter Signor Commissario, sollte Ihnen doch die Bedeutung des Wortes ›verstorben‹ geläufig sein.«

»Spielen Sie hier nur nicht den Geistreichen…!«

»Ah, Sie sind wohl auch einer von denen?«

»Von denen? Welchen?«

»Einer von denen, die sich mit einem Abzeichen an der Mütze sofort wie die Herren über die Welt fühlen?«

Lupo lächelte.

In gewissem Sinne hatte er es verdient.

Er machte seinem Gegenüber sogleich ein Friedensangebot.

»In Ordnung. Entschuldigen Sie. Marano wird doch sicher eine Sekretärin gehabt haben…«

»Regisseure beim Rundfunk haben keine Sekretärinnen. Wir sind hier ja nicht in Hollywood.«

»Jetzt haben Sie sich aber das Abzeichen an die Mütze geheftet.«

Der Schlagabtausch ging noch eine ganze Weile so weiter. Am Ende gelangten sie aber zu der weisen Einsicht, dass sie beide zu weit gegangen waren.

Und so beschlossen sie, noch einmal von vorn zu beginnen.

»Wenn ich also richtig verstanden habe, dann brauchen Sie jemanden, der alle kennt.«

»Und der vor allem alles über alle weiß.«

»Dann macht es keinen Sinn, wenn ich Sie zum Personal schicke. Da werden die Leute wie Kleider ausgewechselt. Wissen Sie, wenn Rom seine Finger im Spiel hat... Lassen Sie mich nachdenken...«

»Ich weiß nicht, vielleicht einer der Älteren. Einer, der schon immer hier ist.«

»Nun, da wäre Mario Marcato. Ja, der ist vielleicht der Richtige für Sie. Er ist der Mann vom Echoraum.«

Lupo bedankte sich und stieg zur langen Unterführung hinab.

Der Sitz des Senders befand sich seit seiner Gründung auf der anderen Seite der Straße.

Doch das alte Gebäude war wie versiegelt.

Es blickte traurig auf die Via Verdi, mit verschlossenen Türen und verrammelten Fenstern. Zeugnis einer nahezu ewig andauernden Nachkriegszeit.

Unwissende Vorbeigehende mussten glauben, das Gebäude sei baufällig und niemand arbeite dort.

Doch dem war nicht so.

Im Innern verbargen sich die phantastischsten Aufnahmestudios. Das Leben an den Mikrofonen pulsierte hier ohne Unterlass. Stimmen, die jeder kannte. Die von Anlagen, Antennen und Computern auf wundersame Weise in den Äther geschickt wurden. Um dann irgendwo wieder gehört zu werden.

Die Wegbeschreibung war präzise.

Am Ende des Tunnels der Fahrstuhl, zweiter Stock, und dort sollte er fragen...

Marcato konnte noch keine siebzig sein, doch sah er um einiges älter aus. Er hatte ein markantes Gesicht. Voller Falten und Altersflecken. Seine dünnen Haare waren lang und ungekämmt, sie vermochten das Rosa des Neandertalerschädels nicht zu verbergen.

Eine Art göttliche Rache.

Doch das Besondere an ihm waren seine Augen.

Blau, tief, lächelnd, gut.

Erfüllt von einem unerwartet intensiven Leuchten.

Lupo empfand sofort Sympathie für diesen Mann.

»Ich bin Commissario...«

»Ich weiß. Der Wachhund unten hat Sie angekündigt. Er hat mich am Telefon angebellt. Er ist kein schlechter Kerl, er nimmt sich nur ein bisschen zu wichtig.«

»Störe ich Sie?«

»Nicht doch. Hier ist es, als hätte man mich vor hundert Jahren in Rente geschickt. Ich freue mich, wenn ich ab und zu jemanden zu Gesicht bekomme. Ich komme mir vor wie ein Stadtstreicher, der als einziger unter der Brücke zurückgeblieben ist.«

»Aber der Echoraum...«

»Ach, der... der wird seit Jahren nicht mehr benutzt.«

»Was soll das heißen? Sind Sie nicht dafür verantwortlich?«

»Offiziell schon. Aber als der Raum das letzte Mal benutzt worden ist, arbeiteten hier noch Lina Volonghi und Franco Volpi. Wollen Sie ihn sehen?«

Die Neugierde siegte über die Eile.

Lupo nickte.

Sie betraten einen riesigen Raum. Die Deckenhöhe betrug mehr als sechs Meter. Die großflächigen Wände waren gekachelt. Hölzerne Schirme, von denen die Töne zurückgeworfen wurden. Die das einfache Geräusch der Schritte in einen neuen, nie gehörten Laut verwandelten.

Rein und klar.

Nur mit dem leichten Zischeln ihres Atems vermischt.

»Klatschen Sie einmal in die Hände.«

Lupo gehorchte.

Und der Laut vervielfältigte sich ins Unendliche. Mit einem Decrescendo, das langsam abebbte und das sich von der Stille wie ein Profil im Gegenlicht abhob.

»Stellen Sie sich jetzt genau in die Mitte und sagen Sie ›O‹.«

»O... Oo... Ooo... Oooo.«

»Das ist Musik, hören Sie... sieii... iiii...«

Lupo war völlig gebannt.

Er fühlte sich in seine Kinderzeit zurückversetzt.

In jene Schlucht im Aostatal, deren steile Wände sich tief in den Berg schnitten. Wo man sich fühlte wie in einem Tempel. Wo nach einem Gewitter nicht nur das Mysterium des Echos gefeiert wurde, sondern auch das des schillernden Regenbogens, an dessen Ende angeblich der mit Gold übervolle Topf vergraben liegt, den nie jemand gefunden hat.

So hatte die reine Freude geschmeckt.

Stundenlanges Spiel der Phantasie.

Reisen in unbekannte Welten.

Lupos Erinnerungen wurden von Marcato unterbrochen, als dieser ihn sacht und freundschaftlich am Arm berührte.

»Ich weiß, welche Wirkung dieser Ort hat. Man möchte gar nicht wieder gehen. Aber Sie wollten eigentlich mit mir sprechen, nicht wahr?«

Lupo sah ihn an.

Für einen Moment peinlich berührt.

Als sei er mit dem Finger im Marmeladenglas ertappt worden.

»Sie haben Recht...«

Fast widerwillig verließen sie den Raum und begaben sich zu einem kleinen, in den Räumlichkeiten des Studio 2 versteckten Büro. Es war voll gestopft mit Kabeln, Potentiometern, anderem Zubehör mit großen und kleinen Steckern und mit alten, größtenteils verblichenen Fotografien.

»Das ist meine Höhle. Im Grunde bin ich ein ›Techniker mit historischem Gedächtnis‹. Also einer, der die Dinge repariert und der dazu noch dieses Unternehmen ohne ›gestern‹ bis in den letzten Winkel kennt. Ein Unternehmen, das einen perversen Instinkt besitzt: die Vergangenheit so schnell wie möglich begraben.«

»Wie den Echoraum.«

»Genau. Der erste Synthesizer hat ihn in einer tausendstel Sekunde überflüssig gemacht. Wenn man bedenkt, dass er noch einen Moment zuvor der ganze Stolz dieses Senders war. Es gab nämlich nur hier in Turin einen. Er hat ein Vermögen gekostet. Er war die Perfektion. Und dann hat ein banales elektronisches Klavier ihn in die Ecke verbannt zu den anderen Staubfängern.«

»Das ist das Schicksal dieser Stadt. Hier wird das Auto erfunden, das Telefon, das Gas, der Aperitif, die Praline, das Bonbon, das Radio, die Mode, der Fernseher, der Computer. Und dann vergisst man sie einfach wieder.«

»Was meinen Sie, sollen wir darauf etwas trinken?«

»Zu dieser Uhrzeit?«

»Oh, ich wollte Ihnen nur einen harmlosen Kaffee anbieten. Ach, Sie haben übrigens den Espresso vergessen, auch den haben wir hier erfunden. Gemeinsam mit Italien und den Italienern.«

Lupo lächelte.

Marcato setzte sich eine Brille mit Metallfassung auf und begann in einer Bonbondose zu kramen, die voller Büroklammern, Schrauben und Münzen war. Er suchte eine ganz besondere heraus und steckte sie in einen lärmenden Apparat mit Bakelitgriffen, der auf einem Metalltisch unter Kabeln begraben stand.

»Die Kaffemaschine hat dem Direktor der Zeitung *Gazzettino Padano* gehört. Der hat nur für Calindri, Monsu Ceruti und Madama Borel eine Ausnahme gemacht. Erinnern Sie sich an sie?«

»Kaum, ich war sieben oder acht Jahre alt...«

»Nun, ich versichere Ihnen, er ist vorzüglich, die erste automatische Lavazza-Kaffeemaschine. Kein Vergleich mit denen, die später kamen. Doch der große Mann war besessen von Statussymbolen. Und so wurden die Dinge bei ihm nie alt...«

Sie schlürften den Kaffee mit Genuss.

Äußerten sich lobend über die Qualität des Schaums und musterten einander anschließend schweigend.

Erst dann begann Lupo zu fragen.

»Ich bin wegen Roberto Marano hier.«

»Das habe ich mir gedacht. So, haben Sie es schließlich doch herausgefunden...«

Lupo war sprachlos.

Das war nicht die Antwort, die er erwartet hatte.

Doch hatte ihn die Erfahrung gelehrt, dass es oft gerade die Missverständnisse waren, die eine festgefahrene Ermittlung wieder in Gang brachten.

Deshalb beschränkte er sich darauf zu nicken und ließ Marcato weitersprechen.

»Im Grunde sind Homosexuelle in einer Umgebung wie dieser nichts Besonderes. Im Gegenteil...«

Lupo atmete auf.

Diese Neuigkeit kam nicht unerwartet.

Er hatte durch Polos Erzählung in der Villa schon ein vages Vorgefühl gehabt. Doch er musste aufpassen. Er durfte jetzt, da er sich das Vertrauen Marcatos erworben hatte, keinen Fehler machen.

Er beschloss, aufrichtig zu sein.

»Ich muss Ihnen etwas gestehen. Ich habe nicht gewusst, dass Marano tot ist. Ich bin hierher gekommen, um ihn zu einem anderen Tod zu befragen, zu dem von Cecilia Guidi.«

Marcato schüttelte den Kopf.

Mit tief betrübtem Blick.

Dann stand er auf und sah die an der Wand hängenden Fotografien durch. Er deutete auf eine.

»Schauen Sie sie an. Unzertrennlich waren sie, immer zusammen. Und jetzt sind sie nicht mehr. Einer nach dem anderen. Was für ein Schicksal!«

Lupo ging näher und sah sich die Fotografie lange an.

Zurückhaltend, denn er war sich der Gefühle, die im Raum lagen, sehr bewusst.

»Wie ist Marano gestorben?«

»Ach, überfahren von einem Auto, dessen Fahrer Fahrerflucht begangen hat. Man hat ihn auf der Straße gefunden. An einer unglaublichen Stelle: in den Anlagen hinter dem Castello di Montcalieri. Nicht weit von seiner Wohnung entfernt. Wer weiß, was er da mitten in der Nacht in den Hügeln getrieben haben mag?«

»Entschuldigen Sie, wenn ich Sie frage. Aber warum haben Sie vorhin, als ich Sie nach Marano fragte, als Erstes gesagt: ›So, haben Sie es schließlich doch herausgefunden …‹?«

»Sehen Sie, Commissario, ich habe immer geglaubt, dass an dieser Geschichte irgendetwas nicht stimmt. Und ich habe auch die Carabinieri angerufen und ihnen gesagt, dass es doch merkwürdig ist, dass jemand zu einer solchen Uhrzeit draußen herumläuft. Doch sie meinten, ich solle mich beruhigen, das sei in keiner Weise verdächtig. Bei dem Fahrer handle es sich lediglich um einen Feigling, der geflüchtet sei, nachdem er ihn angefahren hat. Also habe ich ein bisschen nachgebohrt …«

»Aber Sie haben ihnen nicht gesagt, dass er schwul war.«

»Nein. Ich wollte das nicht. Aus Respekt vor seinem Vater. Wissen Sie, der große Ettore Marano. Der Mann, der die Geräusche erfunden hat.«

»In welcher Hinsicht?«

»Er war der erste Geräuschmacher beim Radio. Sehen Sie, da ist er, mit Roberto als Kind in seinem Studio in der Via Montebello. Ich verdanke ihm viel, wissen Sie: Er war dafür verantwortlich, dass ich hier anfangen konnte...«

»Und hat er wegen des Todes seines Sohnes keinen Verdacht gehegt?«

»Oh, Ettore weiß nichts von dem Unfall. Mittlerweile hat er selten klare Momente. Er ist fast neunzig und lebt in einem Heim für Künstler in San Francesco al Campo, in der Nähe von Caselle. Als ich ihn das letzte Mal besucht habe, hat er mich nicht einmal erkannt...«

Sie redeten lange.

Nach kürzester Zeit empfand Lupo wieder diesen alten Zauber.

Derselbe, der ihn ergriffen hatte, als Polo ihn zum ersten Mal mit in die Redaktion genommen hatte.

Ein Rundfunksender war wie eine Zeitungsredaktion – ein magischer und mystischer Ort.

Voll geheimer Faszination.

Voller Geschichten und Legenden.

Wie die Geschichte von Ettore Marano.

Auf einmal war die Ermittlung völlig unwichtig geworden.

Es war die Zeit der Tanzmusik gewesen.

Des Melodrams und der Konzerte.

Aus dem Radio kam die Musik.

Und die Musik hatte einen vom Morgengrauen bis tief in die Nacht begleitet.

Einige kurze Nachrichten und dann wieder Foxtrott, ein Stück aus *Aida* oder etwas von Mozart.

Zu einer bestimmten Zeit aber hatte es zu sprechen begonnen.

Das war die Zeit der Komödien, der Dramen, der Revuen und Märchen gewesen. An Orten voller Leben und Getöse.

Hundegekläff.

Schreckensschreie.

Fahrende Züge.

Kettenrasseln.

Stürme. Regengeprassel.

Blubbernde Kaffeemaschinen.

Pistolenschüsse. Säbelklirren.

Rauschende Bäche.

Schritte von Riesen, Hexengemurmel, Brodeln von Zaubertränken.

Doch die Geschichten hatten nur aus Worten bestanden.

Als würden die Handlungen sich in einer perfekten Leere abspielen. Ohne das Empfinden für bewegte Gegenstände, ohne Kreischen, ohne das lärmende Durcheinander von tausend alltäglichen Hintergrundgeräuschen.

Gott sei Dank hatte es die dreißiger Jahre gegeben.

Eine Ideenschmiede.

Pioniergeist.

Jeden Tag hatte irgendjemand etwas Neues erfunden. Kein Tag war wie der vorhergehende gewesen. Und Marano hatte sich mit wehenden Fahnen in den Zug der Modernisierung eingereiht.

Mit Geräuschen.

Der Zahn eines Kamms, angezupft mit einer Pinzette, wurde zur Grille. Der Mund wurde zum Resonanzkörper, und wenn man mit den Händen auf den Wangen trommelte, so ergab dies das Galoppieren von Pferden. Zwei aneinander geriebene Muscheln imitierten das Quaken von Fröschen.

Mit einem Ventilator wurde Sturm gemacht.

Mit einer Schüssel Wasser das Rauschen des Meeres.

Dann hatten ihn die ersten technischen Aufnahmegeräte für Geräusche in die entferntesten Winkel der Stadt geführt, um ihre Seufzer von einem wunderschönen cremefarbenen Fiat Balilla mit riesigen schwarzen Kotflügeln aus einzufangen.

Von den Gänsen und Hühnern in einem sonnenbeschienenen Stall an den Mauern des Irrenhauses von Collegno bis hin zu der bedrückenden Montagestraße bei Lancia im Stadtteil San Paolo.

Vom heldenhaften Feuerwehrgerätehaus bei der Porta Palazzo zum Brüllen der Löwen und Tiger im Zoo des Parks Michelotti.

Vom Geschrei auf einem Platz in der Via Napione, auf dem Pallone gespielt wurde, bis hin zu den leisen Gebeten der Gläubigen, die vor den Kerzen in der Kirche La Consolata knieten.

»Er war ein Wirbelwind, der nicht zu stoppen war. Er hatte immer ein Mikrofon dabei, auch im Krieg: Bomben, Panzer, das Pfeifen der verschreckten Mäuse in den Zufluchtsstätten der verängstigten Menschen. Er hat sogar das erste Greinen seines Sohnes aufgezeichnet, als die Hebamme ihn auf den Küchentisch legte.«

Lupo seufzte.

Seine Neugierde kannte keine Eile.

Er hätte stundenlang zuhören können.

Unter normalen Umständen hätte er das Gefühl für die Zeit verloren.

Und das machte ihm die Sache schwer.

Er wusste nämlich gut, dass ein Zeuge, der sich von seinen Gefühlen mitreißen ließ, auch eine Unmenge kleiner Nebensächlichkeiten erzählte. Unerwartete Schätze, die wichtig sein konnten, um einem so schwer zu durchschauenden Fall Sinn zu verleihen.

»Und Roberto?«

»Oh, der ist in einer halb phantastischen Umgebung aufgewachsen. Oft genug waren die Gerätschaften seines Vaters sein Spielzeug, keine Märklin-Eisenbahn. Und auch kein Metallbaukasten, Autos oder Monopoly. Sondern Ketten, mit Bleikugeln gefüllte Ballons, Reibeisen, die unglaublichsten Percussion-Instrumente.«

»War er denn glücklich dabei?«

»Mehr noch und auch anders. Er war ein Kind, das seinem Erfindungsgeist freien Lauf lassen durfte. Was glauben Sie, welche Freude es war, als er mit dem ersten ausgefallenen Zahn ankam – anstatt ihn unter dem Kopfkissen zu verstecken, um auf eine simple Maus zu warten, kratzte er damit auf einer Glasscheibe herum, und Ettore rief voller Begeisterung: ›Aber das, das ist ja, wie wenn man auf Eis bremst!‹ Verstehen Sie? Sein Leben war ein einziges Abenteuer.«

»Aber seine Homosexualität?«

»Wie kann man wissen, wie diese Schaltungen im Hirn funktionieren? Vielleicht war er zu sehr auf seinen Vater fixiert. In einer Welt, die nur von Männern gemacht worden ist. Seine Mutter, die arme Frau, ist früh an einer Lungenentzündung gestorben. Und die Arbeit in einem Radiosender ist nicht wie die in einer Bank. Ettore hat ihn immer mitgebracht. So wurde er schließlich das Kind von allen. Er hielt sich aber immer lieber unter Männern auf. Auch als Erwachsener. Er kannte die Frauen nicht. Vielleicht hat ihn ihr so anderes Empfinden erschreckt, weil er nie eine Mutter hatte. Wer weiß.«

»Die Guidi war also eine Ausnahme...«

»Nun, Cecilia war einfach Cecilia...«

Lupo blickte traurig über den Po.

Er würde heute nicht rudern gehen.

Auch nicht an den folgenden Tagen.

Er seufzte und sah dabei dem Wasser zu, das träge zwischen den grauen Pfeilern der Brücke bei der Gran Madre hindurchfloss. Auch der große Fluss atmete schwer. Der sonst ohnehin spärliche Wasserfall an der Schleuse war nun fast versiegt. Und im Flussbett waren hier und dort viele kleine Grasinseln zu sehen – improvisierte Nester fauler Enten oder Schlafplatz für diese eigenartigen Möwen, deren Flügel das Leben in der Nähe der Stadt hatte schwarz werden lassen.

Er hatte eine schmerzhafte Entscheidung getroffen.

Er würde jetzt nicht mehr gegen die Zeit ankämpfen.

Denn es war sinnlos, das Schicksal zur Eile anzutreiben. Die Dinge hatten ihren eigenen feierlichen Rhythmus, der die kleinen Bedürfnisse des Menschen außer Acht ließ. Der Versuch, etwas herbeizwingen zu wollen, nur weil in ein paar Tagen ein Flugzeug zum Abflug bereitstehen würde, war absurd.

Vielleicht würde er es nicht nehmen können.

Vielleicht würde er voller Neid Polo zuwinken, wenn dieser die Gangway hinaufging... Und er bliebe zurück, mitsamt seinem so dringenden Bedürfnis, Greta in die Arme zu schließen.

Doch so konnte er nicht weitermachen.

Die Ermittlungen entglitten ihm, nur weil er mit dem Kopf anderswo war. Es gelang ihm nicht, dem Gang der Ereignisse zu folgen, die geheimen Verstecke aufzuspüren, die die Wahrheit verbargen. Er hatte nicht nur kein Gespür mehr für die Möglichkeiten, sondern die Hektik, die Hitze und die Müdigkeit ließen ihn auch noch oberflächlich werden. Die Puzzleteile blieben ungeordnet auf dem Tisch liegen. Sein Denken riskierte keine einzige Bewegung, um das ursprüngliche Bild zu rekonstruieren. Er sah die Formen gar nicht an, um die passenden Teile zusammenzusetzen. Er beschränkte sich darauf, sie aufzuhäufen.

Das war nicht seine Art.

Er musste in Ruhe nachdenken.

Das hatte ihn Marcato gelehrt.

Lupo nahm das Auto.

Seit zwei Tagen schon stand es verlassen auf seinem Parkplatz am Bootsanleger.

Er sagte seinen geliebten Straßenbahnen adieu – sein einziges Zugeständnis an die zu schnell verrinnende Zeit. In dieser Geschichte gab es zu viele Orte, zu viele Wege und zu viele Dinge, die das Schicksal angekündigt und dann auf halber Strecke fallen gelassen hatte.

Bertino zum Beispiel.

Da hatte er eine Spur entdeckt, die das undurchdringliche Koma einer Alkoholvergiftung aber sogleich wieder unleserlich gemacht hatte.

Dasselbe war mit Marcato geschehen.

Er versprach ein unerschöpfliches Reservoir zu sein.

Von dem man ihn aber erneut unerwartet weggezogen hatte.

Denn Marcato war ins Studio 1 gerufen worden, um dort die Mikrofone für ein Hörspiel vorzubereiten, bei dem etwa zwanzig Darsteller mitspielten. Da es sich um die erste Regiesitzung handelte, würde die Spannung geradezu greifbar sein.

Die Zuweisung der Rollen.

Sprechproben. Dramaturgie. Gliederung. Abläufe.

Die Vereinbarkeit von privaten Verpflichtungen mit denen der Aufnahmen.

Die Vertragsabschlüsse.

Auseinandersetzungen über die Aufnahmetage, die in jedem Falle zu gering bemessen sein würden.

Neid, Groll, Launen.

›Ich habe gerade eine Sache mit Ronconi gemacht, und du, meine Liebe? Vielleicht ist mir ja irgendein Spot entgangen? Machst du immer noch diese fürchterlichen Soap-Operas in Retequattro?‹

Marcato hatte ihn sogar eingeladen.

»Bleiben Sie doch, wenn Sie noch nie gesehen haben, wie das hier funktioniert... Das Chaos bricht sich Bahn. Das hat eine sehr eigentümliche Faszination. Es zieht jeden in seinen Bann.«

Lupo hatte mit sich kämpfen müssen.

Zum einen brannte er vor Neugierde.

Zum anderen bot sich hier die Möglichkeit, einige von Cecilias Kollegen zur selben Zeit am selben Ort zu treffen.

»Könnte ich mit den Darstellern sprechen? Mit dem Regisseur?«

Marcato hatte gelächelt.

»Das bezweifle ich. Zumindest in den nächsten drei, vier Stunden werden sie wie von Taranteln gestochen umherspringen. Wie in einem fieberhaften Wahn. Dann wird mit einem Mal die Spannung von allen abfallen. Und die Maschine wird weiterarbeiten, als hätte sie nie aufgehört. Jedes Mal das Gleiche. Wie ein wundersamer Tanz, auf den man nicht verzichten kann. Auch wenn es sich bei unserer Muse in Wirklichkeit um Thalia handelt. Warum kommen Sie nicht am Nachmittag wieder?«

Und so hatte Lupo eine Entscheidung getroffen.

Er würde seine unnötige Verfolgungsjagd vorläufig einstellen.

Er würde schon noch Zeit finden für den Alten, für Bertino, für die überlebenden Vilfredis, für Costanza Ferro, für Polo, für Marina Salomone und vielleicht auch für Rosa.

Doch zunächst brauchte er De Mattia.

Er verspürte die dringende Notwendigkeit, ihm gegenüber seine Überlegungen laut auszusprechen. Seinen kritischen Geist mit einzubeziehen. Den Geruch dieser unendlich vielen staubigen Papierstapel einzuatmen, seinen Kaffee zu trinken.

Im Grunde musste er seinen eigenen Rhythmus wiederfinden und die Gewissheit seiner selbst.

Sich darin einhüllen.

Und sich von ihrer therapeutischen Wirkung wärmen lassen.

Ihm blieb fast die Luft weg.

An seinem Schreibtisch saß Ferro.

Genau wie am Morgen Polo.

Er schien seine Verblüffung zu genießen.

»Dieser Kaffee ist hervorragend. Ich kann nicht glauben, dass Sie mich mit Vorsatz und über Jahre hinweg über die Qualitäten von De Mattia in Unkenntnis gelassen haben. Dieser junge Mann hier verdient eine Belobigung und Sie eine Abmahnung.«

Als De Mattia sich als ›jungen Mann‹ bezeichnet hörte, überkam ihn ein fürchterlicher Lachanfall. Nicht allein das, die ganze Situation belustigte ihn in hohem Maße. Und hatte ihn binnen einer Sekunde den Anruf seiner Frau vergessen lassen, die ihm mit weinerlicher Stimme den Besuch ihrer Schwester aus Trani angekündigt hatte.

Unter normalen Umständen eine Tragödie.

Denn wenn diese Frauen erst einmal zusammensaßen, würden sie sich Tag und Nacht den entnervenden Aufzählungen aller ihnen bekannten Krankheiten widmen. Um festzustellen, wem es schlechter ging und wer damit als Erste das Recht hatte, den Schmerzensweg zu beschreiten.

Doch den ungläubigen Ausdruck auf Lupos Gesicht in ebendiesem Augenblick, den hätte man festhalten müssen.

De Mattia hatte Mitleid.

»Komm her. Setz dich. Atme tief durch, und nimm dir eine Tasse Kaffee.«

»Habt ihr euch hinter meinem Rücken gegen mich verschworen?«

Der Questore hob lässig eine Hand.

»Versetzen Sie sich einmal in meine Lage. Ich habe zwei Kommissare. Beide unauffindbar. Ein brenzliger Fall. Die da oben sitzen mir im Nacken. Und keinerlei Neuigkeiten. Was soll ich tun: Ich kremple mir die Ärmel hoch und mache mich an die Arbeit. Irgendjemand muss ja diesen verfluchten Karren aus dem Dreck ziehen...«

De Mattia schaltete sich erneut ein.

»Hör zu, Lupo. Du hattest mich gebeten, ein wenig im Archiv zu wühlen. Nun, ich habe da einiges Verwirrende über deinen Freund Bertino entdeckt. Wir haben uns darüber unterhalten.«

»Was hast du herausgefunden?«

»Oh, nur eine kleine Homogeschichte...«

»Schwul? Der auch?«

»Warum? Hast du noch ein paar auf Lager?«

Giacomo Bertino.

Bei allen *Gay-pride*-Demonstrationen war er immer vorneweg gelaufen. Sogar bei der in Rom, die im Heiligen Jahr stattgefunden hatte. Ein Radikaler. Begeisterter militanter Anhänger von FUORI, der ›Homosexuellen revolutionären Einheitsfront Italiens‹. Mehrmals aus politischen Motiven festgenommen. Niemals jedoch, weil sein Verhalten Anstoß erregt hätte.

Ein Selbstmordversuch vor einem halben Jahr.

Also in der Zeit, als er in den Bocciaclub gezogen war.

Gerade noch vom Notarzt gerettet. Den eine Freundin verständigt hatte. Das mochte wohl die Guidi gewesen sein, doch der Name auf dem Formular war unleserlich.

Man hatte ihn drei Tage lang im Krankenhaus *Le Molinette* behalten.

Und dann mit einem viel sagenden Bericht entlassen.

Der Patient leidet unter schweren Symptomen nervöser Erschöpfung, welche der ursächliche Grund für seinen widernatürlichen Akt sein könnten. Verweigert Visiten und neuropsychologische Untersuchungen. Verlangt, so schnell wie möglich nach Hause entlassen zu werden. Am 12. Februar wird ihm dies zugestanden, nachdem er mit einem unterschriebenen Gesuch das Krankenhaus von jeglicher Verantwortung entbunden hat.

Die persönlichen Daten füllten einen halben Bogen Papier mit dem Briefkopf der DIGOS, dem Sondereinsatzkommando der italienischen Polizei. Da er den Namen kannte, hatte De Mattia nicht lange suchen müssen, um etwas zu finden. Wahrscheinlich würde es ihn wesentlich mehr Mühe kosten, bei den Carabinieri an den Bericht über Marano zu kommen.

Lupo seufzte.
 Und dann begann er, die eigenartige Geschichte des Regisseurs zu erzählen. Wie dieser zufällig auf die Liste mit den Freunden Cecilias gekommen war. Dass es Polo gewesen war, der ihn darauf gesetzt hatte. Dass er vor kurzem von einem Auto getötet worden war.
 Und dass sich die Homosexualität langsam ausbreitete.
 Es schien, als seien alle in den Fall verstrickten Männer dieser Neigung erlegen.
 Der Questore nickte.
 »Was wissen wir denn über Andrea Vilfredi? War der etwa auch...?«
 Lupo schüttelte den Kopf.
 »Sergio, sein Bruder, hätte sich vielmehr eher davon angetan gezeigt, dass es dem Jüngsten der Familie gelungen sei, mit Cecilia ins Bett zu kriechen. Das war zumindest der Kern von Modicas Bericht.«
 »Weshalb all diese Konjunktive? Zweifeln Sie daran?«
 »Wenn es sich bei unserem Freund um Meinungen und nicht um Tatsachen handelt, dann versichere ich mich doch lieber selbst. Er ist ein vorzüglicher Spürhund. Aber kein großer Denker.«

Ferro ging nicht näher darauf ein. Er wechselte das Thema.

»Ich denke, ich werde mich persönlich um Marano kümmern. Der Comandante der Einheit Montcalieri ist mir noch etwas schuldig. Innerhalb einer halben Stunde werde ich diesen Bericht haben. Gehen Sie nicht weg, Lupo. Ich werde Sie umgehend rufen.«

Dann stand er auf.

Und grüßte.

»De Mattia, Ihr Kaffee ist exzellent. Ich denke, das ist der Beginn einer zarten Freundschaft. Ich werde öfter einmal vorbeikommen. Auch wenn all das hier entschieden gegen die Vorschriften ist. Aber irgendwie ist alles in diesem Büro jenseits der üblichen Ordnung. Meinen Sie nicht auch?«

»Was war denn das jetzt für eine Botschaft?«

»Keine. Er saß nur auf heißen Kohlen.«

»›Ich denke, das ist der Beginn einer zarten Freundschaft‹. De Mattia hier, De Mattia da. ›Ihr Kaffee ist einfach exzellent‹. Titi tata. Was ist denn los? Ist hier bei uns auch eine Homoepidemie ausgebrochen?«

»Ich bitte dich. Nicht ›einfach exzellent‹, sondern nur ›exzellent‹.«

»Du wirst dich doch wohl nicht von ein paar freundlichen Worten an der Nase herumführen lassen?«

»Und du wirst wohl hier nicht zum eifersüchtigen Liebhaber werden, der überall Rivalen wittert?«

Lupo wollte etwas erwidern.

Doch kam ihm plötzlich ein diffuser Gedanke.

Heraufbeschworen von De Mattias letzten Worten.

Der Tonfall ihres dummen Streites.

Normalerweise war er unangenehm berührt, wenn er mit Geschichten von Homosexuellen oder Transvestiten zu tun hatte. Nicht weil er voreingenommen war oder ihre Lebensweise moralisch verurteilte.

Sondern weil sie unvermeidlich Rollen in Dramen voller Trostlosigkeit und Hysterie spielten. Voll armseliger und verworrener Leidenschaften. Die für seinen stillen ästhetischen Begriff von Liebe allzu irrationale Konsequenzen nach sich zogen.

Natürlich wurden einem Commissario nur die besonderen Fälle zugeteilt.

Die an sich scheußlich waren.

Doch es gab Unterschiede.

Jedes Verbrechen steht für eine dunkle und kranke Seite der Gesellschaft. Das aus einer ganz plötzlichen Infektion heraus entsteht. Doch durch allzu bekannte Viren: Geld, Neid, Eifersucht. Die immer auf allgemeine, wenn auch verzerrte Empfindungen zurückzuführen sind.

Die *anderen* Fälle jedoch, die waren wirklich anders.

Sie bebten vor ungezügelten Emotionen.

Vor Empfindungen, bei denen die Nerven bloß lagen.

Wo Recht oder Unrecht sich unauslöschlich eingruben.

Lupo seufzte.

Was tat sich da in seinem Kopf?

Was war es, was er da nicht fassen konnte?

Warum begann der Mord an Cecilia unbekannte Symptome zu zeigen? Wie eine jener seltenen tropischen Krankheiten, die man von einer Reise in ferne Länder mitbringt und die nach der Rückkehr keiner zu heilen weiß?

Zahllose Fragen.

Doch am Ende begriff er.

Und der Unmut ließ von ihm ab.

Bei diesem Fall sah man die Männer, die andere Männer liebten, aus einer ganz unerwarteten Perspektive. In jenem Augenblick, in dem sie eine Frau liebten: Cecilia…

Eine Variable ihres jeweiligen Schicksals.

Die vermutlich neue Leidenschaften und Rivalitäten geschürt hatte. Und die die gesamte Ermittlung mit diesen mehrdeutigen Zusammenhängen konfrontierte. Ein Oszillieren zwischen den verschiedenen Charakteren.

Ja, das war der Schlüssel.

Lupo nickte, ohne es zu bemerken.

De Mattia lächelte. Er war seit langem an diese Kletterpartien Lupos gewöhnt.

Immer schon hatte er schweigsam am Basiscamp auf ihn gewartet und beobachtet, wie dessen Geist Haltepunkte fand, wo andere nur die Leere sahen. Schritt für Schritt zog er sich dann mühevoll nach oben. Bis er zu einer Erleuchtung kam. Dann strahlten seine Augen vor Freude darüber, den Gipfel erstürmt zu haben.

»Was ist? Bist du angekommen?«

Auch der Commissario lächelte.

Genauso, wie sich die Wolken zusammengebraut hatten, lösten sie sich jetzt wieder auf.

»Ja. Jetzt können wir weiterspielen. Doch zuerst muss ich dir alles erzählen, was ich weiß…«

Der Mörder wartete.

Das Warten war sein Idealzustand.

Es fiel ihm nicht schwer, sich in Geduld zu üben.

Mittlerweile hatte er dies noch mehr verinnerlicht als irgendeine andere Gewohnheit.

Es war seine Daseinsweise.

Seine Art zu denken.

Er sah sich oft als Schlange.

Ruhig, elegant, gewunden.

Auf einem sonnenbeschienenen Stein. Die zu extremer Trägheit und zu bewegungsloser Mimikry fähig war.

Die Menschen rannten. Sie konnten nicht mehr anhalten. Die Bewegung war zur Kunstform geworden. Die Pause, das Ausruhen, das Verweilen, das Innehalten, die Unterbrechung hatten einen negativen Klang bekommen.

Die Eile war zum neuen Dogma erhoben worden.

Und war doch nur absolutes Mittelmaß.

Völlig ungeeignet, um das Wesen der Schnelligkeit auszudrücken. Das nichts gemein hatte mit dem schlaffen Grau mittelmäßig atemloser Lebensläufe. Sondern mit dem kalten Aufzucken des Blitzes.

Die plötzliche Beschleunigung aus dem Stillstand.

Aus einem Moment der Unbeweglichkeit.

Um im nächsten sogleich wieder in Ruhestellung zu verfallen.

Dazwischen das Aufblitzen der Tat.

Der Angriff der Klapperschlange.

Er lächelte bei der Erinnerung.

Er hatte mit dem Dolch zugestoßen und sie hatten nichts bemerkt.

Sie hatten ihn wie betäubt angestarrt.

Unfähig zu realisieren, was da mit ihnen geschah.

Ihr Geist war nicht einmal so weit gekommen, sich vorzustellen, was der Stahl einer entschlossenen Klinge anrichten konnte.

Sie waren tot.

Doch die Augen sahen noch immer.

Was bedeutete schon eine kleine Nachlässigkeit angesichts der jähen Großartigkeit einer solchen Geste!

Er schloss die Augen.

Und hörte auf, an die Klimaanlage zu denken.

Lupo zeigte ihm das Telefonbuch.

»Ich habe es aus der Villa mitgenommen. Cecilia hatte die Angewohnheit, kleine Anmerkungen neben die Namen zu schreiben. Das ist deine Spezialität.«

»In Ordnung. Ich soll versuchen, das Muster dahinter zu finden? Ist es schon so weit?«

»Ja. Ich glaube schon.«

In jeder Ermittlung gab es eine dunkle Stelle.

Einiges war hell beleuchtet, anderes nicht. Und es war nicht gesagt, dass das, was im Schattenkegel lag, weniger wichtig war als das andere. Das aufzuschreiben, es auf einem Stück Papier aufzulisten, verhalf oft dazu, allem den gleichen Wert zuzumessen. Und auch in psychologischer Hinsicht die Prioritäten neu zu ordnen.

Das war das einzig wirkliche Erbe, das der vorige Questore hinterlassen hatte.

Der legendäre Gennaro Militello.

Der in mancher Hinsicht sehr sympathisch gewesen war, in anderer unausstehlich.

Der typische Spürhund im Wohnzimmer.

Der einem unsäglich auf die Nerven hatte gehen können, weil er immer zeigen musste, dass er über alles Bescheid wusste. Der aber einen grundlegenden Defekt gehabt hatte: sein Gedächtnis. Er gehörte nämlich zu jenen, die immer und regelmäßig alles vergaßen.

Vor allem Namen.

Nicht nur, dass er sie entstellt hatte.

Er hatte sie nach seinem eigenen Geschmack neu erfunden.

Sein Unterbewusstsein hatte jedoch stets eine vage Erinnerung gespeichert, so dass aus Lupo, dem Wolf, je nachdem Hund, Katze, Fuchs oder gar Stier wurde. Ohne sich jemals zu weit von der Tierwelt wegzubewegen.

Aber er war auch einer, der seine Leute, um sie bei Laune zu halten, mit Witzen überhäufte, deren Pointe man unweigerlich erriet, noch bevor er sie zu Ende erzählt hatte. Schlimmer noch: Kalabrese vom Scheitel bis zur Sohle, bestand er darauf, sie in piemontesischem Dialekt zu erzählen.

Wobei er diesen seiner eigenen Aussprache und Interpretation unterwarf.

So malträtierte er nicht selten einen ganzen Monat lang alle, die in seine Reichweite kamen, mit demselben Witz, für dessen Pointe er gnadenlos den Doppelsinn mancher Dialektworte niederwalzte.

In jedem Fall begannen die Unglücklichen, wenn sie ihn gut kannten, bereits zu lachen, noch bevor er die Pointe erzählt hatte. Denn die eigentliche Komik lag in seinem fast verzweifelten Wunsch zu gefallen.

Andere hingegen beschränkten sich darauf, freundlich auf seine Versuche als Komiker zu reagieren.

Nach Militellos Meinung musste die schlichte Wiederholung eines Witzes, bei dem er vor Lachen fast gestorben wäre, mit mathematischer Genauigkeit dieselbe Wirkung bei anderen hervorrufen.

Völlig unabhängig davon, wem oder wie er ihn erzählte.

Auch das mitleidige Lächeln, das gnädig auf den Lippen derjenigen erschien, die seine unseligen Aussprüche noch nicht kannten, machte ihm nichts aus.

Armer Militello...

Im Gegenzug hatte er den Spitznamen *Il Militello Ignoto* – der kleine unbekannte Soldat – bekommen.

Doch ein Talent hatte er besessen.

Seine absolute Unfähigkeit, einen Roman zu lesen (bereits ab der dritten Seite konnte er die Figuren nicht mehr auseinander halten) hatte in der Folge zu jenen immensen Schaubildern geführt – gezeichnet von einem unglückseligen Landvermesser, der im Tausch dafür seinen Ausweis binnen vierundzwanzig Stunden ausgestellt bekam. Sie wurden in seinem Büro aufgehängt wie die Karten einer Reihe von Seeschlachten, die ständig aktualisiert werden mussten.

Lupo entspannte sich.

»Lass uns anfangen.«

De Mattia mit seiner akribischen Krämerseele hatte sich die Matrix dieser Übersichtstafeln angeeignet, noch bevor sie zusammen mit ihrem Besitzer in Pension gehen konnte.

Er hatte sie auf dem Kopierer verkleinert.

Ein Heft mit Kopien, das stets unter seiner überquellenden Schreibunterlage bereitlag.

De Mattia war bereit zum Loslegen.

Mit einem dicken roten Stift in der Hand.

Begierig, die erste Spalte auszufüllen.

»Willst du mit den Verdächtigen anfangen?«

»Ja. Lass uns einfach nach Militellos Regeln vorgehen.«

»In Ordnung. Für dich steht immer noch Loewenthal ganz oben?«

»Ich würde sagen, ja. Doch darüber lässt sich reden. Bist du nicht meiner Meinung?«

»Nein, nein. Gott im Himmel, alles ist möglich. Allerdings ist er eine jener Gestalten, von denen du alles zu wissen glaubst, weil sie in deiner Stadt leben und dir jeden Tag aus den Zeitungen zulächeln. Du hast ihn zu einer Art lebendem Gott gemacht. Ein Mythos, der ganz alleine dir gehört, den zum Beispiel ein Mailänder oder Römer nicht hat.«

»Das ist wahr.«

»Das ist einer der Gründe, warum du meinst, dich von ihnen zu unterscheiden. Dann aber, wenn so etwas wie jetzt geschieht, dann steigt er wieder auf ein Podest. Du weißt nicht, was du sagen sollst. Er wird wieder zu dem Unbekannten, der er in Wirklichkeit ist. Und dann ist es dir auch unmöglich anzunehmen, dass er ein Mörder sein könnte. Das Gefühl aber sagt mir, dass er das nicht ist. Aber das ist nur ein Gefühl…«

»Genau…«

»Für dich ist es anders. Du hast ihn kennen gelernt.«

»Nein. Es ist nicht anders. Wenn überhaupt, dann ist es schlimmer. Weil der Alte nämlich ein Rattenfänger ist. Wenn du von ihm fortgehst, bist du verhext. Aber er bleibt trotzdem derjenige, der auf dem Papier das beste Motiv hat: Eifersucht. Erschwerend kommt sein Alter hinzu und die Tatsache, dass es sich um eine späte Leidenschaft gehandelt haben könnte.«

»In Ordnung: Zuerst also Loewenthal... Und unter ›Bemerkungen‹?«

»Schreib dort Leone Tortona hin. Er könnte das schwache Glied sein. Falls der Alte schuldig ist, hat er sicher über ihn gehandelt.«

»Erledigt.«

»Ich muss ihn einmal außerhalb der Villa zu fassen bekommen. Ihn zur Seite nehmen. Ich muss mir einen Hebel suchen: Tortona hat keine Dienermentalität. Er besitzt Persönlichkeit. Er muss eine Vergangenheit haben...«

»Im Grunde möchtest du wissen, warum Loewenthal ihn und nicht einen anderen haben wollte?«

»Nicht nur. Der Alte hat alles. Er hat sich den Luxus erlaubt, sich immer mit Personen zu umgeben, die ihn verführen konnten. Finde heraus, welchen Honig Tortona benutzt hat. Welche Kunst er beherrscht. Denn mit Sicherheit handelt es sich dabei nicht um Banalitäten...«

»Verstanden. Und weiter?«

»Versteht sich von selbst, dass der zweite Verdächtige Giacomo Bertino ist.«

»O.k. Ich schreibe ihn auf. Doch solange er kein Lebenszeichen von sich gibt, kann ich wenig machen. Da bist du mit Marcato besser dran.«

»Gut. Kommen wir zu Valeria Vilfredi.«

»Der Dolch ist die Waffe einer Frau. Und die Geschichte mit den Fotos hat einen üblen Beigeschmack. Im Grunde haben nur zwei Personen welche erhalten: sie und ihr Bruder. Warum nicht die anderen? Und zu ›die anderen‹ zähle ich auch Giorgio, den unauffindbaren Bruder. Nun, ich würde allzu gerne wissen, was er über seine Schwester zu sagen hätte. Vielleicht hat er die Beine in die Hand genommen, um nicht das gleiche Ende zu nehmen wie Andrea. Du hast doch gesagt, dass die Vilfredi zu diesen immerwährenden Opfern gehört, die überall nur Unrecht sehen und nur für die Rache leben.«

Lupo war sprachlos.

De Mattia erstaunte ihn immer wieder.

Er sah ihn lange an.

Mit seiner ruhigen Art, seinem bescheidenen Äußeren und der Last, zu Hause eine unerträgliche Frau zu haben, schien er immer und überall zu spät zu kommen. Einer, der an die Haltestelle gelaufen kommt und stets auf einen schlecht gelaunten Busfahrer trifft, der ihm die Tür vor der Nase zumacht.

Dann tat es plötzlich einen Schlag, und man merkte, dass er Charakter und Kompetenz besaß.

Bemerkenswert lebhafte analytische und gedankliche Fähigkeiten.

Bei ihm ging nichts verloren.

Kein geflüstertes Wort, kein Seufzer.

Sein Gehirn katalogisierte alles. Und so, wie er aus seinem verstaubten und heiß geliebten Keller alles Mögliche hervorzaubern konnte, so war auch sein mentales Archiv voller Überraschungen.

»Verstehe ich da recht, dass du dir deine Mörderin schon ausgesucht und eingepackt hast...?«

»Ja. Und zwar mit einer schönen rosafarbenen Schleife.«

»Aber eine, die im Selbstmitleid ihren einzigen Lebenssinn sieht, eliminiert ihre Feinde doch nicht. Sie sind doch die Hühner, die ihr die goldenen Eier legen. Über wen würde sie sich denn dann aufregen können? Gib mir Recht: Sie ist doch nur ein armes Schwein...«

De Mattia schüttelte den Kopf.

Er blieb beharrlich.

»Nein. Du irrst dich. Sie ist die wirklich ehrlose Frau. Und dann ist da noch etwas. Sie wollte wirklich alle beide töten. Der Tod von Andrea war kein Unfall...«

Der Bericht lag bereits auf dem Tisch.

Der Questore hatte sein Versprechen gehalten.

Keine halbe Stunde war vergangen.

Und beim Tod Roberto Maranos schien es sich immer weniger um einen Unfall zu handeln.

Da waren die Fotografien.

Der Körper, auf dem Asphalt der schmalen, steilen Straße von Santa Brigida liegend, vom grellen Schein eines Blitzlichtes beleuchtet. Die Spuren vieler Reifen, doch keine Bremsspuren.

Dafür schimmerte zwischen den hastig hingeschriebenen Zeilen des Autopsieberichts, verfasst von einem Pathologen, den offensichtlich die Schlussfolgerungen der Untersuchenden beeinflussten, leise Zweifel hindurch, die jedoch sofort wieder glatt gebügelt wurden:

Das Opfer verstarb auf Grund einer inneren Blutung, verursacht durch Quetschungen von Milz und Leber. Der Aufprall erfolgte mit sehr großer Wucht und hat des Weiteren folgende Brüche verursacht: Becken, Elle und Speiche rechts, Oberarmknochen links, Oberschenkelknochen rechts, Scheitelbein links. Prellungen und Hämatome ant. & post., über den ganzen Körper verteilt (als sei es zu einem erneuten Aufprall gekommen). Die plausibelste Hypothese bleibt jedoch die, dass der Körper vom Fahrzeug mitgeschleift wurde, was durch die Tatsache unterstützt wird, dass der Punkt, an dem der Aufprall stattfand, etwa zehn Meter von jenem Punkt entfernt ist, an dem der Körper gefunden wurde.

Lupo seufzte.

»Sehen Sie sich diese Aufnahme an.«

Ferro nickte nachdenklich.

Der Widerspruch lag auf der Hand.

Hinter der Leiche konnte man eine enge Kurve ausmachen.

Wenn es sich wirklich um einen Unfall gehandelt hätte, so hätte die große Geschwindigkeit des Fahrzeugs (eine solche bescheinigte die Formulierung ›wuchtiger Aufprall‹) Marano in die Büsche geschleudert. Selbst wenn man in Betracht zog, dass der Körper mitgeschleift worden war, so war es kaum vorstellbar, dass die in der Kurve wirksame Zentrifugalkraft ihn nicht fortgeschleudert hätte.

»Ja. Ich würde schon sagen, dass er ermordet wurde. Der Mörder muss ihn einige Male überfahren haben, um ihn so zuzurichten.«

»Diese verflixten Carabinieri! Nicht einmal einen Verdacht...«

»Nun, sie haben nicht gewusst, was wir wissen. Und auch wir haben nur Vermutungen. Es gibt nicht den geringsten Beweis.«

»An diesem Punkt glaube ich nicht, dass wir ihn brauchen.«

»Einverstanden. Nehmen wir also an, es war Mord. Dann bleibt uns zumindest noch eine letzte Karte, die wir ausspielen können.«

»Welche?«

»Sehen Sie her. Marano ist noch nicht bestattet worden. Heute Abend endet die gesetzliche Frist. Niemand hat die Leiche eingefordert. Ich werde zusehen, dass ich einen Richter finde, der alles blockiert und eine zusätzliche Autopsie anordnet.«

»Sie haben nicht einmal Anstalten gemacht, die Familie zu verständigen... Da steht nichts, keine Zeile über Verwandte, Freunde... Trotz des Anrufs von Marcato...«

»Sind Sie sicher, dass er ihnen gesagt hat, wer er ist?«

Lupo zuckte mit den Schultern und verließ das Zimmer.

Er ging nicht zu De Mattia zurück.

Eine Frage ging ihm unaufhörlich durch den Kopf.

Ein Dolch mochte die Waffe einer Frau sein.

Doch ein Auto?

Er sah auf die Uhr.

Es blieb noch ein wenig Zeit, bevor er Marcato wieder aufsuchen konnte.

Mit diesem Gedanken, der ihn nicht mehr losließ, musste er so schnell wie möglich zu Valeria Vilfredi.

Es hatte sich nichts verändert.

Es schien, als hätte die Frau auf ihn gewartet, ohne sich von der Stelle zu rühren.

Nur ein Schatten von Enttäuschung machte ihr Gesicht noch grauer.

»Ich hatte es erwartet, wissen Sie?«

Lupo seufzte.

Die Litanei des Leidens schien ihren Fortgang nehmen zu wollen.

Und er fühlte sich nicht genügend dafür gerüstet. Er erinnerte sich an sein anfängliches Gefühl: eine so intensive Antipathie ihr gegenüber, dass er sogar ungerecht geworden war. Er hatte sie verurteilt, ohne überhaupt mit ihr gesprochen zu haben. Und dann natürlich Buße getan.

Jetzt flammte, dank De Mattias Bestimmtheit, dieses Gefühl der Abneigung wieder auf.

Er fand sofort wieder alles unerträglich: den anklagenden Tonfall in ihrer schrillen Stimme. Das abgetragene Kleid mit dem schwarzen Unterrock, der zipfelig über ihren knochigen Knien hing. Der fest um die Schultern gezogene schwarze Schal an diesem erstickend heißen Augusttag.

Der totenblasse Lippenstift.

Der Commissario zwang sich zur Geduld.

Und ermunterte sie schwach.

»Nur zu, sagen Sie es mir. Was haben Sie erwartet?«

»Sie haben es vergessen? Geben Sie es zu.«

»Von was sprechen Sie?«

»Das ist es, sehen Sie. Aber das macht nichts. Ich bin daran gewöhnt. Sie hatten mir eine Einladung zum Abendessen versprochen.«

»Natürlich. Für nächste Woche...«

Die Vilfredi war sprachlos.

Sie bemerkte indes nicht, dass Lupo in diesem Moment nur einen Geistesblitz gehabt hatte. Ein Lichtstrahl, der ganz plötzlich im Dunkel seiner Erinnerung aufgeflammt war. Ein völlig in Vergessenheit geratenes Detail, das wundersamerweise im rechten Augenblick an die Oberfläche gekommen war.

»Oh, ich bitte Sie um Entschuldigung. Ich weiß gar nicht, wie...«

»Lassen Sie's gut sein. Ich bin es, der sich zu entschuldigen hat, für die Art und Weise, mit der ich gestern Abend in Ihre Erinnerungen gedrungen bin. Ich bitte Sie: Es wäre wichtig für mich, wenn Sie weitererzählten. Das hat natürlich überhaupt nichts mit unserer Verabredung zu tun...«

Seine Schmeicheleien hatten den gewünschten Effekt.

Und Lupo fühlte sich schäbig.

»Setzen Sie sich doch bitte, Commissario. Ich mache Ihnen nur schnell eine Limonade...«

Bald hatte er das Gefühl, nicht mehr atmen zu können.

Also ignorierte er den stummen Vorwurf der Vilfredi und öffnete das Fenster.

Er beugte sich hinaus: das Viertel *Le Vallette*.

Die sonnenbeschienene Tristesse dieser Zementwüste beeindruckte ihn.

Im Dunkeln hatte er es nicht bemerkt: Die Menschen schienen verschwunden zu sein. Obgleich es sich in diesem Viertel wohl niemand leisten konnte, Ferien am Meer zu machen. Und doch war niemand zu sehen. Nicht einmal ein streunender Hund.

Sein alter VW schien noch in Ordnung zu sein.

Er würde ihn mit allen vier Rädern wiederfinden.

»Die Wilden sind im Schwimmbad. Die Versammlung des Stadtviertels hat diese Pfütze gratis ergattert. Die haben alles mit dorthin geschleppt, inklusive Wassermelonen und ihre schwarz gekleideten Omas. Wenigstens waschen sie sich einmal...«

»Wie sind Sie hier gelandet?«

»Das wissen Sie doch. Wegen dieser Nutte. Ich habe alles bis zur letzten Lira für Anwälte ausgegeben.«

»Und Ihre Brüder?«

»Ach, die...«

Sie war wie eine Jukebox.

Man musste nur den richtigen Knopf finden.

Und schon ging die Musik los.

Unaufhaltsam.

Sergio.

Der Älteste der drei.

»Er war Papas Liebling. Und er hat mich durch das Schlüsselloch ausspioniert, jedes Mal, wenn ich im Bad war.«

»Haben Sie sich nie beschwert?«

»Natürlich. Doch er war der Philosoph der Familie. Mit dem Kopf in den Wolken. Wer hätte ihn einer so niedrigen Handlungsweise für fähig gehalten? Ich war die, die unter Verfolgungswahn litt. Hatte ich ihn jemals auf frischer Tat ertappt?«

Lupo seufzte.

Schon wieder eine Reise in die graue Vorgeschichte.

Und wie beim letzten Mal würde jetzt nur eine unendliche Zahl rhetorischer Fragen folgen. Und er würde das Spiel mitmachen müssen, wenn er etwas erfahren wollte.

Er stellte sich auf ein langes Gespräch ein. Wobei er sie im Innern beschwor, nicht erst jedes Mal auf ein Stichwort zu warten, bevor sie fortfuhr zu sprechen. Während er stumm um Erhörung flehte, nahm er einen Schluck von der Limonade.

Sie war lauwarm.

Ohne Zucker.

Da ergab er sich seinem Schicksal.

Mit einem Geschmack im Mund, der so bitter war wie diese Aufgabe.

»Wie alt waren Sie da?«

»Ich zwölf und er elf.«

»Sie waren noch Kinder... Ich hätte gerne, dass Sie mir von den letzten Jahren erzählen.«

»Das war nur, um Ihnen begreiflich zu machen, was für ein Typ er ist.«

»Ich habe meine Cousine in diesem Alter auch ausspioniert. Ich war wie eine Motte. Ich habe Löcher in die Umkleidekabinen gemacht. Und habe mir die Augen aus dem Kopf geschaut. Deshalb bin ich noch lange nicht...«

»Nun. Er war manisch. Ich weiß nicht, bei Ihnen...«

Die Vilfredi sah ihn eisig an.

Als würde sie abschätzen, ob sie sich noch sicher sei, von ihm eine Einladung zum Abendessen annehmen zu wollen. Lupo versuchte wieder Land zu gewinnen. Er schloss das Fenster und zwang sich, sie anzulächeln.

»Oh, ich wurde sofort wieder gerade gebogen. Als Marisa mir schließlich auf die Schliche gekommen ist, hat sie mir zwei Ohrfeigen verpasst, dass mir jetzt noch der Kopf brummt.«

»Gut für Sie.«

»Aber Ihr Bruder?«

»Er ist ein Verrückter geblieben. Nur dass er sich den Zeiten angepasst hat.«

»In welcher Hinsicht?«

»Jetzt macht er den Spanner im Internet.«

Lupo war klar, dass es hieß, sich in ein Minenfeld vorzuwagen, wenn er das Thema vertiefen wollte. Frauen wie die Vilfredi hörten von Pädophilen und zogen den Schluss, das

Internet müsse das Haus des Teufels sein. Ohne Einwände gelten zu lassen. Sie schlossen von vornherein aus, dass es andere, durchaus akzeptable Anwendungsmöglichkeiten dafür gab.

Diese Diskussion wollte er vermeiden.

Er fühlte sich leer.

Doch traf er eine gute Wahl.

Die bloße Erwähnung Cecilias ließ ihren Hass aufflammen.

Und es entstand ein völlig unerwartetes Bild.

Valeria begann zu weinen.

Lupo hatte alles erwartet.

Nicht aber einen so heftigen Ausbruch.

Für einen Moment wusste er nicht, wie er sich verhalten sollte.

Er blieb unbeweglich sitzen. Und sah sie an.

Er versuchte herauszufinden, ob sie ihm etwas vorspielte. Doch die Tränen liefen unaufhaltsam über ihre blassen Wangen hinab. Die Hilflosigkeit, die er verspürte, kam ihm ungelegen.

Das Weinen einer Frau hatte immer diese Wirkung.

Er fühlte sich unbehaglich.

Schmerzlich berührt.

Dieses Gemisch aus unbewussten und vererbten Gefühlen, die einen Mann noch immer dazu bringen, einer Frau zu Hilfe zu eilen. Auch wenn frau die Büstenhalter verbrannt und die Röcke durch Hosen ersetzt hatte.

Auch wenn sie eine Mörderin war.

Doch ganz langsam legte sich der Anfall.

Und die Vilfredi versuchte, sich wieder zu fassen. Sie fuhr sich schüchtern mit einer Hand durch das bleiche Haar und schob eine Strähne hinters Ohr. Sie zog die Nase hoch, trocknete sich die Augen mit einem Taschentuch ohne Einfassung.

»Sie wollen also wissen, warum ich diese Nutte gehasst habe?«

Lupo nickte.

Wortlos.

Sie hüstelte.

Dann holte sie weit aus. Wie zuvor. Als ob jede Begründung unbedingt weit in der Vergangenheit zu finden sein müsse.

Die ersten drei Geschwister seien kurz nacheinander geboren worden.

Jeweils mit einem Jahr Abstand.

Nur Andrea war später gekommen. Viel später.

Ganz kurz vor der ersten Tragödie.

Lupo seufzte zum wiederholten Mal.

»Welche Tragödie?«

»Der Selbstmord meiner Mutter. Sie hat sich die Pulsadern aufgeschnitten. Und hat uns in den Händen dieses Barbaren gelassen.«

Es war eine erschütternde Erzählung.

Immer wieder von Tränenausbrüchen unterbrochen.

Und von traurigem Lächeln.

Ein stilles Trauern um das, was hätte sein können und nicht gewesen war.

Gustavo Vilfredi war ein sympathischer, unmoralischer Schuft gewesen.

Für Eva, für seine wunderschöne Eva, war er zu allem bereit.

Außer zur Treue.

Denn ein gelegentliches Abenteuer mit einer Geliebten hätte er nicht als Schuld empfunden. Im Gegenteil, jedes Mal bewies der Vergleich, dass Eva weit über allen anderen Frauen der Schöpfung stand.

Er war Instrumentenstimmer von Beruf.

Einer, der die Perfektion der Töne erkennen konnte.

Und die Sinfonie seiner Liebe für sie war die schönste aller Partituren. Das hatte ihn aber nicht davon abgehalten, andere

Melodien zu spielen. Ehebruch war ein furchtbares Wort, das sich nie auf ihn bezogen hatte. Denn er hatte nicht betrogen. Sein Herz hatte allein und ausschließlich ihr gehört.

Und das war die Wahrheit.

Untreue Ehemänner strebten stets heimlich nach Vergebung, indem sie ihre Ehefrauen, die nichts von der Untreue wussten, mit Geschenken bedachten. Sie überhäuften sie mit kostspieligen Aufmerksamkeiten. Und sühnten somit mit Geld ihre Fehler.

Er nicht.

Er hatte immerzu an sie gedacht.

Unaufhörlich.

Fast schon qualvoll.

Kein Augenblick verging, an dem er seine Eva nicht vermisst hatte. Sogar wenn es nicht ihr Körper war, den er unter einer verbotenen Bettdecke streichelte. Er konnte ganz plötzlich das Feuer seiner Leidenschaft ersticken, nur um sie anzurufen.

Um ihr eine Liebkosung zuzuflüstern.

Um nach den Kindern zu fragen.

Um eine unerwartete Freude mit ihr zu teilen.

Um ihr eine unerwartete, romantische Einladung auszusprechen.

»Zieh dein schwarzes Kleid an. Heute Nacht will ich mit dir mitten auf dem Meer tanzen. Auf der Brücke eines Schiffes. Das Schiff unserer Liebe. Tanzen, bis wir erschöpft zu Boden fallen...«

Kein banales: »Pack die Koffer, wir fahren nach Genua. Ich habe den Auftrag, die Instrumente auf der *Anna Costa* zu stimmen, vielleicht können wir die Gelegenheit für ein Tänzchen nutzen.«

Nein, Eva war immer der Mittelpunkt seines Universums gewesen.

Seine Liebe zur ihr wurde auch in keiner Weise durch seine

bizarren Eroberungen beeinträchtigt. Ein buntes Sammelsurium aus Sopranistinnen mit üppigen Brüsten und ebensolchen Leidenschaften, Näherinnen und Kostümbildnerinnen, stets bereit, mit seinen Knöpfen und ausgefransten Knopflöchern zu hantieren, hochmütige Pianistinnen, die immer am Rand eines hysterischen Anfalls standen.

Im Gegenteil.

Er hatte sie jede Nacht gesucht.

Er hatte sie in seinen Armen gewiegt.

Hatte mit ihr gesprochen.

Er hatte sie mit der Heftigkeit eines Kindes geliebt. Überschwänglich, jedoch auch voller Zärtlichkeit. Voller Besorgnis und Respekt.

Lupo hörte gebannt zu.

Diese eigenartig schizophrene Haltung, die meinte, die Gefühle anderer nicht zu berühren, während diese doch zutiefst verletzt wurden, war so typisch männlich.

Er spürte nicht einmal mehr die Hitze.

Und sogar die rauen oder gellenden Schreie, die nunmehr draußen zu hören waren, drangen nur gedämpft durch die Wirren dieser Geschichte zu ihm.

Das Volk von *Le Vallette* war dabei, auf die Straße zu gehen.

Es fühlte sich an der Nase herumgeführt von einem Akt, der ganz plötzlich nach politischem Sumpf roch. Zur Mittagszeit hatten sie nämlich das Schwimmbad wieder verlassen müssen. Denn der freie Eintritt hatte nur für den Vormittag gegolten.

Die Möglichkeit, an den heißesten Stunden des Nachmittags Erfrischung zu finden, würde auf Grund göttlichen Rechts nur jenen zustehen, die dafür bezahlten. Und dem Ratsvorsitzenden des Stadtviertels stand mit Sicherheit ein übler Tag bevor.

Lupo versuchte sich davon nicht ablenken zu lassen.

»Aber Ihre Mutter...«

»Oh, meine Mutter ist jahrelang blind und taub gewesen. Ich habe sie gehört, wissen Sie, in ihrem Schlafzimmer. Ich war gerade alt genug, um nachzudenken. Ich verstand. O ja, ich verstand. Vor allem: Sie glaubte ihm...«

»Vielleicht bin ich ein wenig langsam. Aber ich kann Ihnen nicht folgen.«

»Sehen Sie, ich war hässlich. Genau wie heute. Nein. Nein, vertun Sie nicht Ihre Zeit. Ich weiß es doch: Ich gefalle den Männern nicht. Sie haben mich immer gemieden. Zu Recht. Sie werden es nicht glauben, aber ich schaue ab und zu in den Spiegel...«

»Töchter haben immer einen Mutterkomplex...«

»Nein. Das Problem ist, dass sie wirklich sehr schön war. Kein Vergleich. Folglich habe ich, seit ich klein war, mit der Realität gekämpft. Sie nie. Nicht einmal als Erwachsene. Von ihrem Podest herab war es ihr nicht möglich, sich vorzustellen, dass sie nur die Lieblingsfrau des Sultans war.«

»Wenn ich richtig verstanden habe, machte Ihr Vater keinen Hehl aus seinen ›Ausschweifungen‹...«

»Nein. Bedauerlicherweise war sie, die sich auf ewig ihrer Schönheit sicher war, überzeugt, dass es sich nur um ein Spiel handelte. Ein undurchschaubares, erregendes Spiel.«

Valeria war elf Jahre alt gewesen.

Und sie hatte bereits begonnen, Märchenprinzen zu hassen.

Ganz besonders ihren Vater.

Der keine Gelegenheit ausgelassen hatte, unter den träumerisch blickenden Augen Evas am Esstisch das Märchen von ihrer Hochzeit zu erzählen. Wie er sie mit einem Kuss erweckt und sie den Klauen des bösen Großvaters entrissen hatte, dieses Furcht erregenden Schulmeisters, der seine Schüler noch auf die Finger schlug.

An diesem Punkt der Erzählung waren Sergio und Giorgio stets in Gekreische und Beifall ausgebrochen.

Und die Mutter hatte getan, als sei alles in Ordnung.

In einer Sommernacht war Valeria durch ein Geräusch geweckt worden.

Sie hatte das Fenster offen gelassen, es kam sicherlich von der Straße.

Sie hatte auf die Uhr geblickt: drei Uhr. Dann hatte sie neugierig hinausgeschaut. Ein Auto stand dort und der Schatten ihres Vaters, der die Frau am Steuer zärtlich küsste.

Das Schlagen der Autotür hatte sie geweckt.

Und es würde dieser Kuss sein, der ihr für viele Nächte den Schlaf rauben sollte.

Doch vor allem das, was danach gekommen war...

Verschreckt, zitternd und voller Gewissensbisse, wie sie alle Kinder haben, die, wenn auch unabsichtlich, etwas entdecken, das nicht für sie bestimmt ist, hatte Valeria für einige furchtbare Minuten geglaubt, vom Gewicht dieser Todsünde erdrückt zu werden.

Sie hatte schreckliche Angst gehabt, dass sich von diesem Moment an alles ändern würde.

Dann hatte sie den Schlüssel im Schloss gehört.

Und ihren Vater, der gelaufen kam, um seine süße Eva an sich zu drücken und sich nicht darum kümmerte, dass er noch den Geschmack einer anderen Frau auf den Lippen trug.

Mit heftig pochendem Herzen hatte sie schließlich die Lustschreie vernommen.

Dann war sie zur Schlafzimmertür gegangen, um zu lauschen.

Auf der Suche nach Hoffnung.

Und dort hatte sie zum ersten Mal etwas begriffen.

Die Mutter hingegen nicht, nicht damals, nicht später.

Welch herbe Enttäuschung!

Nach und nach hatte sie erlebt, wie Eva immer strenger,

immer ernster und immer kontrollierter geworden war. Kaum geneigt, sich gehen zu lassen.

Die Momente hemmungsloser Fröhlichkeit waren immer seltener geworden.

Und ganz plötzlich hatte sie ihre verborgene, fast kindliche Seele wieder entdeckt.

Die ausschließlich für ihren Mann bestimmt war, an der die Kinder keinen Anteil hatten.

Ein infantiles Mädchen.

So verliebt, dass es schon lächerlich wirkte. Unfähig, die Wahrheit zu akzeptieren, auch wenn sie ihr ohne Verschleierung vorgesetzt wurde.

Große Tränen waren ihr die Wangen hinuntergelaufen, während Eva sich mit überschwänglicher Freude diesem pathetischen Hochzeitsreigen überließ.

»Woher kommst du, Stimmer meiner Begierden?«

»Von der Blondesten des ganzen Königreichs.«

»Hast du sie geküsst?«

»Oh, viel mehr noch. Viel, viel mehr...«

»Wie denn? Komm, zeig es mir. Oh, hat dich dieses wollüstige Weibsbild zu sehr ermüdet?«

»Komm her, mein Herz. Sie hat mir soeben etwas gezeigt, das dir gefallen wird...«

Lupo war erschüttert.

Er versuchte, sich den Schock vorzustellen.

Die Verstörung einer Elfjährigen.

Die hinter einer verbotenen Tür stand.

Und dem erlaubten Reden, Seufzen und Stöhnen lauschte. Was in der Vorstellung eines Mädchens jedoch die verbotenste Frucht darstellte, deren Genuss Schuld bedeutete.

Zerrissen von der Angst vor dem Morgen und dem Bewusstsein, einen Vater und eine Mutter entdeckt zu haben, die mit einem Mal aus Fleisch und Blut waren. Die nicht mehr nur die Erzieher waren. Der gemeinsamen Lust zutiefst hingegeben, in ihrer Sprache, ihren Gesten, den intimsten Phantasien.

Lupo wurde von einer Erinnerung eingeholt.

Wie oft waren Greta und er beim geringsten Geräusch erstarrt?

Und hatten die Luft angehalten.

Darauf wartend, dass ein Paar nackter Füße sich schüchtern näherte. Die aus Angst vor der Dunkelheit zaghaft auf das große und sichere Bett zutapsten. Um vor einem Alptraum oder einem Fieber beschützt zu werden.

Matteo war in dieser Hinsicht der Spezialist gewesen. Von klein auf war er häufig krank gewesen. Und das ängstliche Pochen seines kleinen Herzens hatte sich erst dann zu beruhigen vermocht, wenn es sich an den warmen Busen seiner Mutter kuscheln konnte.

Das war so gegangen, bis er zehn war.

Trotz der Frotzeleien seines Bruders.

Und dann, als sie größer wurden, hatten sie begonnen, auf den Wassern des Po zu rudern und mitten in der Nacht den Kühlschrank zu plündern, von einem so furchtbaren Hunger übermannt, wie ihn nur Jungen in diesem Alter haben können…

Wie viel Liebe hatten sie verloren…

Das war für sie der wahre, immerwährende *Coitus interruptus* gewesen.

Unendlich viele Fehlalarme.

Um dann doch überrascht zu werden, wenn es am wenigsten zu erwarten war.

Doch mittlerweile waren die beiden zu brummigen Riesen mit schelmischem Lächeln herangewachsen. Die ihr Vergnügen darin fanden, ihre Eltern mit unschuldigen Fragen über Sexualität in Verlegenheit zu bringen, während das doch das einzige, beständige Gesprächsthema in ihrem Freundeskreis war.

Einmal hatten er und Greta diese Nettigkeiten mit Zinsen zurückgezahlt.

Es war bereits sehr spät.

Sie hatten sich im Fernsehen jene Wahl angesehen, die sich nicht zwischen Bush und Gore hatte entscheiden können.

Und wie immer staunten sie über diese absurde sichtbare Anomalie einer Nation, die sich in genau zwei Hälften schied. Während die fünfzig Prozent republikanisches Blau jedoch fast die gesamte innere Fläche des Kontinents dominierte, färbte das Rot der Demokraten nur die Küstenstriche.

Sie hatten über ihre Reisen gesprochen.

Über ihre Erfahrungen.

Über die Tatsache, wie erstaunt sie immer noch darüber waren, dass der Hass Kennedy gegenüber im Gegensatz zur so leidenschaftlichen Liebe zu Nixon beinahe greifbar gewesen war. Der eine wurde als eine Art Krimineller, als Mafioso angesehen, der andere als entschiedener Held gefeiert.

Sie hatten eine Weile gebraucht, um zu verstehen, dass das mit dieser absurden Verteilung von rot und blau zusammenhing. Von einem System also, das nichts mit den tausenden Kilometern zu tun hatte, die sie von Dallas nach Chicago, von Washington nach Los Angeles gereist waren.

Es war die Dichte, die zählte.

Nicht die Weite Amerikas.

Kennedy war nur an den Küsten gewählt worden.

Nixon dagegen in den Wüsten, in den Kornkammern, in den Bergen, im tiefen Süden der Baumwolle und des Whiskeys, im grenzenlos weiten Zentrum, das im Norden sanft in Kanada überging.

Doch es hatte nicht gereicht.

Wer die Metropolen verließ und dieses Amerika mit seinen unendlichen Weiten bereiste, betrachtete sich sofort selbst in diesem Zerrspiegel.

Während sie sich darüber unterhielten, war aus dem Zimmer der Jungen unterdrücktes Kichern zu hören gewesen.

Nicht nur eines, sondern ein richtiger Anfall.

Unaufhörlich und albern.

Von der Neugierde getrieben, waren sie aufgestanden.

Ganz leise hatten sie sich dem Zimmer genähert, um zu lauschen.

Gefesselt vom Stimmenwirrwarr.

»Komm schon. Hör zu... Sag mir, ob es jetzt besser ist.«

»Na los. Aber sieh zu, dass du's nicht schon wieder falsch erzählst.«

»Also... Zwei, die gerade geheiratet haben und in den Flitterwochen sind, bereiten sich auf die Hochzeitsnacht vor. Sie zieht sich aus und er sagt: Aber wem gehören diese schönen Titten? (Lachen.) Aber dir doch, mein Liebster... (Lachen.)«

»Nein, nein. (Lachen.) Du hast schon wieder das Hotel vergessen. Sie sind in einem Hotel, du Schwachkopf... (Lachen.)«

»Ja, ja. Sagen wir ein Motel. Ein Motel ist besser, oder nicht? Man hört mehr durch die Wände. (Lachen.)«

»Aber das ist doch scheißegal, weiter...«

»Okay, okay. Sie sind im Hotel und er fragt (Lachen): Wem gehört diese Pussi? Und sie: Sie ist deine, mein Liebster. Stimmt es so?«

»Nein. Du musst sagen... (Lachen.) Sie, aufgegeilt...«

»Sie, aufgegeilt: Wem gehört dieser wunderschöne Hintern? (Lachen.) Na? Wem gehört er? Wem gehört er?«

»Hey, da ist kein Echo.«

»Unterbrich mich nicht dauernd. Wem gehört er? (Lachen.)«

An diesem Punkt war Greta mit wütendem Gesichtsausdruck ins Zimmer geplatzt.

Und hatte losgebrüllt.

Das Lachen war ganz plötzlich verstummt.

»Was ist denn hier los?«

»Entschuldige, Mama, entschuldige.«

»Also, finden wir jetzt den Besitzer dieses Hinterns, damit wir in Frieden zu Bett gehen können? Und überhaupt, was sind das für Schweinereien, die ihr euch da erzählt?«

Die Jungen waren erschrocken.

Sie hatten eine Weile gebraucht, um zu kapieren, dass Greta sie auf den Arm nahm. Dass dieser Witz uralt war. Und dass ihre sanfte Mama weit mehr Schweinereien kannte als sie.

»Hören Sie mir noch zu, Commissario?«

Lupo schüttelte sich.

»Entschuldigen Sie. Das muss diese Hitze sein. Ich bitte Sie, fahren Sie fort...«

Doch das war nicht möglich.

Ein Anruf von De Mattia unterbrach sie.

Er war außer Atem.

»Bertino ist aus dem Koma erwacht. Von einer Sekunde auf die andere. Das kommt bei Alkoholikern vor. Und er ist dabei auszurasten. Er will alle anzeigen. Er behauptet, entführt und betäubt worden zu sein. Ein übles Schlamassel. Willst du ihn Modica überlassen?«

Lupo war unschlüssig.

Er konnte die Vilfredi nicht schon wieder auf halbem Weg stehen lassen.

Er konnte sie auch nicht zur Eile antreiben.

Wenn er etwas von ihr wissen wollte, dann musste er sich ihrem Rhythmus anpassen. Musste ihrem dauernden Abschweifen in die Vergangenheit folgen. Er musste sich zwischen zwei Verdächtigen entscheiden.

Und er wählte *sie*.

»Sag Modica, er soll Bertino ins Präsidium bringen. Egal mit welcher Ausrede.«

De Mattia entfuhr ein Seufzer der Erleichterung.

»Genau die richtige Antwort. Ich hatte schon Angst, du würdest dort lockerlassen wollen. Und außerdem ist Modica keiner, der irgendwelche Ausreden braucht...«

»Verstehen Sie?«

Die Vilfredi hatte den Faden genau dort wieder aufgenommen, wo sie ihn hatte fallen lassen.

Lupo riss sich zusammen.

»Sicher, sicher. Das war bestimmt nicht einfach.«

»Nicht einfach? Es war grauenvoll. Ich war die Erwachsene und meine Mutter ein kreischendes Mädchen, das an Feen geglaubt und fast zwanzig Jahre im Zauberwald gelebt hatte.«

»Und dann hat sie zufällig diesen Brief gefunden…«

»Genau. Und mit einem Mal ist ihre ganze Welt zusammengebrochen. Sie war verzweifelt. Dann hat sie sich das Leben genommen. Und ich musste die beiden Jungen großziehen, die genau so verantwortungslos waren wie ihr Vater. Dazu noch ein Baby, das eine gealterte Frau mit einem Kopf voller Romantik irrtümlich zur Welt gebracht hat. Können Sie sich jetzt vorstellen, warum ich so geworden bin?«

Lupo nickte.

Erneut erfasste ihn eine Welle des Mitleids.

Diese Frau wusste ganz genau, was sie war.

Hässlich.

Vom Leben gezeichnet.

Mit zerstörten Illusionen.

Unglücklich.

Verbittert, weil sie sich für eine Familie aufgeopfert hatte, die keinen Dank zeigte.

Und weil sie darauf verzichtet hatte, eine eigene zu gründen.

Sie suchte kein Verständnis.

Und obgleich sie den Vater und die Brüder hasste, die sie wegen ihrer calvinistischen Strenge vermutlich verachteten, fühlte sie sich dennoch an eine Pflicht gebunden, ein Gefühl, das so absolut war, dass es keine Kompromisse zuließ.

Sie waren ihr Blut und mussten beschützt werden.

Wie auch immer.

Doch der Commissario hatte schon andere Wölfinnen erlebt, die töteten, um ihre eigene Brut zu verteidigen. Und die die kranken Welpen umbrachten, wenn dies für die anderen Rettung bedeutete.

Sie wirkten ganz wie beispielhafte Mütter.

Und vielleicht waren sie es auch auf ihre Weise. Schlicht. Allein ihrer Mission ergeben. Doch gleichzeitig fähig zu jeder Gerissenheit und jeder Gemeinheit, nur um die Feinde zu besiegen.

Lupo versuchte, das Gespräch auf ein anderes Thema zu lenken.

Er zog einen Zeitungsausschnitt aus der Tasche.

Und zeigte ihn ihr.

Es war der alte Artikel Polos, der am Tag zuvor nochmals erschienen war. Er hatte den Brief Vilfredis, der Cecilia entlastete, angestrichen:

Werter Freund (wer auch immer Sie sein mögen), mein Leben ist sinnlos, und meine Kinder warten nur darauf, dass ich sterbe. Schon vor langer Zeit habe ich beschlossen, sie zufrieden zu stellen. Doch ich bin ein Feigling. Eine Schlinge ruft in mir Grauen hervor, eine Kugel bedarf einer ruhigen Hand, die ich nicht habe. Niemals wäre ich in der Lage, mich in einen Fluss oder vor ein fahrendes Auto zu werfen. Doch heute, als ich dem Radio lauschte, habe ich die Lösung für einen wirklich ›guten‹ Selbstmord gefunden. Mit einer guten Waffe: Cecilia Guidi. Wenn Sie diesen Brief in den Händen halten, so bedeutet das, dass sie diese Rolle nicht nur übernommen hat, sondern dass ihre Inszenierung auch äußerst zufrieden stellend war.

Ergebenst Ihr
Gustavo Vilfredi

»Das brauche ich nicht zu lesen. Ich kenne es auswendig.«

Lupo nickte.

Er suchte nach den richtigen Worten, um seine Frage zu stellen.

»Warum aber ein Mann, der in erster Linie fröhlich war...«

»Nein. Untreu, betrügerisch, kindisch, egoistisch, Sklave seines Gottes, der ihm zwischen den Beinen hing. Und vielleicht, aber nur vielleicht, wie Sie sagen, ziemlich fröhlich. ›Ziemlich‹, aber nicht ›in erster Linie‹.«

»Einverstanden. Warum aber entschließt sich ein solcher Mann dazu, sich wegen seiner Kinder, die ihn hassen und nur darauf hoffen, dass ihnen dieser Störenfried so bald wie möglich vom Hals geschafft wird, einen ›guten‹ Tod zu suchen?«

»Gemeinplätze sind oft voller Weisheit.«

»Was meinen Sie damit?«

»Wer Wind sät, wird Sturm ernten.«

»Gemeinplatz für Gemeinplatz: Ist es nicht vielmehr so, dass Ihr aller Hass ganz banal im schnöden Mammon wurzelt? Im ängstlichen Bestreben, die Beute in die Hand zu bekommen?«

Die Vilfredi seufzte.

Und schüttelte energisch den Kopf.

»Nein, nein. Sie haben gar nichts verstanden. Lesen Sie den Brief noch einmal. Das Schlüsselwort ist ›sinnlos‹. Er spricht nicht von Geld. Sondern von Vergeblichkeit. Und von verlorenem Respekt. Und dann als logische Konsequenz vom Sterben. Innerem wie äußerem Sterben. Denn Geld war das Einzige, an dem er es uns, großzügig wie er war, nicht hatte fehlen lassen. Wenn ich das nicht weiß, wer dann... Ich selbst habe sein Geld verwaltet. Und er hat meine Abrechnungen nie in Frage gestellt.«

»Aber warum leben Sie dann in solch kargen Verhältnissen? Ist das Erbe der Guidi etwa der Grund dafür, dass Sie den Gürtel so eng schnallen müssen?«

»Natürlich. Warum verstehen Sie das denn nicht? Ich wiederhole: Es war nie eine Frage des Geldes. Sondern schlicht und einfach eine Frage der Gerechtigkeit. Die da war nichts als die soundsovielte Nutte meines Vaters. Doch dann hat sie die Unverfrorenheit besessen, sich von ihm heiraten zu lassen. Und sich an die Stelle unserer Mutter zu setzen...«

Ganz langsam bahnte sich eine Wahrheit den Weg, die für die Vilfredi ebenso schmerzlich war, wie sie für Lupo unerwartet kam. Eine Wahrheit, die aber auch ein unwiderlegbares Motiv darstellte.

Ein wesentlich stärkeres als schlichte Gewinnsucht.

Vielleicht hatte De Mattia wirklich Recht.

In den Augen Valerias hatte sich Cecilia nicht damit begnügt, nur die Rolle der Kurtisane zu spielen, für die sie bezahlt wurde. Sie war so weit gegangen, das emotionale Gleichgewicht innerhalb der Familie zu stören.

Sie hatte sich in ihre Gefühlswelt eingeschlichen.

Sie hatte Valeria abgewertet.

Sie hatte sie von diesem moralischen Thron gestoßen, von dem aus sie Liebe und Aufopferung ausgeteilt hatte.

Sie hatte alle Männer des Hauses Valerias mütterlicher Kontrolle entzogen.

Sie hatte sie in die Schublade mit den nutzlosen Dingen gesteckt.

Ganz plötzlich.

Nachdem sie sich ihr ganzes bisheriges Leben lang dafür aufgerieben hatte, sie zu beschützen, hatte sich diese Frau nicht nur den Vater genommen, sondern auch die Brüder.

Auch wenn Valeria diese Brüder verachtet haben mochte.

So wie es bei Sergio der Fall war, der ihre Nacktheit durch das Schlüsselloch hindurch ausspioniert hatte.

Aber dennoch hatten sie zu ihrem Machtbereich gehört. Ein Königreich, in dem die Untertanen zwar die Königin hassen mochten, deren Wort aber Gesetz blieb. Und deren Hände unerbittlich auf der Schatztruhe lagen. Monarchin und Schatzmeisterin in einem.

Andrea war sicherlich derjenige gewesen, der sie am schlimmsten hintergangen hatte.

Deshalb war er zusammen mit der ›Nutte‹ bestraft worden.

Cecilia verunstaltet, misshandelt und ihrer Schönheit beraubt.

Und Andrea nur seines Lebens.

Zwei Seiten desselben moralischen Imperativs?

Die gestaffelte Strafe für die Verdammten?

Eine Klassifizierung des Schreckens, die von der Art der Schuld abhing?

Der Mörder sah ihn an.

Er prüfte ihn auf Herz und Nieren.

Dieser Mann war undurchschaubar.

Er hatte einen Verdacht. Das war sicher. Und gefährlich. Doch ein Verdacht war noch kein Beweis. Und dann waren da noch all die falschen Fährten, die er mit ganz besonderer Eleganz gelegt hatte. Die ihm an den verschiedensten Stellen Zweifel bereiten sollten.

Er spürte die Unentschlossenheit des anderen.

Die Unfähigkeit, sich zu entscheiden.

Nein. Das war kein Problem, beschloss er.

Das Spiel mit den Spiegeln würde genauso funktionieren, wie es sollte.

Im richtigen Moment würde der Widerschein das Opferlamm beleuchten.

Und für ihn würde es dann nichts mehr zu tun geben.

Der Plan war perfekt.

Nur durfte Giorgio nicht plötzlich auftauchen...

Valeria hatte genug.

Also beschleunigte Lupo die Sache.

»Ich muss Sie noch zwei Dinge fragen. Zunächst: Wo haben Sie Ihr Auto stehen?«

»Nirgends. Es ist mir gestohlen worden. In dieser Gegend ist das normal. Selbst wenn es alt und klapprig ist.«

»Wann?«

»Das ist etwa eine Woche her. Vielleicht auch ein bisschen länger.«

»Haben Sie Anzeige erstattet?«

»Natürlich. Soweit das etwas nutzt... Warum wollen Sie das wissen?«

»Gestatten Sie mir, dass ich nicht antworte. Das ist eine jener Fragen, die ein Polizist stellen muss.«

»So wie zu überprüfen, ob ein Unschuldiger ein Alibi hat?«

»Sie sagen es!«

»Gut. Ich habe keines. Aber wenn ich schuldig wäre, dann hätte ich mir eines beschafft, das kann ich Ihnen versichern. Halten Sie mich nicht für unbedarft. Zorn und mangelnde Attraktivität sind nicht mit Naivität gleichzusetzen. Und die zweite Frage?«

»Giorgio... Erzählen Sie mir von Giorgio.«

Valeria Vilfredi zuckte zusammen.

Lupo tat, als hätte er nichts bemerkt, und sprach weiter.

»Wir können ihn nicht finden...«

»Das wundert mich nicht.«

»Warum sind Sie zusammengefahren, als ich nach ihm gefragt habe?«

»Haben wir uns jetzt die Samthandschuhe ausgezogen, was?«

»Sie haben es gerade selbst gesagt: Sie sind intelligent. Sie haben sich ausgesucht, was Sie mir erzählen und wo Sie anfangen wollten. Sie haben mir dieses Bild von sich selbst gezeichnet. Warum sollten Sie jetzt überrascht sein, wenn ich Sie als natürliche Verdächtige ansehe? Ich biete Ihnen eine Einladung zum Essen an, keine Absolution.«

»Sie würden wirklich mit einer mutmaßlichen Mörderin essen gehen?«

»Ich würde nur zwischen Vermutung und Wirklichkeit unterscheiden...«

»Sie machen mir Hoffnungen.«

Die Vilfredi seufzte. Für einen Augenblick befürchtete Lupo eine neue endlose Erzählung. Doch die Frau antwortete dieses eine Mal extrem knapp.

»Fragen Sie den Alten. Oder haben Sie Angst?«

»Warum sollte ich?«

»Es ist einfacher, einen Schwachen in die Mangel zu nehmen als einen Mächtigen.«

»Wonach sollte ich ihn fragen?«

»Oh, nach nichts Besonderem. Wussten Sie, dass sein Wohlstand aus dem Krimkrieg stammt?«

»Nein. Aber was tut das zur Sache?«

»Sogar das heutige Turin ist ein Dorf, obwohl es eine Metropole ist. Stellen Sie es sich im letzten Jahrhundert vor, als noch jeder jeden kannte...«

»Sie geben mir zu verstehen...«

»Genau. Die Schicksale der Vilfredis und der Loewenthals haben sich damals gekreuzt, und sie kreuzen sich heute wieder. Glauben Sie vielleicht, dass eine einfache Nutte ausreicht, um zwei meiner kleinen Brüder bei Hofe zuzulassen?«

»Warum haben Sie mir das nicht vorher erzählt?«

»Oh, das habe ich getan. Was Andrea betrifft, so habe ich Ihnen eine konkrete Spur angeboten. Nur um zu sehen, wie viel Mut mein unbeugsamer Commissario besitzt. Es scheint mir aber nicht so, dass er zu seiner Majestät gestürmt ist, um ihn nach vielen Warums zu fragen.«

»Aber über Giorgio haben Sie nie etwas angedeutet.«

»Oh, keine Sorge. Wenn Sie mit Handschellen in der Hand hier erschienen wären – denn das hatten Sie vom ersten Augenblick an im Sinn –, dann hätte ich Ihnen schon eingeflüstert, doch einmal den Alten zu fragen, wer ihm die Pistole auf die Brust gesetzt hat.«

»Erzählen Sie mir gerade, dass Giorgio ihn erpresst hat?«

»Nein, keineswegs. Ich erzähle Ihnen, dass Giorgio ein Schauspieler war. Dass er Cecilia ins Bett meines Vaters gebracht hat. Und dann in das des großen Königs. Oder umgekehrt. Oder zur gleichen Zeit. Wer weiß das schon so genau....«

»Das kann ich nicht glauben. Aber warum sagen Sie, er ›war‹ ein Schauspieler?«

»Weil er verschwunden ist. Vor fünf Jahren.«

»Das kann nicht sein. Einer meiner Kollegen war bei seiner Wohnung. Er war nicht da. Aber der Briefkasten war völlig leer. Ein Zeichen, dass die Post geholt wurde.«

»Wundern Sie sich nicht. Es gibt immer noch den treuen Tortona, der die Drecksarbeit erledigt.«

»Weshalb sollte es Drecksarbeit sein, wenn man die Briefe Ihres Bruders an sich nimmt?«

»Sehen Sie selbst. Diese Wohnung gehört Loewenthal. Und ihm gehören die Geheimnisse Giorgios...«

4

Das Auto besaß noch alle Räder.

Doch die Windschutzscheibe war nur mehr ein Netz aus Splittern.

Zusammengehalten durch einen wundersamen Kitt, der verhinderte, dass sie herausfielen. Was aber das Fahren zu einem Ding der Unmöglichkeit machte, es sei denn, man steckte den Kopf durch das Seitenfenster.

Zum hundertsten Mal verfluchte Lupo diesen Fall.

Da nahm er einmal nicht die Straßenbahn und schon fand er sein Auto mutwillig beschädigt vor.

Er sah sich um.

Er war außer sich vor Wut.

Doch die Randalierer hatten sich bereits aus dem Staub gemacht.

Es war niemand mehr zu sehen.

Außer einem glatzköpfigen alten Mann in Sandalen und Unterhemd.

Der saß auf einer Bank im Schatten zweier kümmerlicher Zweige, die am dünnen Stamm einer Weide überlebt hatten. Ein Stamm, der im wahrsten Sinne des Wortes geschält war: vom Urin der Hunde und Schnitzereien, die die besonderen oralen Kunstfertigkeiten gewisser Cinzias und Sabrinas aus dem Viertel lobten.

»Seien Sie froh. Sie können von Glück sagen, dass sie das Auto nicht angezündet haben. Dieses Mal waren sie wirklich wütend.«

»Warum aber meins und nicht irgendein anderes?«

»Sie sind doch von der Polizei, oder?«

»Woher wissen Sie das?«

»Hier wissen das alle. Sie waren bei dieser grauen Maus Vilfredi, nicht wahr? Und gestern Abend waren Sie auch dort...«

»Haben Sie mich gesehen?«

»Nein, aber es hat sich herumgesprochen. Es ist nichts Neues, dass hier mal ein Bulle durchs Viertel schwirrt. Im Gegenteil. Aber das geht dann wie ein Lauffeuer durch die Gassen. Und die, die sich verstecken müssen, verstecken sich. Sie wissen, wie das ist...«

Ja, Lupo wusste, wie das war.

Einen Moment lang überlegte er, ob er den alten Mann fragen sollte, ob dieser in der Nacht zuvor jemanden mit einem gelben Briefumschlag gesehen habe. Doch er ließ es bleiben. Er konnte ohnehin nicht sicher sein, dass der Alte ihm die Wahrheit sagte.

Hier logen die Menschen immer und überall.

Aus tausenderlei Gründen.

Vor allem aber, um zu überleben.

Er sah sich um.

Konnte aber nirgends eine Telefonzelle entdecken.

Danach wenigstens konnte er fragen, ohne fürchten zu müssen, dass er gegen die Mauer des Schweigens stieß.

»Wo kann ich denn ein Telefon finden?«

»Um die Ecke. Falls es noch funktioniert.«

An den Wänden fanden sich die Fortsetzungen der in der Weide eingeritzten Episoden.

Sabrina und Cinzia mussten wirklich sehr beliebt sein.

Und ziemlich talentiert.

Sogar den Kindern bot sich so die Möglichkeit, Künste zu bewundern, die allzu lange den Unschuldigen verborgen geblieben wären.

Lupo seufzte auf.

Er war verschwitzt, wütend, unzufrieden.

Nichts lief so, wie es sollte.

Diese Ermittlungen schienen wie aus Gummi zu sein. Er konnte sie dehnen und ziehen, wie er wollte, und bekam dennoch nichts zu fassen... Sobald er glaubte, einen Schritt nach vorne gemacht zu haben, kam etwas ganz Unerwartetes, das ihn wieder an den Anfang zurückkatapultierte.

Und was wollte er jetzt eigentlich in dieser Telefonzelle?

Wollte er wirklich einen Streifenwagen rufen, sich abholen lassen und sich damit zum Gespött des ganzen Viertels machen? Oder suchte er nicht vielmehr den Trost einer vertrauten Stimme, die ihm das Gemüt aufheiterte?

Er hatte es gleich gewusst.

Eigentlich wollte er Rosas Stimme hören.

Entgegen allen Anscheins war sie das einzig zaghaft Blühende in diesem ganzen Sumpf.

Sie erkannte ihn sofort wieder.

Das machte ihn seltsam froh.

»Hallo, du mein liebster Mitbewohner. Ich freue mich so, deine Stimme zu hören. Wie geht es dir?«

»Schlecht.«

»Warum? Hast du Durst, Hunger, ist dir heiß oder kalt? Willst du ein mit Muscheln belegtes Brötchen, ein Bier mit dem Bild von Ciro Ferrara auf dem Etikett, einen eisgekühlten Minzlikör oder einen Kaschmirmantel?«

»Wann ist deine nächste Prüfung?«

»Ende September, warum?«

»Warst du schon einmal in Südafrika?«

»Nein. Aber was phantasierst du dir da unter deinem Hut zusammen?«

»Nichts, nichts. Wir sehen uns dann heute Abend.«

»Und gibt es dazu auch noch eine Uhrzeit?«

»Mehr oder weniger. Zwischen acht Uhr und Mitternacht. Vorausgesetzt, ich muss nicht noch spät arbeiten.«

»Hervorragend. Ich liebe die Pünktlichkeit...«

Lupo hatte keine Hilfe herbeigerufen.

Alle Mücken der Welt waren ihm während der Fahrt ins Gesicht geflogen.

Doch als er schließlich an seinem üblichen Parkplatz bei der Gran Madre angekommen war, wurde ihm mit einem Mal bewusst, dass er sich in eine ziemlich gefährliche Art von Verrücktheit eingelassen hatte. Und dass er ganz dringend mit Marina Salomone sprechen musste.

Zum Teufel mit den Ermittlungen.

Er brauchte ein bisschen Zeit für sich selbst.

Wenn ihm schon keine Gelegenheit zum Rudern blieb, so hatte er wenigstens das Recht, sich einmal heftig zu schütteln. Wie ein nasser Hund am Ufer. Doch er wollte, dass eine befreundete Person die Spritzer abbekam. Jemand aus der Familie.

Er war völlig konsterniert.

Marina hatte sich wahrhaftig die Haare grün gefärbt.

»Nun, edler Recke. Man bleibt nicht mit offenem Mund vor einer Dame stehen. Was ist? Hast du noch nie ein Covergirl gesehen?«

Sie wartete gar nicht erst auf eine Antwort.

Sondern bat ihn stattdessen herein.

Und ließ ihn auf ›seinem‹ Sessel Platz nehmen.

Erst dann lächelte sie über seine Verblüffung.

»Nein, ich bin nicht verrückt geworden. Wenn du es nicht immer so eilig hättest, hätte ich dir schon längst eine schöne Geschichte erzählt.«

»Du auch?«

»Was heißt das?«

»Ich bin hergekommen, weil ich dir eine Geschichte zu erzählen habe.«

»Nun, Schlaukopf. Dann fang an.«

»Niemals. Covergirls haben immer den Vortritt.«

Marina konnte sich jetzt nicht mehr zurückhalten.

Sie setzte sich neben ihn und nahm seine Hände in die ihren.

Mit heißen Wangen wie ein junges Mädchen.

»Vielleicht hast du es nicht gemerkt. Aber es wird gerade ein Film gedreht, praktisch hier bei uns. Und ich bin mit dabei. Es sieht so aus, als habe man Turin für das Kino entdeckt. Die machen einen Film nach dem anderen. Weißt du, diese Märchen vom magischen Dreieck. Von schwarzen Messen und Exorzisten. Ja genau, all dieser schöne Schmarrn. Nun, sie haben auch mich genommen.«

Sie war wie ein Fluss, der Hochwasser führt.

Nicht aufzuhalten.

Die leibhaftige Begeisterung im Urzustand.

Wie hatte ihm das am Tag zuvor nur entgehen können? Als ihr außergewöhnliches Platinblond durch De Mattias Anruf zur Belanglosigkeit herabgewürdigt wurde. Und ihre mysteriösen Verhandlungen mit dem Friseur?

Lupo lächelte sie an.

»Langsam, langsam.«

»Ich habe nicht viel Zeit. In einer Stunde drehe ich. Meine erste Szene. Ich muss mich noch schminken lassen. Hast du das Set nicht gesehen? Am Anfang der Via Po?«

»Nein. Wen spielst du denn?«

»Stell dir vor: eine alte Violinistin, Freundin des Teufels, die in den Gasthäusern Paganini spielt und mit der Magie ihrer Akkorde ahnungslose Kunden für den Bösen fängt, dem sie ihre Seele im Tausch für die Unsterblichkeit verkauft hat.«

»Originell. Und das ist die ganze Handlung?«

»Na ja, die ganze Handlung kenne ich nicht. Du weißt doch, wie das geht. Du bekommst nur einen Teil und basta. Ich weiß nur, dass das meine Rolle ist und dass mein Part ganze sieben oder acht Minuten dauert. Das ist im Kino eine

Ewigkeit. Denk an die Jungen. Sie können sagen, dass sie eine Diva in der Familie haben..."

Die Salomone war im siebten Himmel.

Noch explosiver als sonst.

Ihre Augen leuchteten vor neuer Energie.

Sie war dem reinen Glück ganz nah.

Sie lachte, sprach mit den Händen.

»Musst du auch etwas sagen?«

»Natürlich. ›Ich kenne da einen Ort, wo ich ganz allein für Sie spielen könnte...‹«

»Wunderbar. Klingt ganz nach einem metaphysischen Porno.«

»Du brauchst mich gar nicht aufzuziehen. Denk nur, welch wunderbare Medizin das gegen die Einsamkeit ist. Ich habe schon viele neue Bekannte. Wenn du wüsstest, was für Leute hier leben. Die sind alle ein bisschen verrückt. Und eine alte Frau wie ich ist ganz gerne mit solchen Typen zusammen.«

»Aber sind diese Haare wirklich nötig?«

»Mein lieber Lupo, du bist ein Commissario und hast deine Erkennungsmarke. Ich bin eine Agentin des Satans und brauche die meine.«

»Oh, verzeihen Sie, werte Frau Agentin. Ich hatte Sie nicht erkannt. Ich habe geglaubt, ein treuer Anhänger dieses reizenden Herrn würde Schaum vor dem Mund tragen und alle zehn Minuten in Krämpfe verfallen. Da sehen Sie, was Unwissenheit ist.«

»Polo war wesentlich verständnisvoller als du.«

»Ist er vorbeigekommen?«

»Ja, natürlich. Und ich habe ihm alles erzählt, was er wissen wollte. Lass es dir von ihm erzählen. Ich bin in Eile. So, und jetzt, nachdem ich dir meine Geschichte erzählt habe, will ich deine aber auch noch hören. Es scheint etwas Wichtiges zu sein, wenn es dich um diese Uhrzeit hierher führt. Oder irre ich mich?«

Lupo seufzte.

Plötzlich schien ihm der Auftritt einer jungen Frau mit blauen Brustwarzen in diesem winzigen, ordentlichen Zimmer voller Spitzen und ausgeblichenen Fotografien, Saiteninstrumenten und verschossenen Partituren mit Eselsohren bei weitem unpassender als das Erscheinungsbild einer Großmutter mit grünen Haaren.

Doch dann war alles ganz einfach.

Seine Beichte war ernsthaft und aufrichtig.

Lupo ließ nichts aus.

Und Marina Salomone, die wegen ihres neuen künstlerischen Abenteuers ganz aufgeregt war, folgte seiner Erzählung mit freundschaftlich heiterer Miene.

Sie war überhaupt nicht überrascht.

Im Gegenteil: Es schien die natürlichste Sache der Welt zu sein.

»Mein lieber, ach so ernsthafter Signor Commissario, was ist denn daran so ungewöhnlich? Du bist ein Ehemann, dessen Frau in die Ferien gefahren ist. Du bist doch gar nicht wirklich verliebt oder strebst danach, gleich ins nächste Bett zu hüpfen. Du hast lediglich das Bedürfnis, eine Frau um dich zu haben. Du bist einer, der nicht unbedingt gerne mit Männern zusammen ist. Ausgenommen Polo vielleicht. Und selbst ihn genießt du lieber in kleinen Dosen. Denn ihr seid ja jetzt keine leichtfertigen Schulkameraden mehr, sondern zwei Familienväter. Mit Problemen, Stress und so weiter. Verstehst du? Du brauchst immer eine Freundin an deiner Seite. Ein weibliches Wesen, die nicht Sex bedeutet, sondern Pantoffeln.«

»Bist du sicher, dass es so einfach ist?«

»Bei dir, ja.«

Eine schlichte, klare und definitive Antwort.

Lupo fühlte sich plötzlich sehr erleichtert.

Doch eine Frage war noch offen.

»Und Greta, würde sie das verstehen?«

»Oh, Frauen sind seltsame Tiere. Sie werden wegen nichts eifersüchtig. Sie verfügen über die außergewöhnliche Eigenschaft, eher die falschen als die richtigen Gegnerinnen auszumachen. Ich wäre da vorsichtig... Wie alt ist denn diese Rosa?«

»Zweiundzwanzig, dreiundzwanzig...«

»Oje, oje...«

»Also ist es besser, wenn...«

»Hör zu, lieber Lupo, machen wir es so: Anstatt heute Abend irgendwelche Orte der Verdammnis aufzusuchen, bring sie doch einfach zum Abendessen mit hierher. Und dann werden wir weitersehen. Ich habe einen schönen Braten, den man bei dieser Hitze sowieso nur im Kühlschrank, den ich gar nicht habe, länger aufheben kann...«

»Meinst du wirklich, dass das eine gute Idee ist?«

»Eine hervorragende, würde ich sagen. Und außerdem kann ich nun wirklich nichts dafür, wenn du diese gesegnete Eigenheit hast.«

»Welche Eigenheit?«

»Na, bei jedem Fall irgendwelche Frauen aufzulesen und sie mit nach Hause zu schleppen. Angefangen natürlich bei Schauspielerinnen...«

»Aber mit dir ist das etwas anderes.«

»Meinst du wirklich, dass ich mir nicht auch ein bisschen Grün auf meinen Äpfelchen erlauben könnte? Du weißt doch, wir Geigerinnen des Satans sind doch schon naturgemäß die heißesten...«

Lupo begleitete sie zum Drehort, der auf seinem Weg lag.

Das alte *Porto di Savona*.

Ein Restaurant für Universitätsprofessoren und Besucher des Heiligen Grabtuchs Christi.

Und während er gedankenvoll weiter in Richtung RAI ging, hörte er hinter sich die Arkaden von einem plötzlichen und unvermittelten Begeisterungsausbruch widerhallen.

Sie wurde begrüßt.

Sie wurde bejubelt.

»Hey, Süße, untersteh dich, mich mit den Augen zu verschlingen.«

»Nanu, ist dieser freche Knabe etwa mein Gitarrist?«

»Wenn du aufhören würdest, mich mit dem Bogen auf den Buckel zu schlagen, könnte ich mich direkt in dich verlieben. Und dann können sich alle ruhig, wie der Titel schon sagt, ›zum Teufel scheren‹.«

Marcato erwartete ihn bereits.

In seiner Höhle, in der sich jetzt noch mehr Kabel befanden.

»Sehr gut, Commissario. Sie kommen gerade im richtigen Moment. Sie sind soeben fertig geworden.«

Und dann führte er Lupo in die geräuschlose Leere eines Regieraums. Eine Weihnachtskrippe aus blinkenden Lämpchen. Digitale Kontrollleuchten wurden durch Rauschen, geheimnisvolle Widerstände und andere Eigenarten des elektrischen Lebens zum Zucken gebracht.

Das Schauspiel war beeindruckend.

Die Glasscheibe an der hinteren Wand zeigte eine Art riesiges, phantastisches Aquarium. Es war von merkwürdigen Fischmenschen bevölkert, die nach Ähnlichkeit gruppiert waren. Sie hingen an Mikrofonen und glichen unwirklichen Meeresskulpturen.

Die Stille war total, sie absorbierte alles.

Kein Geräusch konnte hier eindringen, um sie zu zerstören.

Man sah Bilder von sich bewegenden Lippen, die Wörter hervorblubberten. Die Hände vollführten sonore Gesten. Körper schnellten plötzlich voran, folgten einer Strömung, einer Empfindung, einem Gefühl.

Dann gab es einen unerwarteten Laut.

Metallisch.

Von einem schrillen Pfeifen gefolgt.

Marcato hatte die Sprechanlage eingeschaltet.

Und plötzlich wurde das Aquarium zu einem Stimmenkonzert.

»Du musst mir die Zeit lassen auszureden, du warst zu früh dran.«

»Beton dieses ›müssen‹. Das ist ein kategorischer Imperativ: ›Müs-sen‹…«

»Ich kann nicht mehr. Ich hab die Schnauze voll.«

Marcato machte sich sogleich bemerkbar.

»Hey, Leute… Wenn ihr wollt… Der Commissario ist hier.«

»Okay, okay, lass ihn reinkommen. Und ihr, hört mir gut zu. Morgen machen wir die Szenen mit dem Verbrechen. Terry, Mario, Antonio, Salvatore und Paola, ich brauche euch um neun Uhr hier.«

»Und wir?«

»Euch brauche ich offiziell nicht. Aber niemand verbietet euch, trotzdem zu kommen. Das Ganze ist nämlich bei euch allen noch ganz schön besch…eiden. Normal, bei dem ganzen Ärger, den wir gehabt haben. Doch ein paar zusätzliche Proben würden sicherlich nicht schaden.«

»Heißt dieses ›offiziell‹, dass dieser Geizkragen kein Geld herausrückt?«

»Bingo. Du brauchst auch gar nicht zu sticheln, Sandro. Du weißt nur zu gut Bescheid. Bei meinem Etat dürften wir uns sogar die Unterhosen nur einmal im Monat waschen.«

»Dann lass sie proben. Tut mir Leid für dich. Doch ich kann es mir nicht leisten, auch nur einen Tag von meinen ›Haien‹ wegzubleiben, nur um irgendwelche jämmerlichen Buchhalter glücklich zu machen.«

»Ihr dreht diesen Spot nochmal?«

»Ja: ›Haie, Haie!‹ – das war der schönste Werbefilm des letzten Jahres. Jetzt, dieses Jahr, sieht es allerdings danach aus, als könnten sie sich nicht zwischen ›Kraken, Kraken!‹ und ›Schlangen, Schlangen!‹ entscheiden.«

»Mir war der Arsch in der Martiniwerbung lieber.«

»Und mir die Jamaikaner im Bob... Die von der Fiat-Doblò-Werbung. Mit denen hätte ich mich gerne in den Kofferraum gequetscht...«

»Hör zu, Paola, es sind die Neapolitaner, die einen langen Schwanz haben, nicht die Schwarzen. Die haben nur Musik im Blut.«

»Und ich muss es einem besorgen, der Salvatore Coppola heißt und aus Forcella bei Neapel kommt?«

»Aus Vomero, Kleine, Vomero... In Forcella benutzt man noch keine Lineale...«

»Entschuldigt bitte, entschuldigt...«

Endlich gelang es Marcato, das Stimmengewirr zu unterbrechen.

Dann stellte er Lupo vor.

Alle scharten sich um sie.

Denn alle hatten Cecilia gekannt.

Und vielleicht war diese extreme Aufgekratztheit nur eine Art Improvisationstheater, dazu gedacht, eine Verstörung zu verbergen, die gleichermaßen auf versteckte Leidenschaften oder bloße Gefühlskälte deuten konnte.

Schließlich hatte Lupo allen die Hand geschüttelt.

»Was nehmen Sie da gerade auf?«

Alle Augen waren ganz plötzlich auf Marcato gerichtet.

Mit fragenden, erstaunten Blicken.

Der zuckte mit den Schultern.

»Ich hatte nicht die Gelegenheit, es ihm zu sagen...«

»Wir dachten, er wäre deshalb hier...«

»Wovon sprechen Sie denn?«

»Sehen Sie, Commissario, wir dachten, Sie wollten mit uns über das Hörspiel sprechen...«

Ottavio Carloni, der Regisseur, kam näher.

Und zeigte ihm das Textbuch, das er in den Händen hielt.
Auf dem Deckblatt stand in großen Lettern der Titel:
EINE EHRLOSE FRAU

Lupo fügte sich in sein Schicksal.
Die Handlung war schnell erzählt.
Die Hauptfigur war eine Cecilia.
Doch dies schien auch der einzige Berührungspunkt von Wirklichkeit und Fiktion zu sein.
Zumindest konnte er keine anderen finden.
Abgesehen von einer Art melancholischem *déjà vu*, das in der Luft lag.
Die Cecilia des Hörspiels war eine hartherzige Furie, verbittert wegen ihrer furchtbaren Verstümmelung.
Sie hatte nämlich keine Beine mehr: Nach einem tragischen Unfall, bei dem sie ihren Mann und den kleinen Sohn verloren hatte, hatte man sie amputiert. Sie war für immer an einen elenden Rollstuhl gefesselt.
Doch sie besaß Geld.
War intelligent.
Und noch immer sehr schön, trotz dieses verstümmelten Körpers, in dem sie sich wie in einem Grab fühlte. Weswegen sie über alle, die in ihre Reichweite gelangten, ihren Hass auf diesen ungerechten Gott entlud. Der sie ihres eigentlichen Schicksals beraubt hatte.
Die Tragödie hatte sie in gewisser Weise stärker gemacht.
Sie war hart geworden wie Stahl.
Sie war mit einer Wut und einer Entschlossenheit auf den Kampfplatz des Lebens zurückgekehrt, die an Wahnsinn grenzte. In kurzer Zeit war sie zu einem *Tycoon* der *New Economy* aufgestiegen. Mit Geld hatte sie noch mehr Geld gemacht, und ihre Macht war durch die Macht noch größer geworden.
Dabei überrollte sie, ohne mit der Wimper zu zucken, jeden, der ihren Weg kreuzte.

Unfähig zu einem Lächeln oder zu Mitleid.

Alles Übrige hatte sie sich gekauft.

Häuser, Autos, Diener, Freunde.

Und Marco.

Ein junger Lover, der sie, wann immer die Begierde über sie kam, heftig zu lieben verstand. Der wusste, wie man mit Blicken und Leidenschaft log.

Das war die einzige Unwahrheit, die sie sich erlaubte.

Einen Mann zu besitzen, der ihre Beinstummel und ihre Angst nicht wahrnehmen durfte.

Doch Marco hatte einen Bruder.

Angelo, ein Missionar, der erst kürzlich aus dem blutigsten Teil Afrikas zurückgekehrt war.

In dessen Augen sich immer noch die Massaker und der Bürgerkrieg zwischen den Hutu und Tutsi spiegelten. Die erlebt hatten, wie die Grenzen der Moral vom Recht auf das Überleben zerstört worden waren. Die Tod, Verlust und körperliche Verstümmelungen gesehen hatten, die wesentlich schlimmer waren als die von Cecilia.

In dieser Zeit hatte er gelernt, alles zu verstehen und zu ertragen.

Und war doch der Überbringer heiliger Gaben geblieben – Barmherzigkeit und Vergebung.

Er war zurückgekehrt und wartete auf eine neue Mission.

Vielleicht aber war es die Vorsehung, die sich für die Übergangszeit eine Aufgabe für ihn ausgedacht hatte.

Die Frau zu retten.

Und damit auch seinen Bruder.

Merkwürdigerweise hatte Cecilia ihn akzeptiert.

Sie hatte ihn in ihrem Haus aufgenommen.

Ihm zugehört.

Ihn sich unterworfen.

Ihn sich untertan gemacht.

Indem sie ihm die nötigen Mittel versprach, um Kirchen

und Krankenhäuser nach seinem Belieben in jedem Teil des Dschungels zu erbauen.

Ihre zwei Männer...

Einer für den Körper, der andere für den Geist.

Jetzt fehlte nur noch ein Kind.

Von Marco...

Und da hatte Marco sie getötet...

Lupo dachte lange nach.

Eingehüllt in gedankenvolles Schweigen.

Eine ehrlose Frau...

Was hatte der Mörder damit ausdrücken wollen?

War dieser mit Blut an die Wand geschriebene Satz nur einfach so etwas wie ein makabres Adjektiv, das das Substantiv ›Verbrechen‹ näher beschreiben sollte? Oder hatte er doch eine größere Bedeutung?

Eine Signatur?

Der selbstzerstörerische Wunsch nach Entdeckung?

Oder nur ein Indiz, um ihn zu jenem Textbuch zu führen, das ihm jetzt in den Händen brannte?

Doch die Handlung wies nur wenige Übereinstimmungen auf.

Eigentlich gab es keine.

Nur war Cecilia Cecilia.

Und die echte Cecilia war kein Krüppel gewesen. Sie hatte keine Gefühle gekauft. Sie hatte sich derer im Gegenteil erwehren müssen.

Und der skrupellose *Tycoon*?

Sollte der etwa Loewenthal darstellen?

Und die Geschwister?

Es gab deren vier, drei Brüder und eine Schwester. Welche der Vilfredis waren hier möglicherweise gemeint gewesen?

Nein, wenn er diesem Weg folgte, würde er nicht weit kommen.

Doch weshalb hatte Cecilia dann einen Dialog aus diesem Stück auf den Tausendlireschein geschrieben? Was hatte sie so sehr berührt, dass sie ebendieses Bekenntnis ausgewählt hatte? Die Nachtigall, die frei war, ins Grubengas zu fliegen? Das geistige Gefängnis?

Der Commissario seufzte.

Er reichte dem Regisseur den Geldschein.

Der sah ihn sich an.

Las ihn mehrmals.

Dann gab er ihn an die Schauspieler weiter.

Marco: (schreiend) *Genug, ich kann nicht mehr. Ja, es stimmt: Ich habe sie getötet. Und ich bereue es nicht. Sie war eine ehrlose Frau...*

Angelo: (betrübt) *Und das hat für dich ausgereicht?*

Marco: *Verstehst du nicht?... Kein Gefängnis kann schlimmer sein als das, worin sie uns gefangen gehalten hat.*

Angelo: *Aber für dich gab es keine Gitterstäbe. Du hättest fortgehen können, wann immer du wolltest.*

Marco: *Ja, wie die Nachtigall im Bergwerk. Sie ist frei, dorthin zu fliegen, wo das Grubengas ist...*

Eine ehrlose Frau

»Das ist die vorletzte Szene.«

»Und was ist in der letzten?«

»Die überraschende Wende.«

»Jetzt sagen Sie mir aber nicht, dass der Mörder nicht Marco ist.«

»Nein. Aber Marco hat sie mit dem einen Dolchstoß nur verletzt. Und auf ihrem Körper wurden zweiundzwanzig

Stichwunden gefunden. Unsere Cecilia lebte noch, als Angelo damit begann, auf sie einzustechen...«

Lupo seufzte.

Er hatte verstanden.

Und war schon auf dem Weg, um ein Telefon zu suchen.

De Mattia ließ ihn nicht warten.

In seiner Mappe war alles vorhanden.

Er brauchte sie nur an den ausgefransten grünledernen Rändern aufzuklappen, und schon erfüllte die Schatzkiste, die sich nun auftat, jeden Wunsch.

»Willst du, dass ich dir den Befund vorlese?«

»Nein. Aber ruf sofort den Pathologen an. Den lassen wir heute im Akkord arbeiten. Frag ihn, ob es möglich ist zu erkennen, ob es eine Stichwunde gibt, die ihr sehr viel früher als die anderen zugefügt worden ist.«

»Es müsste Mandrake sein.«

»Genau. Übrigens: Wie viele Stichwunden waren es genau?«

»Zweiundzwanzig...«

Alle waren gegangen.

Nur Marcato war noch geblieben.

Und Paola Malgioglio.

Es war die Schauspielerin, die nicht abgeneigt gewesen wäre, mit den Bob-fahrenden Jamaikanern ein ausgelassenes Ringelreihen zu veranstalten.

Sie war angespannt.

Unnatürlich blass unter der dicken Schminke.

»Kann ich mit Ihnen sprechen?«

Marcato schickte sich sogleich an hinauszugehen.

Doch sie hielt ihn zurück.

»Nein, Mario. Das ist kein Geheimnis. Und dann: vor dir. Also ehrlich...«

»Paola, wenn du willst...«

»Hör auf. Wenn es in diesem Narrenhaus dich nicht gäbe...«

»Jetzt übertreib aber mal nicht.«

»Wissen Sie, Commissario, wir gehen, kommen wieder, wir hasten vom Theater zum Fernsehstück, das synchronisiert werden muss. Von Werbespot für Windeln für Inkontinente (›Oh, endlich tropfe ich nicht mehr auf den Teppich...‹) zum nächsten für Pralinen (›Wie ich diese Mandelstückchen liebe, die so schön an meinen Zähnen kleben bleiben...‹). Wir heiraten, lassen uns scheiden, sterben. Und er ist immer hier. Der Einzige, der uns ein Gefühl von Kontinuität vermittelt, in einer Welt, in der mit einem Wimpernschlag alles in Stücke geht.«

Lupo nickte.

Er wusste nicht, was er tun sollte.

Ihre derart übertriebene Sprechweise irritierte ihn ein wenig.

Doch war ihm auch bewusst, dass Schauspieler niemals so recht wissen, wann ein Stück aufhört und das wirkliche Gefühl beginnt. Das nicht mit bewusster Betonung unterlegt oder mit alten Tricks aus dem Repertoire gespickt werden muss.

Auch die Sprache hatte darunter zu leiden, denn sie wurde auf übertriebene Weise artikuliert, nicht mehr einfach nur gesprochen.

Lupo versuchte, zum Kern der Sache vorzudringen.

»Was wühlt Sie so auf?«

»Wer sagt Ihnen, dass mich etwas aufwühlt?«

Der Commissario schnaubte.

Da schaltete sich Marcato ein.

»Komm, Paola. Mach es nicht so spannend. Dafür ist jetzt nicht der richtige Augenblick.«

»Schon gut, schon gut. Du hast ja Recht. Es ist nur so, dass ich nicht weiß, wie ich es sagen soll.«

»So einfach wie möglich.«

Sie holte tief Luft. Um sich Mut zu machen.

»Ich wollte diese Rolle unter allen Umständen haben. Entgegen meiner ganzen Aufschneiderei hatte ich seit einiger Zeit keine Arbeit mehr. Ich habe Cecilia angerufen, habe sie angefleht.«

»Wann?«

»Das Datum steht auf dem Schein. Sie werden es nicht glauben, aber ich war bei ihr, als sie das geschrieben hat...«

Wieder ein Neubeginn.

Wieder ein Weg, der sich plötzlich auftat.

Noch ein Szene, die sich im Kopf festsetzen musste.

Wenigstens standen hier auch jene Figuren auf der Bühne, die in der Ermittlung bisher nur vage, undefinierbare Nebenrollen übernommen hatten.

Lupo schüttelte den Kopf.

Er konnte all diese Fäden kaum mehr zusammenhalten.

Er versuchte, die Tatsachen zu rekapitulieren.

Als Paola Malgioglio am 26. Juli zur Villa hinaufgefahren war, waren die Rollen schon besetzt gewesen.

Ganz genau.

Die Leitung gebührte Roberto Marano, dem Regisseur, der überfahren und getötet worden war.

Giacomo Bertino, der betrunkene Synchronsprecher, sollte den Marco spielen.

Cecilia würde selbstverständlich die Cecilia sein.

Doch die größte Überraschung gab es beim Darsteller des Angelo, des Missionars. Diese Rolle signalisierte nicht nur seine Rückkehr aus Afrika, sondern auch die eines anderen Mannes, der wieder aus der Versenkung aufgetaucht war: Giorgio.

Der seit fünf Jahren verschwundene Giorgio Vilfredi...

Das war ein Fest gewesen.

Alle waren glücklich.

Roberto Marano und Giacomo Bertino hatten beschlossen zusammenzuziehen.

Die beiden Männer waren schüchterne Schwule.

Höflich.

Anständig.

Cecilia hatte sie dafür geliebt.

Und diese Entscheidung hatte sie sogar ganz besonders unterstützt.

Roberto hatte gerade eine mysteriöse Beziehung beendet.

Eine wohl recht bittere Liebesgeschichte mit einem unbekannten älteren Herrn. Vielleicht hatte er nach einem Vaterersatz gesucht – seitdem sein angebeteter leiblicher Vater in dauernder Abwesenheit lebte. Eingetaucht in das Nichts. So sehr abwesend, dass er manchmal seinen eigenen Sohn nicht erkannte.

Niemand hatte gewusst, wer die Person war.

Nicht einmal Cecilia, der Roberto doch so nahe gestanden hatte.

Es musste sich um einen Mann des öffentlichen Lebens gehandelt haben.

Er musste über einen Ruf verfügen, der ihm verbot, sein Gefühlsleben zu offenbaren, weil dies den Ausschluss aus seinem Umfeld bedeutet hätte. Roberto hatte das Geheimnis seiner Identität ängstlich gewahrt.

Dann aber war irgendetwas vorgefallen.

Und der Regisseur hatte beschlossen, diese Beziehung zu beenden.

Von einem Tag auf den anderen.

Das war eine schlimme Zeit gewesen.

Doch hatte dieser Schmerz letztendlich auch den Nährboden gebildet, auf dem jene freundlichen Gefühle hatten gedeihen können, die sie jetzt feierten. Auch Giacomo hatte schlimme Zeiten hinter sich. Er lebte schon seit einer Weile allein, zurückgezogen in seiner Einsamkeit, mit der er gar nicht so unglücklich war.

Die er jedoch in jedem Fall den ordinären und schrillen Gelegenheiten vorgezogen hatte, die sich ihm in seinem Beruf fast täglich boten. Beständige Annäherungsversuche von vulgären Menschen, denen gegenüber er nicht wagte, sich zu offenbaren.

Die ›Ehrlose Frau‹ hatte sie zusammengeführt.

Hatte sie bei demselben Projekt träumen lassen.

Ein eigenartiges Textbuch.

Das von weit her mit der Post gekommen war.

Briefmarken und Stempel aus Kinshasa.

Der Hauptstadt irgendeiner neuen afrikanischen Republik.

Ein kurzer Brief hatte beigelegen, und der Absender verwies auf eine Station der Comboni-Missionare, an die eventuelle Antworten geschickt werden sollten.

Liebe Cecilia,
ich bin Giorgio Vilfredi, der Bruder von Andrea. Er hat mir vorgeschlagen, dir diesen Text zu schicken. Falls er dir gefällt und du eine Ausstrahlung für angemessen hältst, so bitte ich dich um eines: Ich möchte unbedingt die Rolle des Angelo übernehmen. Wie du weißt, bin auch ich Schauspieler. Du kannst Loewenthal fragen, ob er dir nicht einige der alten Bänder zeigt, damit du einen Eindruck gewinnst.
Ergebenst,
dein Giorgio

Paola Malgioglio hatte alle außer Andrea gekannt.

Und alle hatten sie fröhlich begrüßt.

Vor allem Cecilia.

Und trotz ihrer Verwirrung hatte Paola mit großem Ernst auf die neue Wohnung von Roberto und Giacomo angestoßen. Die ihr, völlig aufgeregt, in kaum zehn Minuten alles erzählt hatten.

Nachdem sie sich aus dieser hochgestimmten Runde hatte befreien können, hatte sie versucht, die Hausherrin beiseite zu nehmen.

Schließlich hatte Cecilia sie in ihr Schlafzimmer geführt.

Inmitten all der Manuskriptstapel und herumliegenden Kleidungsstücke.

Sie hatte sich an den Schreibtisch gesetzt.

Hatte den Tausendlireschein genommen und hatte etwas darauf geschrieben.

Dann hatte sie ihn in der Luft gefächert, damit die Tinte schneller trocknete.

Und hatte ihr ein viel sagendes Lächeln zugeworfen.

»Denk daran: Traue nie den Nachtigallen...«

Das, was folgte, war fürchterlich gewesen.

»Du willst also diese Rolle haben?«

»Du warst immer so gut zu mir. Du hast mir immer geholfen.«

»Dieses Mal nicht. Vergiss es.«

»Kann ich da wirklich nichts mehr tun?«

»Doch. Mich töten...«

Paola war erstarrt.

Es war nicht Cecilias Art, sich so zu benehmen.

Doch eine Antwort war ihr nicht mehr gestattet.

Die Audienz war beendet.

Also hatte Paola ihren ganzen verbliebenen Stolz zusammengenommen und hatte sich von allen verabschiedet. Die beharrlichen Bitten, doch zu bleiben, hatte sie abgeschlagen. Eine Erledigung, die keinen Aufschub duldete.

Sie war gerade an der Tür, als es klingelte.

Ein gewisser Tortona.

In ihrer Eile, die Wohnung zu verlassen, hätte sie ihn fast umgerissen...

»Findet hier die Feier statt?«

Sie schwiegen.

In Gedanken versunken.

Dann sprach Paola weiter, in leisem Flüsterton.

Die Tränen würden später kommen.

Und es würden Tränen der Angst sein.

»Seit Cecilia ermordet worden ist, wollte ich das jemandem erzählen. Ich habe fürchterliche Angst. Ist Ihnen das klar, Signor Commissario: drei, die auf diesem Fest waren, leben nicht mehr? Und es ist nicht einmal einen Monat her...«

Lupo nickte nachdenklich.

Paola fehlte jedoch eine Information.

Die Nummer vier war soeben aus dem Koma erwacht...

Also war sie die Einzige, die noch nicht von diesem Bösen, das die ganze Geschichte zu durchtränken schien, erfasst worden war.

Und vielleicht Giorgio...

Marcato begleitete Lupo ein Stück.

Unter den Arkaden der Via Po.

Sie gingen langsam.

Seite an Seite wie zwei alte Freunde.

Der eine ein wenig müde. In einem Alter, das auf seinen Schultern und seinen arthritischen Beinen lastete.

Der andere so sehr in seine Gedanken versunken, dass er die Aufbauten für die Dreharbeiten beim *Porto di Savona* erst bemerkte, als ihn ein fröhlicher Ausruf in die Wirklichkeit zurückholte.

»Hallo, ehrenwerter Herr. Seit wann lässt du dich von alten Turiner Troubadouren begleiten?«

Aus seinen Träumen gerissen und vor Überraschung über die innige Umarmung vor seinen Augen erstarrt, blieb Lupo nichts anderes übrig, als Marinas Erklärung abzuwarten.

»Weißt du denn, wer dieser schöne Mann ist?«

»Nun, wirklich schön...«

»Du hast Recht: wunderschön. Sag niemals die halbe Wahrheit, wenn du die ganze kennst. Er ist ein Bänkelsänger. Wir arbeiten ab und zu zusammen, seit mein armer Claudio nicht mehr ist...«

Lupo sah Marcato erstaunt an.

»Also ist *er* dein geheimnisvoller verliebter Verehrer?«

Mario versuchte sich zu verteidigen.

»Wie soll man das anstellen, *nicht* in Marina verliebt zu sein?«

»Hör mit diesen Albernheiten auf. Sagt mir lieber, was ihr hier zusammen treibt?«

Lupo erzählte ihr in Kürze den Grund ihres Zusammenseins. Und sie nickte mit verschmitztem Gesichtsausdruck.

»Mario ist noch unschuldig. Ich wette, dass er dir das nicht erzählt hat.«

»Hör auf, Marina...«

»Er ist mein Cyrano. Er macht Liebesgedichte. Und ich begleite ihn mit meiner Geige, während er sie rezitiert.«

»Hört, hört...«

»Weißt du, wenn er an einem Tisch zwei junge Leute sitzen sieht, die sich tief in die Augen blicken, während vor ihnen die Pasta mit Käsesoße kalt wird, serviert er ihnen einen Vierzeiler oder einen Strambotto, ein sizilianisches Gedicht. Das ist viel schöner als die roten Rosen der Tunesier...«

Lupo war sprachlos.

Sein erstaunter Blick wechselte zwischen den beiden hin und her.

Deren komplizenhaftes Lächeln erst erlosch, als Marina sich an ihre Pflicht erinnerte.

»Hör zu, Mario... Er bringt heute Abend eine ganz frische junge Frau mit zu mir zum Essen...«

»Marina!«

»Warum sollte ich meine jungen Männer dann nicht auch vorzeigen dürfen? Komm du doch auch. Was meinst du?«

»Du glaubst doch wohl nicht, dass ich mir eine solche Gelegenheit entgehen lasse? Natürlich komme ich. Um welche Uhrzeit?«

»Warum gönnst du mir nicht einfach gleich bis dahin deine Gesellschaft? Davon hatte ich bisher noch nicht so viel. Und dann hilfst du mir beim Kochen...«

Lupo betrachtete sein Auto.

Und er wunderte sich zum wiederholten Male.

Der Hausmeister des Ruderclubs *Esperia* war ein Zauberkünstler.

Die Windschutzscheibe war bereits von einem seiner mysteriösen Freunde ausgetauscht worden.

Für jede Gelegenheit kannte er irgendjemanden.

In gewisser Weise war er der Erfinder des fliegenden Zeitarbeiters.

Des Express-Reparateurs.

Er warf einen Blick auf seine Liste, die schier unendlich schien, führte ein Telefonat, und das Wunder geschah. Egal ob die Waschmaschine die Wohnung unter Wasser gesetzt hatte oder die Katze auf einem Baum festsaß.

Er machte Klempner und Feuerwehrleute überflüssig.

Und die Vertreter der seltensten Berufe, die sich nur in einem Lexikon finden lassen. Dafür gab er sich mit einer fixen Summe zufrieden: zehntausend Lire pro Reparatur. Die Mitglieder des Ruderclubs zeigten sich jedoch in der Regel großzügiger.

Nur wenige kannten seinen richtigen Namen.

Er wurde nur einfach Cacciaguai genannt, was so viel heißt wie: Vertreib-allen-Ärger.

Seit einiger Zeit wurde er sogar nunmehr mit dem Kurznamen Caccia gerufen.

»Haben Sie gesehen, Dottore? Das haben wir gut hingekriegt, was? Für nur hundertzwanzigtausend Lire.«

»Ich frage mich, wie zum Teufel du das geschafft hast.«

»Kommt Ihnen das wenig vor? Aber passen Sie auf, die Scheibe ist nicht neu, das muss ich Ihnen sagen. Wir haben sie auf dem Schrottplatz auf der Straße nach San Mauro gefunden. Praktisch hinter Ihrem Haus. Wenn wir das von einer normalen Werkstatt hätten machen lassen, würden wir jetzt noch dasitzen und Formulare ausfüllen. Das sind Verbrecher, die... Ich würde sie alle in den Knast stecken. Die Leute haben's eilig, und die, die haben nie etwas auf Lager: ›Kommen Sie in zwei Tagen wieder. Wissen Sie, es ist nicht einfach, das Auto ist alt. Warum kaufen Sie sich kein neues?‹ Diebe sind das. Einbuchten sollte man die... Haben Sie gesehen? Es reicht ein bisschen guter Wille, und alles löst sich in wenigen Stunden in Wohlgefallen auf. Verbrecher...«

Caccia hatte diesen einzigen Fehler.

Hatte er einmal jemanden am Wickel, dann ließ er ihn nicht mehr los.

Nicht einmal, um Luft zu holen.

Politik, Fußball, das Leben auf dem Mars, die Helix der DNS – es gab kein Thema, über das er nicht begierig seine Meinung äußerte. Und wenn er ein Problem gelöst hatte, dann konnte er gar nicht genug Lob bekommen.

Lupo drückte ihm daher hundertfünfzigtausend Lire in die Hand.

Samt einer großzügigen Dosis an Komplimenten.

Doch das genügte noch nicht.

Lupo hatte schon den ersten Gang eingelegt, als Caccia, den Kopf durch das Seitenfenster gesteckt, immer noch weiterplapperte.

»Beeilen Sie sich, den Fall mit der Schauspielerin zu lösen. Übermorgen fahre ich nämlich nach Hause, nach Sizilien zu meiner Mutter. Und bis dorthin kommen die italienischen Zeitungen nicht. Ich würde es nicht aushalten, nicht zu wissen, wer der Mörder ist. Auch wenn es meiner Meinung nach dieser Tortona war...«

Lupo war überrascht.

Es war oft amüsant, sich die Phantastereien anderer anzuhören.

Die Menschen neigen stets dazu, sich an die Grundprinzipien des gesunden Menschenverstands zu halten. Die jene, die zu sehr in einen Fall verstrickt sind, nur zu leicht vergessen.

Doch in diesem Fall...

»Und warum Tortona?«

»Ist es nicht immer der Butler?«

Zum Glück signalisierte das schallende Gelächter, das dem Scherz folgte, und ein kräftiger Schlag auf das Autodach das Ende dieser Tortur, und Lupo konnte endlich losfahren.

Doch es blieb ein Zweifel.

Welche Richtung sollte er einschlagen?

Wie musste der nächste Schritt aussehen?

Er sah auf die Uhr.

Halb sieben.

Er war versucht, Costanza, Ferros reizvolle Ehefrau, zu besuchen.

Das würde sicher kein nutzloses Gespräch sein. Und dann übte diese Frau eine merkwürdige Wirkung auf ihn aus: Bei ihr konnte er sich entspannen, er fühlte sich wohl und bei sich selbst. Für Momente konnte er dann vergessen, wie viele Galaxien sie beide trennten.

Doch er schüttelte den Kopf.

Es war nicht richtig, sich Bertino gegenüber so grausam zu verhalten.

Unschuldig oder schuldig, Lupo mochte diesen armen Mann nun nicht länger hinter Gittern in einer Zelle des Präsidiums lassen. In der er darauf warten musste, bis er, Lupo, sich bequemte zu kommen.

Er überquerte die Piazza Vittorio.

Keine Spur mehr von den Fernsehaufnahmen.

Vielleicht hatte Marcato sich schon bei Marina untergehakt...

Und Lupo war froh, dass es im Leben noch Überraschungen gab.

Modica war außer sich vor Wut.

Er stürzte sich sofort auf Lupo.

Ließ ihm nicht einmal die Zeit, in sein Büro zu gelangen.

»Was denkst du eigentlich, wer du bist?«

»Hör zu, reg dich ab. Ich bin todmüde. Lass es gut sein. Jetzt ist nicht der richtige Augenblick.«

»Glaubst du vielleicht, dass ich hier dein Negersklave bin?«

»Wenn du dich beschweren willst, dann begib dich doch bitte einen Stockwerk nach oben.«

»Du spinnst wohl: mich für Stunden damit auszuschalten, einen Päderasten zu bewachen.«

»Damit du zufrieden bist: Das nächste Mal sorgen wir dafür, dass es Valeria Marini ist, die ins Koma fällt. Hast du wenigstens etwas herausbekommen?«

»Nein, aber du hast etwas bekommen: eine Anzeige wegen Freiheitsberaubung. Ich habe nur Befehle ausgeführt. Ich habe das schon mit seinem Anwalt geklärt.«

»Mit welchem Anwalt?«

»Mit dem, der mich im Krankenhaus überfallen hat. Er hat über die Besitzerin des Bocciaclubs von der Einlieferung erfahren. Schmier ihm ein bisschen Honig ums Maul. Vielleicht funktioniert das ja: Auch der scheint einer vom anderen Ufer zu sein. Die sind schlimmer als die Juden, die helfen einander immer.«

Lupo seufzte tief auf.

Er verachtete Modica für das, was er war.

Und für das, was er sagte.

Aber im Grunde verstand er ihn.

Modica war ein Jagdhund. Den konnte man nicht in einem Wohnzimmer halten. Er musste einer Beute nachjagen. Sonst war er nutzlos und richtete nur Schaden an.

Es gab jedoch eine Möglichkeit, ihn wieder ins Boot zu holen.

Und dieses Spiel war auch extrem wichtig.

Lupo gestand es vor sich selbst ein:

Es war nicht besonders loyal.

Seine ganz eigene Berechnung.

Doch das durfte er nie laut sagen.

Er hatte es aufgegeben, der Zeit nachzulaufen.

Er würde sich aber garantiert von seiner letzten Hoffnung, doch noch gemeinsam mit Polo abreisen zu können, verabschieden müssen, wenn er sich selbst auf die Spur Giorgio Vilfredis setzte. De Mattia fand zwar Nadeln im Heu, wenn es sein musste, allerdings durften die nicht weiter als zweihundert Meter von seiner Höhle entfernt sein.

Nein. Das war genau die richtige Arbeit für Modica.

Also warf er seinen Köder aus.

»Schade, dass du es so aufnimmst. Denn da wäre... Aber nein, besser nicht. Vergiss es. Dann kommst du wieder an und schmeißt mir diesen Blödsinn von wegen Negersklave an den Kopf. Nur zu. Wo ist Bertino?«

Modica stellte sich ihm in den Weg.

Und verhinderte, dass er weiterging.

»Nein, verdammt. Jetzt bleibst du stehen und erzählst mir genau, was du im Sinn hattest.«

»Lieber nicht. Ich habe keine Lust auf Streit. Vielleicht sprechen wir nachher mit dem Chef darüber.«

Jetzt griff Modica nach seinem Arm.

Und fuhr ihn schroff an.

»Ich hab schon verstanden. Du hast es mir heimgezahlt.«

»Was soll ich dir heimgezahlt haben?«

»Die Geschichte von letzter Nacht. Das Mädchen, na ja ... Du hast mich den ganzen Tag auf einem Stuhl sitzen lassen, um den Bewacher zu spielen. Jetzt ist es genug. Wir sind quitt, oder nicht?«

Lupo nickte langsam.

Womit er diese eigenartige Sicht der Dinge guthieß.

Und so tat, als würde er sich nur widerwillig seinen Vorschlag aus der Nase ziehen lassen.

»Giorgio Vilfredi. Den müssen wir finden. Unter allen Umständen ...«

»Warum?«

Lupo seufzte.

Dann erzählte er Modica alles.

Er musste ihn motivieren. Musste erreichen, dass er sich wichtig fühlte. Ein unverzichtbares Rad im Getriebe. Nur so würde er Ergebnisse herbeibringen.

Als er geendet hatte, war Modica von neuem ganz aufgeregt.

Doch dieses Mal auf die richtige Art.

»Also, ich rekapituliere. Giorgio verschwindet für fünf Jahre in Afrika. Seine Wohnung wird jedoch nicht weitervermietet. Und Loewenthal lässt regelmäßig die Post abholen.«

»So sieht es aus.«

»Dann schickt er plötzlich ein Manuskript von irgendwoher. Und die Guidi schafft es nicht nur, es bei der RAI unterzubringen, sondern bietet ihm auch die Rolle an, die er wollte.«

»Genau.«

»Doch in dem Moment, als ihn alle erwarten, erscheint er nicht. Bis zu diesem Punkt richtig?«

»Ja.«

»Und du hast keinen Beweis, dass er wirklich zurückgekommen ist?«

»Das ist der springende Punkt. Das ist nur meine Vermutung. Keiner hat ihn gesehen. Aber ich spüre, dass er hier ist. Und ich bin überzeugt, dass sein erneutes Verschwinden zum Kern der Sache führt. Ich kann dir nicht mehr als dieses Gefühl anbieten. Reicht dir das? Verstehst du, warum ich gezögert habe?«

»Du glaubst also, dass etwas oder jemand ihn versteckt hält?«

»Nicht allein das. Ich fange auch an zu glauben, dass er, wenn er nicht der Mörder ist, das nächste Opfer sein könnte. Vorausgesetzt natürlich, dass er nicht schon längst tot ist. Denn an Leichen fehlt es in dieser Geschichte nun wirklich nicht. Je weiter wir uns vorarbeiten, desto mehr kommen zum Vorschein.«

»Betrachte ihn als gefunden. Tot oder lebendig. Möchtest du, dass ich auch jemanden auf die Malgioglio ansetze?«

»Das ist gar keine schlechte Idee...«

Modica war gegangen.

Beschwingt im Bewusstsein seiner neuen Aufgabe.

Bereit, seine ganze Tüchtigkeit unter Beweis zu stellen.

Doch anstatt über die Stegreifkomödie Lupos zu lächeln, zeigte sich auf De Mattias Gesicht eine gewisse Besorgnis.

»Es wird aber nicht leicht sein, auch noch den Anwalt hinters Licht zu führen...«

»Na ja. Wo ist er denn?«

»Vor der Zelle. Um seinem Schützling Gesellschaft zu leisten.«

»Verflucht!«

Lupo wusste genau, was ein solches Zugeständnis bedeutete. Der Verteidiger musste so viel Ärger gemacht haben, dass Modica ihm etwas erlaubt hatte, das sonst absolut untersagt war.

Und dann war Riccardo Massa mitnichten schwul.

Im Gegenteil.

Er war ein allseits bekanntes Mitglied der Radikalen Partei.

Immer von hübschen Frauen umgeben.

Einige Jahre zuvor hatte er dank ihrer anbetungsvollen Unterstützung sogar riskiert, Bürgermeister zu werden.

Und eigentlich hatte er es nur einem seiner üblichen Ausrutscher zuzuschreiben, dass er auf der Zielgeraden eine Niederlage erlitten hatte. Er hatte nämlich auf allen Flächen, auf denen das Plakatieren verboten war, sein Konterfei anbringen lassen – mit einem Joint im Mundwinkel und dem Slogan: *Erobern wir unseren Platz zurück – mit Kanonenschüssen.*

Purer und dazu noch schädlicher Exhibitionismus.

Man mochte ja mehr oder weniger damit einverstanden sein, dass die Legalisierung von leichten Drogen vorangetrieben werden sollte. Doch mit diesem studentenrevolutionären (und ungesetzlichen) Aufruf hatte er es sich auf einen Schlag mit den ohnehin schon wenig begeisterten Katholiken und der ganzen rechtschaffenen savoyischen Linken verdorben.

Das hatte sich zu einem kleinen Skandal hochgeschaukelt.

Und schließlich hatte er seine Kandidatur zurückgezogen.

Seit dieser Zeit hatte er nur dafür gelebt, sich auf spektakuläre Weise zu rächen.

Genau diese Ignoranz war es, die Modica gefährlich machte: seine Unkenntnis über solcherlei Dinge, diese gewissermaßen ›institutionelle‹ Blindheit. Er wusste und verstand nie, mit wem er es zu tun hatte.

Nicht, dass sich damit an dieser Situation etwas geändert hätte.

Doch wenn er nicht erkannte, um welche wichtige Persönlichkeit in der Lokalpolitik es sich bei Massa handelte, zeigte das deutlich sein Desinteresse an allem, das nichts mit Kriminalität zu tun hatte. Und in der Tat nahm Modica höchstens zehn Mal im Jahr eine Zeitung zur Hand.

Und auch das nur, wenn er darauf hoffen konnte, dort seinen Namen abgedruckt zu finden.

Ansonsten reichte seine kleine Welt nicht über die Elendsviertel hinaus oder über so zweifelhafte Lokale wie jenes, in dem er Lupo zum Glück hatte Rosa finden lassen.

Für ihn gab es kein Leben mit Beziehungen.

Sondern nur die Arbeit.

Gesichter, die zu katalogisieren waren.

Verrückte, die man erpressen musste, um an Informationen zu kommen.

Spione, Informanten, Prostituierte, mit denen man Schweigen und Komplizentum nur dann teilte, wenn sie einem nützlich waren.

Sicher, diesen Teil der Stadt kannte er ganz genau. Er wusste genau, wo er was finden konnte. Selbst in der neuen Unterwelt der legalen oder illegalen Einwanderer. Es war nur zu hoffen, dass Giorgio Vilfredi sich im feuchten, düsteren Bauch dieser Welt versteckt hielt.

Dann würde ihn Modica zweifelsohne finden.

Der Blick Riccardo Massas versprach nichts Gutes.

Er war wütend. Erregt.

In gelben Jeans und kurzärmeligem Hemd.

Lupo seufzte.

Hier unten stand die Luft regelrecht, und die Feuchtigkeit schnürte einem den Atem ab.

Lupo wies einen Wachhabenden an, Bertino herauszulassen.

Der Anwalt und er kannten sich seit der Universität, und sie hatten sich noch nie gemocht.

»Dieses Mal bist du zu weit gegangen, Cop.«

»Vielleicht, vielleicht auch nicht. Das lassen wir ihn entscheiden.«

»Du hast seine Bürgerrechte verletzt. Morgen wirst du das Monster auf allen Titelseiten sein.«

»Na ja. Nur solange du nicht der bist, der hier eine schlechte Figur macht. Du weißt ja, dir fehlt immer nur ein winziges Stück, um den Pokal in den Händen halten zu können. Und jetzt gehen wir. Hier krepiert man ja...«

Er führte sie nicht ins Vernehmungszimmer.

Sondern zur den Tischen der *Contessa di Castiglione*.

Eine Eisdiele, die sich unter den Arkaden des Corso Vinzaglio gegenüber dem Präsidium befand.

Wohin sich Milly, eine mit Ringen und Ketten behängte ehemalige Puffmutter, zurückgezogen hatte. Nach der zehnten Razzia in Folge widmete sie sich nun lieber Sahnedesserts und Cremes als irgendwelchen hohen Herren. Für die deprimierende Fluchtversuche mit der Unterhose in der Hand und die dabei zur Schau gestellte beschämende Fettleibigkeit schon fast zur Gewohnheit geworden waren.

Jedem gegenüber wiederholte sie es wie einen Kehrreim voller Nostalgie und der Sehnsucht nach den guten alten Zeiten: Mit dem Eintreten von Frauen bei der Sitte war die Protektion auch nicht mehr das, was sie einmal gewesen war.

Doch sie hatte nicht allzu weit fortgehen wollen von denen, die im Grunde ihre alten Freunde waren: Schreibtischpolizisten, Beamte bei der Einwanderungsbehörde, Sachbearbeiter beim Passamt, Rekruten fern der Heimat.

Und dann kannte sie schon noch einige nette Mädchen...

Kaum hatte Milly sie erspäht, näherte sie sich mit einem Lächeln auf den Lippen.

»Hallo, Lupo. Kunden?«

»Ja. Und ziemlich aufgebrachte dazu. Du musst mir wirklich etwas Gutes zusammenmixen, um sie ein wenig zu besänftigen.«

Milly sah sich die drei eine Weile mit prüfendem Blick an.

Dann schlug sie eine ihrer phantasievollen, ganz persönlichen Eigenkreationen vor.

»Was hältst du von Meringen mit Schokospitzen für *Für*

immer Mery? Einen Zitronenbecher für *Einspruch, Euer Ehren*? Und für dich das Übliche: *Blutige Erdbeeren*?«

Riccardo Massa ließ sogleich erkennen, dass er diese Ironie nicht gutheißen konnte.

Denn er hatte nicht die Absicht, sich von Scherzen ablenken zu lassen.

»Geistreich, sehr geistreich.«

»Wenn es dir nicht passt, kannst du ja gehen.«

Bertino hatte noch kein Wort gesagt.

Er schien auch nicht die Absicht zu haben, sich an irgendwelchen Wortspielen zu beteiligen.

Lupo beachtete ihn nicht weiter.

Er beschränkte sich darauf, die leichte abendliche Brise zu genießen, die unter den Arkaden hindurchwehte. Als ob es für ihn im Moment nichts Wichtigeres gäbe, als erst einmal tief durchzuatmen.

»Ich kann mich nicht erinnern, dass es in den letzten Jahren so heiß gewesen ist.«

»Gleich wird dir noch wärmer werden.«

»Sag mal, entspannst du dich nie?«

»Nie. Vor allem nicht, wenn jemand die Rechte eines anderen mit Füßen tritt.«

»Mir gefällt, was du tust. Aber dir gelingt es merkwürdigerweise stets, das alles immer ein wenig extravagant wirken zu lassen. Im Grunde halten dich die Leute für eine Karikatur. Große Kämpfe. Das im Großen und Ganzen ja sogar richtig. Doch so, wie du die Sache anpackst, wirkt es immer ein wenig lächerlich. Warum kommst du nicht runter und redest, wie deine Mutter es dir beigebracht hat?«

»Wir sind nicht hierher gekommen, um eine Vorlesung in politischer Philosophie zu hören.«

»Genau. Wir sind hier, um Eis zu essen. Und um zu verhindern, dass dein Klient hier genau wie sein Liebster um die Ecke gebracht wird.«

Plötzlich war es, als bliebe die Zeit stehen.

Und Bertino schien im tiefsten Innern getroffen zu sein.

Er schnappte mühsam nach Luft.

Hustete.

Begann zu schwitzen, mit den Händen in die Luft zu wedeln.

Er rang nach Atem.

Denn auf einmal war die böse Ahnung, die ihn seit Tagen quälte, Gewissheit geworden.

Roberto war ermordet worden.

Und diese unerwartete Wahrheit wurde ihm einfach so vorgesetzt.

Auf diese subtile, hinterhältige Art.

Nur um sich diesen unbequemen Verteidiger vom Hals zu schaffen.

Um mit ihm unter vier Augen sprechen zu können.

Ohne einen Zeugen, der für sie beide ein Hemmnis sein würde.

Er sah Lupo an.

Und las in dessen Augen das Bedauern, zu einem so niederträchtigen Vorgehen gezwungen zu sein. Zu diesem Ton, der seine Empfindungen so schonungslos mit Füßen trat. Bertino sah aber auch, dass Lupo, indem er Massa vertrieb, seinen Schmerz privat machen und ihm so eine unerwartete Intimität zugestehen wollte.

Doch die Gefühle überwältigten ihn.

Und er begann, unter den ungläubigen Augen seines Anwaltes zu weinen.

Heiße Tränen rannen über sein starres Gesicht.

Kein Laut kam aus seinem Mund.

Riccardo war völlig überrascht.

»Was geht hier vor? Was ist das für ein schäbiger Trick?«

Lupo achtete nicht auf ihn.

Sondern wandte sich direkt an Giacomo.

Er flüsterte fast.

»Meinen Sie nicht, wir sollten unter vier Augen miteinander sprechen?«

Doch Massa war zu keinem Entgegenkommen bereit.

Unfähig zu verstehen, welche Tragödie sich hier abspielte, begann er zu wettern.

»Das lasse ich nicht zu. Versuch das bloß nicht.«

Jetzt verlor Lupo die Geduld.

»Halt den Mund. Lass ihn in Frieden. Du bist überzeugt, dass ich der Freiheitsberaubung schuldig bin? Gut, dann zeig mich an. Aber hör auf, einfach so daherzureden. Siehst du nicht, dass du überhaupt keine Ahnung hast, worum es hier geht?«

Alle Augen waren jetzt auf Bertino gerichtet.

Doch Milly, die genau in diesem Moment kam, verhalf ihm zu einer unverhofften Atempause.

»So, das hier ist für euch, ihr reizenden Jungs.«

Auf einmal erfüllten die unterschiedlichsten Düfte die Luft, untermalt vom geräuschvollen Klirren des Schmucks.

Und begleitet von der Professionalität, mit der sie die Aufmerksamkeit auf ihre großen, milchfarbenen Brüste lenkte, während sie die drei Köstlichkeiten servierte. Erfahrung und Finesse eines uralten Metiers.

Giacomo Bertino seufzte tief.

Er wischte sich verlegen die Augen.

Und es gelang ihm sogar, sie anzulächeln, wobei er die letzten Tränen herunterschluckte.

Dann wandte er sich an den Anwalt.

»Ich danke dir, Riccardo. Du bist ein echter Freund. Aber jetzt ist es besser, wenn du mich allein lässt...«

Massa schüttelte den Kopf.

Er konnte es nicht glauben.

Dann zog er sich in würdevolles Schweigen zurück.

Und mit unerwarteter Gelassenheit begann er, sein Eis zu löffeln. Es war klar, dass er Giacomo Zeit lassen wollte, nachzudenken – und seine Meinung zu ändern.

Doch als er sah, dass dieser dabei blieb, stand er langsam auf.

Er strich ihm über die Schulter.

Und bedachte Lupo mit einer letzten Drohung.

Doch eher pflichtschuldig denn ernst gemeint.

»Du bist dir doch bewusst, dass wir noch nicht miteinander fertig sind. Du bewegst dich auf Messers Schneide. Mach nur weiter so, und ich sorge dafür, dass du froh bist, wenn du deinen Dienst quittieren darfst.«

»Wenn du in Busseto gelebt hättest, dann hätte dich Verdi als Librettisten gewählt. Aber du lebst heute und in Turin, und Melodramen sind nicht mehr in.«

»Das wirst du mir bezahlen.«

»Bye, bye. Geh zu deinen Mädchen. Die haben immer eine freie Schulter und eine Windmühle für ihren Don Quichotte.«

Giacomo sah ihm nach, wie er fortging.

Mit traurigem Blick.

»Sie hätten ihn nicht so behandeln dürfen.«

»Natürlich durfte ich. Er hätte alles nur noch komplizierter gemacht.«

»Er wollte mich nur beschützen.«

»Nein. Er wollte im Rampenlicht stehen. Er wollte diese böse Geschichte ausnutzen. Er lebt gerade in einer Phase der Abstinenz. Hüten Sie sich vor solchen Leuten.«

»Ich glaube, Sie irren sich.«

»Mag sein...«

Sie wussten nicht so recht, wie sie miteinander sprechen sollten.

Welche Sprache sie benutzen sollten.

Sie tasteten sich langsam vor.

Bewegten sich auf allgemein zugänglichem, neutralem Terrain: das Verhalten des Anwalts. Seine Wutanfälle. Seine Launenhaftigkeit.

Um den Augenblick des Schmerzes so lange wie möglich hinauszuzögern – den Moment, in dem der Tod Maranos gewissermaßen offiziell zum Mord würde, weil sie darüber sprachen.

Bertino sah einem Vogelschwarm nach, der für einen Augenblick den Himmel verdunkelte, bevor er über den Dächern verschwand. Während Lupo ganz persönlichen Gedanken nachhing.

Es stimmte, was Rosa anging.

Marina hatte Recht gehabt.

Er mochte Männer nicht besonders.

Richtig wohl fühlte er sich nur bei Frauen.

Auch wenn sie Milly hießen.

Manche von ihnen schüchterten ihn zunächst vielleicht ein. Doch er fand immer einen Zugang. Es bereitete ihm eine eigenartige Freude, sie um sich zu haben. Sogar bei einer wie der Vilfredi war ein Funken übergesprungen. Ein winziger Funke, und erst ganz am Ende. Erst nachdem sie eine große Wüste des Unmutes durchquert hatten.

Das Ergebnis dieses langsamen, unbewussten Kreisens um sich selbst war ein plötzliches und unerwartetes Gefühl der Leere in der Magengegend.

Greta fehlte ihm so sehr...

»Oh, wenn Sie wüssten, wie sehr mir Roberto fehlt...«

Giacomo Bertino...

Von Beruf Synchronsprecher.

Sein Leben war eine unendliche Geschichte des Pechs.

Viele Homosexuelle mussten Ungerechtigkeiten erleiden.

Diskriminierung.

Spott.

Ordinäres von ordinären Menschen.

Nicht so bei Giacomo.

Vielleicht, weil seine Eltern so um seine Gesundheit besorgt gewesen waren, dass sie weder Zeit noch Gelegenheit gefunden hatten, in sich Vorurteile oder Empfindlichkeiten zu entwickeln.

Vielleicht, weil er schließlich einen Beruf mit toleranten Menschen gefunden hatte.

Den er sich vielleicht nicht einmal bewusst gesucht, sondern aus purem Selbsterhaltungstrieb gefunden hatte.

Eine große Ansammlung von Narzissten, die im Spiegel zuallererst das eigene Antlitz suchten. Die sich wenig um andere Menschen, um deren Angelegenheiten oder private Leidenschaften kümmerten.

Nicht so sehr aus mangelndem Interesse.

Sondern weil sie schon alles gesehen und erlebt hatten.

Wenn auch nur auf der Leinwand.

Was für andere Geheimnisse, Laster oder Tugenden darstellten, waren für sie nur die unzähligen Leben, denen sie ihre Stimme gegeben hatten. Beim Versuch, Gefühle und Stimmungen auf die Lippen derer zu legen, die in einer anderen Sprache litten, liebten, jubelten.

Und sie hatten so viele Gesichter gehabt, dass es nichts gab, was sie noch in Erstaunen versetzen konnte. Das ging so weit, dass sie sich selbst wie Marlon Brando, Silvester Stallone, Al Pacino, Dustin Hoffman und jedes erdenkliche Reklamestarlet zugleich fühlten.

Helden, Opfer, Feiglinge, Kinderschänder.

Und Nutella-Verkäufer.

Die Identitäten überlagerten sich schließlich.

Vermischten sich.

Wenn einer von ihnen starb, so wurde auch halb Hollywood beerdigt.

Die neuen Marlon Brandos, Silvester Stallones, Al Pacinos, Dustin Hoffmans und Werbespotstarlets kamen einem schließlich unbekannt, gekünstelt vor.

Andere...

Auch wenn nicht alle so gut waren, den Olymp zu erklimmen, so gab es doch Tausende von Rollen, die synchronisiert werden mussten – ob in Kommissar Rex, Dallas oder die Figuren in Soap-Operas. Vom Hauptdarsteller bis zum unwichtigsten Komparsen. Bisweilen wurden beide auch von derselben Person gesprochen – jeweils in einer anderen Stimmlage.

Eine unendliche Verdoppelung und Vervielfältigung.

Die nicht nur in einem anonymen Aufnahmestudio stattfand, während man nach dem richtigen Tonfall suchte, passend für den Gesichtsausdruck auf Zelluloid.

Sondern sich auch, oder vor allem, in der Geborgenheit der eigenen vier Wände fortsetzte.

Wenn man, wieder zum Ehemann und zur Ehefrau, zum Vater oder Liebhaber geworden, ein Radio oder einen Fernseher einschaltete, sich selbst hörte, in tausend Werbespots oder alten und neuen Filmen.

Nein, Bertino hatte nicht sehr für seine Homosexualität bezahlen müssen.

Im Gegenteil, er hatte es einfach gehabt, sie zu leben.

Und zum Symbol und zur Leitfigur der Unterdrückten zu werden.

Doch als Mensch hatte er leiden müssen.

Das Schicksal hatte ihn schon früh gebeutelt.

Bei einem Fußballspiel, an dem er als Junge mitgemacht hatte, hatte er einen so heftigen Tritt in den Bauch bekommen, dass die Chirurgen seine Milz hatten entfernen müssen. Dem waren eine Bauchfellentzündung, Darmverschluss und anhaltendes Drüsenfieber mit ständigen Rückfällen gefolgt.

Ganz abgesehen von merkwürdigen Fieberschüben, die er nie wieder loswurde, und einer angeborenen Anämie – blasser Widerschein eines unumkehrbaren Zustands allgemeiner Schwäche.

Seine Schulkameraden hatten ihm den Spitznamen *3131* gegeben, das war die Notrufnummer.

Tatsächlich war er mehr in Krankenbetten liegend als auf Schulbänken sitzend bis zur Universität gelangt. Sein Körper war dabei sichtlich verfallen, bis er jenes hagere, abgezehrte Aussehen erreicht hatte, das auf Lupo einen solchen Eindruck gemacht hatte, als dieser im Bocciaclub den Gelähmten aus Bertinos Händen befreite.

Seine Hässlichkeit hatte ihm nie etwas ausgemacht.

Doch hatte er schnell bemerkt, dass sie eher von Frauen als von Männern wahrgenommen wurde. Er hatte einige Freundinnen gehabt: kleine Geschichten ohne große Gefühle, die wie Wasser im trockenen Boden versickert waren. Dann hatte einer dieser gewohnten Krankenhausaufenthalte zu einer unerwarteten Leidenschaft geführt.

Er war Krankenpfleger gewesen.

Liebenswürdig und freundlich. Er war häufiger zu ihm gekommen, als es die Schichtpläne vorsahen.

In den Nächten hatte er lange seine Hand gehalten, um ihn zu beruhigen.

Und um ihn in einen guten Schlaf zu begleiten.

Sie hatten begonnen, einander ihre Geschichten zu erzählen.

Ihre Kinderträume.

Ihre Ängste.

Er hieß Mircea und war Rumäne.

Von Beruf Architekt, der in seinem Heimatland kein Auskommen gefunden hatte. Also war er ausgewandert und hatte eine Arbeit angenommen, die seiner Ausbildung nicht entsprach. Die ihm jedoch erlaubte, seine Mutter zu unterstützen, eine Witwe, und zwei jüngeren Schwestern den Besuch einer orthodoxen Klosterschule zu ermöglichen.

Er war gebildet.

Wusste viel.

Hatte viel gelesen.

Er hatte in Windeseile Italienisch gelernt und sprach es mit einer fremdartigen Gewähltheit. Mit den weichen Hauchlauten am Ende der Wörter, die in seiner eigenen romanischen Grenzsprache – die in einem slawischen Ozean unterzugehen drohte – überlebt hatten.

Es war schön gewesen, seinen Erzählungen zu lauschen: vom Wind in den Karpaten und nebliger Morgenstimmung am Schwarzen Meer. Von Klöstern auf hohen Felsen und arkadischen Schäfern, die der arroganten Brutalität der Diktatoren widerstanden hatten.

Er hatte in einem winzigen Dachzimmer in der Via Nizza gewohnt.

Allein.

Er hatte bereitwillig Berge von frisch gestanzten Gummidichtungen für seinen großherzigen Hausbesitzer nachbearbeitet, der ihm dafür die Miete erließ. Und ihm damit das für Einwanderer außergewöhnliche Privileg gestattet, nicht mit anderen in einem Raum schlafen zu müssen.

Er hatte sogar zwischen Scheren und Kautschukresten Platz für einen alten Zeichenapparat gefunden, den er auf dem *Balon*, dem Turiner Trödelmarkt, gefunden hatte. Er hatte nie aufgehört, Entwürfe anzufertigen, in der Hoffnung, eines Tages seinen Beruf auch außerhalb seines Heimatlandes ausüben zu können.

Und das war ihm gelungen.

Sein erster Kunde war ebenjener Vermieter gewesen.

Für diesen hatte er eine kleine Fabrik entworfen.

Mit einer kleinen Villa daneben.

Haus und Arbeitsstätte in savoyischem Stil.

In der Nähe von Caselle.

Das war der Anfang gewesen, und allmählich hatte sich alles geändert.

Weitere Aufträge waren gefolgt.

Es hatte sich herumgesprochen. Er war nicht so teuer wie ein niedergelassener Architekt. Und es genügte, dass ein Geometer die Zeichnungen, die von Rationalität und Erfindungsgeist zeugten, abzeichnete.

Sein Erfolg nahm in gleichem Maß zu wie der Giacomos.

Dieser war das erste Mal in seinem Leben Opfer eines eigenartigen glücklichen Zufalls geworden.

Er hatte seine Mutter anrufen wollen.

Doch er hatte sich verwählt.

Und am anderen Ende der Leitung hatte eine Unbekannte geantwortet, die sein Leben verändern sollte.

Cecilia...

»Warten Sie, legen Sie nicht auf. Darf ich Sie etwas fragen? Es wird Ihnen vielleicht merkwürdig vorkommen.«

»Ja, bitte?«

»Wäre es Ihnen unangenehm, wenn Sie in den Hörer flüstern würden: Ich liebe dich?«

Bertino war überrascht gewesen.

Doch er hatte mitgespielt.

»Ich liebe dich.«

»Sehr gut. Jetzt versuchen Sie einmal... Sagen Sie, haben Sie ein wenig Zeit?«

»Nun. Ich verstehe nicht ganz, was Sie wollen, aber...«

»Ich bitte Sie. Tun Sie mir den Gefallen. Es kostet Sie nichts.«

»Einverstanden.«

»Nehmen Sie Papier und Bleistift. Dann diktiere ich Ihnen einen Satz.«

Giacomo, zunehmend erstaunt, hatte getan, was sie sagte.

Er hatte sorgfältig das aufgeschrieben, was sie ihm diktierte. Dann hatte er es mehrmals vorgelesen und die Worte dabei jedes Mal anders betont.

Schließlich hörte er am anderen Ende einen freudigen Seufzer.

»Wissen Sie, dass Sie eine wunderschöne Stimme haben?«

»Machen Sie keine Scherze, ich bitte Sie.«

»Nein, nein. Das tue ich nicht, ich versichere es Ihnen. Ich bin Schauspielerin. Ich verstehe schon etwas von diesen Dingen. Sie haben eine warme, sinnliche, tiefe, geheimnisvolle Stimme. Haben Sie jemals daran gedacht, sie zu benutzen?«

»In welcher Hinsicht?«

»Nun, ich weiß nicht: als Sprecher zum Beispiel.«

Und so kam es, dass Cecilia mit ihm in eine bizarre stillgelegte Industrieanlage unweit des Flughafens bei San Francesco al Campo fuhr. Eine riesige Halle, die nach Moderne und Technologie roch, voller Studios, Bildschirme, Aufnahmegeräte.

Sie hatte ihn dem Chef vorgestellt.

Dieser hatte ihm sogleich Kopfhörer aufgesetzt, ihn vor ein Mikrofon treten lassen und ihm eine Art Drehbuch mit Dialogausschnitten gegeben. Neben den Texten waren seltsame keilförmige Hieroglyphen abgebildet, die die Gesten und Positionen angeben sollten.

»Gut, mein Freund. Ohne Netz und doppelten Boden. Es ist nur eine Probe. Jetzt zeige ich dir eine Minute lang einen Film auf Englisch. Du schaust ihn dir aus den Augenwinkeln an. Aber Vorsicht! Wirklich nur aus den Augenwinkeln, denn eigentlich musst du den Dialog lesen und die richtige Zeit abpassen, um sie diesem blonden Schönling, der sich da gerade mit der Blondine abgibt, in den Mund zu legen. Alles klar?«

»Ich denke schon.«

»Dann los.«

Es war gut gegangen.

Er hatte einen Beruf gefunden.

Und eine wirkliche Freundin.

Unerwartet.

Ganz plötzlich.

Doch ebenso plötzlich war nach einigen ruhigen und glücklichen Jahren das Unglück über ihn hereingebrochen.

Mircea war von einem Gerüst gestürzt.

Aus dem vierten Stock.

Er war auf einer Betonmischmaschine aufgeschlagen.

Genau zwei Monate nach der Beerdigung hatte Giacomo versucht sich umzubringen. Er hatte an nervösen Erschöpfungszuständen gelitten, die alles in einen anhaltenden dumpfen Schmerz tauchten.

Cecilia hatte ihn durch Zufall gefunden.

In seiner Dachwohnung bei der Mole Antoniella, nur ein paar Schritte von der RAI entfernt. Sie hatte geglaubt, er sei nicht zu Hause. Sie war mit dem Schlüssel hereingekommen, den er ihr gegeben hatte. Für den Fall, dass sie duschen oder sich zurechtmachen wollte, bevor sie abends ausging, wenn sie keine Lust hatte, bis zu ihrer Villa in den Hügeln zu fahren.

Er saß vor einer Fotografie Airceas.

Blutüberströmt.

Mit zerschnittenen Handgelenken.

Eine Rasierklinge auf dem blutgetränkten Teppich.

Dann, nach Jahren der Verzweiflung, kaum dass Roberto gekommen war und sein Leben wieder lebenswert gemacht hatte, war auch er gestorben.

Und, wie er jetzt erfahren musste, nicht nur gestorben.

Er war ermordet worden.

Und dann Cecilia...

Lupo sah ihn an.

Er war sprachlos.

Qualvoll berührt.

Ein Gefühl absoluter Irrealität erdrückte ihn beinahe.

War es denn möglich, dass die Götter ihm so feindlich waren, als seien sie gerade einem der düstersten Chöre der griechischen Tragödie entstiegen? Oder dem Klagegesang eines Korybanten der Kybele, der einem orgiastischen Delirium verfallen war?

Giacomo sah ihn ebenfalls an.

Und ein ängstliches Lächeln huschte über sein Gesicht.

»Das können Sie wohl nicht glauben, was?«

»Ehrlich gesagt: nein.«

»Ich auch nicht. Momentan lebe ich in einem Zustand dauernder Betäubung.«

»Haben Sie sie gefunden?«

»Wen, Andrea und Cecilia? Ja. Ich habe die Polizei verständigt. Vielleicht weil es eine praktische Handlung war, die mir verboten hat zu denken. Ich weiß nicht genau, warum. Aber ich habe es getan. Das ist alles.«

»Wie sind Sie ins Haus gekommen?«

»Wir hatten vor einiger Zeit unsere Schlüssel ausgetauscht. Ich habe ihr geholfen, all diese Textbücher zu ordnen… Plötzlich wollte sie sie nicht mehr im Haus haben.«

»Wissen Sie, warum?«

»Ja und nein. Es war ziemlich kompliziert. Wenn es sich nur darum gehandelt hätte, sie von einem Ort zum anderen zu bringen, so hätte ich das an einem Tag gemacht. Doch ich musste sie Zeile für Zeile lesen, bevor ich sie im Kamin verbrannte.«

»Wonach sollten Sie suchen?«

»Cecilia hatte einen anonymen Brief erhalten. ›Du wirst noch vor Tagesanbruch sterben, orphische Hure.‹ Sie behauptete, dass sie das an ein Stück erinnere und dass wir die Stelle finden müssten.«

»Ich meine herauszuhören, dass Sie nicht ganz überzeugt waren.«

»Was soll ich dazu sagen? Bei Cecilia war alles möglich. Aber um ehrlich zu sein, habe ich es für eine Ausrede gehalten. Sie wollte mich einfach beschäftigen. Mich zwingen, hier zu bleiben.«

»Das heißt, das ist erst kürzlich gewesen?«

Giacomo seufzte tief.

Die Abendstimmung machte sich jetzt auch unter den Arkaden breit.

Das Licht war weicher geworden. Purpurfarben.

Und Lupo wusste nicht, ob die Röte auf Giacomos Gesicht eher von der untergehenden Sonne kam oder vom Weinen. Er war verwirrt. Seine schöne Stimme nur noch ein Zerrbild. Zu einem monotonen Flüstern geworden. Brüchig, tonlos.

Er machte lange Pausen, bevor er antwortete.

Als koste ihn bereits das Atmen große Anstrengung.

Jetzt war in ihm nicht einmal Wut.

Nur stille Resignation.

»Ja, das war erst kürzlich. Nachdem Roberto...«

»Haben Sie diesen Brief gesehen?«

»Nein. Sie hat ihn in ihrem Zorn zerrissen. Zumindest hat sie das behauptet.«

»Aber ›orphische Hure‹ ist nicht unbedingt ein alltägliches Bild. Es hätte sie doch in eine bestimmte Richtung führen müssen. Cecilia hätte doch wenigstens eine vage Vorstellung haben müssen...«

»Genau das habe ich auch gedacht. Das war es auch, weswegen mir Zweifel kamen. Ich habe es nachgeschaut. Der Orphismus war ein Mysterienglauben, der seinen Anhängern die Erlösung nach dem Tod versprach.«

»Auch den Huren?«

»Nun. Ich weiß nur, dass man über Keuschheit und die Enthaltsamkeit von Fleisch und Blut Reinheit anstrebte. Recht viel weiter habe ich in der Enzyklopädie nicht nachgeforscht. Es ist jedenfalls das, was Platon dazu veranlasst hat, den Körper als das Gefängnis der Seele zu bezeichnen.«

»Und haben Sie etwas in den Manuskripten gefunden?«

»Nichts.«

Lupo schüttelte den Kopf.

Ehrlose Frau.

Nutte.

Und jetzt orphische Hure.

Man musste annehmen, dass der kleinste Nenner ihrer Feinde wirklich ein gemeinsamer war.

Loewenthal hatte es ihm gesagt: Für Cecilia hatte es keinen Mittelweg gegeben.

Entweder liebte oder hasste man sie. Aus tiefstem Herzen. Wenn es diesen anonymen Schreiber wirklich gegeben hatte, so bot sich jetzt ein neues Motiv an: die Keuschheit des Todes als Talion und als Erlösung.

»Was halten Sie von einem Kaffee?«

Giacomo fuhr auf.

Als hätte diese Frage ganz plötzlich die Welt auf den Kopf gestellt. Das brachte ihn noch mehr in Verwirrung. Gerade hatte er sich der logischen Abfolge eines Ermittlungsgesprächs angepasst, und nun hieß es plötzlich wieder, Artigkeiten auszutauschen.

Wie unter Freunden.

Er dachte nach.

Es war offensichtlich, dass es ihn eine gehörige Anstrengung kostete, sich zu konzentrieren.

Schließlich fand er eine unerwartete Antwort.

»Ich weiß nicht… Ich habe Hunger. Könnte ich ein belegtes Brot haben? Ich habe seit Tagen nichts gegessen.«

Milly war sogleich zur Stelle.

Als hätte sie irgendwo im Verborgenen gestanden und gelauscht.

Vielleicht hatte sie das ja tatsächlich getan.

Wen sonst konnten die Unvorhersehbarkeiten der menschlichen Komödie so sehr faszinieren, wenn nicht sie? Klirrend stand sie auf einmal wieder neben Giacomo und strich ihm über den Kopf.

»Ich habe nur Eis, mein Lieber. Aber ich kann für dich

etwas ganz Besonderes zaubern. Was würdest du von einem mit Rohrzucker geschlagenen Ei halten, mit einem Hauch Kakao und einem Schuss Havanna Club?«

»Meine Mutter hat mir das manchmal gemacht. Sie hat allerdings Chininlikör dazu…«

Lupo seufzte.

Ihr Erfahrungsschatz hatte diese Frau fast perfekt gemacht. Sie konnte wirklich in alle dunklen Winkel der männlichen Seele blicken. Um ihnen dann im richtigen Moment das Richtige anzubieten.

Denn sie sah ihre zaghaften Bedürfnisse voraus.

Für den Anwalt hatte sie sich in die unbekümmerte Hure verwandelt, die sie einmal gewesen war.

Ihm gegenüber war sie wie eine alte Freundin. Eine Genossin im Kampf.

Giacomo hingegen bedurfte liebevoller Zuwendung.

Also wurde sie zur Mutter.

Vielleicht hatte auch Cecilia diese Gabe besessen.

Und hatte deswegen stets ein anderes Gesicht getragen, je nachdem, welchem Spiegel sie gegenüberstand.

Sie warteten.

Betrachteten den Strom der Passanten.

Die Gesichter der Menschen, verborgen im Schatten der Arkaden.

Und andere Einzelheiten.

Giacomo hatte sich angewöhnt, die Manuskripte mitzunehmen, bevor er sie verbrannte, um sie in der Kühle der Pergola zu lesen, im Bocciaclub. Oder nachts, wie an jenem tragischen Abend, im fahlen Lichtschein des Pokalzimmers.

Inmitten des ganzen Silbers, der Kokarden und der Fotografien mit den Widmungen früherer Mitglieder. Aus den Zeiten, als noch fast jeden Sonntag gegen die Ligurer gespielt wurde.

Nein, in der Villa hatte Bertino nichts Außergewöhnliches wahrgenommen.

Nur dieses Grauen, das Cecilias Körper gewesen war.

Und die Ungläubigkeit in den Augen Andreas.

Keinen Fremden.

Kein fremdes Geräusch.

Keinerlei Anzeichen, dass jemand dagewesen war.

Und wo war das Manuskript, das er in der Hand gehabt hatte?

Giacomo konnte sich nicht mehr erinnern.

Er wusste auch nicht mehr, wo die anderen hingekommen waren, die Cecilia behalten hatte, um sie auf einige der vagen Übereinstimmungen mit der Drohung hin zu überprüfen, die an sie gerichtet war. Bertino hatte sie geduldig unterstrichen und die entsprechende Seite mit einem kleinen Eselsohr gekennzeichnet.

Er erinnerte sich noch an die Titel.

Eine ehrlose Frau.

Der quadratische Tisch.

Und *Carla*.

Lupo seufzte.

Ein weiterer Faden, der irgendwohin führen konnte.

Cecilia hatte aus genau diesen drei Hörspielen ihr kleines privates Stonehenge gebaut. Zu unterschiedlichen Zeiten hatte sie die Wasserzeichen der drei Tausendlirescheine beschrieben, bewacht vom ernsten Lächeln Maria Montessoris, der Erzieherin und Pädagogin.

Doch diese Dialoge hatten ihm bisher keine Spur aufgezeigt.

Sie ließen sich mit allzu vielem assoziieren.

Von sexueller Ambiguität bis hin zu Geschwistermythen.

Die einzig dringliche und völlig absurde Frage, die er sich ganz unbewusst gestellt hatte, war, sofort und zweifelsfrei herauszufinden, wohin Verdi sich verzogen hatte.

»Auf einen Fünftausendlireschein.«

Als sie in der Villa darüber gesprochen hatten, hatte Polo keine Zweifel daran gehabt.

»Bist du sicher?«

»So sicher wie der heilige Joseph über den Seitensprung seiner Frau.«

»Also ist wirklich wahr, dass es keine Sünde ist, wenn man sich mit dem Heiligen Geist vergnügt.«

»Warum?«

»Weil auf den Fünftausendern dieser Schönling von Bellini abgebildet ist.«

»Und Verdi?«

»Verschwunden. Es sei denn, er hat sich auf dem Zweitausender niedergelassen. Oder er hat angesichts der Wirtschaftskrise den Euro um politisches Asyl ersucht.«

Sie hatten sich angesehen und waren in Lachen ausgebrochen.

Dann hatten sie ihre Geldbörsen hervorgezogen.

Und hatten sich überzeugen können, wie unzulänglich die Leistungen des Gedächtnisses sind. Sogar bei den Dingen des täglichen, ständigen, wiederholten und länger währenden Gebrauchs.

Und dann auch noch ein Alibi zu rekonstruieren…

Innerhalb kürzester Zeit waren die Banknoten wie Staub im Zimmer umhergewirbelt. Sie hatten mit jeder Sekunde mehr gestaunt.

Wem, zum Teufel, war gegenwärtig, dass er sich mindestens einmal am Tag dem einbalsamierten Antlitz eines Alessandro Volta – stolzem Träger eines bläulichen Stehkragens – auf einem Zehntausendlireschein gegenüber sah?

Ganz zu schweigen von den Berninis in Übelkeit erregendem Grün und den Caravaggios in schamvollem Rot, die düster von einem Fünfzigtausender und einem Hunderttausender herabblickten. Und wohin nur waren Raffael, Michelangelo und Galileo verschwunden?

Wie schwierig es doch war, sich in diesem monetären Ehrentempel zu orientieren…

»Los, hol einen Fünfhunderttausendlireschein raus und lass uns wetten.«

»Was wetten? Dass ich noch nie einen gesehen habe? Und dass da meinetwegen auch der heilige Berlusconi darauf sein könnte, wie er alte Frauen abküsst?«

Lupo kannte sich.

Die Lösung für dieses kleine Geldschein-Rätsel würde er nicht finden, indem er sich den Kopf zerbrach. Sie würde ihm wie immer kommen: durch eine plötzliche Eingebung. Also würde er sich für den Augenblick nicht länger mit einer solchen Chimäre befassen.

Er fuhr fort, Giacomo zu befragen.

Warum hatte er Cecilia um diese Uhrzeit aufgesucht? Auch für eine Schauspielerin mit unkonventionellem Lebenswandel und ohne Stempelkarte war das doch reichlich spät gewesen?

Nein. Er hatte gesehen, dass noch Licht brannte.

Das war von der Kurve weiter oben aus gut zu erkennen.

Wie Glühwürmchen hatte es zwischen den Blättern der Kastanien hindurchgeschimmert.

Er hätte Cecilia schlimmstenfalls über einem Buch eingenickt vorgefunden.

Das war schon vorgekommen.

Und Roberto Marano? Was hatte er dort allein auf der Straße nach Santa Brigida getan? Zu Fuß in der Stille der Nacht? In diesem Wald, in dem die Blätter geisterhaft raschelten?

Giacomo wusste es nicht.

Er war auf der Suche nach einem Warum verrückt geworden.

Er hatte keines finden können.

Der Mörder lächelte.

Er hatte sie fortgebracht.

Gleich beim ersten Mal.

Diese drei Manuskripte hatten ihn sehr argwöhnisch gemacht.

Er hatte Cecilia gut gekannt. Und sie hatte sie offen dort auf dem Bett liegen lassen. Während alle anderen zu Asche geworden waren. Als hätten die Worte auf den Scheiterhaufen gemusst. Weil sie nutzlos oder gefährlich waren.

Doch was war so wichtig an den anderen, dass sie vor den Flammen hatten bewahrt werden müssen?

Er hatte sie aufgeschlagen, dort, wo sich die Eselsohren befanden.

Er hatte die Stellen überflogen, die mit rosafarbenem Leuchtstift markiert waren – was seinen Sinn für Ästhetik störte. Vor allem, wenn er es mit der großartigen Farbigkeit jenes leuchtenden Rots verglich, das alles getränkt hatte.

Dieser unerträgliche nackte Körper, der dunkle Wollust verbreitet hatte.

Die weiße Wand.

Die Hände.

Und er hatte es nicht verstanden.

Jetzt aber, ja, jetzt verstand er.

Und er lobte seinen guten Stern.

Vielmehr seine Intuition.

Die immer mehr nachgelassen hatte.

Außer dieses eine klägliche Mal…

Milly rettete ihn.

Denn Lupo hatte genug von all dem Unglück.

Von Bertino.

Und von diesem wüsten Untier, das sich von seinem Fleische nährte.

Das sich jedes Mal in ihn verbiss, wenn er mühsam versuchte, wieder aufzustehen. Das versuchte, ihm auch den kleinsten Fetzen Glück zu entreißen. Wo jeder Brocken, der übrig blieb, dann schon von anderen abgenagt worden war. Von normalen Leuten mit einem normalen Leben.

Lupo dankte es ihr mit einer fast liebevollen Geste.

Vielleicht stimmte es wirklich, dass solche wie sie ein größeres Herz besaßen.

Milly nickte.

»Jetzt verschwinde. Welchen Schuldigen du auch immer suchst, er ist es nicht. Lass ihn in Frieden. Jetzt soll er sein geschlagenes Ei fertig essen, und dann… dann… ich mach das schon.«

Giacomo saß daneben.

Sie sprachen über ihn.

Doch er hörte es nicht.

In diesem Moment gab es nur noch den Hunger. Und das war ein Glück. Ein neuer Halt in der Wirklichkeit. Primitive Bedürfnisse. Das Nichts gewann wieder an Farbe.

Milly lächelte dem Commissario zu.

»Ich bin jetzt fertig. Gleich mache ich zu. Und dann werden wir irgendwo hingehen und uns ein bisschen unterhalten. Ich fühle mich zur Zeit nämlich auch ein wenig einsam, weißt du?«

De Mattia war am Telefon.

Er sprach mit dem Amtsarzt.

Die Ergebnisse der zweiten Autopsie waren da.

Lupo sah ihn mehrmals nicken.

Und er zwinkerte ihm zu, ein Zeichen des Einverständnisses.

Als er auflegte, schenkte er ihm ein breites Lächeln.

»Wie bei der Brillantine von Linetti: Der Commissario irrt sich nie. Es gibt keinen Zweifel: Roberto Marano ist ermordet worden. Er wurde mindestens vier Mal überfahren. Mit voller Absicht. Diese verfluchten Carabinieri!«

»Und Cecilia?«

»Nun, er würde es nicht beschwören...«

»Aber?«

»Da ist ein Einstich, der praktisch nicht geblutet hat. Ein präziser Stich. Glatt, mit chirurgischer Präzision. Wie die amerikanischen Bombardierungen. Alle anderen Wunden haben ausgefranste Ränder. Wie angeschnitten. Reine Misshandlung.«

»Also könnte das der tödliche Stich gewesen sein? Der wesentlich früher als die anderen erfolgte?«

»Hier fangen die Probleme an.«

»Warum?«

»Er ist da fast sicher. Doch Perry Mason würde dir alles in einer Zehntelsekunde auseinander bauen. Wenn du es ihm nicht eingeflüstert hättest, wäre der Doc nie darauf gekommen. Und auch so...«

»Uns genügt das aber.«

»Wofür?«

»Das weiß ich noch nicht genau. Doch irgendetwas klingelt bei mir. Früher oder später wird es sich zeigen.«

»Ach übrigens: Klingelt es dir nicht vielleicht auch in den Ohren? Möglicherweise ein anhaltendes Pfeifen?«

»Warum? Gibt es wieder Probleme mit Modica?«

»Nein, nein. Mit Polo. Er hat seinen ganzen Vorrat an Verwünschungen über dir ausgeschüttet.«

»Oh, verdammt!«

»Ja. Du hast ihn zur Salomone geschickt, und dann hast du nichts mehr von dir hören lassen. Allein in den letzten zwanzig Minuten hat er drei Mal angerufen. Ihm ist der Verdacht gekommen, dass das alles nur ein schmutziger Trick war, um ihn loszuwerden. Er hasst dich.«

»Was würde mir Perry Mason raten?«

»Dich auf den fünften Verfassungszusatz oder auf den Fall Miranda Escobedo oder was auch immer zu berufen. ›Ich weigere mich, dir zu antworten, weil mir die Antwort schaden könnte.‹ Da ist er ja...«

Tatsächlich fing das Telefon wieder an zu klingeln.

Sie sahen es lange an, alle beide.

In der Hoffnung, dass es früher oder später aufhören würde.

Schließlich gab Lupo als Erster nach.

Er nahm den Hörer ab, mit dem Gesichtsausdruck eines Menschen, der auf das Exekutionskommando wartet.

Doch es war nicht Polo.

Es war jemand, der noch viel, viel wütender war.

Und gefährlicher.

Loewenthal.

»Kann ich erfahren, was Ihnen da in den Sinn gekommen ist?«

»Verzeihen Sie: in welcher Hinsicht?«

»Was ist das für ein Verrückter, den Sie da geschickt haben, um Tortona zu quälen?«

Lupo seufzte.

»Sprechen Sie von einem Typ im Zweireiher mit süditalienischem Akzent?«

»Also ist das Ihr Werk?«

»Nein. Nein, ganz bestimmt nicht. Ist er noch da?«

»Das würde mich wundern. Weiter als bis zur Videoüberwachung ist er nicht gekommen. Was schon schlimm genug war. Ich meine mich zu erinnern, dass wir eine Abmachung getroffen haben. Unter Ehrenmännern.«

»So ist es. Ich gestehe Ihnen aber auch, dass ich keine Lust habe, mich für andere zu entschuldigen.«

»Dann erwarte ich Sie morgen zum Mittagessen.«

Bei diesem harten Ton erstarrte Lupo sofort. Und er antwortete trocken.

»Wenn dies ein Befehl ist, kann ich ihn nicht befolgen. Handelt es sich um eine Einladung, dann komme ich gerne.«

»Hervorragend: Punkt zwölf also.«
»Sie haben meine Frage nicht beantwortet.«
»Sagen wir einmal so: Ich mag sehr gerne Leber. Doch ich würde mich ungern daran überessen...«

5

Polo war unauffindbar.

Und Modica hatte sein Mobiltelefon ausgeschaltet.

Offenbar erwartete er Ärger.

Und deshalb hatte er es vorgezogen, sich in Luft aufzulösen.

Auch der Questore war schon vor geraumer Zeit gegangen.

Lupo sah auf die Uhr.

Viertel vor acht.

Jetzt blieb ihm nur noch, Rosa abzuholen. Allerdings hatte er keine Lust, sie in Gegenwart von De Mattia anzurufen, der mehr denn je in seinem Sessel zu kleben schien.

Dann verstand er.

»Ist deine Schwägerin inzwischen da?«

»Genau. Das Scheusal hat sich im Tausch gegen drei Flaschen grauenvollen apulischen Weins mein Bett unter den Nagel gerissen: ›*Den hab ich dir mitgebracht. Wenn du wüsstest, wie schwer der war, Mattí. Doch ich weiß ja, dass du ihn so magst...*‹ Es haben nur zwei stinkende Käse und ein Fass mit Oliven gefehlt, damit aus dem Ganzen ein typisches Eisenbahnabteil eines Zugs aus dem Süden wird...«

»Sei nicht so garstig. Sie ist immer noch die jüngere Schwester deiner Frau.«

»Nein. Sie ist die Bestie von Trani. Siebzehn Meter über dem Meeresspiegel. Hohenstaufen-Burg. Romanische Kathedrale. Und die berühmten Marmorsteinbrüche, von denen sie ihre sprichwörtliche Sensibilität herhat.«

»Das ist doch nicht das Ende der Welt.«

»Nein, aber ihr Anfang. Das Mesozoikum.«

»Aber da gab es doch noch gar keine Menschen.«

»Sie schon. Die Süditaliener haben immer und überall Kinder gezeugt. Kannst du dir das vorstellen: Sie nennt mich *Mattí*. Diese Leute haben keinen Respekt. Sie klauen dir die Endsilbe, verschieben die Betonung, taufen dich nach eigenem Gutdünken. Barbaren!«

»Dann hast du also beschlossen, den nächsten Monat im Präsidium zuzubringen.«

»Nein, nein. Ich warte nur auf drei Freunde, die ich zum Abendessen eingeladen habe, um sie ein wenig zurechtzubiegen.«

»Wen denn?«

»Die drei von der Forza Italia: Umberto Bossi, Mario Borghezio und Gipo Farassino.«

De Mattia seufzte.

Doch er konnte ein Lachen nicht zurückhalten.

Er war ein feiner Mensch.

Im Grunde liebte er seine Frau.

Und sie liebte ihn.

Keiner von ihnen würde es je ohne den anderen aushalten können.

Dieses unaufhörliche Zetern war auch eine Art der Gemeinsamkeit. Sie stritten miteinander wie Katzen. Und warfen sich Dinge an den Kopf, die die Heiligen im Himmel zu Stein erstarren ließen. Doch das taten sie unter sich. Wehe, wenn sich ein Außenstehender ein Wort zu viel erlaubte. Dann wurden die Reißzähne gewetzt.

Lupo war es sogar gestattet zu scherzen. Doch nur bis zu einem gewissen Punkt.

»Um das Thema zu wechseln: Ich habe mir Cecilias Telefonbuch durchgesehen.«

»Und? Etwas gefunden?«

»Ich weiß nicht recht. Sagen wir mal, dass mich ein Satz neugierig gemacht hat, der neben dem Namen Valeria Vilfredi stand.«

»Du hast immer noch sie im Visier, nicht wahr?«

»Wenn du nicht aufhörst, stelle ich dir das Scheusal vor.«

»Schon gut. Lass sehen.«

Nutte: Wer das sagt, ist es tausend Mal mehr als ich.

Es war eher ein Gekritzel als eine wirkliche Notiz. Wie diese Dreiecke und Kreise, die man malt, während man darauf wartet, dass jemand den Hörer abnimmt. Oder wie ein Graffito an der Wand eines Fahrstuhls.

De Mattia trommelte kräftig mit den Fingern auf den Rand seines Ordners, um zu betonen, dass er das für ein wichtiges Indiz hielt.

Und Lupo verstand den Wink.

»Ich höre ein entferntes Trommeln aus dem Busch.«

»Genau. Eine Nachricht für den starrsinnigen Commissario. Was, wenn die Vilfredi einen geheimen Liebhaber hätte? Einen, den Cecilia ihr mit einem einzigen Happen wegschnappen wollte? Hast du schon einmal überprüft, ob sich unter ihren grauen Röcken nicht vielleicht eine rolliges Kätzchen verbirgt?«

»Nein.«

»Meines Erachtens steckt der Fehler genau da. Es fällt dir schwer, die Vilfredi als Frau zu betrachten. Sie muss so unansehnlich, langweilig und deprimierend sein, dass meine Schwägerin im Vergleich dazu eine gute Figur in einem Fernfahrerkalender abgäbe.«

»Nun...«

»Denk einmal darüber nach. Für dich ist sie eine völlig asexuelle Frau. Die allerhöchstens perverse mütterliche Instinkte in sich trägt. Und wenn das Ganze nun aber eine gewöhnliche Eifersuchtsgeschichte wäre? Du ermittelst da und dort. Du durchwühlst Bocciaclubs und Villen auf den Hügeln.

Während dein Mörder dich ganz einfach in seiner schäbigen Wohnung in Le Vallette erwartet.«

Lupo nickte.

De Mattia konnte Recht haben.

Vor allem aber bei einer Tatsache.

Beim Motiv.

Lupo hatte nie ernsthaft darüber nachgedacht.

Er hatte das Motiv Eifersucht immer nur als zweite Wahl betrachtet.

Nur als unvermeidliche Arbeitshypothese.

Doch an erster Stelle hatte die Rache gestanden.

Oder die Habgier.

Also verschiedene Ausprägungen des Hasses.

Kalt und rational.

Keine Gefühle oder Leidenschaften.

Das Märtyrergesicht Cecilias war für ihn nur ein Aufschrei gewesen. Dieser Tod hatte die Strafe als solche repräsentieren wollen. Eine exemplarische Bestrafung, statuiert mit der moralischen Arroganz eines Richters, der sich selbst an die Stelle der schleppenden und fehlbaren menschlichen Rechtsprechung gesetzt hatte.

Diese Grausamkeit war nichts weiter als eine spektakuläre Warnung an die Welt gewesen: Einer solchen Frau mildernde Umstände zu gewähren, hieße ein Sakrileg begehen.

Nur so würde die Zerstörung der Schönheit tatsächlich zu einem wahrhaft bleibenden Mahnmal werden. Ein vorzügliches Lehrstück für alle jene wollüstigen Frauen, die ihre eigene Schönheit zückten, um unaufhaltsam bewaffnete Raubüberfälle zum Schaden anderer Frauen zu begehen.

Und wenn Cecilia die ihre nur für einen banalen Diebstahl benutzt hätte?

Aus einer einfachen Laune heraus?

Um damit die eigene Sammlung um den heimlichen Geliebten einer alten Jungfer zu bereichern?

»Na, angekommen?«

De Mattia hatte wie üblich Lupo dabei beobachtet, wie dieser seine geistigen Pfade hinaufkletterte. Doch dieses Mal hatte er nicht die Geduld, auf seinen Abstieg ins Tal zu warten.

Daher hatte er entschieden, ihn ein wenig zu provozieren.

»Mein Lieber, ich weiß alles. Du hast diese Geschichte immer aus einem falschen Blickwinkel betrachtet. Gib es doch zu. Nicht so sehr vor mir als vielmehr vor dir selbst. Dann möge jeder seinem Schicksal entgegengehen. Ich in Richtung Trani, das man auch den Fluch Italiens nennt. Und du... nun, in letzter Zeit hast du gewisse Angewohnheiten angenommen, die ich nicht einmal zu denken wagen würde.«

Lupo seufzte.

Dabei sah er De Mattia von der Seite an.

»In Ordnung. Du legst es also drauf an? Gut, dann denk mal nach. Da sind zwei Dinge, die nicht in deine Theorie passen.«

De Mattia seufzte.

»Lass hören...«

»Erstens bin ich nicht damit einverstanden, dass ein Dolch die Waffe einer Frau sein soll. Mir käme da eher Gift, eine Pistole, ein einfaches Küchenmesser in den Sinn.«

»Und zweitens?«

»Andrea. Für eine Schwester, die rein zufällig ihren Bruder ermordet, gibt es keine Erklärung. Es handelt sich hier nicht um ein Sonderangebot: eins bezahlen, zwei mitnehmen.«

»Eifersucht in diesen Ausmaßen ist reiner Wahnsinn. Du weißt nicht mehr, was du tust. Und wenn Andrea versucht hätte, Cecilia zu verteidigen? Oder, noch einfacher, wenn er Valeria damit gedroht hätte, sie anzuzeigen? Nimm einmal an, sie wäre wirklich verliebt gewesen. Wer kann wirklich vorhersagen, wie eine verwirrte, von Mordlust getriebene Frau reagiert? Weißt du es? Und außerdem ist es gerade bestätigt worden.«

»Was ist bestätigt worden?«

»Dass es der erste Stoß mit dem Dolch war, der Cecilias Tod herbeigeführt hat. Alles andere geschah später. Eben genau diese Wut könnte der eigentliche Grund für ihre Erbitterung gewesen sein.«

»Ach, rede nicht, Wut …«

»Ja. Wut und Schmerz. Weil sie gezwungen war, auch Andrea zu töten. Das könnte Valeria so zum Ausrasten gebracht haben, dass sie sich praktisch instinktiv nochmals über Cecilias Körper hermachen musste …«

»Da gibt es aber ein Problem.«

»Ja, ich weiß. Zwei Opfer. Zwei tödliche Stichwunden. Beide klinisch glatt. Das kann nur ein Mann getan haben. Du bist aber auch hartnäckig. Schlimmer als ich.«

»Aber im Gegensatz zu dir habe ich keine vorgefassten Meinungen.«

»Genau. Abgesehen von Loewenthal natürlich. Auch du gehst immer wieder dorthin, um zu bohren. Wie ein Presslufthammer. Dann kläre mich doch bitte über dieses andere Geheimnis auf: Wenn eine Frau einen Dolch nicht mit solcher Präzision führen kann, warum soll das dann ein Männlein können, das über achtzig ist?«

»Nein. Er nicht. Aber ein von ihm angeheuerter Killer.«

»Oh, endlich. Nur um mir Kontra zu geben, doch jetzt hast du den fatalen Satz gesagt. Ein Killer … Genau. Der bringt alles in Ordnung. Und er schafft dir diese Landplage De Mattia, der dir so tierisch auf den Sack geht, endlich vom Hals.«

»Hör auf! Werd nicht ordinär.«

»Was für eine Bombenidee! Ein vom Himmel gefallener Killer! Wieso bin ich nicht schon früher darauf gekommen?

Nur schade, dass selbst du die Geschichte nicht mal dann glauben könntest, wenn man dich dafür bezahlen würde. Aber werfen wir diesem Unschuldslamm von Zimmergenossen doch einfach einen schönen Killer vor die Füße. Erklär mir bitte noch, warum die Vilfredi sich dann nicht auch einen hätte leisten können...«

De Mattia war erregt.

Bissig.

Sogar ein wenig bösartig.

Es kam selten vor, dass er so in Rage geriet.

Üblicherweise beschränkte er sich darauf, hier und da an geeigneter Stelle seine Meinung an den Mann zu bringen.

Seine Geisteshaltung zeichnete sich eher durch ein kritisches Bewusstsein aus als durch die Jagdlust eines Spürhundes, der mit feuchter Nase den Indizien nachhechelt.

Jetzt aber schien eine plötzliche Veränderung in ihm vorzugehen.

Lupo hob die Hände.

»Ich ergebe mich...«

Und während er in seine Jacke schlüpfte, lächelte De Mattia.

»Hab Geduld mit mir. Das Monster aus Trani ist schuld, es macht mich aggressiv.«

»Viel Glück.«

Lupo versuchte noch einmal, Polo zu erreichen.

Und der nahm nach dem ersten Klingelton ab.

»Versuch es gar nicht erst mit Entschuldigungen. Wir sehen uns heute Abend.«

»Was heißt das?«

»Du glaubst doch nicht, ich lasse mir die Gelegenheit entgehen, mir deine Eroberungen anzuschauen?«

Lupo seufzte.

»Das hast du wohl nicht erwartet, was?«

»Das muss ich ehrlich verneinen.«

»Das soll euch lehren, dich und diese Tratschtante Salomone, was passiert, wenn man versucht, etwas zu verheimlichen.«

»Wie hast du es herausgefunden?«

»Ein Journalist krepiert lieber, als seine Quellen zu verraten.«

»Das kann nur sie gewesen sein...«

»Genau. Ich habe sie angerufen, weil ich wissen wollte, ob sie etwas von dir gehört hat, und sie hat mir alles verrraten.«

»Doch das Beste weißt du nicht.«

»Ihre Geschichte mit Marcato? Davon weiß ich schon seit mindestens einem halben Jahr.«

»Und hast mir nie etwas erzählt?!«

»Einem Moralapostel wie dir? Ich hätte meine Hand nicht dafür ins Feuer legen können, wie du ihre poetischen Duette in den Lokalen oder woanders aufgenommen hättest.«

»Du bist mir ein schöner Freund. Du weißt all diese Dinge über unsere Freundin...«

»Im Übrigen lege ich jetzt auf, weil ich jemanden abholen muss. Einen anderen Überraschungsgast. Doch keine Sorge. Es gibt kein weiteres Techtelmechtel, dass es an diesem Abend des Nähkästchengeplauders zu beichten gilt. Wie mir scheint, bin ich der Einzige, der seine Knöpfe und Reißverschlüsse noch unter Kontrolle hat. Kaum zu glauben, was?«

»Mach es nicht so spannend. Kenne ich sie?«

»Ich glaube schon. Paola Malgioglio. Wie ist sie?«

»Hübsch. Ich glaube nicht, dass du sie dir erlauben kannst.«

Rosa wartete vor dem Haus auf ihn.

»Wohin geht es?«

»Zur *Cage aux folles*...«

Es wurde ein bemerkenswerter Abend.

Marcato hatte offensichtlich die Weinhandlung in der Via Monferrato geplündert.

Marina hingegen das Pastageschäft in der Via Villa della Regina.

Und da sie schon dabei waren, hatten sie sich auch noch den Salamiverkäufer und das Käsegeschäft vorgenommen und waren schließlich in einer Konditorei eingefallen.

Alles unschuldige Opfer des Viertels.

Nur der Metzger war verschont geblieben.

Doch das berühmte Stück Braten, das nicht mehr länger ohne einen Kühlschrank überleben konnte, war nicht aufgetaucht. Vielleicht waren die Maden dann doch nicht zahlreich genug gewesen, um es alleine zur Pfanne zu schleifen.

Eine amüsante Unterbrechung hatte sich ergeben, als unvermutet ein keuchender Herr an die Tür geklopft hatte.

Marcato hatte geöffnet.

Und hatte sich einem Schnauzbart gegenübergesehen, der so mächtig war, dass er anstelle des Mundes zu sprechen schien.

»Bitte entschuldigen Sie. Ich suche die Signorina Malgioglio …«

Da hatte sich auch die gegenüberliegende Haustür geöffnet, und durch den Spalt, den die vorgelegte Kette zuließ, hatten die neugierigen Augen der Nachbarin gelugt. Eine kleine, feenartige Gestalt, die ein wenig verwirrt und schlecht beieinander wirkte. Auch ihr konnte man die Jahre ansehen. Sie war fast kahl. Doch mochte sie wohl nicht auf ein wenig Höhensonne verzichten, was man auf den Wangen ihres blassen Gesichtes durchaus sehen konnte.

Sie war die *Concierge* des Stockwerks.

Und eine enge Freundin der Salomone.

Mit der sie jede Freude und jeden Schmerz teilte.

Wenn sie sprach, so kam nur noch ein Flüstern.

Ihre Stimme mochte wohl mit den Jahren gelitten haben, doch ihr Gehör funktionierte noch prächtig.

»Sei vorsichtig, Mario. Er hat überall geläutet.«

Dann hatte sie den Kopf weiter herausgesteckt und hatte gelächelt.

»Wie geht es? Ich höre, dass ihr viel Spaß habt.«

»Willst du wirklich nicht rüberkommen?«

»Nein, nein, danke. Im Fernsehen gibt es die Wiederholung von *Grande Fratello*. Du verstehst doch...«

Dann hatte sie die Tür wieder geschlossen und Mario dem Mann mit dem Schnauzer überlassen.

Über dem Auftritt der Nachbarin war dieser völlig in Vergessenheit geraten.

»Verzeihung, was sagten Sie?«

»Signora Malgioglio, ist sie hier?«

»Wer sind Sie eigentlich?«

»Polizei.«

Lupo hatte einschreiten müssen.

Es stellte sich heraus, dass der Mann der Zivilbeamte war, den Modica auf Paola angesetzt hatte. Er war ihr gefolgt, weil ihm der alte Mercedes mit Lenkradschaltung, in den sie geklettert war, sehr verdächtig vorgekommen war. Auch hatte ihn das Aussehen des Typen, der sie abgeholt hatte, keineswegs beruhigt.

So war Polo plötzlich für alle zur Zielscheibe des Spotts geworden.

Zugleich hatte dieses amüsante Missverständnis dazu geführt, jegliche Verlegenheit zu vertreiben und die Mahlzeit in ein richtiges Fest zu verwandeln.

Hinzu kam, dass Marcato am darauf folgenden Tag Geburtstag hatte.

Mit einem Mal regte sich bei allen Anwesenden der Verdacht, dass die gerissene Salomone wie üblich auf elegante Art und Weise mit ihnen allen gespielt hatte.

Und Rosa verzauberte sie alle.

Mit einer Geschichte über das Paradies.

Drei Monate zuvor hatte sie sich auf die Suche danach gemacht.

Ja sie, die kleine Sünderin, die kurz vor dem Examen stand...

Und sie hatte es gefunden.

Doch ihre weltliche Geldbörse war darüber stärker ausgetrocknet als der Apfelbaum der Schlange.

Da war ihr plötzlich wieder ein anderes Eden eingefallen.

Das der Mormonin Nancy von Salt Lake City.

Und wie einfach es damals im Grunde gewesen war, ihr beständig kärgliches Budget auf gar nicht mal so ungebührliche Art und Weise aufzustocken. Also hatte sie das auch in diesem so kalvinistischen Turin versucht. Und, wenn das Ganze schon sündig sein sollte, so doch wenigstens einigermaßen originell. Immerhin hatte es ausgereicht, um Lupos Phantasie anzuregen.

Und so sei sie nun hier und säße mit ihnen zusammen...

Doch zurück zum Paradies...

Es war amüsant anzusehen, wie der zynische Polo an ihren Lippen hing.

Rosa hatte auf profane Art die Bibel stets als den schönsten, von menschlichem Geist ersonnenen Roman angesehen. Sie fühlte sich ganz besonders vom ersten Teil der Genesis angezogen.

Von der phantastischen Schöpfungsgeschichte.

Von Eva, der Frau Adams.

Vom Garten der verlorenen Köstlichkeiten.

Von jenem ersten Verbrechen, das der Fortschritt sogleich den Geschehnissen des irdischen Lebens hinzugefügt hatte. Der Bauer, der den Hirten erschlägt. Der Schweiß des Säens, der die Nutzlosigkeit unbebauten Landes überwinden sollte. Die einfallsreiche, innovative Bemühung des Unternehmers über die Tatenlosigkeit des Mannes, der unbeweglich auf einem Stein sitzt und seine Herde beobachtet.

Das jedenfalls war Rosas Auffassung.

Sie hatte nicht die geringste Absicht, diese einem anderen aufzuzwingen.

Doch müssten auch die anderen zugeben, dass nach den Ereignissen um Kain und Abel alles Weitere nur eine zweitrangige Bedeutung zu haben schien. Der Turm von Babel und die Sintflut. Die Aufteilung der Menschheit in die drei Stämme der Nachkommen Noahs. Abraham, Isaak, Jakob und seine Reise nach Ägypten…

Nein, das waren nur Auszüge aus der Handlung.

Einer Erzählung, die sich in viele mehr oder weniger spannende Stränge aufteilte.

Doch nichts davon war so tragisch wie dieser bedenkenswerte Anfang.

In ihm steckte alles.

Mit inbegriffen eine Aufforderung, der kein neugieriger Reisender widerstehen konnte:

Komm!

Denn alle Mythen sind Splitter dieser Welt. Die sich von der Erde gelöst haben und dann nach und nach in alle Winde verstreut wurden. Doch es gibt immer einen wirklichen Ort, einen präzisen geografischen Punkt, an dem sie entstanden sind. Wie das von Schliemann wiederentdeckte Troja, das uns mit einem Mal wunderbarerweise das ganze Homerische Universum geschenkt hat.

Doch wenn sich die Stadt Helenas hinter den schwer zugänglichen Klippen der türkischen Küste verborgen hat, wo mochte dann das Paradies sein?

Bis vor einem halben Jahr hatte Rosa es nicht gewusst.

Sie kannte nur die Ausführungen der Genesis.

Und Gott der HERR pflanzte einen Garten in Eden gegen Osten hin und setzte den Menschen hinein, den er gemacht hatte. (2,8) Und es ging aus von Eden ein Strom, den Gar-

ten zu bewässern, und teilte sich von da in vier Hauptarme. Der erste heißt Pischon, der fließt um das ganze Land Hewila, und dort findet man Gold; [...] Der zweite Strom heißt Gihon, der fließt um das ganze Land Kusch. Der dritte Strom heißt Tigris, der fließt östlich von Assyrien. Der vierte Strom ist der Euphrat.(2,10-14) Und er trieb den Menschen hinaus und er ließ lagern vor dem Garten Eden die Cherubim mit dem flammenden, blitzenden Schwert, [...]. (3,24) So ging Kain hinweg von dem Angesicht des HERRN und wohnte im Lande Nod, jenseits von Eden gegen Osten. (4,16)

Rosa hatte das Studium der Sprachen gewählt, weil sie sich dem Nomadentum verbunden fühlte.

Und weil alle Menschen und alle Engel der Schöpfung in den Sprachen ihre Spuren hinterlassen hatten. Ein einfaches Wort. Und Jahrtausende der Geschichte rauschten vorbei.

Von heute bis in die fernste Vergangenheit.

Sie hatte für sich jene Auszüge aus der Genesis überall notiert.

Sie bildeten ihre Schatzkarte.

Auf Zetteln, die sie wie Heiligenbildchen in ihrem Portemonnaie aufbewahrte. Auf den Vorlesungsskripten. Sogar auf den Frühstücksservietten.

Auf diese Art hatte sie sie immer und überall vor Augen.

Das konnte auch Lupo bezeugen.

Es war ihr gleichgültig, dass andere sie möglicherweise für eine fanatische *New Age*-Anhängerin mit religiösen Wahnvorstellungen hielten. Die Erkenntnis konnte in jedem Augenblick, in jeder Situation über sie kommen.

Hypothesen hatte es Tausende gegeben.

Wie auch für Atlantis.

Doch keine hatte sie zufrieden gestellt.

Der Tradition nach lag Eden in Mesopotamien verborgen, zwischen Euphrat und Tigris. Doch dieses Tal wäre dann nur der schmale Hals eines Trichters, der sich über alle Maßen geöffnet haben musste, um die anderen beiden vermuteten Flüsse aufzunehmen: auf der einen Seite den Nil und auf der anderen den Indus oder den Ganges.

Nein, das war nicht logisch.

Das war ein allzu großes Gebiet für eine einzigartige Geschichte wie die des Sündenfalls. Kein Unternehmer, nicht einmal der Allmächtige, hätte eine solche Wahl getroffen.

Die Anthropologie schließlich hatte den ersten Lebenshauch in Tansania ausgemacht. Und die Kirche hatte ein gewisses Interesse an der These gezeigt, dass der erste Mensch Afrikaner gewesen sein sollte.

Doch Rosa hielt von dieser Auffassung so viel wie von der Überzeugung der Mormonen, wonach sich die Geburtsstunde der Menschheit in Missouri ereignet hatte.

Oder von den noch extremeren, die das berühmteste Paar der Welt – nach Gutdünken – in Ceylon am Fuß des *Adam's Peak* aufgespürt haben wollten.

Oder auf den Seychellen, weil die verbotene Frucht keine andere sein konnte als jene merkwürdige Kokosnuss einer bestimmten weiblichen Palme, die es nirgendwo sonst gab. Eine große Vulva, die sogar bis auf die Behaarung dem Intimbereich einer Frau glich.

Oder in Polynesien.

Oder auf irgendeinem anderen paradiesischen Vulkan-Archipel, das die Sintflut überstanden hatte, weil dort Volkslegenden existierten, die der biblischen Erzählung ähnelten.

Nein. Rosa hat nichts von all dem geglaubt.

Das war ja, als ob man meinte, allein die heilige Erwähnung von Havila und Gihon könnte lediglich wegen des Gleichklangs naiverweise zu den unzugänglichen Moränen der Kantabrischen Berge in Spanien führen. Oder die von

Kusch zu den unwirtlichen, verschneiten Bergspitzen des Hindukusch, der zwischen Pamir- und Karakorumgebirge lag.

Und so hatte sie ihre Suche beinahe schon aufgegeben.

Bis ihr eines Tages beim ermüdenden Warten auf ein Flugzeug, das gar nicht mehr vom Terminal 4 in Heathrow starten zu wollen schien, ein eigenartiger Artikel in die Hände fiel, der in London gerade für Furore sorgte.

Legend – The Genesis of Civilization

Von einem britischen Archäologen.

Einem gewissen David Rohl.

Es war ein bewegender Augenblick für sie gewesen.

Die Sätze aus der Genesis, die der Autor als Ausgangspunkt nahm, waren dieselben, die sie sich selbst mit religiösem Eifer notiert hatte. Die Argumentation war nachvollziehbar.

Doch der entscheidende Schritt war die Lokalisierung des ›Landes Nod‹: im Iran.

So ging Kain hinweg von dem Angesicht des HERRN und wohnte im Lande Nod, jenseits von Eden gegen Osten.

Die Gegend hieß mittlerweile Noqdi, was wörtlich aus dem Parsischen übersetzt ›zu Nod gehörend‹ bedeutete.

Eden musste also folglich im Osten davon liegen.

Und im Osten lag die Stadt Täbris, die ein Fluss durchquerte, der seit Urzeiten Meidan, der Garten, hieß.

Doch damit nicht genug.

Im Norden von Täbris befindet sich der Berg Kusch.

Im Südosten die Stadt Kheruabad, deren sprachliche Wurzel dieselbe ist wie die der biblischen Cherubim:

Und er trieb den Menschen hinaus und er ließ lagern vor dem Garten Eden die Cherubim mit dem flammenden, blitzenden Schwert, […].

Das hatte genügt.

Sie hatte ihren Rucksack genommen, der eigentlich für die Reise nach Patagonien gepackt gewesen war, und war zum Check-in geeilt.

Es war ihr sogar gelungen, ihr Ticket umzutauschen.
Reiseziel: Paradies.
Wenige Stunden von Teheran, der Hauptstadt des islamischen Integralismus, entfernt...

Lupo lächelte.
Rosa hatte sie alle mit ihrer Geschichte gefesselt.
Ganz besonders Polo.
Der die ganze Zeit den Blick nicht von ihr abgewandt hatte.
Doch auch die anderen waren von ihr begeistert, von ihrer Jugend, von ihrer Art, geradeaus zu denken.
Von ihrer tief inneren Weisheit, die keine Umschweife kannte.
Von ihrer energischen Reinheit.
Plötzlich war sie nicht mehr das Mädchen, das ein kumpelhaftes Lächeln hervorrief oder eine Miene der Empörung aufgrund ihrer winzigen blauen Brustwarzen.
Jetzt hatten alle sie vor Augen, angetan mit einem langen schwarzen Gewand, das Gesicht hinter einem düsteren Tschador verborgen. Wie sie über die alten Steinhalden des Gartens schritt, zwischen dem kaspischen Meer und dem Urmiasee und ihrem Traum folgte.
An der Grenze zwischen Türkei, Iran und Aserbaidschan.
An der Wiege der persischen und armenischen Kultur. Das die Eroberheere Alexanders des Großen durchquert hatten, der dem Atropates das Recht zur Gründung einer autonomen azerischen Dynastie erteilt hatte.
Wo Zarathustra den Feuerkult eingeführt hatte, der bis in die heutige Zeit überlebt hatte. Und wo Tamerlan seine Horden von der Leine gelassen hatte, auf einem Stück Land, das immer begehrter geworden war wegen seiner reichen Minen und seiner kostbaren Früchte, die an jener Uferseite des Euphrat und des Tigris wuchsen, die nicht zu Mesopotamien gehörte. Und an denen der anderen beiden Flüsse...

Der erste heißt Pischon, der fließt um das ganze Land Hewila, und dort findet man Gold; [...] Der zweite Strom heißt Gihon, der fließt um das ganze Land Kusch.

Marina Salomone war beeindruckt.

Sie beobachtete Rosa sehr intensiv.

Vielleicht erkannte sie sich selbst in ihren Augen.

Und sah in ihnen dieselbe leidenschaftliche und anarchistische Glut, die den Antikonformismus ihrer eigenen Jugend entzündet hatte. Zwar in einer anderen Zeit und unter anderen Bedingungen, doch das Holz, aus dem sie geschnitzt waren, war dasselbe.

Sie nahm Rosas Hand.

»Dann hast du am Ende doch das Paradies gefunden…«

»Ja. Das heißt zwar nicht, dass es das echte ist. Doch mit Sicherheit ist es meines.«

Sie waren bei den Leckereien aus der *Pasticceria Gertosio* angelangt.

Kleine, köstliche rosafarbene *Beignets*. *Petits fours* mit roten Kirschen. Weiche, mit Kakao bestäubte Gebäckstücke. Und alkoholgefüllte Pralinen mit grünem Stiel.

Während der Erzählung, ja während des gesamten Abendessens, hatten sie sich kräftig zugeprostet, und eine heitere, fast verzauberte Stimmung hatte sich im Raum verbreitet, die keine Hemmungen zuließ.

So hatte sich Marcato mehrmals zu Marina gebeugt, ihr schmatzende Küsse auf die Wange gedrückt und damit alle zum Lächeln gebracht.

Paola Malgioglio hatte jedes Mal Beifall geklatscht.

Der ängstliche Ausdruck war aus ihrem blassen Gesicht, das schließlich doch ein wenig Farbe bekommen hatte, verschwunden.

Ihre Wangen glühten.

Schließlich war es Polo, der den Vorschlag machte.

Ganz unerwartet.

Er überraschte Lupo damit, dem Marina mittlerweile ihre stillschweigende und bedingungslose Zustimmung erteilt hatte, aber nicht wusste, wie er Rosa die Einladung unterbreiten sollte.

Leicht schwankend stand Polo auf.

Er erhob sein Glas mit dem Likörwein aus Pantelleria.

In seiner Begeisterung landeten einige Tropfen auf seinem Ärmel.

Dann machte er ihr ein Angebot, dem sie kaum widerstehen konnte.

»Ich fordere dich hiermit heraus, Mädchen. Wenn du wirklich eine bist, die ihre Entscheidungen in null Komma nichts trifft, dann komm mit uns nach Südafrika. Übermorgen geht's los.«

»Und wer gibt mir das Geld für das Flugticket?«

»Oh, das wirst du dir im Schweiße deines Angesichts erarbeiten. Dafür wird dieser Sklaventreiber von meinem Schwiegervater schon sorgen…«

Daraufhin wurde es ganz plötzlich still.

Und alle Blicke richteten sich auf ihn.

Nur Rosa lächelte Lupo an.

Und nickte.

Lupo weigerte sich, eine weitere unbequeme Nacht auf Rosas Sofa zu verbringen.

Einmal war mehr als genug.

Außerdem musste er die Pflanzen gießen.

Der Garten war mit Sicherheit völlig ausgetrocknet.

Und die Nachbarn, die sich während seiner Abwesenheit darum kümmern wollten, waren noch für einige Tage am Meer. Sie halfen einander immer gegenseitig aus. Und Lupo war schon im Verzug. Das musste er nachholen.

Doch er brachte sie nach Hause.

Sie lächelte ihn an.

»Deshalb hast du heute Morgen nach meinen Prüfungen gefragt, richtig?«

»Ja.«

»Dann ist es so, als hättest du mich gefragt. Danke...«

Wieder eine sternenklare Nacht.

Mit leichten Nebelschleiern, die sich über die Stille des Flusses gelegt hatten. Sie zeichneten seinen Verlauf nach, die Kurven, die ausgetrockneten Stellen, die Schleifen.

Lupo hatte nicht mehr an die Morde gedacht.

Er hatte sie in genau dem Moment aus seinem Kopf verbannt, als Rosa in sein Auto gestiegen war.

Ein leichtes Schuldgefühl überkam ihn.

Cecilia hatte über lange Zeit seine Einsamkeit begleitet.

Er hatte bei ihr etwas gutzumachen.

Sie war kein bloßer Name, den er in eine ferne Ecke seiner Erinnerung verbannen konnte. So wie jeder gute Polizist, der ein solcher bleiben wollte, es ab jenem gefährlichen Moment tun sollte, in dem er eine gefühlsmäßige Anteilnahme bei sich entdeckte.

Nein. Wenn er sich dieser Herausforderung gestellt hatte, dann deswegen, weil er, obwohl er in gewisser Weise bei Cecilia in der Schuld stand, geglaubt hatte, dennoch unbeteiligt, kalt, im Gleichgewicht bleiben zu können.

Doch war dem wirklich so?

Er seufzte und drehte den Schlüssel im Schloss.

Seine Gedanken wurden jedoch sofort vom Klingeln des Telefons unterbrochen.

Er lächelte.

Das waren wohl Greta und die Jungen.

Obwohl es so spät war und obwohl sie versprochen hatten, nicht zu viel Geld mit zu vielen Interkontinentalgesprächen zu verschleudern.

Doch dann überkam ihn eine böse Vorahnung.

Wenn etwas passiert war?

Er rannte zum Telefon.

Es war Modica.

Lupo atmete erleichtert auf, dann übermannte ihn der Zorn.

»Das konntest du wohl nicht lassen, was?«

»Wovon redest du?«

»Von Loewenthal.«

Modica seufzte.

»Wolltest du nicht, dass ich Giorgio finde?«

»Ja. Aber was hat das damit zu tun?«

»Nun, ich habe ihn gefunden.«

»Und wo?«

»Auf der Straße. Von einem Auto überfahren. Fahrerflucht, wie üblich.«

Den Mörder überlief ein Zittern.

Dieses Mal hatte er einen Fehler begangen.

Einen, der nicht wieder gutzumachen war.

Er hatte auf sich selbst vertraut.

Er hatte zu viel von sich selbst verlangt.

Er hatte geglaubt, alles unter Kontrolle zu haben.

Er ging nervös im Zimmer auf und ab. Vier Tote waren langsam zu viele. Die Wahrscheinlichkeit, dass er nachlässig wurde, etwas übersah, wuchs exponentiell.

Die Wiederholung einer Methode war schon ein gewichtiges Indiz.

Nach Roberto Marano hatte er den Dolch gewählt.

Gerade um zu vermeiden, dass die beiden Todesfälle miteinander in Beziehung gebracht werden könnten. Angenommen, man hätte bereits Verdacht geschöpft, dann würde jetzt eine Handschrift zu erkennen sein.

Das war unvermeidlich.

Eine Tatsache, die er nun mit einberechnen musste.

Er schluckte voller Angst vier Schmerztabletten.

Sein Kopf schien explodieren zu wollen.

Er spürte, dass er glühte.

Er war in Panik geraten.

Er würde dieses Auto nicht mehr benutzen können. Denn er lief Gefahr, dass irgendeine Streife das Nummernschild erkannte. Offiziell war das Auto gestohlen worden. Und es gab auch eine Anzeige als Beweis für den Diebstahl. Doch das war höchstens noch ein erschwerender Umstand.

Die Bestätigung, dass es einen konkreten Plan gab.

Einen eiskalt ausgearbeiteten.

Es machte nichts aus, dass in Cecilias Haus ein Opfer zu viel gelegen hatte.

Was zählte, war, dass er jede Möglichkeit einkalkuliert hatte.

Dass ihn nichts unvorbereitet treffen würde.

Dieses Mal jedoch war er überrascht worden.

Als er in seiner Wachsamkeit nachgelassen hatte.

Wie ein Weib.

Und er hatte instinktiv reagiert.

Ohne innezuhalten, um nachzudenken.

Nein. Er hätte erst ruhig werden müssen.

Abwarten, bis sein Geist seine übliche Klarheit wiedergewonnen hätte und er zu besonnenen Überlegungen fähig gewesen wäre. Er kannte sich zu gut: Er hatte sein Reißbrett immer benötigt, seine Schemata.

Seine Berechnungen.

Additionen, Subtraktionen.

Alle Dinge, die am Ende mit mathematischer Präzision aufgingen.

Dann war er unschlagbar.

Ein unerbittlicher Organisator.

Der auch das allerkleinste Detail berücksichtigte.

Doch zu einer plötzlichen Improvisation war er nicht fähig. Die Gefühle machten ihn zur Beute. Und Giorgio war das beste Beispiel dafür gewesen.

Er zog seinen Morgenmantel aus.

Er schwitzte noch immer.

Und das war nicht die Nachwirkung des heißen Bades.

Des dampfenden Wassers, das die Mikroben eines weiteren Mordes verbrühte.

Es saß in seinem Innern. Ein Unwohlsein, das ihn schon seit Stunden plagte.

Er glitt unter die Bettdecke.

Und schloss die Augen.

Er konnte nur noch warten.

Und seine Maske erneuern.

Lupo fuhr schneller.

Er wusste, dass das leichtsinnig war.

Denn die Wirkung des Alkohols vom Abendessen war noch nicht verflogen.

Doch er hatte es eilig, zum Tatort zu kommen.

Und über irgendjemandem die Wut über seine Ohnmacht auszuschütten.

Und dieses Mal war nicht Modica sein Opfer.

Sondern der Mörder.

Das Auto war gefunden worden.

Verlassen.

Auf dem Corso Toscana.

Unweit der Via Ambrosini, der letzten bekannten Adresse Giorgios.

Ein paar Schritte nur von Le Vallette.

Es war natürlich das Auto der Vilfredi.

Ein alter mausgrauer Opel.

Die Stoßstangen vom Aufprall verbeult.

An denen noch das Blut der Opfer klebte.

Lupo fuhr sich mit der Hand durch die Haare.

Da war etwas Wichtiges, das sich ihm entzog.

Ein dunkle, wirre Spur, die ihm nur schiefe Bezugspunkte vermittelte.

Ein Zerrspiegel.

Der ihn regelmäßig in die falsche Richtung schickte.

Außerdem hatte ihn sein so dringlicher Wunsch, nach Südafrika fliegen zu können, dazu veranlasst, schneller vorzugehen, als er es üblicherweise tat. Er hatte sich keinen Raum gelassen. Hatte die einzelnen Schritte vorangetrieben, den Takt beschleunigt.

Vielleicht lag das alles an ebendieser großen Geschwindigkeit, mit der er über die Dinge hinweggeflogen war.

Er hatte sich zu wenig Zeit für die Details gelassen. Hatte sich kaum um die Persönlichkeit des Gesuchten gekümmert. Sich an dessen Stelle versetzt. Um auch andere Szenarien zu entwickeln und eine Handhabe gegen einen gerissenen Gegner zu haben, der einem Chamäleon glich. Der ihn an möglicherweise wichtige Orte führte, an denen sich jedoch keinerlei Indizien finden ließen.

Und wenn De Mattia Recht hätte?

Dass er seine Intelligenz nur an eine Reihe geschickt gelegter falscher Fährten verschwendete? Dass sich die Wahrheit die ganze Zeit direkt vor seinen Augen befunden hatte?

Klar.

Deutlich.

Unveränderlich.

Und er sie nicht sehen wollte, weil er sie für allzu simpel hielt?

Ein Auto konnte die Waffe einer Frau sein.

Und wenn man De Mattias Worten folgte, so handelte es sich hier nicht um eine schlichte, ängstliche Frau, die befürchtete, sich die Hände mit Blut zu beschmutzen. Sondern um eine in der Wüste der Eifersucht Verdurstende.

War das der wahre moralische und geistige Steckbrief der Vilfredi?

Und wies dieses Auto, das man jetzt wenige Meter von ihrem Haus entfernt gefunden hatte, auf einen Fehler hin?

Auf ein unauslöschliches Zeichen der Panik? Oder handelte es sich nur um eine weitere falsche Spur? Und dann: War es vorstellbar, dass sie ein solches Monster war, fähig, gleich zwei ihrer Brüder zu ermorden, nur um nicht gefasst zu werden?

Lupo seufzte.

Es fiel ihm schwer, sich zu konzentrieren.

Gleichzeitig zu fahren und nachzudenken.

Er fuhr gerade durch die Vororte Turins.

Durch diese nicht enden wollende Peripherie.

Ohne sie wirklich zu sehen.

Er hatte nur das Gefühl, durch einen einzigen riesigen Schlafsaal zu fahren. Achtlos hochgezogen an Orten der Entfremdung, von den Magnesiumlampen in ein eigenartiges Licht getaucht. Wodurch jegliche Wirklichkeit irreal wurde.

Wo Wettkämpfe zwischen bissigen Pitbulls möglich waren.

Autorennen um Arbeiterkirchen herum veranstaltet wurden.

Drogen, die man an Tankstellen kaufen konnte.

Und eine schnelle Nummer für ganze Horden von Sexhungrigen.

Plötzlich kam ihm ein Gedanke.

Angeregt vielleicht durch diese beunruhigende Atmosphäre, die ihn umgab. Eine Stimmung, in der die gewohnte Ordnung auf den Kopf gestellt war. Er musste dasselbe tun: die Gewichtung, die er den Figuren auf dem Schachbrett gegeben hatte, vertauschen.

Die Bauern mussten zu Läufern werden.

Die Türme zu Springern.

Der König zur Königin.

Auf einmal traf es ihn wie ein Blitz.

Er bremste.

Und er hielt neben einem Mülleimer, der sicherlich seit dem letzten Frühling nicht geleert worden war, so sehr stank er.

Doch Lupo achtete nicht darauf.

Er fing an, fieberhaft in seinem Geldbeutel nach dem Zettel zu suchen, auf dem er die ›Dialoge der Tausendlirescheine‹ notiert hatte.

Lanzelot und König Artus.

Der quadratische Tisch.

Ein Rund, das Ecken bekam...

Artus: *Ritter...*
Lanzelot: *Majestät... Ich habe den Heiligen Gral gefunden.*
Artus: *Dem Himmel sei Dank.*
Lanzelot: *Er ist eine Frau.*
Artus: *Wie ist das möglich?*
Lanzelot: *Wäre Ginevra ein Mann gewesen, so hätte sie, als sie sich ihrer Kleider entledigt hatte, nicht gesagt: ›Jetzt ist der König nackt‹...*
    Der quadratische Tisch

Er las ihn mehrmals.

Und lächelte.

Merkwürdigerweise.

Denn in Wirklichkeit konnte er in diesem kryptischen Duett keinen Sinn erkennen. Doch sein Gespür funktionierte wieder. Und es sagte ihm, dass er der verborgenen Doppeldeutigkeit eines jeden Wortes Gehör schenken sollte.

Er fuhr weiter.

Zufrieden.

Er hatte noch keinen Schritt nach vorn gemacht.

Doch er hatte endlich den Schlüssel gefunden.

Den richtigen Weg.

Dem brauchte er nur zu folgen.

Und an dessen Ende würde er den Ort finden, an dem der Mörder die gestohlenen Manuskripte versteckt hatte. Dessen war er sich sicher. Und an der Tür dieses Hauses würde sich mit Sicherheit ein Namensschild befinden...

Modica hatte keine Zeit verloren.

Er hatte die Vilfredi aus dem Bett geholt.

Und jetzt stand sie da, unbeweglich.

Eine Statue wie von Michelangelo, unfähig, aus ihrem marmornen Gefängnis aus Schmerz zu steigen. Ihr Gesicht hatte im violetten Licht der Scheinwerfer einen noch tragischeren Ausdruck.

Sie weinte nicht.

Sie schien gealtert.

Geschlagen.

Der mit einem weißen Tuch bedeckte Körper Giorgios strahlte ein besonderes Schutzbedürfnis aus.

Lupo näherte sich ihr.

»Sie wussten, wo er sich versteckt hielt...«

Die Frau sah ihn nicht an.

Sie nickte nur leicht.

»Ich habe gedacht, er wäre in Sicherheit.«

»Na ja...«

Ein Polizeibeamter, der sie nicht aus den Augen ließ, stand neben ihnen.

Also ging Lupo mit Modica ein Stück weg, um ungehört sprechen zu können.

»Wie hast du ihn gefunden?«

Modica seufzte. Er war nicht ganz sicher, ob er durch seinen Fund einer Maßregelung entgehen würde. Deshalb vermied er vorsichtshalber jedwede Übertreibung oder triumphierende Äußerung, die er unter normalen Umständen angebracht hätte.

»Vielleicht sollte ich ganz vorne anfangen.«

»Ja. Ich denke, das solltest du.«

»Das Erste, was ich getan habe, nachdem ich dein Büro verlassen hatte, war, im Passamt nach seinem Foto zu suchen. Wenn er nach Afrika gereist war und wieder zurückgekehrt ist...«

»Erzähl weiter.«

»Nun. Die Akte war leer. Ohne ein einziges Dokument. Jemand hat alles verschwinden lassen. Vielleicht einer, der dafür etwas zugesteckt bekommen hat. Du weißt ja, wie das geht... Aber aus Eile oder aus Nachlässigkeit hat dieser Jemand den beschrifteten Umschlag in der Mappe gelassen. Ich konnte aber doch nicht nach einer Person suchen, ohne wenigstens ein Foto des Gesuchten zu haben.«

»Und dann?«

»Dann bin ich zur Villa gefahren, um mit Tortona zu sprechen. Und da gab es Ärger.«

Sie waren am kritischen Punkt angelangt.

Modica sah Lupo aus den Augenwinkeln an.

Doch der zeigte keine Reaktion.

Die Frage, die folgte, ließ ebenfalls keine besondere Verärgerung durchscheinen. Vielmehr logische Neugierde.

»Warum Tortona und nicht die Schwester?«

»Nun, ich habe sie angerufen, und sie hat nicht abgenommen. Sie war nicht zu Hause. Und wäre sie es gewesen, glaube ich nicht, dass sie bereit gewesen wäre, mit uns zusammenzuarbeiten.«

»Warum?«

»Du hast ja auch nicht so viel aus ihr herausbekommen, scheint mir. Wohingegen...«

»Wohingegen was?«

»Nun, ich hatte überhaupt nicht die Absicht, Loewenthal zu belästigen. Ich weiß, dass er deine Sache ist. Aber ich dachte, bei einem einfachen Sekretär wäre das kein Problem. Du hattest mir gesagt, dass er regelmäßig die Post von Giorgio abholt. Und du hattest noch keine Gelegenheit gehabt, ihn zu verhören.«

»Soll ich dir sagen, was ich denke? Ich denke, dass du nicht einmal versucht hast, die Vilfredi anzurufen.«

Modica seufzte.

»Lass uns nicht streiten. Das ist jetzt nicht angebracht.«

»Hast du sie angerufen? Ja oder nein?«

»Ja. Aber ich habe es nicht sehr lange klingeln lassen. Außer ihn um ein Foto zu bitten, hätte ich Tortona auch noch danach fragen können, wie diese Sache mit dem Briefkasten funktioniert.«

»Und hast du es getan?«

»Ich war kaum auf das Haus in der Via Ambrosini zu sprechen gekommen, da haben sie schon die Hunde losgelassen.«

»Und Loewenthal hat mich angerufen.«

»Das habe ich mir gedacht.«

»Warum?«

»Tortona hat mir in seiner Prinzenmanier von der anderen Seite des Tors her befohlen, mich nicht von der Stelle zu rühren. Er meinte, sie würden ›Maßnahmen ergreifen‹. Verstehst du? Sie *haben* ›Maßnahmen ergriffen‹. Ich habe ihm meinen Mittelfinger gezeigt und auf dem Absatz kehrtgemacht. Verfolgt von seinem hysterischen Geschrei. Und du hast ja die ganze Zeit gewusst, wie du mich finden kannst…«

»Genau. Und ich habe es auch probiert.«

»Daran hatte ich keinen Zweifel. Deshalb habe ich auch das Handy ausgeschaltet.«

Sie sahen sich einen Moment lang in die Augen.

Doch in denen Modicas lag eher Besorgnis als Herausforderung.

Lupo ließ die Angelegenheit auf sich beruhen.

Jetzt war nicht der richtige Augenblick, um einen weiteren Streit vom Zaun zu brechen.

»Und danach?«

Modica atmete auf.

Der kritische Punkt schien nun endgültig überwunden zu sein.

Er rief einen Beamten und machte eine Geste, als würde er eine Getränkedose an die Lippen führen.

Es kamen zwei lauwarme Cola.

»Diese Hitze trocknet mir die Kehle aus. Ich halte diesen verfluchten Sommer nicht mehr aus.«

»Du solltest vielleicht keine Anzüge anziehen.«

»Ich habe keinen Freund, der mich mit Alibis und roten Jeans versorgt. Prost!«

Lupo musste lächeln.

Dieser Modica war schon unglaublich.

Kaum hatte er die Klippe der Unannehmlichkeiten umschifft, war er schon wieder der Alte.

Er prostete zurück.

Auch er fühlte sich nach diesem ausschweifenden Abend wie ausgedörrt.

Schließlich machten sie sich wieder an die Arbeit. In der unangenehmen und schweigsamen Präsenz dieses leblosen Körpers unter dem weißen Tuch.

Lupo zeigte darauf.

»Sag schon. Wie hast du ihn gefunden?«

Modica seufzte.

»Nach dieser Szene vor der Villa musste ich nachdenken. Also bin ich in eine Pizzeria gegangen, um einen Happen zu essen. Und beim Vertilgen einer Pizza Margherita ist mir etwas eingefallen. Du hattest mir doch gesagt, dass Loewenthal das ganze Haus gehört, oder nicht?

»Ja, ich glaube schon.«

»Gut. Wie aber ist es möglich, dass ein Mann von seinem Format in eine solche Bruchbude investiert? Der ist doch ein Typ für die Innenstadt. Savoyische Altbauten im Stadtkern. Ganze Blocks mit Patrizierhäusern. Plätze, Brunnen und Gassen mit inbegriffen.«

»Und weiter?«

»Du erinnerst dich, dass ich diesen Schuppen schon einmal gesehen hatte. Und das Erste, was mir da ins Auge gesprungen ist, war das riesengroße Schild an der Frontseite: ›Abbrucharbeiten, Zwangsräumungen seit ich weiß nicht wie lange. Bis September jedenfalls. Gezeichnet Soundso, Gerichtsvollzieher.‹ Kapiert?«

»Willst du damit sagen, dass viele der Bewohner schon ausgezogen sind?«

»Genau. Und folglich stehen viele der Wohnungen leer. Gibt es für einen, der sich aus welchen Gründen auch immer unbedingt versteckt halten muss, einen besseren Unterschlupf als so etwas?«

Lupo nickte.

Überrascht über diese Eingebung, die Modica gehabt hatte.

Doch das war sein wahrer Beruf: Räuber und Gendarm zu spielen.

So hatte sich das also zugetragen.

»Und dann hast du begonnen, Giorgio in den leeren Wohnungen zu suchen...«

»Genau. Doch wie unterscheidet man eine bewohnte von einer unbewohnten Wohnung? Ich habe mich also auf die Klingeln gestürzt. Und gerade als ich mit einer äußerst schlecht gelaunten Frau spreche, kommt ein inquisitorischer Ehemann die Treppe herunter...«

»Inquisitorisch?«

»Na ja, so einer, der mir den Finger auf die Brust setzt: ›*Sie wollen also ein Polizist sein?*‹

›*Ja, ich habe Ihrer Frau gerade meine Dienstmarke gezeigt.*‹

›*Schon gut. Da vorne auf der Straße liegt ein Typ. Ich habe Schreie gehört und habe aus dem Fenster geschaut. Er muss angefahren worden sein. Das Auto ist weg. Ist um die Ecke in Richtung Corso Toscana abgebogen...*‹«

Lupo hatte bei seiner Ankunft den Abschleppwagen gesehen. Der schwere Opel hatte zum Aufladen an der Seilwinde gehangen. Man würde ihn fortbringen, damit ihn die Spurensicherung untersuchen konnte.

Doch da war noch etwas, das er klären musste.

»Wie konntest du sicher sein, dass es sich um Giorgio handelte?«

»Nun. Ich war überzeugt davon. Doch ich brauchte einen Beweis.«

»Also bist du zur Vilfredi gegangen...«

»Ja. Und ich sag's dir gleich: Ich habe eine Weile gebraucht, bis ich bei ihr klingeln konnte. Ich musste ja noch auf die Streifenwagen, den Krankenwagen warten... Ja, sie hätte genug Zeit gehabt, um zurückzulaufen. Sich ihr schäbiges Nachthemd anzuziehen und mir dann mit verschlafenem Gesichtsausdruck die Tür zu öffnen...«

»Ja. Das habe ich mir gedacht.«

»Was soll ich tun?«

Lupo seufzte.

»Nimm sie fest.«

»Fall gelöst?«

»Es fehlt nur noch wenig...«

Endlich schlief Lupo den Schlaf des Gerechten.

Keine guten oder schlechten Träume oder weitschweifigen Gedanken störten seine Ruhe.

Sogar der Wecker schien mit einer gewissen Sanftheit zu klingeln.

Er streckte sich.

Die Müdigkeit der letzten Tage war endlich verschwunden. Er fühlte sich wieder gut. Mit gesundem Körper und freiem Geist. Und vielleicht, aber nur vielleicht, würde er ja dieses Flugzeug gemeinsam mit Polo besteigen können.

Und mit Rosa...

Er sah hinaus.

Und seine gute Laune wurde noch belohnt: Es goss in Strömen.

Einer dieser sommerlichen Schauer.

Der aus dicken, muskulösen Wolken kam, die sich aber sofort wieder auflösen würden.

Das ersparte ihm die Mühe, zwei Gärten zu bewässern.

Während er sich Kaffee machte, stellte er einen Plan für den Tag auf.

Vor dem Spiegel, das Kinn noch weiß eingeschäumt, entschied er, dass er den Besuch bei Costanza, der Ehefrau des Polizeipräsidenten, nicht mehr länger aufschieben durfte.

Er musste mehr über Loewenthals Vergangenheit wissen.

Er musste wissen, was diese bösartige Anspielung Valerias auf den Krimkrieg zu bedeuten hatte. Und die angeblich unauflösliche Verquickung der Familie ihres Vaters mit der des Alten.

Costanza war die einzige Person in seiner Bekanntschaft, die ein genügendes Maß an Adel, Vergangenheit und ehrwürdigen genealogischen Wurzeln besaß, um darüber im Bilde zu sein.

Denn solche Geschichten wurden in Turin nicht über Haupt- oder Tagebücher weitergegeben.

Sondern tröpfchenweise, über exklusive, gegenseitige Vertraulichkeiten.

Geheiligt durch ein Geschlecht vom richtigen Blut.

Vor dem Schrank, auf der Suche nach angemessener Kleidung, beschloss Lupo dann, dass er vor dem Treffen mit Loewenthal auch Sergio, den überlebenden Bruder, vernehmen musste. Das einzige Steinchen, das ihm noch zu seinem Personenmosaik fehlte.

Er versuchte es im Präsidium.

De Mattia war schon da.

»Teufel nochmal, du bist ja ein schöner Frühaufsteher.«

»Schlaf du mal auf dem Sofa.«

»Hab ich schon. Erinnerst du dich?«

»Ja. Aber du hattest eine Nachtigall in der Nähe und kein Sägewerk. Die Bestie von Trani brüllt nicht nur im Dialekt von Bari, sie schnarcht auch so.«

»Jetzt weißt du also, wie gut du es sonst mit deiner Angetrauten hast...«

»Hab Mitleid. Dreh nicht noch das Messer in der Wunde rum. A propos Messerstiche: Was wolltest du eigentlich?«

»Du müsstest dringend Sergio Vilfredi für mich einbestellen.«

»Gibt es etwas Neues?«

»Vielleicht.«

»Ich habe auch Neuigkeiten. Ich habe endlich etwas über Tortona herausbekommen.«

»In Ordnung. In einer halben Stunde können wir darüber sprechen. Weißt du, was heute Nacht passiert ist?«

»Das mit Giorgio? Ja. Modica ist auch schon hier. Ich denke, ich werde ihn bitten, Sergio zu holen. Er weiß, wo er ihn findet. Was meinst du?«

»Das scheint mir eine gute Idee zu sein.«

»Gut. Du wirst hier das Militello-Schema auf dem letzten Stand vorfinden.«

»Lass es bleiben. Ich glaube nicht, dass wir's noch brauchen...«

Das Unwetter hörte bei Sassi auf.

Gleich nach der Staustufe von Pascolo.

Doch es hatte seine Spuren hinterlassen.

Der Po hatte sich in einen schmutzigen Strom aus Schlamm und Erde verwandelt. In den Bergen musste es Überschwemmungen gegeben haben. Die wütenden Bäche hatten Steine und Äste mit sich zu Tal gerissen und den Fluss gelb gefärbt.

Der Himmel changierte zwischen Blei und Pink. Ab und zu

erleuchtet vom Aufzucken eines entfernten Blitzes. Die Luft war dick vom Ozon mit einem leichten Geruch nach Heu.

Lupo liebte die Farben und Gerüche eines solchen Hexensabbats.

Er betrachtete die Landschaft voller Begeisterung, als ihm ein Gedanke durch den Kopf schoss.

Modica hatte sich ausführlich darüber ausgelassen, wie unwahrscheinlich es war, dass das baufällige Wohnhaus in der Via Ambrosini dem Alten gehörte. Doch er hatte den Gedanken nicht zu Ende gedacht.

Denn er hatte eine Frage nicht gestellt.

Wem, wenn nicht dem Alten, gehörte das Gebäude dann?

Sergio Vilfredi sah sich herablassend um.

Er zeigte seine feindselige Haltung deutlich.

Also verlor Lupo keine Zeit damit, ihn für sich gewinnen zu wollen.

Er deutete auf einen Stuhl.

Er forderte ihn auf, seine Personalien anzugeben.

Und befahl De Mattia, die Aussage aufzunehmen, mit vielen Formularen und Kopien, die unterschrieben werden mussten.

Welcher das Seine dazu beitrug, die Atmosphäre höchst ungemütlich zu gestalten.

Er erklärte Vilfredi, dass er einen Anwalt rufen könne.

Doch dass er sich das gut überlegen solle.

Denn wenn er nichts zu verbergen habe, sei dies nicht der richtige Schachzug.

Das erinnere zu sehr an einen albanischen Zuhälter, der jeden Anhaltspunkt im Gesetz ausnutzte, um die unvermeidliche Rückkehr in sein Heimatland so lange wie möglich hinauszuschieben. Und der dabei gewissermaßen immer zwischen dem Straßenstrich und dem Polizeipräsidium hin- und herpendelte.

Er wolle wohl auch etwas hinausschieben?
Er wolle das Ganze wohl in die Länge ziehen?
Gut, für sie sei das ohnehin einerlei.
Aber für ihn nicht.
Das Warten sei nicht besonders schön.
Und ihn erwarte in der Zwischenzeit die Haftzelle.

Und eine Anzeige wegen Aussageverweigerung. Dieselbe, die sich auch, nur mit den entsprechenden erschwerenden Umständen, seine sehr verehrte Schwester eingehandelt habe. Diese habe sich nicht gescheut, ihn als gefährlichen Triebtäter zu bezeichnen, der sich als Junge vor die Schüssellöcher gehängt habe.

Und als Erwachsener im Internet den Voyeur spielte.
Amen.
Sergio wurde sichtlich nachgiebiger.
Doch Lupo wich nicht einen Millimeter zurück.
Er hatte genug von Artigkeiten.
Er beschränkte sich darauf, ihm die Prozedur einer »freiwilligen« Vernehmung zuzugestehen.
Dann rief er auch noch Modica als Zeugen.
Als sie fertig waren, blieb dem Überlebenden der drei Vilfredi-Söhne nichts weiter übrig, als sich das Protokoll noch einmal durchzulesen und über die Antworten, die er gegeben hatte, nachzudenken.

POLIZEIPRÄSIDIUM TURIN
Niederschrift des Verhörs
vom 12.08.2001

BETREFF:
Mordsache Guidi-Vilfredi

ANWESENDE:
Sergio Vilfredi: freiwilliger Zeuge

Lupo Lupo: befragender Commissario
Alfonso De Mattia: protokollführender Beamter
Comm. Modica: Zeuge

Abkürzungen: Vilf = Vilfredi

TEXT

Lupo: Welchen Beruf üben Sie aus?
Vilf: Was soll das hier?
Lupo: Ich stelle hier die Fragen, und Sie antworten. Wenn Ihnen diese Regel nicht zusagt, dann hören wir sofort auf.
Vilf: Schon gut, schon gut. Ich bin Zeitarbeiter. Ich arbeite, wenn nach mir verlangt wird. Das habe ich schon diesem Herrn da gesagt (Modica, Anm.d.Protokollführers).
Lupo: Und wann haben Sie zum letzten Mal gearbeitet?
Vilf: Vor zwei oder drei Monaten.
Lupo: Sie wohnen in einer schönen Wohnung in La Crocetta und pflegen einen gehobenen Lebenswandel. Wovon bezahlen Sie denn die Miete und Ihren Lebensunterhalt?
Vilf: Ich verdiene so einiges mit dem Internet.
Lupo: Wie das denn?
Vilf: Ich habe eine Internetseite. Ich biete Dienstleistungen an. Und die lasse ich mir bezahlen.
Lupo: Welche Art von Dienstleistungen?
Vilf: Spezialangebote. Was weiß ich, die Planung von Autoreisen von einem Ort zum anderen, inklusive Kartenmaterial, Entfernungsberechnungen, Hotels, Restaurants,

	nützliche Adressen, Dokumente. Mit dem Internet kann man alles machen. Doch die meisten wissen nicht, wie man es professionell genug benützt. Sie stranden bei der ersten Schwierigkeit, verlieren eine Menge Zeit, und schließlich melden sie sich bei mir. Im Grunde löse ich Probleme.
Lupo:	Nennen Sie mir ein konkretes Beispiel. Vielleicht Ihren letzten Kunden.
Vilf:	Ein Industrieller aus Brescia. Ich habe gerade daran gesessen, als man mich hierher gezerrt hat. Er möchte eine Auswahl an Präsenten, die seine Firma dann zum Jahresende verschenkt. Üblicherweise fängt man im September damit an. Ich stelle ihm eine Liste von Dingen zusammen, die über E-Commerce erhältlich sind, mit Fotos, Preisen, Rabatten, Verfügbarkeit. Da sind Tausende von Seiten auf der ganzen Welt zu sichten. Mit einer Menge origineller, nie gesehener Dinge. Alles in allem hat man dann für wenig Geld einen guten Coup gelandet.
Lupo:	Und dann?
Vilf:	Dann schicke ich ihm eine E-Mail mit allen Informationen, und er wählt aus. Dann können zwei Dinge geschehen. Entweder bezahlt er mit Kreditkarte diese erste Auswahl. Oder er beauftragt mich, die Sache für ihn durchzuziehen und auch den Versand zu organisieren.
Lupo:	Und was bringt ein solcher Auftrag ein?
Vilf:	Das kommt darauf an. Im ersten Stadium drei-, vierhunderttausend Lire. Die voll-

	ständige Abwicklung eine Million oder auch ein bisschen mehr.
Lupo:	Und eine einfache Reiseroute?
Vilf:	Dreißigtausend Lire. Doch ich biete viele Pauschalarrangements an. Leute, denen ich einen Newsletter zusende, um sie über das, was sie ganz speziell interessiert, auf dem Laufenden zu halten. Was weiß ich, vom Snowboard bis zur Mikrowelle. Vom Fisch aus Chioggia bis hin zu lukanischem Öl. Ich habe eine unendliche Liste von all diesen Bedürfnissen in meinem Archiv. Ich surfe den ganzen Tag. Ziehe hier und da etwas heraus. Und melde mich bei denen. Zweitausend Lire für jedes Resultat.
Lupo:	Sie erzählen mir, dass…
Vilf:	Ich erzähle Ihnen, dass für Sie das Internet, wenn Sie es nicht auf professionelle Art handhaben, eine teure Angelegenheit ist. In jedem Fall frisst es Ihnen eine Menge Zeit. Wenn Sie es in Ihrer Freizeit nutzen, dann ist das Ihre Sache. Aber wenn Sie es beruflich brauchen, dann bekommen die am Computer verbrachten Tage einen ganz anderen Wert. Außerdem: Telefonrechnungen, Provider und das ganze Drum und Dran. Günstiger kommt Sie ein Externer, der die Finger über die Tastatur fliegen lassen kann. Ich kann Ihnen versichern, Sie sparen in jedem Fall Geld, auch wenn Ihnen meine Preise gesalzen vorkommen.
Lupo:	Danke für diesen Werbespot.
Vilf:	Übrigens: Auf einer Internetseite, die wie

	meine angelegt ist, gibt es jede Menge Banner. Werbung also. Wenn Sie mich brauchen, tippen Sie einfach www Punkt ichmachdasschon Punkt com.
Lupo:	Auch wenn ich ein Pädophiler oder Pornografiesüchtiger bin?

(heftige Beschimpfungen)

Lupo:	Himmel noch einmal! Jetzt reicht es aber! Beruhigen Sie sich!
Vilf:	Warum kann diese verklemmte Schlampe von meiner Schwester es nicht lassen, ständig ihr ätzendes Gift zu versprühen?
Lupo:	Haben Sie sie wirklich durch das Schlüsselloch ausspioniert?
Vilf:	Haben Sie sie jemals gesehen? Die träumt doch schon ihr ganzes Leben lang von einem Prinzen, der sich, wenn er sie vielleicht auch nicht anfassen will, wenigstens ihr zu Ehren einen runterholt. Über Jahre hinweg hat sie mich und meine Freunde beschuldigt, uns hinter ihrem Rücken den Freuden der Masturbation hinzugeben.
Lupo:	Und Ihr Vater?
Vilf:	Oh, der kannte sie leider nur allzu gut. Sie hat ihn zur Verzweiflung getrieben. Sie hatte ihm bei seinen Freunden so viel Ärger eingebracht, dass er niemanden mehr nach Hause einladen konnte. Sie beschuldigte alle, ihr wahlweise unzüchtige Angebote gemacht oder sie heimlich begrapscht zu haben. Aber was soll bei dem Bügelbrett schon zu begrapschen sein? Wissen Sie, dass

	der Arme sie einliefern lassen musste? Dass diese Verrückte Jahrhunderte in Therapie verbracht hat?
Lupo:	Nein, das wusste ich nicht. Und deshalb hassen Sie sie?
Vilf:	Sehen Sie, ich hasse niemanden. Ich verachte sie, das ja. So wie ich meine beiden Brüder verachtet habe. Ich bedaure, dass sie getötet wurden. Ich bedaure auch, dass ich nicht in der Lage bin, stärker darunter zu leiden. Ich weiß, dass es furchtbar ist, wenn ich zugebe, dass ich fast keinen Schmerz darüber empfinde. Aber sie waren solche Idioten…
Lupo:	Auch Giorgio? Wenn ich recht verstanden habe, dann hat er sich für ein hartes Leben entschieden: als Freiwilliger in Afrika bei den Comboni-Missionaren…
Vilf:	Ach was, Comboni-Missionare! Unser genialer Jungschauspieler hat schnellstmöglich verschwinden müssen, um nicht in den Knast zu kommen.
Lupo:	Weshalb? Was hat er angestellt?
Vilf:	Das wissen Sie nicht?
Lupo:	Nein.
Vilf:	Oh nein! Diese Polizei ist wirklich herrlich! Vor allem, wenn die Mächtigen ihre Finger im Spiel haben. Ihr kommt mir vor wie diese drei Äffchen: Ich sehe nichts, ich höre nichts, ich sage nichts.
Lupo:	Was reden Sie da? Auf wen sind Sie so wütend?
Vilf:	Auf Loewenthal. Auf wen denn sonst? Es genügt, dass der Alte einen Atemzug macht, und schon wird alles unter den Teppich

gekehrt. Mir ist allerdings nicht ganz klar, ob es hier wie üblich um Geld geht oder um eine schwachsinnige Selbstzensur.

Lupo: Ist Ihnen bewusst, was Sie da sagen?
Vilf: Aber sicher.
Lupo: Und es ist Ihnen auch bewusst, dass hier Wort für Wort ein Protokoll geführt wird, das Sie hinterher auch unterschreiben müssen?
Vilf: Ich schon. Und Sie?
Lupo: Wollen Sie einen Rat haben? Sagen Sie uns ohne große Umschweife, was Sie zu sagen haben. Wenn etwas faul ist, dann werden wir den Staat Dänemark auskehren. Aber Sie, kommen Sie bitte zur Sache.
Vilf: In Ordnung. Es ist kein Geheimnis, dass sich die Großfinanz immer hinter raffinierten Transaktionen und Strohmännern versteckt. Und ich weiß nicht, welche Rolle genau Giorgio für Loewenthal gespielt hat. Jedenfalls war er als Verwalter einer Immobilienfirma zu einem gewissen Zeitpunkt Schein-Eigentümer einer ganz hübschen Anzahl von ehemaligen Sozialwohnungen geworden.
Lupo: Auch von dem Haus in der Via Ambrosini?
Vilf: Ich glaube schon.
Lupo: Und wo lag das Problem?
Vilf: Bestechung. Sie haben Beamte bezahlt, damit diese den Wert der Häuser zu niedrig geschätzt haben. Sie haben sie für einen Appel und ein Ei gekauft. Dann haben sie auf dieselbe Weise Abrissgenehmigungen erhalten und schließlich auch noch welche

für den Neubau. Doch jemand hat gesungen. Es hat einen großen Skandal gegeben. Und Giorgio musste in Windeseile nach Afrika verschwinden. Mit einem Pass, der in gerade einmal zehn Minuten ausgestellt worden war.

Lupo: Einige Minuten Unterbrechung.
(Verhör unterbrochen)

Lupo nahm Modica beiseite.

Unterdessen gab De Mattia Sergio diesen ersten Teil des Protokolls zu lesen und schickte sich an, seine Kaffeemaschine hervorzuholen.

»Fünf Jahre ist eine ganz schön lange Zeit. Aber sieh zu, dass du irgendeinen der Handlanger findest, die damit zu tun hatten. Setz einen deiner Inspektoren darauf an. Ich gehe einen Augenblick zu Ferro hinauf.«

»Willst du, dass er sich um Militello kümmert?«

»Genau. Er war zu dieser Zeit Questore. Wenn Loewenthal seine Finger im Spiel hatte, glaube ich nicht, dass ein einfacher Beamter mit der Sache betraut wurde. Auch nicht damit, die Dokumente beim Passamt verschwinden zu lassen.«

»In Ordnung.«

»Schnell. Schmieden wir das Eisen Sergio Vilfredi, solange es noch heiß ist. Wir sind auf dem richtigen Weg.«

Lupo rannte die Treppen hinauf.

Und erklärte nach Atem ringend, was er brauchte.

Ferro sah ihn mit Unmut an.

Die Aufgabe, die der Commissario zur Erledigung an ihn herangetragen hatte, gefiel ihm ganz und gar nicht.

»Sind Sie sicher, dass das notwendig ist?«

»Ich verstehe ja, dass es Sie in Verlegenheit bringt, Ihren Vorgänger zu fragen, wie groß seine Elastizität gewesen ist. Doch Sie könnten ihm ja auseinander setzen, dass ein Geständnis vor einem Ex-Kollegen immer noch besser ist als ein von einem Richter abgepresstes.«

»Nun gut. Geht es voran?«

Lupo zögerte.

Es gab noch viele Einzelheiten zu klären.

Und einige davon standen in harschem Widerspruch zueinander.

Doch im Innersten war er überzeugt, endlich auf dem richtigen Weg zu sein.

Er nickte.

»Wenn Sie mich fragen, wer der Mörder ist, so kann ich Ihnen das noch nicht mit Sicherheit sagen. Nicht einmal, ob es sich um einen Mann oder eine Frau handelt. Aber ich bin sicher, dass die Lösung zum Greifen nah ist. Ich denke, in absehbarer Zeit am Ziel zu sein.«

»Das heißt, es muss nicht unbedingt die Vilfredi...«

»Sie ist vorläufig festgenommen. Sie hat die Ermittlungen schwer wiegend behindert.«

»Das heben Sie sich für den Staatsanwalt auf, wenn diese Frau in wenigen Stunden anfängt, auf ihre Rechte zu pochen. Ich möchte allerdings ein Körnchen Wahrheit. Sie erinnern sich, dass Loewenthal auch für mich eine gewisse sperrige Präsenz besitzt.«

Lupo seufzte.

»Sie sind nicht Militello.«

»Danke für Ihr Vertrauen. Aber vergessen Sie nicht: Auch wenn man nicht als Militello geboren wird, kann man doch dazu werden. Insbesondere, wenn man es mit Persönlichkeiten wie dem Alten zu tun hat. Der ist in der Lage, jeden zu verderben. Auch Sie, glauben Sie mir.«

Lupo zuckte mit den Schultern und versuchte, diesen Gesichtspunkt unbeachtet zu lassen.

Er lächelte nur.

»Wir werden sehen. Ich bin mit ihm zum Mittagessen verabredet. Vorher würde ich aber gerne noch bei Ihrer Frau vorbeischauen, wenn Sie einverstanden sind...«

Auch Ferro lächelte.

»Kein Problem. Im Gegenteil. Ich habe mich schon gefragt, warum Sie das so lange hinausschieben. Seit gestern wartet Costanza schon auf Ihren Besuch. Ich kann Ihnen versichern, dass sie angemessen vorbereitet sein wird.«

»In welcher Hinsicht?«

»Sie hat sich den ganzen Familienalmanach durchgesehen. Ich vermute, dass sie in jedem Winkel ihres Hirns gestöbert hat, um für diese Situation gerüstet zu sein.«

»Entschuldigen Sie, wenn ich Sie das frage, aber warum hat sie nicht einfach Ihnen alles erzählt?«

Der Questore sah ihn mit einem Blick voller Ironie an.

»Ich bin nur ihr Ehemann. Und das sind keine Sachen, die man einem sanften und freundlichen Herrn wie mir mitteilt. Costanza hebt sie sich lieber für ihren rauen Freund, den Commissario, auf. Den Einzigen, der in der Lage ist, sie ein wenig heranzunehmen.«

»Ich will nicht leugnen, dass wir in der Vergangenheit die eine oder andere etwas hitzigere Debatte hatten.«

»Nun. Soweit ich mich erinnere, sind Sie der Einzige, der ihr das Fell etwas gegen den Strich hat bürsten können und der dabei seinen Kopf behalten hat. So etwas begeistert diese stolzen alten Germaninnen.«

Lupo versuchte, diesem Gerede ein Ende zu bereiten.

Es machte ihn immer verlegen, wenn er in diesen subtilen ehelichen Schlagabtausch verwickelt wurde.

Allerdings schien es eine Sache zu sein, die beide amüsierte. Ferro und Costanza.

Und er selbst fand sich immer mit einer gewissen Lust dafür eingespannt.

»Ich muss gehen. Es ist besser, Vilfredi nicht die Zeit zu lassen, seine anmaßende Haltung wiederzugewinnen.«

»Ja, ja. Und wer weiß, womit ich mich bei Militello herumschlagen muss...«

POLIZEIPRÄSIDIUM TURIN
Niederschrift des Verhörs
vom 12.08.2001

BETREFF:
Mordsache Guidi-Vilfredi

ANWESENDE:
Sergio Vilfredi: freiwilliger Zeuge
Lupo Lupo: befragender Commissario
Alfonso De Mattia: protokollführender Beamte
Comm. Modica: Zeuge

Abkürzungen: Vilf = Vilfredi
Fortsetzung des Textes
(Technische Unterbrechung 11 Minuten und 20 Sekunden. Der Zeuge hat einen Kaffee zu sich genommen.)

TEXT

Lupo: Wir machen weiter. Bevor wir uns allerdings Giorgio zuwenden, möchte ich Ihre persönliche Beziehung zu Loewenthal geklärt haben.
Vilf: Die existiert praktisch nicht, das kann ich Ihnen versichern. Ich weiß, dass man über eine alte Beziehung phantasiert, die beide Generationen umfassen soll. Aber ich habe keine Ahnung, worum es sich dabei handelt. Obwohl alle meine Geschwister mich immer beschuldigt haben, Papas Liebling

	gewesen zu sein, hat er mir nie etwas erzählt. Er hat nur vage auf eine alte Schuld angespielt. Auf etwas, das unsere Familien unlösbar aneinander bindet.
Lupo:	Ihre Schwester hat von der Krim gesprochen…
Vilf:	Offensichtlich hat unser Vater jedem von uns ein bisschen was erzählt. Zu mir hat er nur immer wieder gesagt: ›Wenn du in Schwierigkeiten bist, egal wann oder warum, wende dich an Marcus, wenn ich nicht mehr bin.‹ So hat er Loewenthal genannt und wir ebenfalls.
Lupo:	Und das ist alles?
Vilf:	Ja. Falls man davon absieht, dass jeder von uns pünktlich zum Geburtstag und zu Weihnachten einen Scheck bekommen hat, seit Papa tot ist. Jedoch keine großartigen Summen. Nichts, was einem Angst machen könnte.
Lupo:	In welchem Sinne?
Vilf:	In dem Sinne, dass man fürchten müsste, man würde dem Teufel seine Seele verkaufen, wenn man das Geld annimmt.
Lupo:	Weshalb? Von welchen Summen sprechen wir?
Vilf:	Wenn ich mich recht entsinne, war der erste in einer Höhe von etwa 150 000 Lire ausgestellt. Doch der letzte, den mir wie immer die glitschigen Finger Leones überreicht haben, bezifferte sich auf 1 447 000 Lire. Als ob es sich nicht um ein Geschenk handelte, sondern um einen verfluchten Gehaltsscheck inklusive

	Ortszuschlag und Sonderzulagen. Lächerlich...
Lupo:	Ohne Begleitschreiben, ohne Kommentar?
Vilf:	O nein. Marcus hat immer gerne den lieben, gütigen Großvater gespielt. Vielleicht hört man einen Monat nichts von ihm. Dann ruft er an zwei Tagen hintereinander an. Immer um sechs Uhr morgens. Und er schüttet seine als Interesse getarnte Schlaflosigkeit über dir aus. Er fragt dich, wie es dir geht, ob du etwas brauchst, solche Sachen. Dann verschwindet er in der Versenkung bis zur nächsten schlaflosen Nacht.
Lupo:	Hat er Ihnen jemals ein Geschäft, einen Job angeboten?
Vilf:	Natürlich. Am laufenden Band. Ich denke, dass er sich auf diesem Weg zuerst Giorgio und dann Andrea gekauft hat.
Lupo:	War es wirklich Giorgio, der Cecilia mit Ihrem Vater bekannt gemacht hat?
Vilf:	Das halte ich für ausgeschlossen. Leonardo Guidi, Cecilias Vater, war der einzige Sozius, den Marcus ertragen konnte. Ich glaube, die beiden waren einander sehr verbunden. Und Cecilia ist immer der Schützling des Alten gewesen. Von Kind an. Sie war sein ›kleines süßes Biest‹...
Lupo:	Ihre Eltern, die von Cecilia, was für ein Schicksal... Und Loewenthal, der sich auf die eine oder andere Weise dann um diese Kinder gekümmert hat... Eine Art vermeintliches Familienoberhaupt... Mir wird erst jetzt klar, wie sehr Ihre Geschichten miteinander verwoben sind.

Vilf:	Ich habe Ihnen schon gesagt, dass Marcus gern den lieben Großvater spielt. Wir sind alle seine Enkelkinder. Ich für meinen Teil habe ihn seit einer Ewigkeit nicht gesehen. Doch ich muss zugeben, dass es sehr anregend ist, sich mit ihm zu unterhalten. Aber die Hanswürste, mit denen er sich umgibt, die sind widerlich. Vor allem Leone…
Lupo:	Jetzt nennen Sie Tortona schon zum zweiten Mal beim Vornamen. Gehört er ebenfalls irgendwie zur Familie?

(Lange Pause)
(Der Verhörte antwortet erst auf nachdrückliche Aufforderung)

Lupo:	Na los. Spucken Sie's aus, damit wir fertig werden.
Vilf:	Na ja… Wenn ich auf Ihre Frage antworte, zwingt mich das in gewisser Weise, etwas laut auszusprechen, was bisher nur meine eigene, ganz persönliche, bösartige Meinung war. Ohne jeglichen Beweis, dass es sich dabei um die Wahrheit oder nur um etwas entfernt Ähnliches handelt. Aber vielleicht ist es nichts weiter als der Auswuchs meines schlechten Verhältnisses zu ihm.
Lupo:	Das werde ich im Sinn behalten.
Vilf:	Vergessen Sie nicht, es ist nur so ein Gefühl. Und ich möchte nicht, dass Sie es in einen *Deus ex Machina* in einem zweitrangigen Boulevardblatt verwandeln.
Lupo:	Einverstanden.

Vilf:	Soweit ich weiß, war Marcus nie verheiratet. Und hat nie mit einer Frau zusammengelebt. Doch ich habe immer gedacht, dass Leone sein Sohn sein muss...
Lupo:	Warum?
Vilf:	Sehen Sie? Jetzt möchten Sie sofort eine Erklärung von mir, die ich Ihnen nicht geben kann. Es ist nur ein Eindruck, das habe ich Ihnen doch gesagt.
Lupo:	Das habe ich sehr wohl verstanden. Aber es wird doch irgendwelche Verhaltensweisen oder Hinweise gegeben haben, die Ihnen diesen Eindruck vermittelt haben, oder nicht?
Vilf:	Ja, aber nur sehr vage.
Lupo:	Zum Beispiel?
Vilf:	Ich weiß nicht... Das Adjektiv, das am ehesten zu Leone passt, ist ›falsch‹. Selbst das drückt seine Scheinheiligkeit nicht in genügendem Maße aus. Er tut so tugendhaft, geduldig, ja fast priesterlich, dass er einem schon fast wie ein Don Bosco der Reichen vorkommen mag. Doch dahinter verbirgt sich – unterdrückt – das Wesen eines herrischen Dieners.
Lupo:	Was wollen Sie damit ausdrücken?
Vilf:	Für mich ist das ein Mensch, der die Maske des guten Dieners benutzt, solange er sich im Lichtkegel seines Messias befindet. Ein Mensch, der respektiert und respektiert wird. Den man anhört, der manches Mal sogar ein wertvoller Ratgeber ist. Doch wenn er in den Schatten zurücktritt, kommt sein wahres Wesen zum Vorschein. Dann blättert die Patina ab. Und du entdeckst,

dass er zwei Gesichter hat und ein Schleimer ist. Der auf unangenehme Weise mit lediglich reflektierter Allmacht ausgestattet ist. Ein Kastrat, der ununterbrochen seine Eier vorzeigt.

Lupo: Nun, so etwas kann vorkommen…

Vilf: Doch es kann nicht sein, dass er gleichzeitig die Hörner des Stiers hat, seine raue, tiefe Stimme. Dieselbe Art, den Schwanz zu heben, um seine erlauchten Verdauungsprodukte loszuwerden. Und dessen kräftige Schnauze…

Lupo: Es scheint mir undenkbar, dass ein Mann wie Loewenthal so tut, als sei nichts. Dem wenigen nach, das ich glaube von ihm verstanden zu haben, kommt es mir so vor, als sei Falschheit die Eigenschaft, die er am meisten verabscheut. Sie ist das deutlichste Anzeichen bescheidener intellektueller Fähigkeiten, die inakzeptabel sind.

Vilf: Das ist der springende Punkt. Er weiß es, und er akzeptiert es. Für wen anderes würde er das tun, wenn nicht für einen Sohn? Doch ich wiederhole es noch einmal, das sind wirklich nur meine eigenen Überlegungen. Eine ganz persönliche Schlussfolgerung. Ein großes Gemälde, das mit nichts als einer Stecknadel befestigt ist. Es kann von einem zum anderen Moment herunterfallen.

Lupo: Ich verstehe. Möchten Sie noch etwas hinzufügen?

Vilf: Ja. Ich hasse solche Kriecher. Vor allem, wenn sie parfümiert sind.

Lupo:	Ich auch. Aber ich wollte etwas anderes sagen. Ich meine gehört zu haben, dass Tortona sich in der Vergangenheit für eine Weile, sagen wir – absentiert hat. Was wissen Sie darüber?
Vilf:	Einige Male habe ich den Scheck per Post erhalten. Sollte Leone wirklich eine Zeit lang verschwunden gewesen sein, dann kann das nur heißen, dass er jedes Mal noch arroganter und parfümierter als zuvor zurückgekommen ist. Ein Samson mit immer längeren Haaren. Manchmal denke ich sogar, er ist eine Tunte.
Lupo:	Auch er hat nie geheiratet?
Vilf:	Leone? Natürlich hat er geheiratet. Und zwar das Geld von Marcus.
Lupo:	Wie lange nennen Sie ihn schon beim Vornamen?
Vilf:	Schon immer. Leone war schon immer da.
Lupo:	Und warum nennt Ihre Schwester ihn Tortona? War er nicht auch für sie schon immer da?
Vilf:	Valeria ist ein wandelndes Rätsel. Ich habe mittlerweile aufgegeben, es lösen zu wollen. Sie hat aus ihren Komplexen einen Beruf gemacht.
Lupo:	Als Ihr Vater Cecilia geheiratet hat…
Vilf:	…hat sie eine Tragödie daraus gemacht. Ich nicht. Papa war wirklich ein spezieller Typ. Man mochte vielleicht nicht mit ihm einer Meinung sein. Doch er war ein wirklicher Künstler. Will heißen, dass er sich stets von seiner Phantasie hat leiten lassen. Und es gibt nichts Besseres, als fliegen zu können…

Lupo: Das heißt, Sie haben beim Kampf um das Erbe nicht mitgemacht.

Vilf: Tatsächlich ist keiner von uns Brüdern finanziell in der Lage gewesen, sich direkt daran zu beteiligen. Valeria hatte die Vollmacht über unsere Vermögen. Und sie hat sie letztendlich auch verbrannt wie die Sonne die Sahara.

Lupo: Einen Augenblick mal. Was soll das heißen: ›unsere Vermögen‹? Haben Sie einzelne Guthaben gehabt, losgelöst vom übrigen Erbe?

Vilf: Ja. Papa hat jedem von uns bei Vollendung des fünfzehnten Lebensjahres ein kleines Häufchen Aktien geschenkt. Und um zu verhindern, dass diese verschleudert würden und damit den Wert einer Rücklage für Notfälle verlören, hat er alles Valeria anvertraut. Die, das muss ich zugeben, immer schon gut mit Geld umgehen konnte. Sie hat es tatsächlich mit seltener Umsicht vermehren können. Bis zu recht ansehnlichen Summen.

Lupo: In welcher Größenordnung?

Vilf: Bei den anderen weiß ich es nicht. Aber bei mir waren es schließlich ungefähr einhundert Millionen Lire.

Lupo: Und hatten Sie die Möglichkeit, über das Geld zu verfügen?

Vilf: Nein, das musste über Valeria laufen. Und das bis zu ihrem Tod. Erst dann wird unsere Unterschrift etwas wert sein.

Lupo: Das kommt mir ein wenig grausam vor.

Vilf: Mein Vater kannte seine Pappenheimer nur

	zu gut. Wenn er es nicht so gemacht hätte, dann hätten wir bei der ersten Gelegenheit alles verjubelt. Mich mit inbegriffen.
Lupo:	Das heißt, Valeria müsste, über den Daumen gepeilt, vierhundert Millionen Lire in ihren Rechtsstreit gegen Cecilia gesteckt haben. Das scheint mir kaum glaubhaft.
Vilf:	Ganz genau.
Lupo:	Was soll das heißen?
Vilf:	Diese Summe hat niemals existiert. Nur mir gegenüber ist Valeria so knauserig gewesen. Sie erinnern sich: Für sie bin ich einer, der seine schmutzigen Leidenschaften mit Hilfe des Internets befriedigt. Deshalb musste ich sie auch anlügen, um Geld für die Gründung meines kleinen Unternehmens zu bekommen. Ich habe eine Schilddrüsenerkrankung erfunden und ihr gesagt, dass ich dieses Geld für die Behandlung bräuchte, um wieder gesund zu werden. Stellen Sie sich vor: Sie hat die Schecks erst nach einem Gespräch mit meinem Arzt unterschrieben. Zum Glück war das ein Freund, der die Situation nur zu gut kannte.
Lupo:	Und Ihre Brüder?
Vilf:	Da müssen Sie sie fragen. Ich glaube aber, dass Giorgio nichts mehr besessen hat. Wie ich. Sein Untertauchen hat einiges gekostet. Er hat ihr Briefe geschrieben, in denen er ihr etwas vorgejammert und sie angefleht hat, doch ein wenig großzügiger mit dem Geld zu sein. Obwohl ich glaube, dass Marcus ihm mehr als genügend zugesteckt hat.

Lupo: Und Andrea?
Vilf: Ja, der kleine Andrea. Für ihn hatte Valeria eine Schwäche. Es würde mich wundern, wenn auf seinem Depot noch eine Lira wäre. Wenn er nicht in tiefroten Zahlen gewesen wäre, hätte er niemals für Marcus gearbeitet.
Lupo: Also hat Valeria die Anwälte praktisch alleine bezahlt.
Vilf: Natürlich nur, falls wirklich etwas übrig geblieben war.
Lupo: Was unterstellen Sie ihr da?
Vilf: Folge eintausendzweihundert der Soap-Opera. Es ist wie bei Leone. Hier handelt es sich nur um eine böswillige Vermutung. Und dann bin ich schließlich ein eingeschworener Verrückter, der davon überzeugt ist, dass sich die ganze Welt nur um Sex dreht. Folglich, wenn du ihn nicht umsonst bekommst, bezahlst du eben dafür. Auch parfümiert.
Lupo: Sie wollen mir also erzählen, dass Valeria einen heimlichen Liebhaber hatte, der sie ausgesaugt hat?
Vilf: Jetzt frage ich Sie einmal etwas: Haben Sie gesehen, wo sie wohnt?
Lupo: Ja.
Vilf: Und sie hat Ihnen vermutlich erzählt, dass sie wegen Cecilia und dem Erbe gezwungen war, in dieses Loch zu ziehen. Nun. Nichts könnte mehr erlogen sein. Fragen Sie sie doch mal danach, wann genau sie dorthin gezogen ist. Sie werden herausfinden, dass mein Vater da noch gelebt hat und es nicht

|||ertragen konnte, sie so heruntergekommen zu sehen. Er hat ihr sogar Geld angeboten. Aber sie hat es verächtlich zurückgewiesen: Er solle mit seinen Millionen nur seine Nutten bezahlen. Nicht die Töchter.
Lupo: | Wissen Sie das sicher?
Vilf: | Ja.
Lupo: | Und der heimliche Liebhaber? Haben Sie eine Ahnung, wer das sein könnte?
Vilf: | Wie ich schon gesagt habe, weiß ich nicht einmal, ob er überhaupt existiert. Doch ihr derart heftiger Hass Cecilia und unserem Vater gegenüber… Und dann plötzlich auch gegenüber Andrea, ihrem Liebling. Wieder wegen Cecilia…
Lupo: | Sprechen Sie weiter.
Vilf: | Das mag ja völlig hirnrissig sein. Aber ich bin wirklich davon überzeugt, dass es für Valeria eine Übernutte gibt, die sie mit aller Macht hassen muss, und das ist sie selbst. Verstehen Sie: Für Cecilia war es das Allernormalste, diesem ihrem angeborenen Trieb zu folgen. Für Valeria war und ist es nach wie vor Sünde, Unehrbarkeit, Scham. Eine hässliche Frau, die dafür bezahlt, geliebt zu werden. Stellen Sie sich vor, was passieren kann, wenn sie am Tiefpunkt dessen, was sie für den Abgrund an Niedrigkeit und Unmoral hält, die Entdeckung macht, dass sie betrogen wird? Sich für nichts hergegeben hat? Und das auch noch wegen dieser zweiten, von ihr verabscheuten Frau ihres Vaters.

Lupo: Behaupten Sie da gerade, dass Ihre Schwester eine Mörderin ist?
Vilf: Nein. Ich sage Ihnen nur, dass sie verrückt ist. Kann ich jetzt gehen?

(lange Pause)

Lupo: Ja. Ich glaube schon...

Gelesen und unterschrieben von Sergio Vilfredi

6

Lupo verspürte eine leichte Übelkeit.

Er sah Sergio nach, wie er hinausging.

Gefolgt von einem nachdenklichen Modica.

Instinktiv wischte er den Sitz ab, auf dem Sergio gesessen hatte.

Und De Mattia seufzte.

»Armer Vilfredi. Was für Kinder hat er in die Welt gesetzt. Ich kann mir vorstellen, dass er verzweifelt war und an Selbstmord gedacht hat. Im Vergleich dazu sind sogar meine Frau und das Monster das wundersamste Beispiel geschwisterlicher Liebe.«

Lupo nickte.

Er blätterte zerstreut durch die Seiten des Protokolls.

Es war ein mechanischer, fast unwillentlicher Akt. Denn jedes Wort, jedes Verziehen des Gesichts, die leiseste Veränderung des Tonfalls, jede bösartige Anspielung hatte sich tief in seiner Erinnerung eingeprägt. Mit dem, was er gesagt oder auch nicht gesagt hatte, mit seiner gebildeten Art hatte Sergio einen schönen Gedenkstein für das Grab seiner Schwester geschaffen.

»Meinst du, er könnte es gewesen sein?«

De Mattia zuckte mit den Schultern.

»Das fände ich gut. Aber ich glaube, er hat Recht: Es war Valeria.«

Die Vilfredi weigerte sich, mit ihm zu sprechen.

»Ich werde Ihnen nichts mehr sagen, Commissario. Es ist

völlig sinnlos, wenn Sie darauf drängen. Und ich betrachte auch Ihre Essenseinladung für nichtig.«

Sie saß reglos da.

In dieser Zelle, die gar nicht wie eine Zelle wirkte.

Sondern wie ein kleines Büro mit Gittern vor den Fenstern.

Sie war, wenn dies überhaupt möglich war, noch blasser als sonst.

Auf den Wangen hatte sie Spuren von Wimperntusche.

Lupo empfand Mitleid.

Und zugleich das dringende Bedürfnis zu gehen.

Doch er zwang sich, weiter in sie zu dringen.

Freundlich.

»Machen Sie es uns doch nicht so schwer. Wir müssen mit dem Mann sprechen, der Ihnen dies zugefügt hat. Nur er kann Ihnen jetzt noch helfen.«

Valeria errötete tief.

Lupo hatte ins Blaue gezielt.

Doch die Reaktion der Frau war die einer Getroffenen.

»Nein, nein!... Nicht er... Er hat nichts mit dieser ganzen Geschichte zu tun. Lassen Sie ihn in Frieden.«

Dann konnte er nichts mehr ausrichten.

Nach diesem so unvermittelten Bekenntnis drehte Valeria ihm den Rücken zu.

Und schloss sich in ihrem Schmerz ein.

»Tun Sie, was Sie wollen, Commissario. Mir ist alles gleichgültig.«

Lupo ging ins Büro zurück.

De Mattia hatte Kaffee gemacht.

»Willst du hören, was ich über Tortona zusammengesucht habe?«

»Noch so ein schöner Haufen Müll?«

»Ich weiß nicht. Urteile selbst...«

Es war nicht viel.

Die Essenz aus einem alten Bericht der DIGOS, des Sondereinsatzkommandos der Polizei. Die anlässlich eines privaten Besuchs des russischen Handelsministers vor einigen Jahren über alle Bewohner der Villa Loewenthal ein kleines Dossier erstellt hatte.

Die Hausangestellten, der Fahrer und der Gärtner waren überprüft worden.

Die beiden Piloten des Hubschraubers.

Die Männer des Sicherheitsdienstes.

Und natürlich auch Tortona.

Doch überraschenderweise sogar Cecilia.

Der Bericht ließ sie in einem ganz unvermuteten Licht erscheinen, denn sie war als die Dame des Hauses bezeichnet worden. Als jene also, die den Gast begrüßt und sich darum gekümmert hatte, dass er gut untergebracht war.

Tortonas Rolle war als Privatsekretär und persönlicher Berater angegeben worden. Im Gegensatz zu Cecilia hatte er wohl auch den geschäftlichen Gesprächen beigewohnt.

Sein Lebenslauf hatte jedoch eine dunkle Stelle aufgewiesen.

Er war tatsächlich mit einem kleineren Sex-Skandal in Verbindung gebracht worden.

Der aber sofort unter den Tisch gekehrt worden war.

Ohne dass deutlich geworden wäre, ob er persönlich in die Sache verwickelt gewesen war oder ob er die Verantwortung auf sich genommen hatte, um Loewenthal zu decken. Da es sich um eine delikate Angelegenheit gehandelt hatte, hatte sich die politische Abteilung sehr schnell mit dem Wort des Alten zufrieden gegeben.

De Mattia zuckte die Schultern.

»Das ist alles.«

»Ich weiß nicht, warum, aber diese Geschichte ruft bei mir das Bild der Vilfredi hervor...«

»Da ist überhaupt nichts, was auf sie verweist. Im Gegenteil. Ich könnte mir eher ein hübsches junges Huhn vorstellen, das vielleicht noch nicht einmal volljährig war.«

»Ja...«

Ferro lächelte ihn an.

Und begrüßte ihn, indem er militärisch die Hand an die Stirn nahm.

»Befehl ausgeführt, Commissario.«

Lupo ging nicht darauf ein.

»Beziehen Sie sich auf Militello?«

»Ja. Ich habe gerade mit ihm gesprochen. Er war fast belustigt; er hatte meinen Anruf erwartet.«

»Wirklich?«

»Passen Sie nur auf, den Mann darf man nicht unterschätzen. Er ist immer hart am Wind gesegelt und hat dabei lieber Rückenwind gehabt. Doch nachdem er das Ruder abgegeben hatte, hat er beschlossen, sich einen Spaß daraus zu machen, diejenigen im Blick zu behalten, die sich lieber die Gischt ins Gesicht spritzen lassen.«

»Deshalb steht er noch auf der Mannschaftsrolle?«

»Genau... Jedenfalls hatte er keine Probleme damit, zuzugeben, dass er es war, der die Akte von Giorgio Vilfredi hat verschwinden lassen. Er ist davon überzeugt, dass ich dasselbe getan hätte.«

»Und hat er Recht damit?«

»Was den Pass betrifft, ja. Doch glaube ich nicht, dass ich es zugelassen hätte, die Akte selbst verschwinden zu lassen. Ich hätte sie höchstens für eine Weile auf meinem Schreibtisch behalten. Ist das ein für Sie akzeptables Maß an Elastizität?«

Lupo lächelte.

»Hat ihn der Alte persönlich darum gebeten?«

»Natürlich nicht. Tortona hat das in die Hand genommen.«

»Nun gut. Ich fahre jetzt zu Ihrer Frau.«

»Verwirren Sie sie mir aber nicht allzu sehr...«

Lupo war froh, dass er gehen konnte.
Costanza würde eine Erholung sein.
Sie konnte zuhören.
Sie liebte seltsame Menschen.
Maler, Dichter. Gaukler. Schauspieler.
Jene schillernde, unberechenbare, im Aussterben begriffene Fauna, die stets mit der eigenen Phantasie und Ausdruckskraft spielte, nur um sich nur nicht in irgendwelchen abgedroschenen Ritualen zu verlieren.
Man mochte ihr vorwerfen, dass sie sich den jeweiligen Moden unterwarf.
Oder dass sie ein extrem liberales Verhältnis jedweder Extravaganz gegenüber hatte. Doch wenn sich jemand in ihren Augen als nicht würdig erwies, öffnete sich ihre Tür für ihn kein zweites Mal.
Sie besaß die Haltung eines antiken Mäzens.
Mit der Bereitschaft, schlummernde Talente zu unterstützen, die Versprechungen noch weit entfernten Ruhms.
Und Leidenschaften und Schösslinge zu gießen, die vom Unkraut der Armut erdrückt zu werden drohten.
Doch man durfte sie nicht hintergehen.
Sie war nämlich durchaus fähig, sich zu rächen.
Erbarmungslos, wenn ihr Vertrauen enttäuscht wurde.
Lupo lächelte vor lauter Freude, sie wiederzusehen.
Ihre letzte Begegnung kam ihm in den Sinn.
Es war im Winter gewesen.
Damals hatte der Schnee alle Geräusche geschluckt. Die weiße Fläche um das Gewächshaus herum hatte perlmuttartig geschillert. Sie hatte sich im Schutz der Folien mit ihren Rosen beschäftigt. Das Gesicht war von Kälte gerötet, die Hände waren voller Erde und auf der Wange war ein sichtbarer Schmierfleck.
In einem der Bauernhäuser oberhalb ihrer Villa hatte es eine besessene Frau gegeben.

Und da war dieser vom Schicksal verdammte Maler gewesen, der in einer ihrer Dachwohnungen an der Piazza Vittorio gewohnt hatte.

Sie hatte Lupo herzlich empfangen.

Sie hatten diskutiert, sich gestritten. Sie hatten einander auch beleidigt, aus ihrer jeweiligen Wut heraus. Costanza war keine Frau, der man so einfach widersprechen durfte. Und noch weniger durfte man sie bedrängen.

Doch sie hatten Gefallen aneinander gefunden.

Und seit damals hatten sie sich oft Grüße und kleine Seltsamkeiten zukommen lassen, über diesen Vermittler, der halb Ehemann, halb Vorgesetzter war und der seinen Spaß an dieser Freundschaft hatte, die sie von ferne aneinander band.

Im Grunde gehörten ihm beide.

Und er war in diesem Spiel der Mittelpunkt.

Lupo überquerte den Rasen.

Ferro hatte sie offensichtlich vorgewarnt.

Denn das Tor war offen.

Lupo schloss es hinter sich.

Und atmete verzückt den herben Geruch frisch gemähten Grases ein.

Er ging langsam weiter, wobei er sich Costanza vorstellte: mit einem Tuch über den Haaren.

Auf ihre Sense gestützt, beim Versuch, den Schleifstein in seine Lederhülle zu stecken.

Keuchend noch von der Anstrengung.

Mit dem bäuerlichen Geruch der Arbeit an sich.

Ihre Nacktheit traf ihn daher unvorbereitet.

Und ihr Lächeln.

»Guten Tag, Commissario. Setzen Sie sich. Mir ist kürzlich zugetragen worden, dass eine Frau sich ein wenig entblößen muss, um Ihre Aufmerksamkeit zu erregen. Verzeihen Sie mir, wenn ich Ihnen nur biologische Produkte anbiete. Doch ich verabscheue Farbstoffe.«

Lupos Blick verlor sich im Zauber ihrer großen und vollen Brüste.

Die Worte erstarben ihm auf den Lippen.

Er versuchte, seine Aufmerksamkeit auf das blaue Wasser des Schwimmbades zu richten und auf einen Star, der tief darüber hinwegflog, um eine schwerfällig über die Wasseroberfläche summende Biene zu erhaschen.

Doch das gelang ihm nicht.

Da erhob sich Costanza träge von ihrem Liegestuhl.

Sie trug nur einen winzigen Tanga.

Und gab ihm artig die Hand.

»Glauben Sie mir, es gibt niemand Geschwätzigeren als einen Polizeipräsidenten.«

Lupo holte tief Luft.

Und ging auf das Spiel ein.

»Warum müssen Sie mich immer provozieren?«

»Oh, ich liebe einfach diesen Ausdruck von Verlegenheit auf Ihrem Gesicht.«

»Ich finde Sie wunderschön, wenn ich Ihnen das sagen darf.«

»Wie jene soeben gepflückte Rose?«

»Ich weiß nicht. Ich habe nicht so viel von ihr gesehen. Im Grunde ist sie nämlich eher schamhaft.«

»Anders als diese alte Schrulle, wollen Sie damit sagen?«

»Das würde ich mir niemals erlauben. Diese minimalistische Badebekleidung ist wirklich sehr ansprechend. Ich kenne keine andere Frau, die sich so etwas erlauben könnte. Entschuldigen Sie meinen Enthusiasmus.«

»Ich habe Ihnen eine Badehose hingelegt. Los, gehen Sie sich umziehen. Ich will keinen schwitzenden Mann vor mir sitzen haben, wenn ich meine Geschichte erzähle...«

Sie schwammen gemeinsam eine Runde.

Und stiegen dann lachend wieder aus dem Wasser.

Lupo schüttelte sich mit der Anmut eines bergamaskischen Bauern das Wasser ab.

Und Costanza drückte ihm umgehend die Fotokopie einer Zeitungsseite des *Giornale del Piemonte* in die Hand, die sie für ihn angefertigt und die neben einer Karaffe mit Eistee auf dem Tisch gelegen hatte.

»So. An die Arbeit. Lesen Sie sich diesen Artikel gründlich durch. Wenn Sie fertig sind, sagen Sie mir Bescheid.«

Worauf sie sich wie eine Eidechse in der Sonne ausstreckte.

Sie bedeckte sich die Augen mit zwei Muscheln aus Kunststoff und würdigte ihn keines Blickes mehr.

Lupo befahl sich, seine Aufmerksamkeit auf den Artikel zu richten.

Er brauchte allerdings einen Augenblick zu lange dazu, so verwirrt, wie er noch immer von der erhabenen Schönheit Costanzas war.

Da rief sie ihn mit einem leise geflüsterten Necken zur Ordnung.

»Sie wissen es doch. Sie können kommen, wann Sie wollen. Aber lassen Sie noch ein wenig für das nächste Mal übrig...«

Lupo seufzte.

Er sah auf die Uhr.

Die Verabredung mit dem Alten rückte immer näher.

Also widmete er sich endlich der Aufgabe, die ihm aufgetragen worden war.

Und was er las, war in der Tat äußerst erstaunlich.

Cirio
Die ersten Konserven entstanden auf dem Trödelmarkt ›Balon‹
von Pier Luigi Bassignana

In einer idealen Porträtsammlung berühmter verkannter Persönlichkeiten nähme das Bildnis Francesco Cirios gewiss einen besonderen Platz ein.

Zu Lebzeiten bewundert und umjubelt (aber auch kritisiert), geriet er bald nach seinem Tod (in Rom, am 9. Januar 1900) in Vergessenheit. So wissen heute nur noch wenige der Piemontesen, dass er in Nizza Monferrato geboren wurde. Die überwiegende Mehrheit hielt ihn für einen Süditaliener.

Es ist richtig, dass sich zum Zeitpunkt seines Todes das gesamte, von ihm errichtete Nahrungsmittelimperium bereits vollständig aufgelöst hatte. Doch trotz dieser Tatsache hätte diese Persönlichkeit ein besseres Schicksal verdient. Wenigstens anlässlich seines hundertsten Todestags. Denn er war die Verkörperung des Selfmademans, so wie sie uns die sozialromantische Literatur aus dem späten neunzehnten Jahrhundert überliefert.

Seine Lebensgeschichte ist beispielhaft: Er wurde im Jahr 1836 in bescheidenen Verhältnissen geboren, die Eltern lebten in beständiger Armut. Um seinen Anteil am Lebensunterhalt beitragen zu können, versuchte der kaum Zehnjährige, bei jenem Unternehmen Arbeit zu finden, das die unterseeischen Telefonkabel zwischen Genua und Sardinien verlegte. Was ihm auch gelang.

Mit dem wenigen Geld, das er verdient hatte, zog er nach Turin, wo er sich einen Karren zulegte, um in den Vorstädten Gemüse zu verkaufen. So wurde er mit nur vierzehn Jahren zum Ernährer der ganzen Familie. Cirio bewies, dass er die wichtigste Eigenschaft eines Vollblut-Unternehmers besaß: die Fähigkeit, jede Gelegenheit, die ihm das Leben bot, beim Schopfe zu ergreifen, und dabei die Entwicklungen vorauszusehen. Eine dieser Gelegenheiten stellte zweifelsohne der Krimkrieg dar, bei dem man sich zum ersten Mal mit dem konkreten Problem konfrontiert sah, Streitkräfte versorgen zu müssen, die weit weg vom Heimatland kämpften.

Dieser Anlass schürte das Interesse für andere Arten der Konservierung als jene traditionellen des Pökelns und Räucherns.

In Turin waren es vor allem die Brüder Lancia, die nicht nur die Armee des Königreichs Piemont-Sardinien, sondern auch das britische Heer mit großen Mengen an Dosenfleisch versorgten.

Als Cirio zwei Jahre später begann, in einem Zimmer in der Via Borgo Dora Erbsen in Dosen zu versiegeln, wurde ihm sofort klar, dass sein Unternehmen nur dann groß werden konnte, wenn er rasch die in dieser Zeit sich neu eröffnenden Möglichkeiten ergriff, die der Bau der Eisenbahnstrecken in Europa erschloss.

Er hatte also erkannt, dass die Eisenbahn (die die Distanzen verkürzte) in Verbindung mit den neuen Konservierungsmethoden (die es erlaubten, die jahreszeitlich bedingten Einschränkungen zu überwinden) neue Exportströme auf den Weg bringen konnte.

Im Nachhinein ist es schwer, festzustellen, ob Cirio eher Bauer oder Eisenbahner gewesen ist. Denn seine genaue Kenntnis des europäischen Schienennetzes (und seine Fähigkeit zu vermitteln und die für ihn tätigen Verantwortlichen zum Zuhören zu bringen) waren tatsächlich vergleichbar mit seinen Qualitäten als Experte der italienischen Landwirtschaft.

Doch solange sich sein Unternehmen nur auf das Gebiet des Königreichs Piemont-Sardinien beschränkte, konnte er nicht wirklich expandieren, weil die Möglichkeiten des Einkaufs in quantitativer wie qualitativer Hinsicht eingeschränkt blieben.

Die Vereinigung Italiens öffnete jedoch alle Grenzen und erlaubte es Cirio, aus jenen ertragreicheren Gebieten Agrarprodukte zu beziehen, wie sie zum Beispiel der Süden Italiens darstellte.

Seine Anerkennung erhielt er schließlich im Jahr 1867, als er auf der Weltausstellung in Paris mit der Bronzemedaille ausgezeichnet wurde – die erste einer beeindruckenden Reihe von Würdigungen. In nur zehn Jahren war es Cirio gelungen, aus dem Elend des Balon in die Ruhmesränge des Zweiten Königreichs emporzusteigen.

Seit diesem Moment war sein Aufstieg nicht mehr aufzuhalten. Zum Unternehmen *Francesco Cirio* gesellten sich nach und nach die *Francesco Cirio e Comp.*, die *Esportazione Uova* – eine Exportfirma für Eier mit Sitz in Verona –, die *Polenghi Lombardo Cirio e Comp.* mit Sitz in Codogno, die Butter und Käse exportierte, die *Società anonima di esportazione agricola Cirio* – eine landwirtschaftliche Export-Aktiengesellschaft, die *Società italiana per la bonifica dei terreni ferraresi* – eine Gesellschaft für die Urbarmachung der ferraresischen Länder –, und die *Società anonima per la colonizzazione dei terreni incolti* – eine Aktiengesellschaft, die das Ziel verfolgte, unbebautes Land für die Besiedelung zu erschließen.

Gleichzeitig regte er in Codigoro die Torfgewinnung an, den Import von Schlachtvieh nach Sizilien sowie den Tabakanbau in den Provinzen Padua und Lecce. Er versuchte auch, die Thermalquellen in Acqui für den Gewächshausanbau zu nutzen. Er brachte die Austernzucht im *Mar Piccolo* bei Taranto in Gang und die Produktion von Östrocyanin in Cornegliano und diejenige von chemischen Düngemitteln in Brembio.

Als würde das alles nicht schon ausreichen, erhielt er von der Stadt Terracina zudem fünftausend Hektar Brachland (aus denen rasch zwanzigtausend wurden), die er auf eigene Kosten kultivierte.

Er fand sogar die Zeit, aus einer parlamentarischen Untersuchung, die von Neidern und Missgünstigen angezettelt worden war, völlig entlastet hervorzugehen. Jedoch gelang es ihm nicht, genügend Zeit für etwas viel Wichtigeres zu finden: die nämlich, die er dafür gebraucht hätte, sich selbst auf den Fersen zu bleiben.

Es nimmt daher nicht wunder, dass Cirio an einem gewissen

Punkt nicht mehr in der Lage war, all die vielen Initiativen, die er angeregt hatte, zu kontrollieren. Denn seinem Organisationstalent und der Begabung, Energien und Kapital in Richtungen fließen zu lassen, die seine Intuition ihm eingaben, standen leider nicht in gleichem Maße unternehmerische Qualitäten und die Fähigkeit zur Seite, Kosten und Gewinne sorgfältig gegeneinander abzuwägen.

So wurde Cirio, als das Jahrhundert sich seinem Ende näherte, aus vielen seiner Unternehmen ausgeschlossen. Von anderen trennte er sich aus eigenem Willen, wobei er manchmal auch wieder einstieg, freilich nicht als Eigentümer, sondern als einfacher technischer Leiter.

Vor seinem endgültigen Niedergang hatte er jedoch noch Gelegenheit gefunden, eine andere außergewöhnliche Idee in die Tat umzusetzen: die Konstruktion eines Kühlwagons, dem kaum zwei Jahre später (im Jahr 1876) die erste Schiffstaufe eines Frachtschiffes folgte, das Fleisch von Argentinien nach Frankreich bringen sollte: die revolutionäre *Frigorifique*.

Als tragisch kann man die Tatsache ansehen, dass zum Zeitpunkt seines Todes keine einzige Firma mehr seinen Namen trug. Und nachdem er bei so vielen Weltausstellungen einer der Protagonisten gewesen war, verpasste er dann doch die wichtigste: die Weltausstellung in Paris im Jahr 1900.

Erst viel später sollte es erneut eine Firma mit dem Namen Cirio geben. Doch diese sollte von den Brüdern Pietro und Clemente in San Giovanni a Teduccio gegründet werden und somit die Überzeugung festigen, Cirio habe neapoletanische Wurzeln besessen.

Lupo sprang ins Wasser.

Er war fasziniert.

Er verstand nicht so genau, in welchem Zusammenhang diese eigenartige Geschichte mit den früheren Geschicken der Loewenthals und der Vilfredis stand. Doch er verspürte eine kindliche Freude, eine grenzenlose Bewunderung. Er war völlig in diese heroische Atmosphäre versunken, in der er sich in diesen langen Minuten der Verzauberung bewegt hatte.

Das war ein wahrhaft flammendes Epos.

Beinahe wie die Geschichte von der Eroberung des Wilden Westens.

Es fehlten nur die Indianer und die Wagentrecks, die von Osten nach Westen zogen.

Doch an Pionieren fehlte es nicht.

Männer, die keine Angst kannten.

Freie Geister, die mit ihren Händen einen Teil der Nation erschaffen hatten.

Er versuchte nicht, noch mehr in seine Vorstellungskraft einzutauchen.

Er machte nur einige kraftvolle Schwimmzüge.

Seit Tagen hatte er schon nicht mehr gerudert.

Und seine Muskeln, die an ein fast tägliches Training gewohnt waren, entspannten sich sofort, kaum dass er ins Wasser eintauchte.

Und er verspürte voller Freude die energische Bewegung, die Körper und Geist anregte und jene Gifte der Anspannung löste, die sich durch die achtlose Gleichgültigkeit des Lebens angestaut hatten.

Als er wieder auftauchte, lächelte er.

Costanza hatte sich den Sonnenschutz von den Augen genommen und erwartete ihn neugierig.

Sie wusste, dass seine Augen jetzt nicht mehr die Muße haben würden, auf all den Rundungen ihres Körpers zu verweilen. Doch gerade das ließ sie noch erregender erscheinen. Denn es war ihr gelungen, viel Wichtigeres zu stimulieren.

Die Kräfte der Seele.

Das war seinem erregten Gesichtsausdruck deutlich abzulesen.

»Setzen Sie sich. Und hören Sie zu.«

Lupo gehorchte.

Erfüllt von derselben magischen Vorfreude, mit der er auf das Märchen wartete, das seine Mutter ihm jeden Abend erzählt hatte, nachdem sie ihm zunächst die Bettdecke bis zum Kinn hochgezogen hatte.

Und Costanza enttäuschte ihn nicht.

»Cavour war gerade Ministerpräsident geworden, in jenem umtriebigen Turin des neunzehnten Jahrhunderts, in dem man im Zentrum zusammenkam und in dem sich alle kannten. In dem man sich traf, vielleicht gemeinsam eine Tasse heiße Schokolade im *Café Bicerin* trank oder beim Hufschmied anstand, damit dieser die Pferde deiner Kutsche beschlug...«

Ein kleines großes Stadtviertel.

Das von der Gran Madre bis zur Piazza Castello reichte und sich um die Mauern der von Juvarra erbauten Universität erstreckte.

Das den eitlen *Circolo degli Artisti*, den Künstlerzirkel, beherbergte und das Parlament, dessen Fassade der Piazzetta Carignano seine savoyischen Wappen darbot.

Mit den laubreichen Gärten, die gerade bei der *Città Nuova* – der entlang der Via della Rocca erbauten Neustadt – angelegt wurden, mit dem Stuck des *Café Cambio* und der *Confiseria Stratta* und den düsteren Silhouetten des *Palazzo Reale* und des *Regio*.

Dort pulsierte das Leben.

Dort schlug das Herz dieser kleinen Hauptstadt eines Königreiches, dessen Herrscher Jäger und Bergbewohner waren.

Die vielleicht wenig Etikette und nur einfache Bräuche besaßen.

Die jedoch den Menschen vermitteln konnten, dass sie stolz sein durften, Piemontesen zu sein.

Eingeschworene Feinde dieses verhassten österreichischen Kaiserreiches.

Feinde dieser großkotzigen Kartofen Franz und Krauten Joseph, deren Stehkragenuniformen mit Orden gespickt waren.

Feinde dieser furchtsamen Mailänder, die die Scala mit dem Radetzkymarsch eingeweiht hatten und vor den ungarischen Adlern auf den Knien lagen. Die sogar glücklich waren, eine unterworfene Provinz zu sein, an der Grenze zur einzig freien Welt des alten römischen Vaterlandes.

Den Grafen Camillo Benso di Cavour traf man überall.

Und man liebte ihn.

Weil man sich daran erinnerte, ihm spät in der Nacht noch begegnet zu sein, als er die Redaktion des *Risorgimento* verließ. Mit seiner von der Kälte beschlagenen Lorgnette und den ersten druckfrischen Ausgaben seiner Zeitung unter dem Arm. In deren Kolumnen er für den kleinen Mann kämpfte. In der er mit lauter Stimme die Verabschiedung einer Verfassung forderte.

Weil er in einem Café am Nachbartisch gesessen hatte.

Weil er zu den Damen galant war.

Den Finanz- und Wirtschaftsmagnaten gegenüber achtsam.

Und offen für die großen Künstler und die bürgerlichen Unternehmer.

Weil er den Bedürfnissen der vom Schicksal Minderbegünstigten nicht gleichgültig gegenüberstand.

Jedoch die Privilegien der Kirche und der Aristokratie verdammte.

Und die des allzu habgierigen Fiskus.

Und schließlich, weil er über die geistigen Fähigkeiten für immer größere Projekte verfügte.

Wie etwa jene grandiose Idee, Lamarmora auszuschicken, um den Kosakentruppen in den öden Steppen der Krim den Garaus zu machen. Nur um seine kleinen Standarten neben den majestätischen Fahnen Frankreichs, Englands und der Türkei schwenken zu können.

Auf die Kapitulation Sewastopols schielend.

Nach einem Friedensvertrag strebend, den ein Konklave gekrönter Häupter segnen sollte.

An dem auch er teilnehmen würde, gestützt auf das heilige Recht des Siegers.

Wodurch sie folglich bekräftigt würde, die Existenz des savoyischen Läufers auf dem großen Schachbrett der internationalen Politik.

Das waren große Zeiten gewesen.

Mit großen Reformen und einem außergewöhnlichen Modernisierungsschub.

Ein unaufhaltsamer Tatendrang.

Und drei junge Männer, zwar von bescheidener Herkunft, dafür aber mit lebhafter Intelligenz ausgestattet, hatten beschlossen, sich an diese riesige Maschine, die sich da in Bewegung gesetzt hatte, anzuhängen, um immer höher aufzusteigen.

Isacco Loewenthal, Jude aus dem Ghetto der Piazza Carlina, Großvater des Alten.

Giovanni Vilfredi, der schmächtige Urgroßvater Gustavos.

Und der explosive Francesco Cirio, der ein paar Jahre älter war als die beiden anderen.

Sie hatten sich beim *Palicia*-Spiel auf dem Gehweg vor der öffentlichen Badeanstalt beim *Gran Balon*, dem Turiner Markt, kennen gelernt. Mitten unter den Bauern, die mit ihren Körben voller Gemüse und Hühnern vom Land gekommen waren.

Man schrieb das Jahr 1858.

Und Francesco hatte sich mit seinen zweiundzwanzig Lenzen schon ein paar Knickerbocker und eine wunderschöne Jacke aus grobem Stoff leisten können, die ihm ein Schneider in der Galleria Umberto I maßgeschneidert hatte. Doch er spielte immer noch begeistert das Spiel, bei dem man einen kleinen Stab aus Eisen in eine Gruppe kleiner Figuren schleuderte.

In Giovanni und Isacco hatte er zwei ausdauernde Gegner gefunden.

Alles hatte an einem Tag im Mai begonnen.

Giovanni ging in dieser Zeit einem Puppenspieler zur Hand. Er half ihm beim Schnitzen seiner hölzernen Giandojas und bei den ersten wirklichen Darbietungen für das Volk. Denn Giandoja war praktisch gerade erst geboren. Und er verdankte seinen Namen seinem Namensvetter: Giovanni *della doja*. Der hatte das Gesicht eines Mannes mit immer roten Wangen vom Wein, den er in einem Krug – *doja* – stets mit sich herumtrug.

Seinen allerersten Auftritt hatte Giandoja in einem längst vergangenen November im Jahre 1808 gehabt, in einem Saal der Herberge *Stella d'Oro* in der *Contrada dello Studio*, der heutigen Via San Francesco d'Assisi. Doch er hatte lange gebraucht, um die Herzen der Turiner zu erobern.

Denn diese liebten eine andere Figur: Gironi.

Gironi war die dialektale Kurzform von Girolamo. Und Girolamo hießen leider auch der Bruder Napoleons und der Herzog von Genua…

Daher wurde Gironi aus Gründen politischer Opportunität gebeten abzudanken, um einer neuen Figur Platz zu machen, die von dem Puppenschnitzer und Puppenspieler Giovanni Battista Sales und seinem Genossen Gioacchino Bellone di Racconigi erfunden worden war.

Giovanni Vilfredi war gerade dabei gewesen, den *Balon* mit seinem blechernen Megaphon zu beschallen, um die Menschen zur nächsten Vorstellung herbeizulocken, als sich ihm Francesco Cirio näherte. Diesen hatten die kleinen handgemalten Einladungskärtchen, die Giovanni eben in der Menge verteilte, neugierig gemacht, weshalb er ihm vorgeschlagen hatte, sie alle als Einsatz beim *Palicia* zu wagen.

Giovanni hatte gezögert.

Er hatte die Kärtchen in seinen Händen gedreht und gewendet, bis sie völlig zerknittert waren.

Dabei dachte er unschlüssig mit geschürzten Lippen nach.

Dann war plötzlich Isacco hinzugekommen.

Der, in der Menge verborgen, das Gespräch mit angehört hatte.

Die kleinen Giandojas aus Papier hatten ihm so gut gefallen, dass er sich bereits einen kleinen Vorrat zusammengesammelt hatte – von jenen, die die Leute nach einem zerstreuten Blick auf die Straße hatten fallen lassen.

»Wenn du nicht mitmachst, dann bin ich dabei. Aber was setzt du dagegen?«

»Wie viele hast du denn?«

»Zwölf.«

»Die genügen nicht.«

»Genügen nicht wofür?«

»Für das, was ich im Sinn hatte. Einen schönen Teller gekochtes Fleisch mit Soße und Kartoffeln für zwei im Hinterzimmer der *Tre Galline*.«

»Also dann für drei. Seine zwölf gegen eine Kartoffel.«

Giovanni hatte sich mittlerweile entschieden.

Und so wurde eine große Freundschaft geboren.

Francesco hatte sich gerade in dem kleinen Zimmer in der Via Borgo Dora eingerichtet, in dem er Erbsen in Dosen abfüllte. Er stellte die beiden als Helfer ein.

Innerhalb weniger Jahre änderte sich ihr Leben vollständig.

Aus allen dreien waren Unternehmer geworden.

Fast jede Sekunde erfanden sie etwas Neues.

Doch wurde es immer schwieriger, Zeit zum Zusammensein zu finden. Vor allem weil Francesco unermüdlich unterwegs war. Er war noch weniger an einem Ort zu halten als eine Brieftaube, weil er beständig Zügen hinterherjagte und neuen Ländereien, auf denen er Neues anbauen konnte.

Eines Tages jedoch gelang es Isacco, ihn festzunageln.

Denn er und Giovanni hatten eine Idee.

Und da es ihnen mittlerweile zur festen Gewohnheit geworden war, alle neuen Projekte in ihrer ›*Palicia*-Versammlung‹ zu besprechen, wie sie derartige Zusammenkünfte nannten, war auch Cirios Anwesenheit nötig.

Kaum saßen sie zusammen, legte Isacco schon den Vorschlag auf den Tisch.

»Ich bin mit meinem Vater beim Rabbiner gewesen. Die ganze Gemeinde war da. Und auch die Bankiers von Ovazza. Dann haben sie etwas angekündigt: Der Architekt Antonelli hat den Auftrag, unsere Synagoge zu bauen, angenommen.«

»Wo?«

»In der Via Montebello. Er hat großartige Pläne dafür. Ein riesiges Bauwerk, das bis in den Himmel ragt, gleichermaßen das Symbol der jüdischen Emanzipation wie eine revolutionäre technische Herausforderung. Der Bau wird Jahre benötigen. Und es wird einen pausenlosen Bedarf an Geld und Technologie geben …«

»Und ihr wollt mitmischen? Ich sehe da nicht viel Spielraum. Angenommen, es handelt sich um eine Truppe von hundert Arbeitern? Das sind ein bisschen wenige, um auch nur einmal in der Woche eine Mahlzeit aus Konserven zu organisieren. Dieser Schuh ist zu klein. Wir müssen in größeren Dimensionen denken, in viel größeren …«

Was folgte, war ein langes Schweigen.

Isacco und Giovanni hatten schon vorher lange darüber diskutiert.

Die Zeit war gekommen, sich zu trennen. Cirio war ein unerreichbares Genie. Ein Drahtseilkünstler der Erfindung. Doch hatten sie erkannt, dass er niemals innehielt, um die Fundamente dessen, was er baute, zu verstärken. Es gab immer etwas Neues, das anzugehen und zu verfolgen war.

Und früher oder später …

Andererseits würde keiner von ihnen sich etwas Eigenes aufbauen können, solange sie in seinem Schatten verharrten – selbst wenn sie noch so viel Geld verdienten.

Francesco hatte dieses Schweigen durchbrochen.

Mit einem Lächeln.

Gefühlsmäßig hatte er bereits erfasst, worum es hier ging.

Es hatte keiner unangenehmen Erklärung bedurft.

Im Gegenteil, eben weil er so war – einfühlsam, überschwänglich und großzügig –, hatte er ihnen diese Verlegenheit ersparen können.

Mit einem scheinbar wohldurchdachten Vorschlag.

Der allerdings aus einer plötzlichen Eingebung geboren wurde.

»Hört her. Warum sprechen wir nicht über ernsthafte Dinge? Ich habe auf meiner Rückfahrt von Paris lange darüber nachgedacht. Du, Isacco, hast den Kopf für Geldangelegenheiten. Dir ist noch keine einzige Fehlinvestition unterlaufen. Du hast das Gespür dafür. Meiner Meinung nach hast du alles, um ein guter Bankier zu werden. Wie Rothschild. Und wie alle tüchtigen Juden auf dieser Welt.«

Isacco hatte Giovanni einen erstaunten Blick zugeworfen.

Doch Francesco hatte noch mehr Überraschungen parat.

»Und du, Giovanni, meinst du, ich weiß nicht, dass du dir den Tunnel bei Fréjus angesehen hast? Im Zug bin ich Monsieur Sommeiller persönlich begegnet. Er hat mir alles erzählt.«

»Wirklich?«

»Ja. Und er ist richtiggehend angetan von deiner Begeisterung für die Mechanik. Er hat noch keinen Menschen gesehen, der so verliebt in eine Maschine war.«

»Aber, Francesco, ist dir das klar? Er hat eine Bohrmaschine erfunden, die mit Presssluft arbeitet, sie durchlöchert Stein, als wäre es ein *rubatà*. Du weißt schon, diese Brotstangen aus der Bäckerei Meisino. Das ist unglaublich. Sie erledigt die Arbeit von hundertfünfzig Männern. Ich wette, dass die Tunnelbohrung noch vor dem Jahr 1870 beendet ist. Bereits nach sieben statt nach dreizehn oder vierzehn Jahren ...«

»Siehst du, du hast den Kopf für solche Dinge. Organisation, Mittel, Logistik. Ich hingegen habe nur Sinn für Gütertransporte. Nie könnte ich dem eine Form geben, was die Phantasie eines Ingenieurs sieht. Du dagegen kannst mit der Materie arbeiten. Du schnitzt eine Marionette aus einem Stück Holz und erweckst sie zum Leben. Du wirst Straßen bauen, Brücken ...«

Sie hatten sich in die Augen geblickt.

Und Giovanni hatte geseufzt.

»Was willst du uns eigentlich erzählen?«

»Dass ihr mit mir eure Zeit vertut. Ich bin ein Verrückter, ein Spieler. Ich bitte euch, gebt mir meine Freiheit wieder. Ich will nicht dauernd daran denken müssen, dass ich euch mit einem meiner gewagten Abenteuer vielleicht mit ins Unglück reiße. Lasst uns einen Pakt schließen: Wir werden uns immer zur Seite stehen. Wir werden Brüder bleiben. Und unsere Kinder werden die Kinder von uns allen sein. Doch seid so gut und lasst mich gehen ...«

Der Gute war in diesem Fall er gewesen.

Und die Mole Antoniella war seither gewachsen, hatte Erdbeben überstanden, die Besitzer gewechselt, war immer höher geworden – aus den ursprünglich geplanten 43 Metern waren schließlich 169 geworden, womit sie zum höchsten Gebäude Europas wurde und sich von einer Synagoge in das Symbol der Größe Savoyens verwandelte. Die Vorhersage hatte sich bewahrheitet.

Und Giovanni war ein geschätzter Unternehmer geworden.

»Doch dann, von einem auf den anderen Tag, war er tot, Tuberkulose ...«

Lupo fuhr auf.

Costanzas Stimme hatte einen scharfen Klang angenommen.

Und hatte sein Träumen abrupt beendet.

Sie hatte ihn brutal zurück in die Wirklichkeit geholt.

Durch die Luft segelten Samenschirmchen, lästige Fliegen umschwirrten sie. Es herrschte totale Stille. Als hielte auch die Natur den Atem an. Er schüttelte den Kopf. So beendete man keine Geschichten, nicht einmal die tragischen.

»Denken Sie nur, Lupo, das ist der schöne Teil.«

»Und der hässliche?«

»Haben Sie noch Zeit? Oder sollen wir ein andermal weitermachen?«

Lupo sah auf die Uhr: halb zwölf.

Er konnte an diesem Punkt nicht gehen.

Nicht, ohne erfahren zu haben, welche Schuld nun die Loewenthals an die Vilfredis kettete.

Er setzte zu einer Antwort an.

Dann begriff er, dass Costanza dabei war, ihn wieder einmal auf ihre hinterlistige Art zu provozieren. Sie lächelte. Boshaft. Sie wartete auf seine Reaktion, versuchte herauszubekommen, ob er den Mut haben würde, den Alten warten zu lassen.

»Los, erzählen Sie weiter. Und hören Sie auf, die Verschlagene zu spielen.«

»In Ordnung. Ich werde versuchen, mich auf das Wesentliche zu beschränken.«

»Also: Giovanni stirbt plötzlich an Tuberkulose...«

»Doch sein ganzes Vermögen ist ein undurchdringliches Gewirr von Investitionen. Ein Labyrinth, zu dem nur Isacco den Schlüssel kennt. Und da es kein Testament, keine Ehefrau oder Kinder gibt, von denen man Kenntnis gehabt hätte, denkt unser Bankier, dass es das Beste wäre, alles unter seine eigene Obhut zu nehmen. Als Freund natürlich, nicht als Scharlatan.«

»Um seine Geschäfte weiterzuführen?«

»Ich weiß nicht. Es mag so gewesen sein. Jedenfalls hatte er bei seinem Entschluss nicht mit dem Zorn einer jungen und dazu noch schwangeren Frau gerechnet. Eine gewisse Cecilia Guidi...«

»Das kann ich nicht glauben...«

»Nun ja. Aber das Ganze endet hier noch lange nicht. Denn die erste Cecilia war, abgesehen davon, dass sie die große, heimliche Liebe Giovanni Vilfredis gewesen war, auch noch Schauspielerin. Und kommt Ihnen das nicht wie ein Zeichen des Schicksals vor?«

»Ich weiß nicht, was ich sagen soll. Was für eine Schauspielerin?«

»Oh, keine große. Nur eine Operettensängerin. Nicht gerade eine Primadonna. Doch sehr schön. Im ehemaligen Herzogtum Parma geboren. Unglücklich mit einem Oberleutnant der Sardischen Kürassiere, Augusto Guidi, verheiratet. Der sich im Begeisterungstaumel über den Sieg und die eroberten Landstriche im Jahr 1860 selbst den Krieg zum Geschenk macht.«

»Warum unglücklich verheiratet?«

»Weil er sie praktisch sofort nach der Heirat ihrem Schicksal überlässt und seine *tournée* durch Italien antritt, um mit seinem Schwert zu dessen Vereinigung beizutragen.«

»Es versteht sich von selbst, dass das Kind, mit dem Cecilia schwanger geht, ein Vilfredi ist...«

»Genau. Und das ist auch der Grund, warum sie sich so wütend auf Isacco stürzt. Sie droht ihm mit einem Skandal, wenn er nicht sofort das zurückgibt, was er sich zu Unrecht angeeignet hat – sie werde selbstverständlich nichts davon anrühren. Das Geld aber sollte die Grundlage für die Zukunft dieses kleinen unglücklichen Bastards bilden, der da auf die Welt kommen sollte.«

Die Geschichte war ganz einfach.

Sogar in ihrer Irrationalität.

Isacco war ein Ehrenmann gewesen.

Er hatte einen Pakt geschlossen.

Und er würde den Schwur halten.

Er würde sich keinesfalls aus der Verantwortung stehlen.

Er hatte aber schließlich die Rechnung mit den Mysterien der Gesetze und des Herzens machen müssen.

Cecilia wartete darauf, dass das Gericht der Sacra Rota zu den Details ihrer Ehe Stellung nahm, einer Ehe, die gültig, aber nicht vollzogen worden war. Das Problem war nämlich, dass sie gar nicht geleugnet hatte, etliche und auch befriedigende sexuelle Kontakte mit dem Oberleutnant gehabt zu haben.

Allerdings bevor er ihr Ehemann geworden war.

Denn genau am Tag der Hochzeit war er einberufen worden. Und verschwunden. Der Beweis? Ein Brief, der sie fast ein Jahr später aus dem ehemaligen Königreich beider Sizilien erreichte, in dem er sie, nach einer verworrenen und vagen Schilderung des Siegestaumels bei der Befreiung Palermos, um Verzeihung bat und ihr alles Gute wünschte.

Guten Willens, die Dinge wieder ins Lot zu rücken, hatte Isacco Cecilia in seinem Haus aufgenommen. Die, so weit entfernt von ihrer Familie in Piacenza, der Einsamkeit preisgegeben war. Gefangene der überheblichen Reserviertheit der Turiner. Zudem hatte sie unter einer Schwangerschaft mit schmerzhaften Komplikationen zu leiden.

Loewenthal hatte auch mit Oberleutnant Guidi, mittlerweile Oberst, Kontakt aufgenommen. Dessen Sprödheit – ein Konzentrat piemontesischer Spießbürgerlichkeit, das ihn unfähig machte, über seine Schlafzimmergewohnheiten zu sprechen – ließ sich durch ein unwiderstehliches Angebot überwinden: einen Sitz im Verwaltungsrat der Bank.

Der Abschied von den stinkenden Ställen der Kavallerie.

Und der Eintritt in die wohlriechenden Gemächer der Finanz.

Doch alles war umsonst gewesen.

Nach sechs Monaten andauernden Drucks und kaum verhohlener Erpressungen hatte das kanonische Recht Roms dem zunehmenden Gewicht jüdischen Einflusses eine Absage erteilen wollen und deshalb die Ehe als gültig und für unauflöslich erklärt.

Genau in jenen Tagen, in denen Cecilia ihren Sohn Angelo zur Welt brachte.

Diesen kleinen Riesen von fast fünf Kilo, der zum Großvater Gustavo Vilfredis werden sollte.

Isacco hatte sich damit am heikelsten Punkt seines Lebens befunden.

Er war nämlich im Begriff, sich hoffnungslos in Cecilia zu verlieben.

Während ihm Cecilias rechtlich angetrauter Ehemann von Tag zu Tag unentbehrlicher wurde: ein vorzügliches trojanisches Pferd, mit dem man die düsteren Mauern des Militärs überwinden und prächtige Geschäfte mit dem Kriegsminister machen konnte.

Und dann war da das Kind: der Sohn seines besten Freundes. Der nie einen Vater haben würde. Und den er bereits betrogen hatte, weil er ihm sein Vermögen entzogen hatte.

Er verbrachte furchtbare Nächte.

In Grübeleien und innerem Aufruhr.

Dann traf er eine Entscheidung.

Doch zunächst wollte er sich der Unterstützung Francescos versichern.

Cirio steckte in immer tieferen Schwierigkeiten. Es war nicht einfach gewesen, ihn aus den Klauen der parlamentarischen Kommission zu befreien, die seine Unternehmen unter die Lupe nahm, die Herkunft seines Geldes untersuchte und die Zulässigkeit der Aufträge prüfte, die er erhielt...

Eines Abends, gegen Mitternacht war er jedenfalls unerwartet an der Pforte der Villa in der Via Marina Vittoria aufgetaucht. Dies war zu Isaccos neuem Tempel geworden: Haus und Bank in einem.

Sie hatten es nicht gewusst, doch dies sollte ihre letzte Begegnung sein.

Sie hatten sich umarmt.

Mit Herzlichkeit.

Und Loewenthal hatte ihm Cecilia, Angelo und Augusto Guidi vorgestellt.

Dann hatte er Francesco gebeten, ihm in den Tresorraum zu folgen.

Dort hatten der große Bankier und der geniale Industrielle wie in alten Zeiten auf dem blank gebohnerten Boden *Palicia* gespielt.

Dann hatten sie einander ihr Herz ausgeschüttet, umgeben nur von der dunklen Verschwiegenheit des Geldes.

Und Francesco hatte seine Entscheidung gebilligt.

Costanza trank ihren Eistee.

Mit langsamen Schlucken.

Lupo sah sie ungeduldig an und forderte sie auf, weiterzuerzählen.

Sie nickte.

Nachdenklich.

»Die Konsequenzen waren schon zu Beginn des Jahrhunderts unvorhersehbar. Eine ganze Landkarte von Gefühlen und Familienstrukturen war völlig neu gezeichnet worden, um das als gesegnet aussehen zu lassen, was in Wirklichkeit nichts als Sünde war. Für die Katholiken wie für die Juden.«

»Was soll das heißen?«

»Ein riesiges Spiegelkabinett wurde konstruiert, um einen unangreifbaren Anschein von Legalität herzustellen. Hochzeiten, die gar nicht geschlossen werden konnten, weil das Band zwischen Cecilia und Augusto niemals durchtrennt worden war, wurden mit großem, falschem Pomp gefeiert. Im

Ausland oder anderswo, ohne Trauzeugen. Und dann als echt ausgegeben.«

»Und womöglich in heimlichen Verträgen von fremden Notaren abgesegnet...«

»Ich sehe, dass Sie bestens verstanden haben. Die Lösung bestand darin, dass Isacco Cecilia heiraten sollte und Augusto Guidi Esther, Isaccos kleine Schwester.«

»Der Einzige, der das Nachsehen hatte, war also Angelo, das uneheliche Kind von Giovanni.«

»Nein. Auch für ihn fand man eine Lösung. Eine junge französische Mutter, die Giovanni heimlich in Modane geheiratet habe und bei der Geburt gestorben sei. Die ihn aber zu einem echten Vilfredi mit allen Konsequenzen machte.«

»Ich kann mir allerdings vorstellen, dass Loewenthal ihn adoptiert hat.«

»Ja und nein. Ja im Sinne, dass er natürlich in seinem Haus aufwuchs. Nein im Sinne, dass sein Nachname, wie schon gesagt, Vilfredi blieb. Doch noch eine letzte Randbemerkung: Von Isacco und Cecilia stammt Matteo, der Vater des Alten.«

»Und da Matteo und Angelo Halbbrüder sind, sind ihre Nachkommen irgendwie alle miteinander verwandt. Dasselbe gilt für die Nachkommen von Esther und Augusto.«

»Richtig.«

Die Loewenthals, die Vilfredis und die Guidis.

Alle vom gleichen Geschlecht.

Lupo sog die Luft ein.

Er war beeindruckt.

Das Märchen war zu Ende.

Und plötzlich war auch Costanza nicht mehr die engelsgleiche Beatrice, die ihn bei der Hand genommen hatte, um ihn durch das Labyrinth der Schicksale zu geleiten. Sondern eine sehr fleischliche Venus, die jetzt lustvoll ins Wasser glitt.

»Los, kommen Sie. Es wird Ihnen gut tun, sich ein bisschen

das Hirn zu erfrischen, bevor Sie sich dem Zorn des Alten stellen. Es ist schon fast eins...«

Tortona tobte.
Er hatte ihn am Tor erwartet.
Und griff ihn wütend an.
»Sie haben wirklich keine Manieren!«
Lupo tat, als nähme er ihn nicht wahr und trat ihm beim Vorbeigehen fast auf die Füße. Das brachte den Sekretär nur noch mehr in Rage. Plötzlich griff er nach Lupos Arm und hielt ihn grob fest.
Da sah der Commissario ihm mit zornigem Blick in die Augen.
»Nehmen Sie Ihre Finger weg. Und suchen Sie Ihren Plunder zusammen. Ich werde Ihnen nicht den Gefallen tun, Sie hier zu vernehmen. Wenn ich fertig bin, werden Sie mit mir ins Präsidium fahren. Habe ich mich klar ausgedrückt? Jetzt verschwinden Sie. Und vergessen Sie das Parfüm nicht.«

Der Mörder zitterte.
In seiner kleinen Zelle.
Zum ersten Mal hatte er Angst.
Er hatte sich zu weit vorgewagt.
Mit Giorgio hatte er improvisieren müssen.
Und dann hatte er vielleicht zu viel geredet.
Hatte Dinge gesagt, die er nicht hätte sagen dürfen.
Er verfluchte seine lästerliche Zunge.
Er senkte den Kopf.
Und dachte weiter nach.
Es musste einen Ausweg geben...

Der Alte hob den Kopf.
Er war in Gedanken versunken gewesen.
Und hatte Lupo nicht eintreten hören.

Er blickte ihn ärgerlich an.

»Wo ist Tortona?«

»Er muss in der Ecke stehen. Er ist anmaßend gewesen. Und ich habe keine Lust, mich von irgendjemandem einschüchtern zu lassen. Auch von Ihnen nicht.«

»Sie kommen zu spät.«

»Ich weiß. Aber geben Sie nicht mir die Schuld daran. Eine Ermittlung ist kein Zug, der mit festgelegtem Fahrplan von einem Bahnhof zum nächsten fährt.«

»Sie wollen mir erzählen, dass der Zug noch mitten im Gelände hält, um unerwartet Fahrgäste aufzunehmen? Nur weil er sie dort hinten hat stehen sehen? Oder weil es nur so ausgesehen hat? Meinen Sie nicht, dass Sie hier die Wirklichkeit mit dem Wunsch verwechseln? Aber davon abgesehen: Was halten Sie davon, wenn wir uns zu Tisch begeben, während wir uns über diese schwerwiegende Angelegenheit, die ich eben angesprochen habe, weiter unterhalten?«

»Ich folge Ihnen.«

»Wissen Sie, wir Alten werden unduldsam, wenn es ums Essen geht. Haben Sie noch nie festgestellt, dass man mit zunehmendem Alter von einer Art primitiver Unzivilisiertheit erfasst wird? Man lässt den Damen nicht mehr den Vortritt. Man stürzt sich auf das Essen. Man wartet nicht mehr, bis alle anderen so weit sind. Man stützt sich auf die Ellenbogen und reibt sich den Bauch. Haben Sie eine Vorstellung, warum dies so ist?«

»Nein.«

»Aus Angst vor der verrinnenden Zeit. Für uns verfliegen die Stunden viel schneller als für alle anderen. Also haben wir das Gefühl, jede Sekunde nutzen zu müssen. Und jeden sich bietenden Vorteil beim Schopfe zu ergreifen. Morgen könnte unser letzter Tag sein. Und Sie haben mir mit Ihrem Zuspätkommen etwas genommen, das nur mir gehört: die Freiheit meiner Launen. Mein metabolisches ›Punkt zwölf Uhr‹. Das ist der Grund, weswegen ich zornig auf Sie bin. Ich habe gelitten.«

»Das würde ich nicht sagen. Ich empfinde Sie eher als mäeutisch, nicht so sehr zornig.«

»Glauben Sie? Sie kommen in mein Haus, wann es Ihnen passt! Aber damit noch nicht genug. Sie berauben meinen Mittagstisch zudem eines Tischgenossen. Mit welchem Recht? Ich esse immer mit Leone, wenn ich zu Hause bin.«

»Wirklich?«

»Und ich spreche nie über Geschäfte. Ich ernähre mich.«

Der runde Tisch war für drei gedeckt.

In einem luftigen Zimmer, das von Licht durchflutet war.

Das Tischtuch aus blassgelbem flandrischem Leinen.

Perlmuttweiße kostbare Gedecke auf tiefblauen Platztellern.

Nicht nur das Besteck war aus altem Silber, sondern auch die kleinen Brotteller und die Fingerschalen.

Und ein junges Serviermädchen mit Häubchen und schwarzer Uniform.

Unter den kritischen Augen eines beleibten Butlers.

Es war derselbe Mann, den Lupo bei der ersten Begegnung für den privaten Physiotherapeuten des Alten gehalten hatte, der ihn im Auge behalten hatte, während er in seinem ›Loch‹ planschte.

»Alberto, rufen Sie bitte Leone. Wir warten nur noch auf ihn.«

Tortona stand binnen einer Sekunde im Raum.

So als hätte er die ganze Zeit hinter der Tür gewartet.

Er trug einen hochnäsigen und pikierten Gesichtsausdruck zur Schau.

»Entschuldigen Sie, Dottore. Ich war damit befasst, meinen ›Plunder zusammenzusuchen‹. Der Commissario hat den Wunsch geäußert, dass ich ihn zu einem unangenehmen Besuch in sein Präsidium begleiten solle.«

»Im Ernst?«

»So schien es mir.«

»Gut. Wir werden später noch sehen. Jetzt werden wir uns dem Essen widmen. Legen Sie bitte auf, Enrica. Was haben Sie uns heute Gutes zu bieten?«

Das Menü sah eine Ratatouille aus Gemüse vor, mit mikroskopischen Filetspitzen in der Mitte, garniert mit einem Hauch Pilaf. Eine Focaccia aus ungesäuertem Teig für jeden und eine kleine Karaffe moussierenden Roero. Nicht mehr als ein züchtiger Schluck.

Nach fünf Minuten in absolutem Schweigen hatten sie die Mahlzeit beendet.

Und Lupo seufzte.

Er fragte sich, ob dieses leichte, zeremonielle Essen wirklich einen solchen Zorn wert war. Für den Kaffee gingen sie in jenen hübschen kleinen Pavillon, der sich in der Mitte des Rasens befand. Nachdem sie ihre Tassen ebenfalls in religiösem Schweigen geleert hatten, entschuldigte sich Tortona.

Und entfernte sich würdevoll.

Während des Essens hatte Lupo aufmerksam seine Hände gemustert.

Sie waren lang, sehr gepflegt, weiblich.

Und er benutzte sie wie Worte.

Mehr noch als seine Augen, drückten sie seine Gefühle aus.

Mehr auch als seine Stimme.

Kleine sittsame Gesten. Die einen plötzlichen Widerwillen ausdrückten. Ärger, Freude, Furcht. Hochachtung. Ungeduld. Je nachdem, welche Gedanken lautlos in das Rascheln der Servietten und das gesittete Klirren der Gläser hinein explodierten.

Loewenthal unterbrach sein Nachsinnen.

»Sind Sie hier, um zu berichten oder um Fragen zu stellen?«

Lupo seufzte.

Der Kampf sollte beginnen.

Und er war bereit.

»Beides, würde ich sagen. Ich habe Ihnen ein Versprechen gegeben, das werde ich halten. Sie werden der Erste sein, der erfährt, wer Cecilia getötet hat.«

Der Alte nickte.

Plötzlich ließen ihn die Müdigkeit und der große Schmerz, der ihn quälte, noch älter erscheinen, als er war. All das hatte er über Tage hinter einer Härte verbergen können, die ihm verbot, auch nur das kleinste Anzeichen von Schwäche zu zeigen.

»Und wird das jetzt geschehen?«

»Möglicherweise.«

»Wovon hängt das ab?«

»Nur von Ihnen. Von der Ehrlichkeit, mit der Sie mir antworten. Und von den Grenzen, die Sie bei den Fragen setzen. Kein Thema darf ausgenommen sein. Angefangen bei der Vergangenheit. Verstehen Sie? Die Entscheidung liegt jetzt bei Ihnen…«

Loewenthal nickte.

Bedächtig.

Und nach und nach begann der alte Kampfgeist sich in den Fältchen um seinen Mund herum zu zeigen. In der mürrischen Grimasse, die sich in sein Schildkrötengesicht eingegraben hatte. Und im Glitzern seiner Augen.

»Sie glauben, gut vorbereitet zu sein?«

»Ich habe mein Bestes getan.«

»Ich glaube Ihnen.«

Lupos Herz schlug bis zum Hals.

Er ging ein großes Wagnis ein.

Und er wusste es.

Wie immer folgte er einer Intuition.

Einem Licht, das sich ganz unvermittelt entzündet hatte, um einen dunklen Weg zu erhellen.

Er hatte jedoch keine Beweise.

Nur ganz konkrete Gefühle. Logische Schlussfolgerungen. Einzelheiten, die, so zusammengebracht, ein Bild ergaben, das keinen Zweifel zuließ. Puzzlestückchen, die in jeglicher Hinsicht zusammenpassten. Keine zusammengefügten Teile, die nicht bereits ein weiteres ergaben.

Doch da war er.

Loewenthal.

Die Macht, die alles vermochte.

Auch ein Ja oder Nein zum Ergebnis.

Er musste seine Karten gut ausspielen.

Ohne sich auch nur eine Runde zu irren.

Mit einem Spieler, der schon alles gespielt hatte.

Und der die Schlachten liebte. Vor allem jene, bei denen Niederlagen nicht ausgeschlossen waren.

Lupo atmete tief ein.

Und begann mit seiner Strategie.

Indem er angriff.

»Warum haben Sie mir nicht gesagt, dass Sie alle miteinander verwandt sind?«

Der Alte sah ihn erstaunt an.

Er hatte eine so direkte Eröffnung nicht erwartet. Die unwiderlegbare Darstellung einer Wahrheit, die in der Vergangenheit lag. Die er für immer mit den Geheimnissen der Familie begraben geglaubt hatte. Doch eine Wahrheit, die nicht abzustreiten war.

Er zögerte nicht.

»Schöner Zug. Sie sind wirklich gut vorbereitet. Ich muss zugeben, ich hätte nicht gedacht, dass Sie es wagen würden, über mich Nachforschungen anzustellen.«

»Warum nicht? Sie waren der Hauptverdächtige.«

»Und bin ich es noch?«

»Sie haben meine Frage nicht beantwortet.«

»Und Sie meine nicht.«

»Sie stehen naturgemäß auf jeder Liste ganz oben. *Noblesse oblige*...«

»Sie glauben doch wohl nicht, dass Sie sich mit einer einfachen Redewendung aus der Affäre ziehen können.«

»Nein. Das glaube ich wirklich nicht. Ich bräuchte aber einige einfache Wahrheiten. Nach guter, alter Manier. Doch Sie spielen lieber Verstecken.«

»Nun gut: Ich habe Ihnen nicht gesagt, dass wir verwandt sind, weil ich überzeugt war – und das bin ich noch immer –, dass das alles nichts mit dem Mord an Cecilia zu tun hat. Das hätte Sie nur abgelenkt.«

»Doch auch Andrea ist ermordet worden...«

»Das stimmt. Doch das ist nur eine tragische Begleiterscheinung.«

Lupo seufzte.

Da lag der Fehler.

Er hatte niemals Nachforschungen über Andrea angestellt.

Er hatte ihn immer als bedeutungsloses Detail angesehen.

Als Passanten, der Pech gehabt hatte.

Einer von denen, die nur deshalb auf Dias zu sehen sind, weil sie gerade in jenem Moment am Objektiv vorbeigingen, in dem der ahnungslose Fotograf auf den Auslöser drückte.

Im Grunde hatte De Mattia Recht.

In dieser Ermittlung hatte er immer nur das eine Auge benutzt, mit dem er schielte. Über dem guten hatte er eine Augenklappe getragen. Deshalb verdiente er die Vorwürfe seines Inspektors sehr wohl.

Doch es genügte nicht, das Motiv auf den Kopf zu stellen. Und für den Moment auf der Liste der möglichen Schuldigen den Alten durch Valeria zu ersetzen. Nein. Er musste noch weiter gehen. Viel weiter.

Das wirkliche Problem war das Ziel.

Wen hatte der Mörder eigentlich beseitigen wollen?

Nur wenn man die Ordnung der Tatsachen herumdrehte, ging die Summe auf.

Denn nicht Cecilia war das auserwählte Opfer gewesen.

Sondern Andrea.

Der als Opfer nie in Betracht gezogen worden war.

Sein Mund hatte für immer und um jeden Preis geschlossen werden müssen.

Das war der Weg, den Lupo erspäht hatte.

Doch das durfte Loewenthal nicht erfahren.

Denn zuvor musste noch einiges geklärt werden.

Er hatte peinlich genau darauf geachtet, niemandem davon zu erzählen. Nicht Valeria oder Sergio, nicht einmal dem Polizeipräsidenten. Um am Ende die einzige Person zu bluffen, die aus psychologischen Gründen durch ihre Rolle dazu gezwungen sein würde, dies zu erkennen.

Marco Loewenthal.

Der Patriarch.

Der Chef.

Der Einzige, der alle Generationen erlebt hatte.

Die einzig wirkliche Brücke zwischen der Vergangenheit und der Gegenwart.

Der Hüter aller Geheimnisse.

Der Mann, der nie den banalen Mittelweg wählen würde. Entweder würde er die Türen vollständig schließen und sich in ein absolutes Schweigen hüllen, um sich selbst und die Familie zu retten. Oder er würde zum Jäger in vorderster Linie werden.

Vorausgesetzt, er war nicht selbst der Mörder.

Sondern vielmehr ein Bewahrer des guten alten Namens, dessen Glanz auf dem kupfernen Schild an der Tür es zu erhalten galt. Der, um die Loewenthals – und also auch die Guidis und Vilfredis – zu schützen, fähig sein würde, sich in einen Richter zu verwandeln.

Um das schwarze Schaf zu beseitigen.
Hier war der eigentliche Punkt, der zu klären war.
Wer war Andrea gewesen?

Der Alte antwortete nicht sofort.
Er betrachtete Lupo aufmerksam.
Und versuchte herauszufinden, worauf die Frage abzielte.
Doch er fand offensichtlich keine befriedigende Erklärung.
»Warum fragen Sie mich nach Andrea?«
»Er ist der Einzige, über den ich überhaupt nichts weiß. Außer der Tatsache, dass er seit einiger Zeit für Sie gearbeitet hatte. Und ich muss sagen, es hat mich doch ein wenig erstaunt, dass er eine so schlichte Aufgabe wie die eines Gärtners innehatte.«
»Was ist daran so seltsam?«
»Das wird wohl eine Berufskrankheit sein. Doch die Schwammigkeit dieser Rolle hat doch Zweifel in mir aufkeimen lassen. Die Vermutung drängte sich auf, dass er nicht besonders geliebt wurde. Sonst hätten Sie sicherlich eine etwas elegantere Tätigkeit für ihn gefunden. Denn an Beziehungen fehlt es Ihnen ganz bestimmt nicht, auch nicht an Gefälligkeiten, die Sie in der Welt noch guthaben.«
Loewenthal seufzte.
Unschlüssig, welchen Weg er gehen sollte.
Einen Moment lang sah er einer Hornisse nach, die den Rüssel ausgestreckt hatte, um den Nektar aus dem Innersten einer Blüte zu saugen. Doch auch ihr Stachel war bereit, alles zu bekämpfen, was sich als Gefahr herausstellte.
Lupo folgte dem Blick des Alten.
Und er konnte erraten, dass dieses zugleich archaische und einschüchternde Bild, das die Hornisse bot, ihn faszinierte. Und dass er sie mit dem Charakter dieses jungen Mannes verglich, den er hier in sein Haus eingelassen hatte.
Plötzlich nickte er.

»Ja. Sie haben Recht. Andrea war unerträglich. Er hat schon immer Kummer bereitet...«

»Nur das?«

»Was soll das heißen?«

»Für einen Moment habe ich gedacht, dass er auch noch mehr hätte darstellen können: eine Bedrohung zum Beispiel.«

»Wenn Sie hier Katz und Maus spielen wollen, dann sage ich Ihnen gleich: Lassen Sie das bleiben. Ich werde nichts sagen, was ich nicht sagen will. Ich verabscheue solcherlei zweideutige Unterhaltungen. Mit Fragen, deren Antworten das Gegenüber bereits kennt.«

Lupo schlug die Beine übereinander.

Und lehnte sich in seinem Sessel zurück.

Er versuchte, so entspannt wie möglich auszusehen.

Er lächelte den Alten an.

»Ich versichere Ihnen, dass mir der Unterschied zwischen einer Unterhaltung und einem Verhör sehr klar ist. Und es ist mir nicht möglich, im Schatten einer Gartenlaube mit einem Ehrenmann taktische Spielchen zu spielen. Es ist vielmehr der neugierige und klatschsüchtige Teil meiner Seele, der sich hier in den Vordergrund drängt. Und ›Kummer‹ ist für mich ein Wort, das ich automatisch mit der Existenz dunkler Seiten in Verbindung bringe.«

»Anspielungen, auch davon habe ich genug. Ich bitte Sie, konkreter zu sein.«

»Einverstanden. Was war Andreas Problem? Und somit, indirekt, das Ihre? Wissen Sie, es ist sehr beeindruckend, zwei so ungleiche Tode zu erleben. Für Cecilia: Schmerz und Hass. Unendliche Traurigkeit oder überschwängliche Freude. Für Andrea: nur Gleichgültigkeit. Und zwar recht offensichtlich.«

»Beziehen Sie sich auf Valeria?«

»Nicht nur auf sie. Auch auf Sergio. Auf Sie...«

»Ja.«

Der Alte dachte wieder nach.

Es ging langsam voran.

Immer wieder Pausen.

Das zermürbende Ausloten der Gedanken.

Das Abwägen, was gesagt und was verschwiegen werden musste.

Lupo konnte nicht abschätzen, ob Loewenthal nur eine natürliche Zurückhaltung einem Fremden gegenüber an den Tag legte oder ob plötzlich der Fremde, dem er zum ersten Mal schreckliche Ungeheuerlichkeiten erzählte, er selbst war.

Vielleicht entdeckte der Alte erst in diesem Augenblick seine eigene Verantwortlichkeit.

Sie musste schwer wiegen, oder er hatte sie nie in Betracht gezogen, wenn er so lange darüber nachdenken musste. All diese Toten – ob er nun schuldig oder unschuldig war – waren in jedem Fall der fassbare Beweis, dass der alte Patriarch versagt hatte. Und dass der lange Arm seiner Allmacht steif geworden war.

Plötzlich kehrte er wieder in die Wirklichkeit zurück.

Und zeigte mit seinem krummen Zeigefinger auf Lupo.

»Nein. So geht es nicht. Wir lügen gerade alle beide. Ich schlage Ihnen einen Pakt vor. Ich erzähle Ihnen alles über Andrea. Und Sie hören auf, mir etwas vorzuspielen. Ich kenne die Menschen: Und Sie, Sie können nicht lügen. Sie sind einen Schritt von einem Mörder entfernt, der hinter der verschlossenen Tür versteckt ist. Und Sie wollen mich als Dietrich benutzen. Nun gut: Ich will dieser Schlüssel sein. Doch Sie erzählen mir, wie Sie dorthin gekommen sind. Schlagen Sie ein?«

Lupo holte tief Luft.

Loewenthal hatte mit der Bitte, seine Karten auf den Tisch zu legen, einen Blankoscheck von ihm verlangt.

Würde es ihm überhaupt gelingen, Beweise zusammenzutragen? Würde er diesem gerissenen Mann, der zu jedem Betrug bereit war, vertrauen können? Oder würde dieser ihn ganz einfach übers Ohr hauen?

Er beschloss, dass nun der Moment gekommen war, das Risiko einzugehen.

Und er nickte, von Zweifel geplagt.

»In Ordnung.«

Der Alte seufzte.

Und wie um den Pakt zu unterstreichen, machte er das Licht an. Statt des behaglichen Halbdunkels war die Laube plötzlich taghell erleuchtet. Und mit leiser Stimme und festem Blick in Lupos Augen begann er seinen Teil der Abmachung einzulösen.

»Andrea war nichts als ein ordinärer Erpresser.«

Der jüngste der Vilfredis war ein verzogener Bengel gewesen.

Die Folge zu vieler schlechter Gewohnheiten vielleicht.

Von Kind an hatte man ihm alles erlaubt.

Jegliche Laune ließ man ihm durchgehen.

Wie es oft bei Einzelkindern der Fall ist. Und noch extremer, wenn eine auf so tragische Weise verschwundene Mutter und ein von Schuldgefühlen geplagter Vater durch eine penible, aber unreife Schwester ersetzt werden.

Die Tatsache, dass sich in diesem Alter Geschwisterliebe in Mutterliebe verwandelt hatte, hatte natürlich zu einer inneren Verwirrung geführt. Und Andrea hatte das rücksichtslos ausgenutzt.

Mit der Folge, dass seine Wünsche und Bedürfnisse keine Grenzen kannten. Vor allem jene finanzieller Art. Er hatte sein Vermögen tatsächlich innerhalb weniger Jahre verschleudert. Und als auch Valeria ausgesaugt und nichts mehr bei ihr zu holen gewesen war, hatte er sich eine andere Einnahmequelle gesucht.

Er hatte begonnen, alle zu erpressen, die ihm ins Visier gekommen waren.

Er hatte nämlich die teuflische Gabe besessen, menschliche Schwächen aufzuspüren. Er fand heimliche Liebesbeziehungen heraus, illegitime Kinder, Drogenabhängigkeiten, Betrügereien. Kurz, jede Art von Entgleisung, die seine Opfer nicht ans Tageslicht kommen lassen wollten.

Und diese nahm er aufs Korn.

Der Alte hatte bereits einige Male eingreifen müssen, um ihm aus der Klemme zu helfen.

Nicht, weil er ihn liebte.

Sondern weil er das Gewicht dieses alten Schwurs auf seinen Schultern spürte.

Denn eine Ungerechtigkeit war noch nicht vollständig ausgemerzt worden.

Jene nämlich, die Angelo, den Sohn Giovanni Vilfredis, betraf.

Isacco war in Sorge gewesen.

Er hatte dauernd auf die Uhr gesehen.

Hatte in jeder Minute, die verstrich, geseufzt.

Seine Hand fest um die Cecilias geklammert.

Er hatte befürchtet, alles kaputtgemacht zu haben.

Er hatte Angelo mit derselben Liebe großgezogen, die er für Matteo, den Vater des Alten, empfunden hatte. Und dann hatte er ihn an seinem dreizehnten Geburtstag, am Ende seines feierlichen *Bar-Mizwa,* zu sich gerufen.

Da nach jüdischem Gesetz in diesem Alter jeder Junge erwachsen wurde – und er damit zum ersten Mal die Thora lesen durfte –, hatte Isacco mit gutem Grund geglaubt, dass Angelo nun das Recht habe, das Geheimnis seiner Herkunft zu erfahren.

Und das seiner Zukunft.

Doch Angelo war fortgegangen, nachdem er die Wahrheit gehört hatte.

Schweigend.

Um nachzudenken.

Und eine Stunde später war er immer noch nicht zurückgekehrt.

Dann war er plötzlich wieder erschienen.

Er trug noch immer die Kipa auf dem Kopf. Und dieses strahlende Lächeln in seinem Gesicht hatte die Herzen seiner Eltern wieder schlagen lassen.

Er hatte Isacco umarmt.

Und hatte seine Mutter zärtlich geküsst.

»Ich habe euch lieb.«

Sie hatten auch ein wenig geweint.

Vor Glück.

Dann hatte sich Angelo von einer Bürde befreit, die ihn schon lange bedrückt hatte.

»Du hast mir gesagt, ich könne dich um alles bitten. Gut: Ich möchte von meinen Verpflichtungen der Bank gegenüber befreit sein. Matteo ist der Richtige für dieses Geschäft. Ich nicht. Ich liebe die Musik. Töne. Instrumente. Ich bin nicht für den Kampf geschaffen. Ich liebe die Ruhe. Ich möchte meine Hände benutzen, um etwas zu bauen, um Musik zu machen...«

»Aber du hast doch schon so viel gelernt. Und wirst noch mehr lernen...«

»Du hast mir versprochen...«

»Ja natürlich. Ich bleibe dabei. Ich sage nur, dass es sehr schade ist. Es gibt so viel Reichtum im Umfeld einer Bank.«

»Doch es gibt auch viel Aufregung. Nein, ich möchte in Frieden leben. Wie Papa am Anfang. Als er seine Marionetten geschnitzt hat. Als die Geschäfte und die Anstrengung seinen Körper noch nicht zerstört hatten. Du hast mir das erzählt...«

Isacco hatte geseufzt.

Und er hatte ihm seinen Willen gelassen.

Angelos Traum war gewesen, Instrumentenbauer zu werden.

Eigenhändig seine Blasinstrumente, Geigen, Mandolinen zu konstruieren.

Sie zu stimmen.

Sie zum Klingen zu bringen.

Aus dem Holz Leben zu erschaffen.

Genau wie sein Vater es getan hatte.

Und so hatte Angelo seine Werkstatt bekommen. Die dann auf den Sohn übergegangen war, und vom Sohn auf dessen Sohn. Wie auch Isacco an Matteo und Matteo dem Alten die Verpflichtung weitergegeben hatte, die Schuld wieder gutzumachen, wann auch immer sich die Gelegenheit bieten würde.

Oder die Notwendigkeit.

Der Alte nickte.

»Das habe ich gemacht. Ich habe die Opfer von Andrea entschädigt.«

»Um ihn vor dem Gefängnis zu bewahren?«

»Vor Schlimmerem. Das sind Leute, die ihn nie angezeigt hätten. Sie hätten ihn einfach nur bestraft. Jedoch für immer.«

»Sie wollen mir damit sagen, dass der Mörder in diesen Kreisen gesucht werden muss, wenn ich Andrea als Dreh- und Angelpunkt nehme?«

»Das ist unvermeidlich.«

»Nun gut. Dann werde ich das tun.«

Loewenthal schien erstaunt.

Dann glaubte er endlich, Lupos Ziel erraten zu haben.

Er sah ihn mit hartem Blick an.

»Das können Sie vergessen. Ich werde Ihnen niemals die Namen der Personen offenbaren, bei denen ich eingeschritten bin. Das dürfen Sie nicht von mir verlangen. Das wissen Sie. Das ist nicht Teil unserer Abmachung.«

»Abgesehen davon, dass Sie ihn zum Gärtner gemacht haben, können Sie mir sagen, welche Maßnahmen Sie sonst noch getroffen haben?«

»Das ja. Ich habe ihn den erbarmungslosen Händen Tortonas überlassen. Ich habe nicht mehr die Kraft für solche Dinge. Aber er schon. Er kann unerbittlich sein, wenn die Situation es erfordert. Glauben Sie mir.«

Lupo schüttelte den Kopf.

Nicht etwa, weil er dem Alten nicht glaubte.

Sondern weil er ihn nicht für so naiv hielt.

Fähig zu einem solch groben Fehler.

»Sie erzählen mir gerade, dass Sie bewusst den Fuchs in den Hühnerstall gesetzt haben?«

Der Alte erstarrte.

Und seine Augen schossen Blitze.

Es gab keine Hornissen mehr zu beobachten. Keine Eingebungen, die in der trockenen Luft einer nunmehr unerträglichen Sommerhitze zu finden waren. Nein. Dies war ein vorsätzlicher Angriff. Eine genau geplante Beleidigung. Das würde er nicht dulden.

»Ich denke, unsere Unterhaltung ist beendet.«

»Das glaube ich nicht.«

Lupos Tonfall war ebenso hart.

Und ließ ihn erstaunt wie festgenagelt in seinem Sessel verharren.

Um sich den Rest anzuhören.

»Es interessiert mich nicht, aus welchem Sex-Skandal Sie Ihren Tortona herausgeholt haben. Es genügt, mir das vorzustellen. Doch glauben Sie wirklich, dass ein professioneller Erpresser – und als solchen haben Sie mir Andrea gerade dargestellt – sich eine solche Gelegenheit hätte entgehen lassen?«

»Ganz einfach: Er hat sie nicht ergreifen können.«

»Warum nicht?«

»Weil es ein wohlgehütetes Geheimnis geblieben ist. Zwischen mir und Leone.«

»Und der politischen Abteilung des Polizeipräsidiums. Und einer gewissen Valeria Vilfredi...«

»Sind Sie verrückt geworden? Was hat denn Valeria damit zu tun?«

»Sie wollen mir also sagen, es sei ausgeschlossen, dass es ihr Mund war, der in diesem Fall zum Schweigen gebracht werden musste?«

»So ist es. Ich gebe Ihnen mein Wort. Sie sind da völlig auf dem Holzweg. Sie wissen gar nicht, wie sehr.«

Lupo nickte.

Er war zufrieden.

Ein weiteres Puzzleteil hatte sich eingefügt.

Jetzt musste er nur noch einen letzten Versuchsballon aufsteigen lassen.

Um sich dem Schicksal nicht mit völlig leeren Händen zu stellen.

Und bevor er seinen Anteil an der Abmachung einlöste.

»Wer ist der mysteriöse Liebhaber von Valeria?«

»Es tut mir Leid. Jetzt sind Sie an der Reihe.«

»Ich weiß. Doch beantworten Sie mir noch diese letzte Frage. Sie werden es nicht bereuen.«

Loewenthal sah ihn an.

Noch immer gereizt.

Doch seine Neugierde überwog.

Er ließ ein empörtes Schnauben hören.

»Ein ganz gewöhnlicher Zuhälter aus Le Vallette. Er besitzt nur ein junges, schönes und arrogantes Gesicht. Zusammen mit einem, wie es scheint, unersättlichen Appendix. Der ihm bis jetzt erlaubt hat, sich in einem kümmerlichen Garten voller wollüstiger Frauen satt zu essen.«

»Danke.«

»Und jetzt zu Ihnen.«

Lupo nickte.

Und er verbarg ihm nichts…

Dann ein Schuss.

Zerrissene Stille.

Vögel, die aufflogen.

Vor Schreck.

Dann wieder Stille.

Erst jetzt verstand Lupo.

Er war getäuscht worden.

Von Loewenthal benutzt.

Er sah ihn an.

In dessen Augen standen Tränen. Und er verzieh ihm diese seine Tat, die er mit Vorsatz geplant hatte. Eine fürchterliche Tat. Die ihn viel gekostet haben mochte. Doch er war der Patriarch. Und er musste den Namen vor allen Barbaren schützen.

Er hatte diesem Blutbad, das seine ganze Familie zu zerstören drohte, ein Ende setzen müssen.

Der Gerechtigkeit musste die Hand geführt werden.

Um jeden Preis.

Der Alte hatte das Licht in der Laube nicht angemacht, um besser sehen zu können.

Vielmehr um ein Mikrofon zu aktivieren.

Um die Stimme des Commissario bis zu Leone gelangen zu lassen. Wie immer hatte er all das mit angehört, was jemand zu erzählen hatte, der in dringenden Geschäften zur Villa kam, der sich in einer Intimität glaubte, die nur gut getarnter Schein war.

Und im Winter?

War auch das Büro mit einer solchen Anlage ausgestattet?

Lupo stand langsam auf.

Er konnte es kaum glauben, dass er sich zu solch kleinlichen Überlegungen hatte hinreißen lassen.

Denn vor sich hatte er einen alten Mann, den die Angst vor einer bitteren Entscheidung zerstört hatte. Ein Mann, der in der Lage war, ein tiefes Gefühl zu opfern, nur um sein gegebenes Wort nicht brechen zu müssen.

Er bot ihm seinen Arm.

Und half ihm, sich aus dem Sessel zu erheben.

Dann führte er ihn zu der mönchischen Zelle Tortonas.

Leone war tadellos gekleidet. Sehr elegant. Eine rote Rose steckte im Knopfloch der Jacke. Eine andere Blüte, ebenso blutrot, befand sich an seiner Schläfe.

Ein einziger Schuss.

Die Pistole war ihm in den Schoß gefallen.

Der Körper war leicht zusammengesunken.

So, als sei er an seinem Schreibtisch eingeschlafen. An dem der Nachhall des Schusses die Membrane der Lautsprecher noch schwingen ließ, durch die er seine Verurteilung vernommen hatte. Es herrschte eine penible Ordnung. Im Leben wie im Tod.

Lupo verscheuchte seine Emotionen.

Und legte seinen Arm um die Schultern des Alten. Respektvoll.

»Seit wann wussten Sie es?«

Loewenthal hob den Kopf.

Doch er konnte Lupo nicht erkennen.

Blind vor Schmerz.

»Ich habe es nicht gewusst. Ich hatte nur einen Verdacht.«

»Dennoch wollten Sie es vorantreiben?«

»Ich konnte nicht anders. Wenn Sie wüssten, wie ich gebetet habe. Ich habe die ganze Zeit gehofft, Sie würden mir am Ende eine gute Nachricht bringen...«

»Es tut mir Leid. Das versichere ich Ihnen.«

»Ich glaube Ihnen. Doch Sie wissen nicht, was es bedeutet, wenn man den eigenen Sohn verurteilen muss...«

Lupo seufzte.

Im Grunde hatte er es erwartet.

Also auch Leone...

Eine weitere Frucht jener Liebesbeziehungen, die ebenso leidenschaftlich waren, wie sie den Gesetzen der Menschen und der Kirche zuwiderliefen und die auf unwiderrufliche Weise die Geschichte der Loewenthals gekennzeichnet hatten. Angefangen bei Isacco.

So hatte Sergio also richtig vermutet.

Lupo verspürte das dringende Bedürfnis zu fliehen.

Aus diesem Zimmer fortzukommen, das so eng und bedrückend war, dass dort nicht einmal Gefühle Platz hatten. Er wollte nicht den fürchterlichen Schmerz des Alten teilen, seinem Schluchzen beiwohnen. Von seiner Qual mitgerissen werden.

Er schickte sich an hinauszugehen.

Da sah er sie.

Die drei Manuskripte.

Eines auf das andere gestapelt.

Obendrauf: *Eine ehrlose Frau.*

Mit einer in Rot geschriebenen Anmerkung auf dem Deckblatt.

›Zweiundzwanzig Dolchstöße für die Freiheit.‹

Und, obenauf, ein Tagebuch...

Der methodische und akribische Bericht jener letzten acht Monate.

Gedanken, Projekte, Pläne und Gefühle eines Unglücklichen, der Jahr für Jahr jeden Augenblick seines Lebens aufgezeichnet hatte.

Als könne die akkurate Ordnung jener Worte so einfach die Unordnung einer ganzen Existenz beseitigen.

Epilog

Sie befanden sich in der Kalahari-Wüste.

Saßen um ein Feuer.

Zwischen Südafrika, Botswana und Namibia.

Der Mond zauberte ein Glitzern auf den rötlichen Sand der Wüste. Und der Wind trug einen intensiven Geruch von Ziegen heran. Begleitet von den fernen Stimmen der Buschmänner, die ihre Herden zusammentrieben, um sie vor nächtlichen Jägern zu schützen.

Die Stimmen und die Düfte waren auf mysteriöse Art über viele Kilometer hinweg wahrnehmbar.

Und man konnte nie wissen, woher sie kamen.

Lupo umarmte Greta in der Dunkelheit.

Und die Jungen stießen sich mit den Ellbogen an.

Sie hatte ihm so sehr gefehlt wie noch nie.

Auch Polo war glücklich. Zum ersten Mal hatte er Frieden geschlossen mit diesem Land, das ihm für so lange Zeit Frau und Kinder genommen hatte.

Und auch sie war da, Rosa.

Sie war mit großer Begeisterung empfangen worden.

Genau, wie Marina es vorhergesehen hatte. Und Taras Vater war ihr sogleich mit tausend Vorschlägen auf den Leib gerückt, angefangen beim Angebot einer Arbeitsstelle bis hin zum Heiratsantrag. Im Grunde war er doch ein wenig Zulu. Und für einen alten Mann war es dort das höchste Privileg, wenn man eine junge Frau zu ergattern verstand.

Im Flugzeug hatte Lupo über nichts sprechen wollen.

Trotz der beharrlichen Nachfragen.

Er hatte die ganze Reise über nur geschlafen.

Um in einem langen Schlaf das tiefe Schuldgefühl aufzulösen, das ihm der Schmerz des Alten vermittelt hatte. Es stimmte: Loewenthal hatte ihn benutzt.

Doch auch er hatte nichts anderes getan.

Da er keine Beweise gehabt hatte, hatte er den einzigen Richter ausgewählt, bei dem es keiner Beweise bedurfte. Und er hatte ihm und seinem komplizierten Ehrgefühl die Aufgabe aufgebürdet, das Urteil auszusprechen und zu vollziehen.

Doch jetzt war der Augenblick der Katharsis gekommen.

Er hatte es versprochen.

Den anderen.

Aber vor allem sich selbst.

Er musste noch einmal den Pfad zurückgehen, an dessen Ende er Leone gefunden hatte.

Cecilia...

Der erste Funke war von ihr ausgegangen.

Von ihren merkwürdigen Münzstapeln auf den Tausendlirescheinen.

Auch wenn die Bedeutung sich nicht unmittelbar erschloss, so ging von ihnen doch die bedrängende Vorahnung einer Tragödie aus. Als hätte sie schon seit geraumer Zeit die heftigen Ströme der Leidenschaft verspürt, die still in der Luft lagen. Und die sich schon bald, undurchschaubar und geheimnisvoll, mit Getöse in einem fast unvermeidlichen dramatischen Akt Luft machen würden.

Sie hatte das intimste und verborgenste Geheimnis Leones entdeckt.

Den ursprünglichen und irrationalen Antrieb jeden Übels.

Das Geheimnis, das nur Loewenthal kannte.

Und das ihn zum Verdächtigen machte.

Es genügte, die Figuren der Dialoge auszutauschen.

Und die auf den Kopf gestellten Anspielungen und verkehrten Bedeutungen der zweideutigen Rätsel wie *Gral – Frau, Mann – Ginevra* und *König – nackt* aufzunehmen.

Loewenthal: *Ritter...*
Leone: *Majestät... Ich habe den Heiligen Gral gefunden.*
Loewenthal: *Dem Himmel sei Dank.*
Leone: *Er ist eine Frau.*
Loewenthal: *Wie ist das möglich?*
Leone: *Wäre Ginevra ein Mann gewesen, so hätte sie, als sie sich ihrer Kleider entledigt hatte, nicht gesagt: ›Jetzt ist der König nackt‹...*

Nein. Tortona hatte niemals eine skandalöse Beziehung zu Valeria unterhalten. (*Ich gebe Ihnen mein Wort. Sie sind da völlig auf dem Holzweg. Sie wissen gar nicht, wie sehr.*)

Weder mit ihr noch mit einer anderen Frau.

Sondern mit einem jungen Regisseur.

Einem guten Freund Cecilias.

Roberto Marano...

Weil er ein heimlicher Homosexueller war. Ordentlich, parfümiert, hygienefixiert.

Aber leider auch schonungslos, wenn er Macht ausüben konnte.

Und er konnte es nicht ertragen, wenn er ein ›Nein‹ zu hören bekam.

(*Ich habe ihn den erbarmungslosen Händen Tortonas überlassen. Ich habe nicht mehr die Kraft für solche Dinge. Aber er schon. Er kann unerbittlich sein, wenn die Situation es erfordert. Glauben Sie mir.*)

Lupo seufzte.

Es schien ihm, als höre er noch einmal die Stimme Paola Malgioglios.

Wie sie von diesem enttäuschenden Abend in der Villa erzählte.

Als sie die Guidi aufgesucht hatte, um sie anzuflehen, ihr ihre Rolle zu überlassen.

Bevor sie die harte Ohrfeige ihrer eiskalten Weigerung erhalten hatte, hatte sie noch mit Roberto Marano und Giacomo Bertino deren Entschluss gefeiert zusammenzuleben.

Eine wohl recht bittere Liebesgeschichte mit einem unbekannten älteren Herrn. Vielleicht hatte er nach einem Vaterersatz gesucht – seitdem sein angebeteter leiblicher Vater in dauernder Abwesenheit lebte. Eingetaucht in das Nichts. So sehr abwesend, dass er manchmal seinen eigenen Sohn nicht erkannte.

Niemand hatte gewusst, wer die Person war.

Nicht einmal Cecilia, der Roberto doch so nahe gestanden hatte.

Es musste sich um einen Mann des öffentlichen Lebens gehandelt haben.

Er musste über einen Ruf verfügen, der ihm verbot, sein Gefühlsleben zu offenbaren, weil dies den Ausschluss aus seinem Umfeld bedeutet hätte. Roberto hatte das Geheimnis seiner Identität ängstlich gewahrt.

Dann aber war irgendetwas vorgefallen.

Und der Regisseur hatte beschlossen, diese Beziehung zu beenden.

Von einem Tag auf den anderen.

Das war eine schlimme Zeit gewesen.

Es hatte Drohungen gegeben.

Auseinandersetzungen.

Der Alte hatte es schließlich erfahren.

Und hatte Leone gezwungen fortzugehen.

»Tadeln Sie mich nicht, Lupo. Mehr konnte ich nicht tun. Ich dachte, die Entfernung und die Zeit würden seinen Schmerz lindern, ihn vergessen lassen.«

»Und der Skandal würde sich legen...«

»Genau. Auch wenn er gar nicht groß war. Eine Nachbarin, die vom Geschrei bei einer ihrer fürchterlichen Streitereien geweckt geworden war, hatte die Polizei gerufen. Sie hatte befürchtet, dass mein Sohn, diese alte Tunte, seinen jungen Freund umbringen würde...«

Loewenthals Stimme war voller Trauer gewesen.

Und voller Bedauern.

»Und Sie waren nicht argwöhnisch, als Marano gefunden wurde, mehrfach überrollt von einem fahrerflüchtigen Auto, dessen Fahrer Fahrerflucht begangen hat?«

»Verzeihen Sie. Aber das habe ich nicht gewusst. Das sind keine Nachrichten, die in den Zeitungen stehen. Oder wenn darüber geschrieben wird, handelt es sich doch um klägliche, in einer kleine Kolumne vergessene Existenzen, die niemand wirklich sieht. Für mich hat leider alles erst mit Cecilia angefangen. Und dann wurde ich von der Spur abgelenkt. Denn sie vermochte ganz andere Leidenschaften zu entzünden. Und in Männern, die wahrlich ganz anders waren als Leone...«

Doch Tortona glich einem alten Elefanten.

Er hatte nichts vergessen.

Entfernung und Zeit hatten nicht ausgereicht.

Im Gegenteil. Der Abstand und die Monate hatten nur bewirkt, dass seine Scham über die Zurückweisung nur noch größer wurde.

So lange Roberto allein geblieben war, hatte er seinen Zorn noch zügeln können. Doch als schließlich Giacomo auf der Bildfläche erschienen war, hatte es kein Halten mehr gegeben.

Da hatte er sich wirklich betrogen gefühlt.
Seiner Ehre beraubt.
Rachelüstern hatte er lediglich die richtige Nacht abgewartet.
Und er hatte ihn mit Valerias gestohlenem Auto getötet. Ein einfacher und nicht besonders genialer Plan. Nur mit der Garantie, dass die Ermittlungen – sollte man ihn gesehen haben – in der unendlichen Anzahl gemeldeter Diebstähle, die auf dem Schreibtisch eines Kommissars in den Vororten vor sich hin schlummerten, untergehen würden.
Und das Ganze hätte ein Ende gehabt.
In der Bedeutungslosigkeit eines zufälligen Todes.
Und in der Feigheit eines Täters, der Unfallflucht begangen hatte.

Doch Leone hatte sich getäuscht.
Er hatte nicht mit Andrea gerechnet.
Mit dessen Habgier.
Denn irgendwie hatte dieser sein Verbrechen entdeckt.
Und der Preis für sein Schweigen war immer höher und gefährlicher geworden.
Es hatte nur eine Lösung gegeben.
Ihn auszulöschen.
Dieses Mal würde ein einfaches Auffinden nicht ausreichen. Andrea war nicht Roberto, nicht irgendein Unbekannter. Andrea war Teil der Familie. Das schwarze Schaf, das ihm anvertraut worden war, um es zurechtzustutzen.
Er, sein Bewacher, würde der erste Verdächtige sein.
Es sei denn ...

Ja. Cecilia war genau die Richtige.
Ein wahrer Geniestreich.
Eine große Schauspielerin.
Sie würde also die Mitte der Bühne einnehmen.

Sie war die Einzige, die fähig war, alle Blicke auf sich zu ziehen. Wobei alle anderen zu Komparsen herabsanken, die um sie herumstanden.

Ihre Liebesbeziehungen, ihre Doppelbödigkeit, der Hass, den sie zu erregen vermochte…

All das würde die Blicke auf sie lenken.

Ganz von selbst.

Man musste nur die Tragik ihres Todes durch eine großartige Inszenierung unterstreichen.

Heftige, leidenschaftliche Pinselstriche im Hintergrund, um den Schmerz zu bezeichnen.

Und um den Alten von sich abzulenken. Zu einem Ort, an dem Homosexualität völlig in den Hintergrund gedrängt war. Wo hingegen jene dunklen Leidenschaften triumphierten, die eine *Femme fatale* stets umgaben.

Eine ehrlose Frau…

Ihr nackter Körper, ihr Blut, ihre zerstörte Schönheit, der Schrei des Abscheus, der von der Wand neben ihrem Bett herabhallte: Jedes kleine Detail würde einen gleißenden Lichtschein einer – und das unterstrichen – völlig anderen Wahrheit erzeugen.

Ein Zusammenspiel aus Reflektoren und wechselseitigen Bezügen, das in ein raffiniert angelegtes Labyrinth führen würde, aus dem es nur einen Ausgang gab.

Das Verbrechen aus Leidenschaft.

Die Rache.

Und Valeria – er hatte ihr Auto nur zufällig gestohlen, allein durch die Tatsache verleitet, dass in Le Vallette ein solcher Diebstahl niemanden weiter beunruhigte – würde den idealen Sündenbock abgeben.

Denn sie empfand nicht nur einen unermesslichen Hass auf Cecilia.

Als Reserve sozusagen würde im Hintergrund auch ihr jüngster Groll glühen, den sie Andrea gegenüber hegte.

Wegen seiner Erpressungen. Wegen seiner Unverschämtheit, den letzten Traum einer alten Jungfer in gewöhnliches Geld verwandelt zu haben.

In Wahnsinn.

In die ungesunde Geste einer verzweifelten Frau.

Einer einsamen, geschlagenen Frau.

Ja. Er würde diese Szenerie auch in Fotografien festhalten.

Diese würde er an die Vilfredis schicken. Zusammen mit einem anonymen Brief, den man in Cecilias Briefkasten finden würde. So würde die Maschinerie sich umgehend in diese Richtung in Bewegung setzen.

Wenn jedoch jemand es vorzöge, den Alten zu verdächtigen…

Nun, er würde sich auch dann gewiss nicht zurückziehen. Er würde nicht aufhören, falsche Indizien zu streuen. Oder Blitze in die Nacht zu senden, um die Wogen in Aufruhr zu bringen.

Es stimmte.

Für ein so ambitioniertes Vorhaben gab es nur eine mögliche Waffe: den Dolch. Ein Instrument, das das Schicksal sogar in Stein einzugravieren vermochte.

Und dann das Unvorhersehbare.

Der ewige Begleiter.

Dieser Giorgio, den er gegen Andrea benutzt hatte.

Dieser plötzliche Wunsch, aus der Anonymität herauszutreten. Und ins Licht der Sonne zurückzukehren. Mit diesem idiotischen Manuskript. Das er sich in den Stunden der Langeweile während seines Exils ausgedacht hatte. Und das er nur geschrieben hatte, um die Zeit totzuschlagen. Mit Namen und Anspielungen, die ihm ein Gefühl vermittelten, näher an zu Hause zu sein…

Die erste Fassung war für ihn gewesen.

Und er hatte sie zurückgeschickt.

Verärgert über so viel Naivität.

Er hatte ihm geraten, vernünftig zu sein. Sich keinen falschen Illusionen hinzugeben. Seine Zeit als Schattenmann sei vorüber. Für immer. Er müsse sich jetzt mit den reichlichen Gewinnen aus Vermietungen und Renditen begnügen. Er dürfe nicht mehr von der Rückkehr in die Vergangenheit träumen. Von seiner früheren Karriere als Schauspieler.

Doch Giorgio hatte nicht auf ihn gehört.

Er hatte hinter seinem Rücken mit Andrea gesprochen.

Und dieser, immer bereit, Zweifelhaftes aufzuspüren, aus dem er Vorteile würde ziehen können, hatte sich sofort angeboten, mit Cecilia zu sprechen. Die, wie nicht anders vorherzusehen, sich der eigenartigen Faszination dieser Geschichte nicht hatte entziehen können.

Daher hatte Leone, der von all dem nichts gewusst hatte, die Wahrheit erst in jener Nacht erfahren.

Als er glühend vor Eifersucht in der Villa Guidi erschienen war.

Im selben Moment, in dem Paola Malgioglio gerade ging.

Er war gekommen, um sich mit eigenen Augen von Robertos Verrat zu überzeugen.

Und stattdessen hatte er ›*Eine ehrlose Frau*‹ entdeckt.

Giorgio in seiner Verrücktheit, der unwissentlich die Sache ins Rollen gebracht hatte.

Noch etwas, das richtig gestellt werden musste. Damit das Bild, das er zeichnete, stimmte.

Nicht dass er besonders besorgt gewesen wäre.

Giorgio hatte alles zu verlieren, wenn er ihm nicht blind gehorchte, denn er war mit falschen Papieren nach Turin zurückgekehrt. Und es hatte nicht viel gebraucht, um ihn zu überzeugen, endgültig auf sein Vorhaben zu verzichten.

Und so schnell wie möglich nach Afrika zurückzukehren.

Er war fast schon fortgewesen, als Modica bei der Villa aufgetaucht war.

Armer Leone, mit seiner ganzen Emotionalität …

Das unhöfliche Geschrei des Commissario hatte ihm Angst eingejagt.

Und er hatte vollständig die Kontrolle verloren.

Ihn hatte plötzlich das üble Gefühl überkommen, dass irgendetwas schief lief. Dieses ordinäre und unsensible Geschöpf würde nicht so viel gewagt haben, wenn es nicht eine konkrete Spur verfolgte.

Und wenn es nicht fest entschlossen gewesen wäre, Giorgio aufzuhalten.

In seinem Kopf häuften sich die Fragen.

Und wenn Giorgio, noch vor dem Mord, mit Andrea gesprochen hätte?

Wenn er die Wahrheit erraten hätte?

Wenn er plötzlich zur tödlichen Bedrohung würde?

Es gab keine Antworten.

Doch eines war klar. Er musste diesen Modica so schnell wie möglich loswerden, um die Sache umgehend in Ordnung zu bringen.

Es war dumm gewesen, diese Tür offen zu lassen.

Außerdem war da immer noch das gestohlene Auto von Valeria. Und mittlerweile konnte er auf eine gewisse Erfahrung bauen, die er sich bitter auf dem Schlachtfeld erworben hatte.

Doch Leone hatte Fehler um Fehler gemacht.

Er hatte den Alten gebeten, sich einzuschalten.

Dieser hatte Modica verjagt.

Hier war aber der erste Verdacht in ihm gekeimt.

Der Tod Giorgios hatte ihn dann richtiggehend versteinert.

Und die leise Vermutung in einen fürchterlichen Alptraum verwandelt.

An diesem Punkt hatte er resigniert.

Und Lupo als Köder benutzt.

Doch Polo war noch nicht zufrieden.

Eine Sache war noch klarzustellen.

Ein Puzzleteilchen fehlte.

Die Exekution in der Villa.

Wie war sie organisiert worden?

Lupo seufzte.

Und nahm seine Erzählung wieder auf.

So umfangreich und ausgeklügelt sein fürchterlicher Plan auch war, stand Tortona doch vor einem echten Problem: Er musste Andrea auf die Bühne des Verbrechens bringen. Musste eine Ausrede erfinden, damit dieser im richtigen Moment in Cecilias Haus war ...

Andrea war gerissen.

Gewissenlos.

Davon abgesehen hatte er einen sechsten Sinn. Seine Antennen waren immer ausgefahren.

Stets bereit, jedwedes Signal aus dem All zu empfangen.

Und Leone war immer ein blinkender Punkt auf seinem geistigen Radar.

Jeder seiner Seufzer wurde aufgezeichnet.

Nichts konnte ihm entgehen.

Er war sein letztes Opfer.

Und eine Beute dieser Art ertrug keine Ketten. Sie verließ sich auf ihre instinktive Reaktion.

Deshalb war Andrea auf das Äußerste vorbereitet. Deshalb kontrollierte er jeden seiner Schritte. Weil er bereit war, seine Haut zu riskieren.

Doch sicherlich nicht auf diese Weise ...

Leone hatte auf die Uhr geschaut.

Fünf nach elf.

Der Alte war schon vor einer Weile zu Bett gegangen.

Mahlzeiten und Ruhezeiten waren bei ihm Ereignisse, nach denen man die Uhr stellen konnte.

Von dieser Seite waren also keine Schwierigkeiten zu erwarten.

Und so hatte er sich Mut gemacht. Er hatte die Nummer Cecilias gewählt. Und mit seinem üblichen arroganten Tonfall hatte er sie überfallen.

»Lassen Sie mich sofort mit Giorgio sprechen.«

Sie hatte behauptet, er sei nicht bei ihr.

Doch er hatte darauf bestanden und hatte sie der Lüge beschuldigt.

»Hören Sie auf. Ich habe genug von Ihrem Verkehr mit den Vilfredi-Brüdern.«

»Soweit ich weiß, ›verkehre‹ ich nur mit dem Autor einer guten Komödie. Der zufällig Vilfredi heißt. Das ist schon alles.«

»Und was ist dann mit Andrea?«

»Andrea hat nur den Kontakt zwischen Giorgio und mir hergestellt.«

»Wirklich? Und wie kommt es dann, dass Sie sich mit ihm verlobt haben?«

Cecilia war sprachlos gewesen.

Dann war sie wütend geworden.

»Sie sind verrückt. Oder haben zu viel getrunken. Wo haben Sie denn ein solches Märchen her?«

»Meinen Sie, man könnte Sergio Vilfredi als gute Quelle bezeichnen?«

Cecilia hatte geseufzt.

Und Leone hatte den Atem angehalten.

Dies war der entscheidende Augenblick gewesen.

Der Köder war ausgelegt.

Jetzt brauchte er nur noch abwarten, wie viele anbissen.

Zwei, das war die genaue Anzahl.

»Eigenartig, Tortona. Ich wusste gar nicht, dass Sie jemals Beziehungen zu Sergio unterhalten hätten...«

»Das ist auch richtig.«

»Und wie kommen Sie dann zu dieser Information?«

»Er hat mich umgehend angerufen. Um mir mitzuteilen, dass Giorgio in Italien ist. Dass er sich bei Ihnen versteckt hält wegen diesem Stück ›*Eine ehrlose Frau*‹. Und dass er, weil er in Ihrem Haus lebt, von diesem Verhältnis erfahren hat. Nennen Sie mir einen Grund, weshalb ich das nicht glauben sollte.«

»Fragen Sie doch Andrea direkt, wenn es Sie derart interessiert.«

»Ich kann Ihnen versichern, dass mir Ihre Liebesbeziehungen völlig gleichgültig sind. Mich interessiert nur Giorgio. Geben Sie ihn mir bitte. Und lassen Sie uns dieses Theater ein für alle Mal beenden.«

Cecilia war ihm in die Falle gegangen.

Und sie hatte gegen ihren Willen den Kopf in die Schlinge gesteckt. Sie hatte gewusst, dass Leone nicht lockerlassen würde, wenn er sich etwas in den Kopf gesetzt hatte.

»In Ordnung. Kommen Sie her und sehen Sie selbst nach, wenn Sie mir nicht glauben wollen...«

Leone hatte geläutet.

Cecilia hatte die Tür geöffnet.

Widerwillig.

Und er hatte ihr den Dolch in die Brust gestoßen.

Ohne Zaudern.

Dort an der Tür.

Weil er die Minuten genau berechnet hatte.

Und weil er ihr nicht die Zeit lassen wollte, Verdacht zu schöpfen. Die Handschuhe zu sehen und den Rest seiner Kleidung.

Dann hatte er sie ins Schlafzimmer gezogen. Hatte einen Moment an der Tür innegehalten, um die Lichter zu löschen und die Klimaanlage einzuschalten. Doch das Geräusch hatte er gar nicht mehr wahrnehmen können.

Denn ein Schlüssel wurde im Schloss herumgedreht.

Und er hatte es erst im letzten Moment bemerkt.

Andrea war schneller gewesen, als er es für möglich gehalten hatte.

Natürlich hatte er sein Telefonat abgehört.

Und seine Antennen hatten Besorgnis erregende Signale aufgefangen.

Deshalb hatte er sich beeilt. Um nicht ein Wort zu verpassen. Um die Möglichkeit zu haben, jeden Schlag zu parieren.

Doch dem, was ihn da im Dunkeln traf, hatte er nicht ausweichen können.

Mitten in die Brust.

Was seinem kurzen und doch so intensiven Leben als Erpresser ein Ende bereitete...

Sie zogen sich in ihre Zelte zurück.

Und ließen die letzten Flammen in Glut übergehen.

Der Wind hatte gedreht. Und auch die Gerüche waren anders geworden.

Greta umarmte ihn.

»Armer, lieber kleiner Mann, so ganz verlassen in der großen Stadt...«

Lupo wand sich ein wenig in ihren Armen.

Er war unsicher.

Gott, wie er sie begehrte...

Doch war er sich immer noch nicht im Klaren, ob aus diesen liebevollen Augen eine nadelspitze Ironie aufblitzte oder die Lust auf Zärtlichkeiten. Da war nichts, wofür er um Vergebung bitten musste, wie er glaubte. Vielleicht ein Vaterunser und Ave-Maria für ein paar sündige Gedanken. Dinge, die er schon mit dem Himmel selbst in Ordnung bringen würde.

Doch mit ihr?

Er bewegte sich nicht.

Wartete ab.

Greta erriet seine Gefühle.

Und lächelte.

»Hier sitzt eine Frau, die dich sehr, sehr vermisst hat. Warum nimmst du sie nicht ein wenig in den Arm?«

Lupo seufzte.

Und verlor sich in ihr.

Neben dem Zelt saßen zwei Spione in der Wüste und grinsten sich eins.

»Der ist stark, der Alte. Ist er mal wieder davongekommen...«

»Und noch dazu mit *Bocca di Rosa*...«

GOLDMANN

*Das Gesamtverzeichnis aller lieferbaren Titel erhalten Sie
im Buchhandel oder direkt beim Verlag.
Nähere Informationen über unser Programm erhalten Sie auch im Internet unter:*
www.goldmann-verlag.de

★

Taschenbuch-Bestseller zu Taschenbuchpreisen
– Monat für Monat interessante und fesselnde Titel –

★

Literatur deutschsprachiger und internationaler Autoren

★

Unterhaltung, Kriminalromane, Thriller
und Historische Romane

★

Aktuelle Sachbücher, Ratgeber, Handbücher und
Nachschlagewerke

★

Bücher zu Politik, Gesellschaft, Naturwissenschaft und Umwelt

★

Das Neueste aus den Bereichen
Esoterik, Persönliches Wachstum und Ganzheitliches Heilen

★

Klassiker mit Anmerkungen, Anthologien und Lesebücher

★

Kalender und Popbiographien

★

Die ganze Welt des Taschenbuchs

★

Goldmann Verlag • Neumarkter Str. 28 • 81673 München

Bitte senden Sie mir das neue kostenlose Gesamtverzeichnis
Name: _____
Straße: _____
PLZ / Ort: _____